高陽公主

◎趙玫 著

關於《高陽公主》

◎趙玫

一直有著強烈的想寫高陽公主的慾望。一種難抑的思緒。自從一九九三年寫過長篇小說《武則天》，這思緒就一直糾纏著我。

高陽公主究竟是一個怎樣的女人呢？我一直想探究她，撕開她，了解她。這女人誘惑我，使我對她的經歷充滿好奇和迷戀。

其實最初的故事只是她身爲人婦又與在禁規中的和尚辯機相愛。就是這相愛吸引了我，因這愛是怎樣地困難重重，驚心動魄。實在愛本身就很不容易了，而對於高陽公主和浮屠辯機這樣的女人和男人來說，要使他們的愛成爲可能，又要衝破多少道無情的封鎖。首先，高陽公主是唐朝皇帝李世民最寵愛的女兒。高陽公主又是當朝宰相房玄齡的兒媳。高陽公主還是散騎常侍房遺愛的妻子。而高陽這個女人的這些身分還只是來自外部的，她應當因這身分的制約還有著另一重心理上的壓迫。那壓迫應當是一道更加深重的封鎖。而那個沙門辯機呢，他的禁忌是因爲他是佛門之人，而且不是一般的佛門之人，而是對佛教頗有造詣頗有建

樹頗有貢獻的有識之士。一個佛門之人的最根本的存在原則便是他一定要超凡脫俗，其中之一便是要遠離女人，遏制情慾，做到色空。而這個年輕的矢志於宗教的辯機又是唐代高僧玄奘的得意門生，他始終對他的信仰抱有著一種非凡的熱情。他曾以優美的文筆撰寫了由唐玄奘口述的《大唐西域記》，並深得唐太宗李世民的賞識，這是史書上有過明確記載的。一個佛界的如此才學俱佳的年輕和尚，當然就更不應該糾纏於塵世的兒女情長了。

然而他們還是相愛了。

這便是歷史提供給我的一個框架。

這框架本身就使我激動不已了。歷史的眞實本身就是震撼人心的，而這震撼就在於這限制，這障礙，這壓抑，這艱辛，和，這勇敢，這悲哀。

愛是歷史的眞實背後的本質。

那本質便是高陽公主和她所愛的辯機在貞觀年間他們都還年輕的時候，便以他們最熾熱的愛情和最強烈的慾望衝破了這一重又一重的封鎖線。這是多麼地了不起。愛本身就已經很不容易了，而愛卻還要跨越障礙。

這就是爲什麼高陽這樣的女人吸引我。

這便使我想到了雨果的《巴黎聖母院》。想到了我在那部人道主義的小說中所最最喜歡的那個克洛德副主教，想到了他是怎樣用拉丁文在巴黎聖母院的磚牆上刻下的「宿命」兩個字。克洛德也是禁忌中人，他也有著很豐厚的學識，並且還做了天主教中很高的官。但無論是很虔誠的信仰、很豐厚的學識還是很高的官，卻都不能阻擋他對一個流浪的美麗的女孩子愛斯拉梅達的慾望。那慾望是發自心靈的也是發自身體的。但是他不能。他身上有鎖鍊。這便是衝突，在他自身之間的，於是他被扭曲了。他轉而迫害那個姑娘。他的另一重宗教的責任戰勝了他。雨果塑造了這個陰暗的人物是爲抨擊歐洲中世紀的宗教。

是克洛德副主教讓我看到了和尚辯機的靈魂。同樣的禁忌中人，同樣的才學和同樣的在宗教中的位置。而辯機生活在東方，而且是生活在相對文明開放的初唐的貞觀時代。那個時代的開放的氣息一定也影響了辯機的心靈。於是在美麗的女人面前，沒有像克洛德副主教那麼扭曲，那麼懷著不可動搖的宗教的責任和信仰，那麼抑制自己。當高陽公主把她年輕而美麗的身體奉獻給他的時候，他便張開雙臂，接受了那一切。儘管在享有著那一切的時候，他的心裡也一直在痛苦地掙扎著。

他們相愛了。而且做愛。他們不僅相愛做愛，而且這愛還很持久。

辯機沒有傷害他用身心去愛的這個美麗的女人。他不管這個女人是不是皇帝的女兒，他人的妻子，不管她有時候是不是很任性。辯機只是愛她，毫無功利的。辯機在他的愛中是很英勇的，他不顧一切，他是冒著生命的危險是頂著頭頂的利劍去愛他心愛的女人。死亡每時每刻都懸在他的頭頂，在那八九年中。便是他沒有躲閃，似乎也並不懼怕。辯機的扭曲最終表現在他對自身的虐待中。他是在享盡愛與性的快樂之後，自動割捨自我的，他從此寧可在清冷的古佛旁過閹人的生活。最終還是對於宗教的道德信仰、對於自身的痛苦的懺悔戰勝了那凡世的肉體的快樂。也許還有極世俗的一面，那就是辯機也想在佛教界佔有一席不朽之地，所以他忍受割捨了他深愛著的高陽公主，搬出他常常能與高陽公主幽會的會昌寺而將心性關閉在弘福寺譯經的禪院內。爲了悔過，他終日埋在翻譯梵文佛經的案台上。他遠離塵世，將所剩不多的生命和精力毫無保留地獻給了在中國佛教歷史上很著名也很浩大的譯經的工程，直至他被他所愛的女人的父親太宗李世民送上古長安西市場大柳樹下的那可怕的刑台。

是突發的事件將這已不再延續的愛情斷送。在此之前，高陽已有將近三年不曾見過她心裡依然愛著的辯機。

一個小偷無意間偷了弘福寺辯機房中的玉枕。偷兒被抓獲。玉枕敗露。而那玉枕是皇室的金玉神枕，而且是女人專用的，於是那舊往的曾經美麗燦爛的愛情昭然若揭。

一個偶發的事件。而偶發的也是必然的。必然的便是天命。

天命也是吸引我的一個十分重要的因素。

結果，一場如此艱辛又是如此淒切還是如此已經痛苦結束了的愛情，竟敗露在一個偶發的事件中，敗露在一個無名的小偷的偷盜行爲上。

多麼輕易，又是多麼地不值得。

和尚辯機所愛的女人如果只是個小平民的女子，他或許不會死。或者，這個女子即或是他人的妻子，即或是當朝宰相兒子的妻子，但只要不是天子的女兒，他可能也不會在西市場被施以最悲慘的腰斬極刑。

是皇帝親自下詔，是因爲皇帝蒙受了恥辱。

想高陽公主在得知了辯機的死訊時是何等的絕望。

因他是她的親人。

一個女人常常在她結婚生子之後，世間最親的人便不再是與她有著血緣關係的父母或兄弟姊妹，而是與她朝夕相處同床共枕有著生命的聯繫的男人，和他們共同的孩子。他們才是她的親人。而一旦有人把她的親人奪走，無論這人是誰，想想那女人心中蘊積的，將會是怎樣的一座憤怒的火山。

女人從此就坐在這火山口上，她隨時準備爆發。

高陽公主就是這樣的一種情形。當辯機被腰斬的時候，她絕望到瘋狂。而絕望和瘋狂之後，便是對殺她親人的那個親人的強烈的仇恨。而那另一個親人就是她的父親。而她的父親又是當朝的皇帝，他握有王國的至高無上的權力，他想殺誰就殺誰。

高陽一直認爲，她是她父親權力的犧牲品。她身爲大唐的公主可謂有利也有弊。公主的弊端在於她比平民女子更少了一層生存的自由；而在這自由的對面，是一層更高的也是更狹窄的自由，那就是公主的身分使她可以頤指氣使。

在給高陽公主這個人物定位時，有三點是最最讓我注意的：一個是她大小姐頤指氣使的傲慢天性；一個是她的美麗，那是任何的男人所難以捨棄的；再一個便是她強烈的性慾使所有愛她的男人難以抵禦。

高陽的頤指氣使說一不二，使很多的男人陷於絕境。她看上誰，想要誰，誰就必然能成爲她帳幄之中的犧牲品。其實，這同樣也是權力使然。她的權力雖然遠在她至高無上的皇帝父親之下，但卻在愛情的雙方中佔有絕對的優勢。所以男人只能是服從她，做她慾望的奴

僕。

性是高陽公主生命中一個非常重要的部分。高陽所在的那個時代的較爲開放的性的意識使她這種女人天然就擁有了一重她自己並不了解的女權的觀念。她在生活中注重性，注重性的體驗，她可能認爲性是女人的生命中不可缺少的一部分，她能夠從性的交往中獲得快樂與幸福，這一切都說明她是個並不保守的女人。

而高陽的悲哀卻在於她除了純粹的慾望之外還有著很深的情感。她若是只把性當作生命中的遊戲，她就不會和禁忌中的和尚相愛得那麼長久，也就不會對殺死她情人的父親懷有那麼強烈的仇恨了。

高陽是個極致的女人，她把一切都做到極致。愛也極致，恨也極致，終局也極致。

但高陽儘管享盡情愛，但她依然是權力的犧牲品。她難逃所有皇帝的女兒們的厄運。無論是怎樣地被寵愛，她也依然是作爲皇帝賞賜給功臣的一項獎品而任由朝廷擺佈。皇帝當然是不會給予她婚姻自主的權利的，更不要說愛情的自由。皇帝親自下詔殺了辯機，就是想告訴高陽，你儘管是公主，而你依然是女人。而一個女人又怎麼能擅自選擇愛情呢？

唐太宗之所以把他最愛的女兒給了房玄齡的兒子做妻子，就是爲了說明房玄齡是他最信任的朝臣，是和他一道出生入死血雨腥風最終拿下大唐王朝並輔佐他稱帝的親密戰友。唐太宗當然不會去考慮他的女兒是不是喜歡房玄齡的兒子，他下嫁女兒到房家只是爲了平衡他與房玄齡的關係。他還由此使房玄齡明白，他李世民是信任他器重他對他最好的，這好的標誌是他把他最愛的女兒都給了房玄齡做兒媳，所以，房玄齡日後只能是更加忠心耿耿地爲他唐太宗效盡犬馬之力。

而高陽便是這效力的憑證，和繼續維持這效力的籌碼，高陽在這場皇室的聯姻中是作爲一個標誌而不是作爲一個人。所以高陽很不幸。

而更不幸的是高陽的丈夫竟然是天下最大的草包，是高陽無論怎樣也不會愛上更不情願與之做愛的男人。

而更更不幸的是，在這個草包男人身邊的那些男人，卻都比高陽的這個笨蛋丈夫要出色和優秀得多。高陽怎麼能夠平衡？對於高陽來說，房遺愛最大的優點是，他能夠自始至終以奴僕自居。他聽命於高陽，幾近百依百順。他從不敢過問高陽的事情，他不過是跟在高陽裙後的一條搖尾乞憐的狗。

於是這狗爲高陽開闢了一個博大的可供高陽自由舞蹈的愛與性的空間。

這是高陽不幸之中的幸。她於是才有了與房遺直，與辯機，後來又與智勖，與惠弘，與李晃甚至與吳王李恪的曖昧。

原本是只想寫一個高陽與辯機之間的驚心動魄的愛情故事，而且，僅僅是一個中篇。但後來寫著寫著就發現，故事其實並不是那麼簡單，而且那小說越寫越長。特別是在研讀了更多的史料之後，在糾葛起高陽公主與她身邊的各種男人的各種關係時，竟發現這已不單單是一個簡單的單線條的故事了。於是小說的主題從一個事件變成了一個人。而這個人便是這部小說的標題——《高陽公主》。

使我有了如此的變動是因爲有一天我突然意識到，凡與高陽公主有過糾葛的男人竟沒有一個獲得好的下場。而且這糾葛似乎都是情慾的糾葛，即是說，凡被高陽公主愛過的或是與高陽公主睡過覺的男人最後都難免一死。多麼可怕。這其中唯一得以逃脫的，是房遺愛的哥哥房遺直。他被高陽坑害得本已經死過千回萬回，但是他都陰差陽錯地在夾縫和空隙或是事件的時間差中死裡逃生。他雖最終免於一死，但卻也被流放他鄉，結局悲慘。

史書上說，房遺直這個人一向書生儒雅，名士風流。自高陽公主飛揚跋扈地一踏進房府，他便格外小心謹慎，寬容大度。但儘管如此，卻也難逃高陽這弟媳的攻訐。不知道爲什麼，高陽至死都對遺直心懷仇恨。她每每要攻擊他誣陷他誹謗他，甚至時常把謀反的罪名扣在他的頭上。想必他們之間定然是有著某種不可告人的隱秘，和因爲這隱秘而結下的仇恨。直到最後，高陽終於向朝廷狀告房遺直對她非禮。這可能就是她始終不停地仇恨著房遺直的癥結所在。這時候已經到了高宗李治的永徽年間。高陽公主在絕望中掙扎出如此的罪狀，且史書上又如實摘錄，想必就是爲了暗示高陽公主與房遺直之間確曾有過的那段愛的隱秘。

房遺愛和辯機自是不用說了。他們一個是高陽的丈夫，一個是高陽的情人。他們也都是被拉到長安西市場的死刑台上被斬殺的。只不過一個是被高陽的父親太宗，另一位是被高陽的兄弟高宗李治，在永徽四年的冬季。

而在這所有的與高陽有著牽涉的男人中，我最喜歡最欽佩的也是最文武雙全最風流倜儻最男子漢的吳王李恪。吳王李恪才是眞正的悲哀和壯麗。李恪和高陽公主都是太宗的孩子。他們天生都帶有著皇家的血統。李恪這個男人使我激動不已，他當是任何的愛情中最吸引女孩子的那種白馬王子式的人物。我賦予李恪堅硬的稜角雄渾的體魄，儘管我對這個男人著墨不多。我覺得李恪應是比辯機更富男子氣的。辯機是真正的書生。他聰敏靈秀，他是大自然的產物。他從山林中來，他有著一對像天空和海洋一樣的藍的眼睛。他就是以這大自然的稟賦和資質而吸引高陽的，包括他天一樣高的清潔的志向。而李恪不一樣。李恪是宮庭裡孕育出來的一個溫文爾雅的偉岸的男人。他身上流淌著極盡奢慾的隋煬帝的血，他是天生的王孫貴族。他擁有最非凡的氣質。同是庶出使他與高陽從小同命相憐，過從甚密，他們曾一道騎馬一道打獵，在藍天與山林之間。他們相親相愛是因爲他們是異母的兄妹，同時他們各自也難以抵擋對方的美麗英武和非凡的魅力。他們都認爲，對方才是他們終生尋覓的理想，而這理想又是在離開了對方之後所不再能企及的。於是他們無望。隨著歲月的流逝朝代的變換李恪開始變得審時度勢。他天然帝王的資質，又深得太宗的器重，僅僅是因爲他的母親是隋煬帝的愛女，他便只能與皇帝的權杖失之交臂。李恪慢慢地對這一點看得很深也很透徹，所以他才能當機立斷，決意清心寡慾，遠離長安這權力的中心，在偏遠的江南做他天高皇帝遠的吳王。最終，他冤枉地被連坐於房遺愛的謀反案件。

他唯一的把柄是和他的妹妹——房遺愛的老婆過從甚密。他和高陽過從甚密是和政治毫無牽涉的。他只是愛他的這個妹妹，與之心心相印，也許還因爲他們之間的那麼一段難以啓齒的但也是非常美麗的亂倫的關係。就爲此，他竟也被從江南押解長安歸案並賜死。

一段情感的曖昧竟被國舅長孫無忌專權的政治所利用，所以新、舊《唐書》都大大地爲吳王李恪鳴不平，說長孫的誅戮李恪是「以絕天下望」，是「以絕眾望，海內冤之」。

總之也是因和高陽公主有了關係。

由此足見高陽公主是一個怎樣的女人。一個女人因她的愛而把世界攪得昏天黑地，而讓眾多頗爲優秀的男人搭上性命。這是爲什麼？因她愛得任性，而她任性的愛所致的，便是政治的災難。多麼可怕。高陽是因愛而害人害己。當她把她所愛的那些男人都送上斷頭台之後，她的愛便也就終止了。

結局是，她也被捲進了政治的風雲中，最終未能倖免一死。於是，便開始選擇高陽的死的方式。

這是很莊嚴的。

史書上說，賜死。這是對宗室罪人的客氣，是給他們留面子。其實無論是斬殺還是賜死，最終都是一個死，死才是實質。

而高陽的死則應該有著她獨特的方式。她的任情任性和她的慾望，還有，對吳王李恪的歉疚和眞情。我想她應當在死前見到吳王。而同被賜死的吳王也被史書描述成「甚爲物情所向」的性情中人。於是他們死前的那相見會是怎樣的情景就可以任由我們想像了。情和慾，如烈火在燃燒，最後的感天動地，那瘋狂的美好的兄妹之間的愛終於撫慰了死。

我想這該是個多麼美好的結局。這不僅是高陽死前所最需要的，也是死前的吳王所最需要的。這兩個都曾被他們的父皇無比寵愛的孩子，在此刻，只能彼此寵愛彼此安慰了。然後，殺了自己。而在殺了自己的那一刻，他們的心與身都已因那性慾的得以釋放所帶來的生命的歡樂而死而無憾。

一種怎樣的激情的死。

一種怎樣的悲壯。

這就是我所編織的一個女人的愛的歷史。歷史是眞理性的。而對於一個人來說，愛也是眞理性的。

關於高陽公主這個人，我所參照的只有史書中的這麼短短的幾行字，以及與這幾行字相關的其他人物的記載：

> 合浦公主，始封高陽。下嫁房玄齡子遺愛。主，帝所愛，故禮異它婿。主負所愛而驕。房遺直以嫡當拜銀青光祿大夫，讓弟遺愛，帝不許。玄齡卒，主導遺愛異貲，既而反譖之，遺直自言，帝痛讓主，乃免。自是稍疏外，主怏怏。會御史劾盜，得浮屠辯機金寶神枕，自言主所賜。初，浮屠廬主之封地，會主與遺愛獵，見而悅之，具帳其廬，與之亂，更以二女子從遺愛，私餉億計。至是，浮屠殊死，殺奴婢十餘。主益望，帝崩無哀容。
>
> 又浮屠智勖迎佔禍福，惠弘能視鬼，道士李晃高醫，皆私侍主。主使掖庭令陳玄運伺宮省機祥，步星次。永徽中，與遺愛謀反，賜死。顯慶時追贈。
>
> 《新唐書》卷八十三·列傳第八·諸帝公主

當我將這幾行簡潔而又蘊藉無窮的文字繁衍開來，我覺得我便已觸到了這場有血有肉的愛的廝殺。歷史上，高陽公主似乎一直是一種性愛的象徵、淫亂的代表，是大逆不道。但是，又有誰肯於去深究她何以淫慾何以總是以身試法呢？高陽是身上壓著沉重的鎖鍊而又要拼力反抗的那種女人。在某種意義上，她應當被看作是女英雄。她的出身和個性使她敢想敢做，使她敢與皇權較量，使她敢於迷戀於性。在中國的歷史上，她恐怕是最早的能夠公然坦言在性的交往中感受到這生命之快樂的女人了。而且，她追求這快樂。這有什麼不好？難道性的快樂只是男人的權利嗎？難道女人就不能成爲性生活的主宰？高陽的先鋒意義就在這對於性的追求中。而在中國漫長的無比壓抑的封建社會中，對性的追求在某種意義上也是對人性的追求，對自由的追求。於是，高陽公主也就不僅僅是性的象徵，她同時也該被看作是個性的、人道的和自由的象徵。

我想，也許這就是高陽公主何以能穿越幾千年的風雲，而至今仍被人們留意的原因吧。

寫完《高陽公主》的初稿是在一個溫暖的春天的早晨。那個早晨吹拂著很溫暖的春風。從枯枝的冬季到綠芽萌發，我經過了差不多一個季節的勞作，《高陽公主》是一部我自己想寫的，而且始終爲之激動的作品。我想我倘不能將這高陽的故事講出來，我便是永遠也不會平靜的。

當一切終於完成之後是一種被釋放了的感覺。

從此我可以放下高陽這個女人了。但我很喜歡她。我想是她使我重新又經歷了一次一個如此非凡的女人的一生，讓我又重新積累了很多關於女人的更爲新鮮的經驗。

然後，我把我的《高陽公主》送給我的讀者。我衷心希望你們能從我的書中讀出那字裡行間我對世間所有女人的那一份眞誠的關切。

唐。貞觀二十二年秋季。淒冷的古城長安到處飄舞著蕭瑟的落葉，葉被秋的冷風追逐著，一片悽慘的枯黃，風捲起衰敗的漩渦。然後是秋的冷雨，雨很細密，無聲地落在長安城內那冰冷的石板路上，落在遍地枯黃的落葉上。

城內很安靜。

狹窄的巷子裡的人似乎都走空了。

人們是懷著莫名的喜悅和好奇踩著深秋陰鬱的黎明奔赴長安城西的西市場的。人們聽說那一日在刑台上問斬的，是個和大唐皇帝的女兒私通的和尚。於是人們顯得很興奮，一種盲目的狂熱。桃色的事件是最吸引人的，所有的人，何況又是與皇室相關。在西市場小小的廣場上，從半夜就擠滿了人。人們被籠罩在灰濛濛的空氣中，落葉被踐踏成枯黃的泥漿。

冷雨不停地下著。細密的雨絲編織起執著的期待。人們議論著。等待，等待至一種瘋狂。當馬蹄聲遠遠地響起時，人們屏住呼吸。

終於，天色明亮起來的時候，那輛皇家的囚車呀呀地行駛而來。人們更加興奮。而囚車的木籠子裡關著的便是長安市民們等待已久的那位弘福寺的和尚辯機。辯機一身單薄的灰色布衣，眉清目秀的臉上一片慘白。他雙手緊抓著木欄。他的雙眼空洞地凝視著那個下著秋的冷雨的灰濛濛的蒼天。他根本就聽不到當他駛進廣場時人群中發出的那排山倒海般的吼叫聲。

「一個和尚。」

「偷情的和尚。」

「他哪兒來的那麼大膽子，敢偷皇上的女兒。」

「這小子豔福不淺。」

「可惜了他的滿腹經綸。」

人們喊叫著……

而辨機依然是辯機。

他並不懼怕死。他雙手緊抓著那粗糙的木欄。他像是籠中的一隻安靜的待死的野獸。他已形容枯槁，但他的雙眼依舊炯炯，炯炯地望著蒼天，那是一片望不透的遼遠。他無怨無悔。事情都是他自己做的。那是愛，那愛已經持續了很多年。他唯一的缺憾是，他再也不能將他淵博的學識奉獻給宗教。那是人生的大痛。也許，他也還懷念著什麼。那個女人嗎？

高陽公主。

那個他曾深愛並至今銘記的女人。他在想到這個女人的名字時，便不得不想到她的那美麗而柔軟的身體，後來，他遠離了那身體。他是怎樣在青燈古佛旁夜以繼日地克服著來自那女人身體的誘惑。他已經有好幾年沒見過她也沒有觸摸過她的身體了。他清心寡欲。他是在斷絕了之後才遭此人生終局的。

爲了一個女人。然而他並不後悔他爲了一個女人而被送上這刑台。

辯機在廣場上成千上萬的長安百姓的目光中走出囚籠。他做不出大義凜然的樣子，但卻也表現得毫無懼色。他拖著有點僵硬的步履一階一階地走上那高高的圓形的石台，他知道他將在此與他年輕的生命告別。一切已如這秋季的最後的雨和最後的殘落的枯葉，那是種永恆的衰敗。站在刑台上辯機才意識到生命的脆弱，生命的毫無意義。在此之前，他在弘福寺的禪院殫精竭慮地譯經時，他在與唐僧玄奘共同撰寫那赫赫的《大唐西域記》時，他甚至還以爲自己是一位多麼博學多麼重要多麼不可缺少的大人物呢。現在想起來眞是荒唐。在他眼前的這被磨得明晃晃的鍘刀前，難道他還重要嗎？

屠夫就站在他的對面。很近。他甚至能看得見他臉上的鬍渣和那一條一條橫著的肌肉。屠夫很輕鬆的樣子。辯機出於職業的本能反而開始在心裡默默地爲這個強壯的行刑者祈禱。他很想請佛祖寬恕了這個以殺生爲業的罪人。他想起他走在寧靜的弘福寺的小路上，將雙手在胸前合起，在心裡不停地默誦著「阿彌陀佛」的時候，是連地上的螞蟻也要繞開的。而他此刻在這強壯的滿臉殺氣的劊子手面前，竟也成了這樣一隻脆弱的毫不重要的任人踐踏的螞蟻。

皇家的獄吏端過來一碗酒。

這一次辯機聽到了民眾的歡呼聲。

他認爲這是對他人格的最大的羞辱。他聞到了那酒的氣味。他閉上眼睛，扭轉頭，意思是，不！酒是他畢生從未沾過的東西，那是他獻身佛教的高潔。他堅信他是一個極好的教徒，無論在哪一方面都是無可指摘的。但唯一的，是他不能夠拒絕那個女人。他在面對著那個女人，在享受著生命的快樂時，怎麼能六根清淨。

他違背了教規。

於是，他才被帶到了這死刑台上。

在千人萬人的目光中。儘管他已視而不見但是他感覺到了。他覺得那每一隻眼睛射出的目光都像是一支箭，深深地刺進了他那瘦削而又柔弱的身體中。所以當辯機英勇地趴在鍘刀上的時候，他覺得他早已被亂箭射穿，他早已經死了。他眼前驟然如夢幻般出現了他愛的那個女人，他彷彿看見她正娉婷向他走來……

多麼美麗！

然後是屠夫舉重若輕地將那鍘刀狠狠地按下……

眾人的高聲歡呼……

頓時血花四濺。那鮮紅的帶著辯機體溫的血水驟然如泉水般噴湧了出來，在半空中開出無比艷麗而恐怖的血花。眾人都看到了。辯機被攔腰斬斷的身體抽搐著。那抽搐的姿態使人想到一個男人趴在一個女人身上的那最後的抽搐。原來死亡也是一種興奮。然後辯機就不動了。他進入了那個永遠的境界。慢慢地，血不再噴湧，也不再翻出恐怖的血花。血流在刑台上，同細密的雨絲融會在一起，順著石階一直向下流著，流著……

劊子手揚長而去。

刑台上的雜役趕緊冒著雨收拾殘局。他們將辯機被鍘斷的身體一半一半地扔進了另一輛破舊的收屍的馬車。蓋上席子。那車將一直駛出長安城，將屍體扔在城郊的亂墳崗上，暴屍荒野，然後，餵了荒野中的那群飢餓的狼。辯機便如此地回歸了自然。

人們滿足地散去。

很快西市的廣場上空無一人。

雨下得越來越大。沖刷著刑台上的血污。

不久，一輛官府人家的豪華馬車從刑台前穿過。那車奔馳著繞著刑台轉了一圈又一圈，將地上帶著血污的泥漿濺起……

她們哆嗦著，後退著。死亡的恐懼擠壓著她們。十幾個姑娘緊縮在一起，她們一直退到那牢獄的房角，再沒有退路了。

牢獄的石壁粗糙而冰冷。磨破了姑娘們嬌嫩而細膩的皮膚。她們只穿著薄薄的一層布衫，不再有綾羅綢緞，也不再塗脂抹粉。

眼睛裡絕望驚恐的目光。

她們害怕的這一刻終於到來。

她們有什麼過錯？她們的錯就是她們天生是奴婢。

打開鐵鎖的是皇宮裡的宦官，他們滿臉是冰冷的奸笑，他們一步一步地向姑娘們走來，他們身後便是端著鍘刀的屠夫們。屠夫膀大腰圓，他們一個跟著一個走進來。他們在冷酷之

間瞇上了色迷迷的眼睛。牢獄裡很黑。他們一時看不清楚。但顯然他們對宰殺這麼一大群年輕貌美的姑娘很感興趣。

穿著灰色棉袍的宦人們開始一個一個地強迫姑娘們脫下身上那單薄的布衫。宦人們想，不能蹧蹋了那些衣服。

姑娘們不情願。她們緊抱住自己身上的衣服。宦人們開始動手了。他們有的是用不盡的力氣。他們撕扯著。一件又一件。姑娘們終於被剝光，終於露出了她們美麗而堅挺的青春的乳房。一片絕望和羞辱的哭喊。姑娘們緊緊摟住自己的前胸。她們哆嗦著，避退著。她們驚恐地張大著眼睛，絕望地披散著頭髮。

救救我們！

姑娘們赤身裸體地跪了下來。一個又一個那麼美麗的身體。她們求饒。求宦人和屠夫們發發善心，留給她們一條性命。她們說我們是無辜的。我們所做的無非是聽從主子的旨意，我們怎麼管得了主子的那些骯髒事呢？

求饒聲此起彼伏，充斥著冰冷的牢獄。

宦人們奸笑著。他們說他們也是服從皇上的旨意，他們根本就管不了她們是不是無辜。最後一個被脫下衣服的姑娘胸前還戴著一個繡花的布兜。宦人走過去。他覺得那布兜上的花繡得很美，一把就揪下了那很美的花布兜。那姑娘的脖子被布繩勒破後，便立刻有殷紅的鮮血順著她白皙光潔的胸膛流下來。

那姑娘哇地一聲哭了起來。

因爲疼。

宦人注意看那姑娘的臉。緊接著他又用手去抓姑娘的頭髮。他對著姑娘悲哀的臉說：「我認識你。你是宮裡出去的。一直跟著你那不要臉的主子。聽說你主子還把你給了駙馬，你在房家也算享盡了榮華富貴。淑兒，可惜你的死期就在眼前。」

這宦官說罷就去脫淑兒的褲子。淑兒拼力地掙扎著，宦官便開始打淑兒。他揪著淑兒的乳房把她往牆上撞。他一邊打一邊罵著，你以爲你是誰？是皇帝的大公主嗎？

屠夫們睜大眼睛看著眼前的這群漂亮的赤身裸體的姑娘們。他們一個個看得四肢酥軟，淫心萌動，他們甚至不忍心將這些年輕的女人們殺掉。

那宦人拖著淑兒第一個來到鍘刀前。他猛地將淑兒按倒在鍘刀上。淑兒尖利的喊叫像雷一般炸響在這石壁的牢獄。隨之，縮在牆角的姑娘們也哭成一團。

「你們他媽的哭什麼？你們這是活該！誰讓你們攤上了這個浪蕩的主子呢。這是命。是命該你們倒楣。別哭了。誰哭就先斬誰。還看什麼？」宦人又轉向屠夫：「別愣著了，還不快斬了她。」

躺在鍘刀上的淑兒被捆住手腳。她儘管被捆住手腳卻依然在拼力掙扎著。那是最後的掙扎。她用盡平生氣力。她已被宦人脫得精光。那麼赤條條的身體一直在不停地扭動著，她想逃離那鍘刀。

「快點！下手吧！」宦官喊著。

但屠夫卻無法忍受刀下的女人赤裸修長的上下蠕動的身體。屠夫不是宦官，他沒有被閹割，他覺得他的激情在膨脹，他想他此刻如果能……於是他的手開始顫抖。他的精神不能集中。他是在宦官一聲聲陰森森的催逼下，不得已才按下鍘刀的。他按下鍘刀時想的是，何苦要殺了這女人，還不如讓我帶回家去……

他這樣想著手一軟，鍘刀按下去只割斷了淑兒的半個脖子，沒能立刻解決掉這女人的性命。

那活著的疼痛使淑兒的身體猛烈地抽動著。她大聲喊著並立刻被淹沒在血泊中。淑兒更加奮力地掙扎。死亡的疼痛使她爆發出死亡的瘋狂。淑兒竟驟然間站立了起來。血從她脖子上的傷口噴濺了出來。瀕死的淑兒不知道什麼時候掙脫了她腳上的繩索，於是她在牢獄裡轉著圈兒瘋狂地跑了起來。她一邊跑一邊喊著救命。她跑到哪兒哪兒便是鮮血淋漓。淑兒變成了一個血人兒。她先是跑到門口，拼命撞擊著那緊鎖的鐵門。然後她擺脫了屠夫伸過來的那隻血淋淋的大手。她又跑。她跑進牆角的姐妹們中間，她想尋求支撐，可姑娘們卻被嚇得立刻閃躲開，並發出絕望的震耳欲聾的喊叫。

沒有人救淑兒。最後淑兒無助地倒下來。她終於鮮血流盡，氣絕身亡。

這一幕實在太可怕了。

而殺戮持續著。

淑兒的奔跑使屠夫們的眼睛裡發出了凶猛的藍光。他們的心遇到血之後變得堅硬了起來。屠夫們恢復了他們心狠手黑的本性。姑娘們一個個乾淨俐落地命喪刀下。不再有淑兒般的失誤。很快，那青春的屍體如小山般堆積了起來。

牢獄中，那血腥的氣息久久不散。

長安城內弘福寺的伽藍中，在那個秋的冷雨的早晨異常寂靜。所有譯經的和尚都獨自坐在自己的房中，對著案台，無法做事。

他們難以忘記辯機被宮廷的禁軍們帶走時的情景。誰也不能救辯機。連深受唐太宗李世民器重的高僧玄奘也無能爲力。

已經很久了。

他們不願相信。

他們知道就在這個早晨，在這淒淒的冷雨中，年輕的辯機就要告離塵世。不是坐化，也不是圓寂，而是凡俗的刑罰。他們不由得惋惜，很深的惋惜。然後，弘福寺清晨的鐘聲敲響了。那一天早晨弘福寺的鐘聲響得特別長。他們希望辯機能聽到那送他上路的鐘聲。

那鐘聲在那個早晨響得特別深情。

房遺愛站在高陽公主房門外的走廊上。他屏住呼吸，悉心地諦聽著房中的動靜。房中沒有動靜。這樣沒有動靜已經很久了。高陽公主反鎖了房門。她獨自一人待在裡面。連貼身的侍女也不准進去。

房遺愛守候在那裡。房簷外的雨水不斷地打進來，打濕了他的棉袍。他儘管很冷但是他卻不敢走。這是種心照不宣的悲哀的時刻，房遺愛確實覺得此時此刻的高陽公主也很可憐。

這時候，年輕的奶媽帶著兩個兒子來拜見他們的母親。在孩子們拍打著高陽公主的木門時，房遺愛趁機扯了扯奶媽的袖子，和她調情。孩子們快樂地吵鬧著要見母親，他們當然不知道西市場的死刑，也不知道高陽公主此時此刻心頭的悲哀。房遺愛便也隨著孩子們一道喊叫高陽。他說：「公主請把門打開，我們都很關心你。」

「你們走開。」

房間裡終於傳出來高陽公主有點淒切哀婉的聲音。

「媽媽，你怎麼啦？」

「孩子們，你們先走吧，我沒事。」

「你病了，是嗎？」孩子們又問。

「不，沒有。房遺愛，你快把孩子們帶走。」高陽的語氣很嚴厲。

「可是公主你也要吃點什麼呀。」房遺愛繼續說。

「你們走吧。我要獨自待一會兒。」高陽公主說過之後，她的房子裡便又沒有動靜了。

房遺愛遣奶媽把孩子們帶走。他卻依然不敢走，也不敢再說什麼。他在秋的淒切的冷雨中繼續如衛士般站在高陽公主的門外。看著天井上灰濛濛的天空，房遺愛覺得他的心裡也很難受。是為了淑兒。他一想到淑兒心裡就像刀剜一般的疼。他喜歡淑兒。他不知淑兒會在什麼時辰也被誅殺。他覺得淑兒真是很不幸。

這樣他守候在那裡而久久地想著淑兒。

然後有家役稟報，說大公子來了，正在前廳等候。

遺愛便如討到了一個天賜的可以離開這淒冷迴廊的理由。他不禁驚喜地說：「請銀青光祿大夫……」

房遺愛話音未落，便看見哥哥遺直已匆匆步入迴廊。遺愛很感謝哥哥能在這樣的時刻前來關切。到底是手足之親。遺愛一見到哥哥頓時覺得異常委屈，竟然開始嗚咽。

房遺直清清瘦瘦，下巴上留著一綹青青的鬍鬚。他抱住房遺愛投過來的強壯的身軀。他的臉上是極度的焦慮和憂鬱。

「哥……」

「公主她怎樣了?」

依然是心照不宣。作爲長子的房遺直把這看作是父親死後，他們房家所遭受的又一個災難。

這時候，高陽公主房間的木門被呀呀地推開了，公主走了出來。

房家兄弟不約而同地扭轉頭，他們不敢相信此時此刻這如此光彩照人的美麗的女人竟是本該在悲哀中痛不欲生的高陽公主。

「給公主請安。」遺直遺愛兄弟立刻做出跪拜的動作。

「還是免了吧。」公主說：「如今終於有了任由你們取笑的話柄了。可我還沒有死！我仍是堂堂大唐的公主！」

「公主，你是應當知道我房遺愛多年來的忠心的。」

「是啊，是啊，我知道。我也知道他銀青光祿大夫的忠心。」高陽公主開始在幽長的迴廊裡走來走去。那緩緩的優雅。她一身縞素，精心修飾過的面容慘白而清麗，她用不動聲色掩飾著她內心深處的那極大的悲哀。她因此而顯得更美。那是種淒豔的絕美，那美是高傲的冷酷的苦痛的，那美是有著無與倫比的震懾之力的。此刻的高陽公主彷彿已不是這塵世中人。

高陽在走過房遺愛身邊時低聲說：「去看看那沙漏，告訴我是不是已到了那個時辰。」

這時候，弘福寺那遙遠的鐘聲透過濃密的雨絲隱隱約約地傳了過來。站在迴廊裡的公主驟然如雷擊了一般。她扶住了身邊的那被雨水打濕的廊柱。

「是的，是的，你不要說了，我知道那時辰到了。那是在殺我，是在剜我的心。父皇？父皇是什麼東西？他是殺人的魔王。我恨他，也恨你們。看看他把我給了誰吧。你，房遺愛。你房遺愛又是什麼東西？你懂什麼？懂天還是懂地？還有你，房家的大公子，堂堂的銀青光祿大夫，好一個朝廷的高官，可你爲了你這官銜就活得唯唯諾諾。你怕我嗎？怕我這個天子的女兒嗎？你們全是懦夫。這會兒你們爲什麼全在這兒？來看我的苦痛嗎？李世民爲什麼不把你們也絞死？哦，我知道，那是你們不配，聽這鐘聲。你們聽到了嗎？空氣中飄浮著悼歌。還有這雨，雨越下越大，那是蒼天的眼淚。是爲了他的。我知道那時辰到了。連蒼天也要流淚，可是蒼天爲什麼要把他奪走？爲什麼要讓我永遠失去他？那我在這塵世之間還有什麼？你們聽這雷聲，雷聲是詛咒，是詛咒你們的，詛咒你們活著的所有的男人！遲早有一天，李世民也會遭報應。他不是我的父親，我恨他。我從此每時每刻都會詛咒他……」

又是一個響雷。

高陽在那響雷之後便走進秋的冷雨中。雨水立刻澆透了她白色的薄薄的絲裙，雨水順著她的頭髮她的臉頰她的身體流淌了下來，他的臉由白轉青，她周身顫抖著。

房家兄弟跑到天井中去拉她，但她掙脫著奮力推開了他們。她在雨水中高聲喊著：「你們走開。別碰我。你們誰也別碰我。」

高陽公主在大雨中緩緩地跪了下來。她臉朝著灰濛濛的蒼天。她淚流滿面，淚水和雨水交混著。高陽公主對著天空說：「我知道，那時辰到了。」又是一個響雷，驚天動地，公主覺出她身體中的那根最堅韌的生命的弦束斷了，她知道此刻她已如行屍走肉一般。她對著茫茫的昏暗的蒼穹說：「殺了我吧，讓我和他同去。」

高陽公主依然跪在那裡，跪在雨中。她閉上了眼睛，她知道其實一切全都結束了。她任由那場秋的冷雨澆著她，任由那冰冷洗盡她的鉛華。一切結束之後一切便不再有意義，她在這塵世之中已一無所有。她依然跪著，等待著，但是她已不知爲什麼要跪著，而她等待的又是什麼。

房家兄弟遠遠地站著，他們也陪著高陽一起任由冷雨把他們澆透。

高陽公主的宅院裡寂靜無聲。只有雨嘩嘩地下著。還有，遙遠處一陣一陣滾過的悶雷。

「辯機，等我……」

那是高陽最後的也是最絕望的吶喊。

然後她撲倒在地，她拼力用拳頭捶擊著地上的石板，她的手流著血。她大聲地哭著。她

這樣哭了很久。然後她站起來，她不再哭。她孤傲地昂起頭。她驟然變得清醒而冷靜，她用異常平靜的聲音對身後的房遺愛說：「備車。我要去西市場。」

「公主，你……」

「我要去西市場！」

貞觀十三年，一直生長在後宮裡的高陽公主這年十五歲。

高陽公主一直是唐太宗李世民最寵愛的女兒，這是後宮和朝野上下盡人皆知的。高陽公主之所以如此受到唐太宗的寵愛，除了她從小聰明可愛，還因爲她的美麗。她的美麗是可以壓倒一切征服一切點燃一切的，是那種無論是誰都無可抗拒的，那美操縱著一切。雖然高陽公主的生母名不見經傳，這個可憐的女人甚至連婕妤、美人都不是，而高陽也是很小就離開了她。高陽公主也許只是唐太宗李世民和這個可憐的可能也是美麗的女人一夜交歡的產物，沒有史籍文字記載太宗爲什麼不寵愛她。總之這是個默默的，悄無聲息的，還有點神秘的女人。然而就是這個後宮的女人生育了高陽公主，她孕育了高陽這個天生麗質的絕世美人。這小小的美人於是也吸引了她的金戈鐵馬的父親，那時候唐太宗只要稍有空隙和心情，就會把高陽抱在懷中。他甚至從不掩飾一個父親對他這個女兒的偏愛。凡是皇室的活動，無論是出遊還是狩獵，出出進進的，李世民總是盡可能地把他最愛的小女兒帶在身邊。高陽要什麼，他就給她什麼，除了天上的星星和月亮，只要世間有的，高陽便應有盡有。高陽公主在這極端的寵愛中慢慢長大。她在唐太宗心目中的地位甚至超過了長孫皇后所生的長樂公主和晉陽公主。在李世民排成了長長一隊的二十一個女兒中，大概也唯有高陽公主可以從小就坐在李世民的腿上，可以對她的皇帝的父親發號施令。

高陽便是從小就這樣養成了頤指氣使的大小姐的毛病。

唐太宗李世民在紛繁的朝廷政事之後，最大的安慰就是在高陽公主的身上享受天倫之樂了。太極宮大且陰冷，而高陽便是穿透太極宮的大且陰冷而照耀在李世民心上的那一縷明媚而溫暖的陽光。

然而無論高陽怎樣美麗，怎樣是李世民生活中不可分割的一部分，怎樣是他心頭的肉，眼中的珠，怎樣地不忍她離開後宮離開他的視線，高陽都已經到了她出嫁的年齡。

便是貞觀十三年。這一年高陽十五歲。

男大當婚，女大當嫁。像所有的父親一樣，唐太宗知道女兒是留不住的。如果說，作為皇帝的李世民以往對於女兒們的婚配並不是太在意的話，那麼對高陽公主的婚配就是個大大的例外了。這一次他要親自參與，而不是任由朝廷隨意發落。他從心眼裡不允許把他的這個如花似玉的女兒隨隨便便下嫁到一戶官宦人家。他要在高陽在下嫁之後，依然能享受到她在皇室後宮所擁有的那一切的榮華富貴和一切的權力。慢慢地，高陽的婚事竟成為了他的一件心事，他甚至把此當作一件國家的大事朝政的大事，在朝廷上多次討論，並由當朝的將相們提供可以成為高陽夫婿的候選者名單，以供他進行挑選。

而高陽對此竟渾然不覺。她依然天真爛漫地在後宮歡快地遊動著。她心中唯有一重陰影，那就是她最喜愛的三哥吳王李恪到遙遠的吳國赴任去了。她很想念李恪。那是種不可名狀的超越了兄妹之情的想念。那一切才剛剛開始，那一切是那麼好那麼讓她激動不已，那是她所需要的。而就在她需要的時刻，吳王卻遠走江南。於是一切變得渺茫。高陽抱著她那顆少女的青春的狂跳的心，不知道該往哪兒擱。她夢想著，夢想著能重溫與李恪的美好的一切。她甚至寄希望於這朝野上下都行動起來的她未來的婚姻。

而這是秘密。是高陽一個人擁有的心靈的秘密。

然後有朝廷的口風傳進了後宮，說皇上在成百上千的將相之子中，選中了一個叫房遺愛的青年。

房遺愛。

高陽從此便知道了世間還有著房遺愛這個人。

唐太宗李世民挑中的房遺愛，在某種意義上，並不是挑中了房遺愛本人，而是挑中了房遺愛的家庭，或是說挑中了房遺愛的父親，那位掌理朝政的司空梁文昭公房玄齡。

房玄齡同唐太宗一樣，原本也是隋王朝的臣將。他自幼聰慧過人，滿腹經綸，教養甚高，謙和待人。他不僅擅長經史文章，還對書法頗有研究。在隋王朝大廈將傾、群雄割據的時刻，房玄齡以他銳敏的洞察之力，審時度勢，看準了秦王李世民的氣候。於是，他毅然投進李世民的軍營，爲其出謀劃策，並很快得到了李世民的賞識和重用。從此他鐵心跟定李世民南征北戰。直到李世民玄武門兵變之後，終於成爲了大唐的皇帝。而在太宗即位之後，他又鼎力相助，報效朝廷，爲「貞觀之治」立下了汗馬之功。對於唐太宗李世民來說，房玄齡不僅僅是大唐王朝的一名具有眞知灼見和謀略忠心的宰相，他是把他當作了一位共過患難的摯友。且他們一直意氣相投，私交甚深。唐太宗十分欣賞他爲人正直，不居功自傲，待人謙和寬厚，遇事不慍不躁的品格，所以他一直器重他。即位後便任命他爲宰相，後又封他爲梁國公，封他的長子房遺直爲銀青光祿大夫。這實在是一向看重友情的唐太宗對往日共同出生入死的摯友的友情和厚愛了。如今，他又把他最疼愛的他一直視爲掌上明珠的女兒拿了出來。

也許，唐太宗對老友房玄齡的那個只粗通文墨但武藝高強的二公子房遺愛並不是那麼滿意，但是他想這已經是最好的選擇了。因爲他選的是一個最好的家庭和最好的公公，他相信梁國公的梁國府。他想他的女兒高陽公主進入房玄齡這樣的家庭，她的生活是不會不美滿的。

於是合了生辰八字，選了黃道吉日。

此間，唐太宗每每在後宮遇到高陽公主，總是欲言又止。他甚至很少叫高陽到他後宮的殿裡來，他對出嫁前的高陽公主表現出一種複雜的莫名其妙的冷漠。他每每聽到高陽放肆的笑聲甚至斥責她，有一次他甚至把高陽公主說得眼淚漣漣。他知道高陽很委屈，他最後把高陽摟在懷中時，高陽就哭得更委屈了。李世民認爲那哭是在剜他的心。

於是在這一天，太宗李世民終於嫁走了他心頭上的這個寶貝。

他畢竟是父親。他感受到了一種生離死別般的父親的悲哀。

高陽公主出嫁的那個時辰，李世民在他的寢宮裡獨自垂淚。他誰也不見。那是他自己的時辰。

那一天從清晨開始，李世民就心情憂鬱，上朝時面對文武百官也不想說話。

他坐在朝廷上，耳邊卻總是響著高陽公主歡快的笑聲，想著她小時候天眞可愛的樣子。他想從此再也不能常常地見到她了。於是他早早退朝。他以一個父親的難割難捨的心境在政務殿與房玄齡面對面地枯坐了很久，他本想囑咐或是拜託房玄齡什麼。但是他又想其實那都是多餘的。他選擇了房玄齡就意味著他信任這個老臣，信任這個朋友。

然後太宗離開太極宮。

他什麼也沒說。

他獨自回到他的寢宮甘露殿。

李世民獨自坐在屛風的後面誰也不見。這是這個大唐的皇帝從未有過的一種心境。在高陽之前，他也曾嫁出過十多個女兒，從長女襄城公主到長樂公主、臨川公主等等，多少次送她們離開後宮。而無論是哪個女兒出嫁，他都不曾有過如此苦痛的心境。他想也許是因爲他年紀大了，也許是因爲他太愛高陽了，他把她視作自己身體的一部分。當那一部分驟然之間棄他而去的時候，他當然會覺得很疼，心疼，那疼痛的地方在流著血。他覺得一下子很孤單很淒冷，再沒有燦爛的陽光照耀，他的心從此荒蕪寂寞。他這時才意識到高陽公主就是那道燦爛的陽光，十幾年來，她一直照耀著他，撫慰著他正一天天蒼老的身體和心靈。而十幾年來他對此卻渾然不覺。直到此刻，當高陽被那典雅華麗的皇家的車輦帶走，他才察覺失去這明媚的陽光有多麼可怕。

他很孤寂。

高陽的離去使他終於清醒地意識到了他的衰老。他爲此而傷心不已。這是種很深切的傷痛，是唯有他這種經歷過浴血奮戰如今高高地坐在皇椅上的人才會有的那種悲哀。

走了高陽，這後宮裡就像是走空了一切。

寢殿裡空蕩蕩的，死一樣的寂靜。

俗話說，嫁出去的女，潑出去的水。

最後，唐太宗李世民狠狠地甩了甩袖子。他想，任由她去吧。

然後他早早上床睡了。

那一夜，他徹夜難眠，他沒有讓任何女人來陪他。

而高陽公主呢？

高陽似乎從不曾知道她父皇的心境。在後宮常常以她爲中心的生活中，她似乎也從不曾注意過別人的心境，包括她的父親。

十五歲的高陽公主如花般美麗。她坐進那輛裝飾得富麗堂皇的皇家車輦時，竟沒有半點憂傷。她沒有人可以眞心告別，母親死了，而父皇又不肯前來爲她送行。唯有那車輦是父親送給她的，那是她喜歡的，如此的豪華氣派。車上的金玉流蘇和清脆風鈴在馬車有節奏的顛簸和晃動中發出音樂般好聽的響聲。

馬車一直駛向梁國府——宰相房玄齡的宅第。

在宮廷的樂舞喧囂之後，黑夜落下了帷幕。

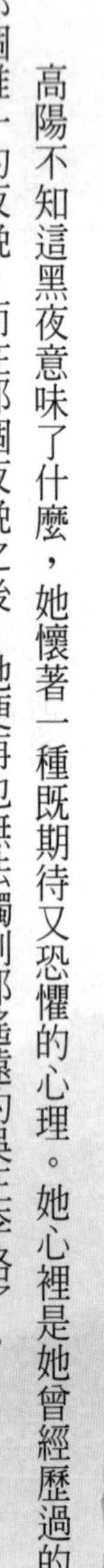

高陽不知這黑夜意味了什麼，她懷著一種既期待又恐懼的心理。她心裡是她曾經歷過的那個唯一的夜晚，而在那個夜晚之後，她便再也無法觸到那遙遠的吳王李恪了。

高陽公主被貼身的侍女淑兒扶進了她的新房。她張大驚奇的眼睛，看著眼前的一切。她覺得這房中的一切都很陌生，她不知那掛著紅色帷帳的木床意味了什麼，而她一個皇帝的女兒又該怎樣在一個宰相的家裡做媳婦。

高陽在這間很大很開闊也很陰冷的房子裡走來走去。她想，這裡今後就是我的家了。房間裡到處是蠟燭和油燈，很溫暖的照耀，那柔和的光亮竟使高陽公主的心裡頓生柔情。那柔情在她的身體裡鼓脹著，鼓脹著變成了一種渴望和激情。

高陽公主問淑兒：「你看見那房家公子了嗎？他怎麼樣？」

淑兒站在那裡沉默著。淑兒是高陽從後宮帶來的貼身的奴婢。她們從小一起長大，高陽已經把淑兒當作了自己的姐妹，她所有的貼心話是唯有說給淑兒的。

她問著：「你怎麼不說話？那個房遺愛究竟怎麼樣？他還不至於太不行吧？那是父皇親自挑選的。」

「也說不上怎麼樣。」淑兒低著頭小聲說。

「也說不上怎麼樣是什麼話？告訴我他究竟怎麼樣？比三哥吳王李恪怎麼樣？」

淑兒緊皺著眉頭使勁地搖了搖頭。

「就是說，他不如吳王？」高陽急切地問著。

「吳王是什麼樣的男人。」淑兒說。

「那父皇為什麼要把我嫁給這樣的男人？」高陽公主說著就哭了起來。

「還不是因為房玄齡的地位顯赫。」

「他地位顯赫和我有什麼關係？我比他的地位還顯赫。」

「皇帝可能認為這是你嫁的最好的人家了。他一直很信任這個老臣。公主，別哭了。你沒有選擇。說不定這位房家二公子人挺好呢……」

這時候，在這夜色沉沉之中，有奴僕稟報，說房遺愛來拜見公主，在門外等待。

「他來做什麼？」公主怏怏地說。

「這是天經地義的。」

「淑兒，你說我怎麼辦？」

「你沒什麼怎麼辦的，你只能去做了。」

「去做什麼？淑兒，你別走……」

「我不走，我就在這侍候著你，侍候你和駙馬上床。」

「他憑什麼上我的床！他可以去西院。西院不也是我的房子嗎？」

「是的，是你的。可是你眞要讓他住西院嗎？若是駙馬不願意怎麼辦？」

「他憑什麼不願意？我還不願意呢？叫他進來，我自己對他說。」

然後，膀大腰圓的房遺愛怯怯地走進來。他興沖沖地又深懷著拘謹，他不知道該怎麼說，更不知道該怎麼做。自從他得知他要娶皇帝的女兒時，就在狂喜中又憂心忡忡。他手腳冰涼，頭腦裡一片空白。他甚至不敢抬頭去看傳說中美麗無比又是皇帝最寵愛的女兒。他站在那裡，低著頭，在溫暖的燭光下他的心怦怦地跳著。那黑夜中的紅色的帷帳烤著他，他心中的慾火燒著，但是他卻哆嗦著，心急如焚地等待著那個令他身心陶醉的時刻。

高陽公主抬頭用一種很挑剔很冷酷又很尖銳的目光打量著這個年輕的男人。這是她第一次見到後宮和皇室以外的男人。

高陽自出生以來，除了父親和那十幾位弟兄，她幾乎沒見過其他的什麼男人。她一直被封鎖在後宮，整天和後宮的那些無能也無慾的宦人們打頭碰臉，她自己便也不知那眞正的男人應當是什麼樣子的。後來，隨著她慢慢長大慢慢出落成一個漂亮的女孩兒之後，她本能地在後宮中選擇了兩個男人來崇拜。一個是她做皇帝的父親，另一個就是三哥吳王李恪，她心中的白馬王子。英武年輕的李恪是李世民同隋煬帝的女兒楊妃所生的兒子。楊妃美麗高雅，她的皇家的血統使李恪一生下來就有一副皇子氣象。李恪身上不僅流淌著當今大唐皇帝的血液，也流淌著隋煬帝皇室的血液。在唐太宗的十四個兒子中，唯有李恪是眞正的皇族。李恪的文武之才不僅在他的兄弟們中間出類拔萃，而且深得唐太宗的喜愛。他既冷酷孤傲又文質彬彬，既雄才大略又溫文爾雅。所以高陽才會崇拜他。高陽在她的眾兄弟中最愛他，也所以她在生母亡逝的那個晚上，要去見她的三哥；她要在三哥的胸懷中，尋找到一個男人的安慰和溫情……

從此她心目中只有一個男人的形象，那就是吳王李恪。

而此時此刻吳王遠在江南，而此時此刻高陽只能在紅色的帷幄前打量著站在面前的陌生男人房遺愛。

她覺得這個年輕的男人既不像淑兒緊皺的眉頭暗示給她的那麼差，也沒有她心目中吳王般的男人那麼好。她想她怕是不能把什麼人都去和吳王比。但是，她想不管這個房遺愛是好是壞，在這樣的一個讓她滿懷著柔情的夜晚，她是絕不能和這個壯實的滿臉蠢笨的男人睡在一起的。

高陽公主這樣想著她便高高地昂起了頭，拿出一副十足的皇家大公主的派頭。她用很輕蔑很冷酷的語調對房遺愛說：「我不認識你。我才第一次見到你，我想我還不習慣和你同床共枕。我已讓淑兒她們在西院爲你安排了房間。你過去吧，我累了。」

高陽公主說罷就背轉了身。她心裡想，她幸好有大公主的身分幫助她拒絕這個她實在不想要的男人。

房遺愛目瞪口呆地站在那裡，臉彆得通紅。他想不到在他的新婚之夜竟會是這樣的結局。他剛剛在來見公主之前還特意喝了酒。但不論酒給他壯了多大的膽子他依然不敢反抗半句，他張開了他的嘴，卻不知該說什麼，怎麼說。情急之中，他的眼淚竟流了下來。

高陽公主依然背對著他。她可能是猜到了他還想說什麼，於是她又冷冷地說：「沒有什麼好說的了。我要睡了。淑兒，你領二公子去西院。」

公主說過之後，就吹熄了她身邊的那兩盞燈。公主陷在了黑暗中，並緩緩地走向那暗影中的紅色的帷帳。

那麼美豔的女人，恍若是天仙。

房遺愛在淑兒的引領下，悻悻地退出了高陽公主的寢室。他的心中有一種說不出的委

屈，到底他也是相門子弟，他不知此時此刻該對誰訴說。他被高陽拒絕的時候，剛剛二十一歲，他正年輕氣壯，周身都充滿了慾望。而他又剛剛親眼目睹了高陽那絕世的美貌，他被這美貌驚呆了。其實他早就聽說高陽在唐太宗的眾多女兒中是最美的，但是他卻從來不敢奢望這個最美的公主會成為他的妻子，他一直沒想過自己有一天會成為駙馬。他想他的家中即便是有人能當駙馬，也該是他的哥哥房遺直，而不該是他這個粗蠻的武夫。然而，想不到命運竟使這豔福落在他的身上。他何德何能？有很長的一段時間，他不敢相信這是真的，不敢相信他此生明媒正娶的女人竟會是皇室中最美的公主。他因此而很得意也很幸福，但同時在幸福與得意之中，又感到很緊張很自卑。他知道，對於高陽公主那樣的女人來說，他是怎樣的微不足道。即使是在他自己的家中，在兄弟們中間，他也不是最好的。他從小不能像哥哥遺直那樣刻苦讀書，而只是依仗父親的名聲終日裡踢球打蛋，歪打正著地練出了一身武功和一身結實的肌肉。然而，這美夢般的現實從天而降。他福人福相，傻人傻命，居然在這一天就成為了駙馬都尉。當時的房遺愛對官運並沒有什麼興趣，他的興趣全在那個最美的十五歲的女人身上。在等待著結婚的漫長的日子裡，他把全部的慾望都寄託在這個將與美豔的公主同床共枕的夜晚，並為這個夜晚苦熬著。他晝思夜想著這個晚上，想著他是怎樣把那個赤裸的柔美的皇帝的女兒緊摟在自己的懷中……他為此甚至在哥哥遺直面前也不再有什麼自卑感。他儘管崇拜遺直，但是他已經覺得他要比遺直尊貴了……但是，想不到，當他在這個日夜盼望的夜晚興沖沖地走進他本應與公主同眠的寢殿時，他竟被趕了出來……

他在淑兒的引領下搖搖晃晃地走著。

這時候酒的威力才滋生出來，慢慢地房遺愛站不住了。

後來，他摔倒在西院的石台階上。淑兒想扶起他，他卻掙脫了淑兒。

「你是誰？你是什麼人？我不認識你！你告訴我，我爲什麼要睡西院？」

房遺愛坐在西院冰冷的台階上，台階上是晚露，濕淋淋的。淑兒遠遠地站著。房遺愛獨自坐在那裡，滿腦子是高陽公主那美麗而冷酷的樣子，她輕蔑的目光和她冰冷的語調。

「她趕走了我，對嗎？」房遺愛對月夜中站得遠遠的淑兒說。「是的，她趕走了我。她憑什麼趕走我？這是我的家。她住的是我的房子。而她卻把我趕走了！可我是駙馬！你聽見了嗎？我是駙馬！是當朝的皇帝、她的父親把她給了我，你說對嗎？她有什麼權利趕我走？我得回去，我得問問她這個理。」

房遺愛這樣說著。他想反抗，但是他卻根本就沒有勇氣。他搖搖晃晃地站起來，他想往回走但被淑兒攔住了。他和淑兒撕打著，在撕打之間他吐了。

酒氣薰天。

淑兒嫌棄地站在一邊。

房遺愛難受極了，他不僅覺得委屈而且覺得屈辱，但是他卻不知他究竟該怎麼做。最後，一個五大三粗的堂堂的七尺男兒竟趴在冰冷的石牆上嗚嗚地哭了起來。

那哭聲很淒切。

在那新婚的月夜中。

大概是那淒切的男人的哭聲使遠遠站在一邊的淑兒動了惻隱之心，她輕輕地走過來，攙扶著房遺愛。淑兒說：「駙馬爺，來，我扶你回西院歇息去吧。」

淑兒讓房遺愛酒醉的沉重的身體靠在她的身上。淑兒的柔弱的肩上是房遺愛粗壯的手臂。

「你是誰？你來做什麼？」房遺愛這樣說著，但他還是乖乖地跟著淑兒進了西院。

就在淑兒將房遺愛安頓在床上，準備回去侍候高陽公主的時候，房遺愛突然坐起來抓住了淑兒的手。

「駙馬爺……」

房遺愛上來就撕開了淑兒的外衣，露出了她豐滿的秀麗的乳房。房遺愛抓著淑兒的乳房讓她一點點地靠近他，然後把她狠狠地按倒在床上……淑兒在她絕望的疼痛中感到了一種不可名狀的驚異。

這樣過了兩天之後，在一個陽光明媚的早晨，高陽正在喝茶。她覺得她已經慢慢適應了房府中的生活。她想，只要是房遺愛不來打攪，這裡的生活同後宮的生活就沒有什麼兩樣，甚至還更自由些。

淑兒走進來，她對公主說：「房家大公子房遺直求見公主。」

「房家大公子？」

「一表人才的。」

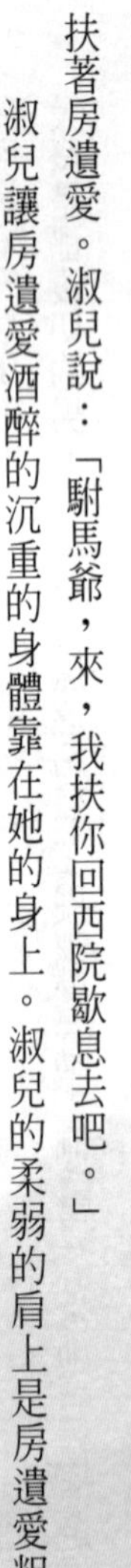

「胡說什麼，淑兒。他來做什麼？」高陽公主不解地問，「這裡跟他有什麼關係？不見。就說我不舒服。」

「公主何必如此呢？你可是要在房家待一輩子的，你要搞好上下左右的關係才是。」

「我搞什麼關係？我是大唐的公主。淑兒是不是你想見見他呢？你剛才不是說他一表人才嗎？比吳王怎樣？」

「你就知道吳王。難道天下只有吳王一個男人嗎？見見他吧。」

「他眞的是一表人才嗎？比他的兄弟怎樣？」

「你見見不就知道了。」

「那麼好吧，我見他，你去請他進來吧。」

高陽公主又高高地昂起了她那顆美麗而驕傲的頭顱，凜然一副不可一世的樣子。她時刻準備著用打量房遺愛的眼光去打量這個房家一表人才的大公子。她始終記得自己是皇帝的女兒，她在房家是至高無上的。

房遺直翩然而至。

他矜持地站在門前，微低著頭。不卑不亢地向公主請安。

高陽公主看不見他的臉，但卻朦朧覺得他比房遺愛清瘦了許多，也文雅了許多。但儘管如此，高陽還是高傲地問他：「大公子特意趕來有什麼要緊的事情嗎？」

這時候房遺直緩緩地抬起了頭。他把他的目光坦誠地投向高陽。高陽頓時覺得她的心像被什麼捏緊了，她從未見過房遺直這樣的男人。他臉上稜角分明，他的目光深邃。他的唇邊

留著一圈黑色的鬍子。高陽公主在這個男人直率的目光下，似乎再不能把她的頭高高的昂著了。

他們四目相視，良久。

在這良久的注視中，高陽公主就像是被俘虜了一般，她說不清她當時的心情。

緊接著，房遺直坦率地說：「公主確乎如人們傳說的這般美麗。」

面對房遺直如此率直的恭維，高陽公主反而無言以對了，她甚至有點惶惑。

「我來是為了我的兄弟。公主你對他不公平。」房遺直開始侃侃而談。他在平靜中蘊含著莊嚴。他的語調很低緩，彷彿山谷中低迴的泉水在流響。房遺直說：「公主，你是受皇帝的旨令來到我們房家，這是天賜的良緣。我們全家對皇帝給予我們的這榮幸無比感激，我們自然也會像對親人一樣地愛戴你、尊重你。但是，你卻萬萬不可自恃如此，不能倚仗公主的身分就隨隨便便侮辱我的兄弟。房遺愛是你的丈夫，事已如此這一點是無可更改的了。儘管你們結婚之前素不相識素昧平生，但感情是可以慢慢建立的。你是皇帝的女兒自然無比尊貴，但遺愛雖不及你出身尊貴，但他也是個人，一個男人，你該平等待他。這些天來遺愛非常痛苦。那樣的痛苦怕是你這樣的公主根本無從體驗的。房遺愛是我的胞弟，我了解他，也珍愛他。他雖然從小不思文墨，但論及報效朝廷，他那一身超凡的武藝也是非他人所及的。遺愛是個很忠厚的人，日後他會對你很好的。所以還望公主能體察他的苦衷，念在皇上和我們父親的友情上，念在你們夫妻的名分上，給胞弟遺愛一個機會吧。」

房遺直說過之後便退後幾步。他站在那裡，低著頭，沉默著。那沉默是不容置疑也是不可逾越的。

高陽公主被那娓娓的話語驚呆了，她想不到房府中竟然有人敢這樣對她說話。她聽著房遺直這坦率的大膽的充滿了感情的肺腑之言，她覺得她被感動了，她甚至被說服了。她十分欽佩遺直對遺愛的這一份難得的手足之情，這在他們皇室的兄弟姊妹之間幾乎是沒有的。特別是那些皇兄皇弟們，爲了王位，他們彼此傷害彼此殘殺，不知有多少年輕有爲的皇子就死在了王權的爭戰中。於是，高陽便愈加地感動，她的內心裡驟然又充滿了柔情，就像她嫁到房家的第一個夜晚，她獨自一人面對那紅色帷帳時的那種心情。

高陽覺得她突然間矮了下來，她周身的肌膚也鬆弛柔軟了下來，她用一種說不出的溫婉的語調對房遺直說：「大公子，你請坐下。淑兒，去給大公子泡茶。」

房遺直沒有坐下。他說，他要說的話已經說完了。他要告辭了。

「爲什麼？不……」

他們再度四目相視，再度良久。高陽覺得她簡直無法形容她當時的心情。她望著遺直，她的心怦怦地跳著，一種莫名的慾望和激動，那是她從未有過的。她覺得她喜歡眼前的這個很有男子氣概的男人。她不想他立刻就走。她想和他待在一起，想看著他，聽他說話。她覺得她甚至喜歡房遺直的那低迴的娓娓聲音，那聲音就那樣環繞在她的耳畔浸潤著她的心靈。

房遺直還是扭轉了身。

「大公子，不能留下來嗎？就一會兒。」

房遺直朝門外走。他在出門前再度扭頭看了看高陽。他說：「公主眞的很美。美極了。」

高陽公主覺得她的臉突然紅了。一直紅到了脖子根，她周身的血都在往上湧。她第一次覺得羞澀，也是第一次聽到一個男人如此執著地讚嘆她的美麗。

她眞的有那麼美嗎？

高陽快步走到門前。她一直看著房遺直的背影，直到那修長的背影消失在大門外。

「大公子呢？」淑兒端著茶進來。

「輕一點兒好不好。嚇了我一跳。」高陽公主的心確實怦怦地跳著，跳得很急促。

「怎麼啦？你在看什麼？」淑兒問。

「他走了。」

「你在看他的背影？他怎樣？是不是一表人才？」

「可惜不是他。」

「什麼可惜不是他？」

「沒你什麼事。淑兒，你瞎問什麼？」

高陽公主扭轉身走進她的寢室，她順手插上了那雕花的木門。她走到梳妝台上的銅鏡前，她坐下來，她想知道她是不是眞的很美，她想在銅鏡中看到剛才房遺直看到的那個女人的臉。高陽抬起手臂用她細長的手指撫摸著自己的臉頰，臉頰很燙，而她的手指卻冰涼。高陽在銅鏡中看著她自己，她突然覺得一切很美好，她在房家的生活裡從此充滿了希望和陽光。

房遺直的來訪，果然使房遺愛的處境有了改善。他一直所處的那種尷尬的被鄙視被冷落的局面有了某種緩解。公主在白天開始主動和房遺愛接觸，與他聊天，這使房遺愛受寵若驚。於是這個受寵若驚的男人進而要求公主給他晚上，但被公主推說身體不適婉言拒絕了。但無論如何這已經是一個了不起的進展了，房遺愛便以「今後的日子長著呢」來安慰自己，並告誡自己要慢慢來。在高陽公主這一方，她之所以做出如此的努力全然是因爲房遺直的那一番語重心長令她感動。她可以對房遺愛平等相待，但睡覺是不可以的，所以她仍不允許房遺愛在晚上走進她的寢室。她覺得房遺愛永遠不會是她心上的男人，即或她不是公主，作爲女人她也還是不能和不是她心上的男人上床，她甚至不能想像她和房遺愛上床時的情景。儘管她的體內已經脹滿了慾望，她甚至有過那種慾望的經驗，但是她卻只能苦熬著，耐心地等待。

但從此，在房家的府第裡，高陽公主有了她的心上人，有了她日夜惦念的那個男人。她進而覺得能嫁到房家是一件多麼好的事情，至少是她走進了房家的大門才得以認識了溫文爾雅、英俊瀟洒的大公子房遺直，她才能夠常常地見到他，或是在全家人的聚會上，或是在梁國府山青水秀的花園中。

而自從房遺直專門爲遺愛的事拜見了高陽公主之後，他對公主的態度就變得謹愼而保守了。有時在花園中相遇，他總是故意避開，或僅只限禮節性地向公主請安。總之，他盡量迴避與公主單獨接觸的機會，他見到公主時總是話很少，甚至不願抬起頭直視高陽的眼睛，這使已落入愛河的高陽公主很惱火。

高陽在房家的府中也見到了房遺直的妻妾和子女。她們對公主很尊敬，甚至有點誠惶誠恐。公主認爲這樣很好，她本來對她們就不屑一顧。

有一次房玄齡爲了慶祝他的生日，在家中大擺宴席。在主賓席上，因爲高陽是皇女，所以她被特許與房家的兒子們一道與公公同桌共飲。那一次高陽的位子就在房遺直的對面，她抬起頭來就能看見桌子那邊的那個她朝思暮想的男人。她就是不抬頭也能感覺到那個男人的灼熱，像一團火，在他們中間燃燒著。在一個偶然的也是必然的時刻，他們終於又隔著桌子隔著那一團熱騰騰的火，四目相視了。

一切盡在不言中。

高陽覺得她的臉又紅了。一直紅到了脖子根，她用冰涼的手去撫摸她臉上的灼熱。她抬起頭看著房遺直。

這時候房遺直突然站了起來。他對父親說他要去關照一下母親和他的家人。

房遺直走了很久。

高陽公主頓覺索然。

她後來也站了起來，她說她喝得有點多了，她想到屋外去透一透空氣。房遺愛馬上站起來要去陪她。而高陽立刻做出很親暱的動作，用細長的手指把房遺愛重新按回了桌前。她微笑著親切地對房遺愛說：「你好好吃吧，我去去就來。」這竟使老臣房玄齡以爲他們十分恩愛而百感交集。

高陽公主獨自一人走在迴廊裡。她看著月夜，很暖的春天的風吹著。高陽公主突然覺得此時此刻她非常想念父親，她不知父親此刻獨自在後宮是不是很孤寂，是不是也很想念她，對父親的想念使高陽很難過。

高陽就這樣有點感傷地在迴廊上走著，她想不到，在這很黑的迴廊中在這溫柔而美好的月夜會迎頭撞見房遺直。

迎面走來的黑影使高陽公主驚恐地叫出了聲。

「公主，是我，你不要害怕。」

「眞的是你？是大公子……」

他們面對面地站住了。

驟然間地，他們都不知該說些什麼。

他們離得那麼近，甚至彼此能感覺到對方的呼吸，那是種吸引。在很黑的迴廊上在很溫柔的夜色中。也許在那一刻，他們是能夠緊緊地擁抱在一起的，高陽是那麼渴望，她甚至已經伸出了她的手臂……

遺直向後退了半步。

他們終於失之交臂。

「遺愛……不，我是說公主你好嗎？」房遺直問。

然後一切的衝動一切的可能都被房遺直的這句問話給毀掉了。

「是的，是的我很好。你的兄弟也很好。你難道沒感覺到我們已經很好了嗎。」

「是，是，我感覺到了。」

「這全要感謝你的一份苦心。你爲什麼不再過來坐坐呢？」高陽公主冷靜地逼問著。

「你們好就好。」房遺直退步側身，爲高陽公主閃出迴廊中的通路。

「可是大公子，你好嗎？」高陽公主固執地站在那裡，她問著房遺直，「你看今晚的月亮是不是很美？」

……

就在那天的晚上。

就在夜深人靜，高陽公主剛剛更衣睡下，她突然被一陣急促的拍門聲驚醒了。

「淑兒，淑兒快看看是怎麼回事？」高陽害怕地喊著淑兒。

這時候傳來房遺愛大叫開門的聲音。他又是藉著酒勁，高聲地喊著，在這寂靜的午夜顯得異常刺耳。

「淑兒，快叫他走開。」

淑兒便走到門口，隔著木門對房遺愛說：「駙馬爺，你快走吧，公主已經睡了。」

這時候房遺愛不僅不走，反倒坐在門口嗚嗚地哭了起來。他哭得很傷心，邊哭邊奮力拍著門。無論淑兒怎麼勸他，他就是不肯離去。

「怎麼辦？」高陽在院子裡焦慮地走著。她只穿著薄薄的絲綢睡衣，但是她已顧不上冷。

「怎麼辦？」她問著淑兒。

「我沒有辦法，他就是不走。」淑兒說。

「去請大公子吧，淑兒，去喚醒一個僕役，讓他從這後窗跳出去，把大公子找來。」

然後，房遺直在夜色中疾步趕來。他看到那個已蜷作一團痛苦地抽搐著的房遺愛，他說不清當時自己是什麼心情。他很憤怒，也很難過，他十分嚴厲地對房遺愛說：「你看你成什麼樣子了。快回你房裡去。」他邊說邊敲著高陽的門，他喊著，「淑兒，快打開門，把駙馬爺扶進去。」

房遺直說著去扶依然痛哭不已的那醉醺醺的遺愛。

淑兒打開門，但卻掩著，將遺直和遺愛拒之於門外。

「爲什麼？」房遺直問著。

「大公子……」淑兒不知如何作答。

這時候，穿著淡淡薄紗的高陽公主從門縫裡閃出，她的長髮披散著，像月光下流瀉的黑色瀑布。

那一刻，房遺直簡直不敢相信那個黑暗中的公主是塵世中人。她彷彿仙女下凡，在月光的陰影下飄飄渺渺，那蟬翼般的薄紗將那裸露的身體掩蓋著。

那是種絕美。

房遺直不能不動心。

但靠在他身上的遺愛提醒他現實。

這現實太殘酷。於是他只能更加嚴厲地問著公主：「爲什麼？爲什麼至今還這樣？」

「可我們已經是朋友。」高陽平靜地說。

「可他是你丈夫。你懂什麼叫丈夫嗎？」遺直難抑他的滿腔怒火，他扶起遺愛就向裡闖。

「不。不，大公子，你要做什麼？」高陽公主擋在了門口，她用她柔軟的胸膛擋在房遺直的前面，「你若是讓他進來，我現在就死。」

「可是……」房遺直停住了。

「可是大公子你爲我想過嗎？你看他醉醺醺的樣子，你就一定要把這個醉鬼塞到我的床上嗎？那我就眞不如死了，就死在你們房家。我原以爲在這個家中，還有你關心我，了解我，可想不到你竟也……」

高陽公主也哭了，她哭得也很傷心。

這時候房遺直不再往裡闖，他扶著醉酒的房遺愛掉轉頭向西院走去。

這時候，傷心的高陽叫住了月夜中的房遺直，她說：「我們能再談談嗎？我能等你嗎？」

「不。」

「不？」

「不，我是說什麼時候？」

「就現在，你先去安頓了他。」

房遺直無可奈何地扶走了房遺愛。

然後高陽在她的院子裡心懷惴惴地等待著。她走來走去。她很怕房遺直不會再回來。春天的夜晚依然很涼，但高陽只穿著那件薄薄的絲綢長裙在院子裡徘徊著。後來她緊抱著自己的雙肩回到了她的房中。她坐也不是站也不是，她的心很不安也很焦慮。她這樣等待著，這等待的滋味很不好受。她想叫淑兒去西院看看房遺直是不是還在那裡，但又不想讓淑兒看透她此時此刻的心情，她努力使自己做出一副很平靜的樣子來。她就這樣在焦慮中急切地渴望著。

終於，淑兒在門外輕聲說：「大公子來了。」

然後，門被推開，房遺直走進來。

高陽公主抑制不住她的急切的心，她扭轉頭，她看著房遺直。她一直看著他。她一邊看著房遺直一邊對淑兒說：「你先回你的房間，有事我會叫你。」

淑兒悄無聲息地離去。

「你坐吧。」高陽說。然後她就不知道她還該說什麼了。在幽暗的燭光下，在寂靜的午夜，她只聽到她的心在激烈地跳著。

房遺直沒有坐下。

他看著此刻如羞花閉月般的高陽，看著站在他眼前的這個幾乎赤裸的女人。

房遺直是一個很能自制的男人，他能夠在最強烈的誘惑面前不動聲色，說出他想說的話。

他走近高陽，他覺得他甚至能感覺到高陽公主身上的那涼絲絲的體溫。他說：「不要再拒絕了。這是你的命，你是無法擺脫的，無論你喜歡還是不喜歡，你都只能接受這現實，你別無選擇。既然如此，你又何苦把你們的生活弄得這麼狼狽呢？遺愛他心裡很苦，他從未做過這種有失體面的事情。難道他娶了皇帝的女兒就一定要遭此磨難嗎？你不要再逼他了，好嗎？他是個男人，他要硬撐著面子。他在你這裡的苦衷你要他向誰說？他不能跟父親講，也不願對我說，所以他只能藉酒澆愁。對你有失禮節的冒犯之處，還望你能原諒他，行嗎？我這個當哥哥的在這裡向你賠罪了。」

「不，不要。」高陽公主看著房遺直，眼淚撲簌簌地掉了下來。她委屈地說，「我知道你說的都有道理。從上一次你來之後，我也一直很敬重你，並盡量按照你說的去做。可是，可是我就是不喜歡他。我承認他很好，也像你說的他很忠厚，而且他對我也特別好，百依百順，但是你不能要求我就一定要和他同床。我不能和他睡覺。我不能和我不喜歡的人睡覺。你懂我的意思嗎？我就是不能……」

高陽公主哭著，她的周身顫抖，那蟬翼般透明的絲衣將她顫動的青春的乳房透了出來。還有那少女的曲線。高陽如凝脂般光滑的肌膚在幽暗而又溫暖的燭光下閃著玫瑰的光澤。

近在眼前的這個美麗的哭泣的女人使房遺直不能不心動了。他心動是因爲他覺得高陽說的也有道理，一個皇帝的女兒竟也會有如此深切的苦痛。他一時不知道自己該怎樣去安慰這個可憐的姑娘。他伸出了手，他透過薄紗觸到了高陽的肩臂。那一刻，他突然很怕自己，他縮回了手。他低下頭爲的是不再看眼前這個動人的女人。他說：「你不要哭了，我了解你，我不會逼迫你，我也會再去勸勸遺愛。我只是希望你們能相安無事。公主，你不要再哭了。你這樣哭著我心裡也很不好受。我告辭了。」

「不，大公子，你先不要走。」高陽跑過來攔在門口。她抓起遺直剛剛觸過她的那隻手，貼在自己濕淋淋的臉上。她說：「……你先不要走，大公子。我很怕，我住在這裡很陌生。

這裡不是我的家。我在這裡沒有親人，也沒有朋友。我有了苦衷也不知該向誰去說。這裡的夜晚很冷也很黑，大公子……」

驟然之間一陣夜風吹過來，吹熄了床前的那盞唯一的燈……

「大公子，大公子我眞的很怕……」

這時候月光流瀉了進來。

房遺直和高陽公主驟然間緊緊地擁抱在一起。房遺直的激情像奔瀉的洪水，他拼力將高陽那柔軟的身體緊緊地抱在自己的懷中，拼力地上下撫摸著高陽青春的肌膚。他已不能控制自己，他已顧不上高陽是誰，而他自己又是誰。他抱著高陽，他親吻著她。他們喘息著，顫抖著。高陽在房遺直的懷抱之中慢慢變得酥軟，彷彿要暈倒了一般。她覺得是一種似曾相識的感覺又重新回到她的體內，是她最渴求的慾望。吳王李恪在她的腦海中流星般閃過，但舊往轉瞬即逝。眼前唯有這個房家的大公子，一個她喜歡的成熟的男人。她在房遺直的耳邊喃喃地說著：「爲什麼不是你，爲什麼不是你，爲什麼……」

房遺直把高陽公主抱到了床上。

他們沒有去點亮那盞燃盡的油燈。

他們在月光下。

高陽脫掉了透明的絲裙，把她青春美麗的身體毫無保留地裸露給遺直。

「不。」房遺直還是轉身要走，但被那赤裸的楚楚動人高陽拉住了。她問他：「爲什麼不？難道我不美嗎？能來嗎？我喜歡你。能來嗎？能和你在一起，我死而無憾了。」

「可是公主，我不能。我們不能……」

「為什麼不能？我求你了。你是我此生遇到的我第一個可以去愛去喜歡的男人。為什麼不能？上天賜你於我，這是我的幸運。來，行嗎？過來，抱抱我。」

高陽公主緊緊地抱住了房遺直。她一邊親吻著她一邊脫去房遺直的長衫和內衣。在朦朧的月夜。房遺直沒有任何動作，他只是冷冷地站在那裡。他任憑高陽摸索著脫去他的衣服，任憑他內心的激情鼓脹著……

但，當房遺直也已經赤身裸體地站在高陽面前時，當高陽那青春的身體就要貼上來，他猛然間把那個被慾望鼓動得幾乎瘋狂的女人推開了。他幾乎是用盡了平生的力量，他用低沉絕望而又慘痛的聲音嘶喊著：「不——你聽到了嗎？我說不！」

「為什麼不？我求你。我給你跪下。你不能走。讓我把這第一次給你吧，我愛你，你才是我喜歡的男人。別拒絕我。我答應你，你我之後，明晚我就和他同床，和他……行嗎？我求你了……」

高陽公主絕望地跪在房遺直的腳下。她那哀哀的樣子十分地悲哀和可憐。

她就那樣跪在冰涼的石板地上。

她是那樣地絕望和無助。

她一個大唐皇上無比寵愛的女兒。

遺直禁不住滿心傷痛。他扶起了高陽並把她緊摟在胸前。他說：「你眞的答應明晚就和遺愛在一起？可憐的姑娘，我喜歡你。從第一眼看見你，我的心就被你拿走了……」

房遺直吻著高陽。他吻遍了她的全身，他吻她的淚水，吻她的嘴唇，吻她的頭髮，她的脖頸，她的胸膛。他聽到了這個女人低聲的呻吟，他感覺到了他臂腕中的這個女人的扭動和抽搐。一切都是那麼好。然後他身不由已地趴在了她的身上。

針刺一般的疼痛使高陽臉色蒼白，周身布滿了細密的汗水，但是她依然要求他，她緊咬著嘴唇。他也很疼，但他卻如在天上一般。一次又一次。他問她是不是明天就能讓遺愛過來。他說：「你要答應我，你不要騙我，我們在一起完全是爲了他，爲了遺愛……」

然後，終於……

在溫暖的月光下。

他們靜靜地躺在那裡。只有那殘餘的無盡的喘息聲。高陽公主在疼痛中心甘情願地承受著那個已經疲憊不堪無力的身體。熱汗還有女人感動的眼淚。

高陽在這個美麗而瘋狂的夜晚，跨越了一個人生的階梯。

她伸出光滑而細長的臂膀，緊抱著房遺直的脖頸，哭了。

房遺直站起身。

他在離開高陽公主的瞬間看見了他和高陽身上的鮮血。

歡樂的代價。

他覺得他更愛眼前的這個姑娘了，他不能也不忍捨棄她，他還感到很遺憾很後悔，他的心情很複雜。他趕緊穿上自己的衣服，他發現他的衣服在剛才的瘋狂中已沾滿了血污。他把他沾滿了血污的內衣蓋在高陽那同樣沾滿了血污的赤裸的身體上。然後他穿上長袍，他輕輕

地吻了高陽的額頭。他想一切都將過去。但是他此時此刻卻不知道該對躺在那裡傷痛的高陽說什麼。總之一切很混亂。當他的激情在那最終的瞬間一瀉千里，他就只想逃跑了，只想躲開這罪惡和血腥。

房遺直走出高陽的寢室。

他分不清身後高陽發出的聲音是她幸福的呻吟，還是她痛苦的抽泣。

夜的冷風驟起，吹透了房遺直單薄削瘦的身體。他匆匆離去，消失在夜的無盡的黑暗中。

高陽回後宮去探望父親。

高陽的臉上閃著幸福的光澤。

高陽公主的身邊是膀大腰圓的房遺愛，他也是一副志得意滿的樣子。他陪同高陽公主走進這壁壘森嚴的皇宮時，那乘龍快婿春風得意的心境早就壓過了數日來因並沒有得到高陽的身體所生出的許多沮喪。他覺得，畢竟，對於一個男人來說，能常常來拜見天子，與權力親近才是更爲重要的。而他能夠享有如此的待遇，當然是和高陽公主分不開的。僅僅爲此，房遺愛便只能對高陽百般地忍耐了，他甚至不能太去計較他是不是能夠得到他這個妻子的身體。他更看重的，是這個冷酷高傲的女人所帶給他的另一方面的榮耀和顯赫。

這是唐太宗李世民在高陽公主嫁到房玄齡家後第一次見到她。他在這個最心愛的女兒臉

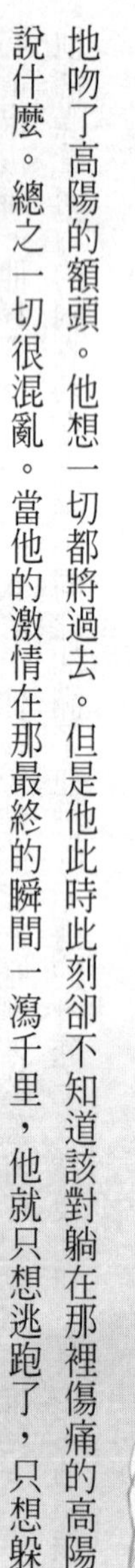

上讀到的是她的難抑的歡樂。

一個新婚的女人。

她很快樂。

而她的快樂竟使李世民的心中有種莫名的酸澀。

高陽和房遺愛雙雙拜見父皇。

然後高陽就如從前做女兒時那般旁若無人地在父親的身邊轉來轉去，嘰嘰喳喳地說個沒完。高陽的臉上閃著一種神祕的光彩，那光彩使人聯想到帷幄之間的歡愉。高陽公主說著，她還高聲笑著。她說她是多麼多麼想念父親。她每天都想從房家逃出來，回後宮看父皇。她說她想父親想得有時候會掉淚，幸好有淑兒日夜陪伴著她……

這時候房遺愛被冷落在一邊。

高陽故意不停地對李世民說著，使站在一邊的房遺愛很尷尬，他垂手而立，甚至顯得緊張。他站也不是坐也不是，更不知道在皇帝的面前到底應當說什麼，怎麼說。

唐太宗李世民感覺到了在高陽公主和房遺愛之間的不和諧。他扭轉身，用盡量親切的語調問房遺愛：「高陽是不是依然很任性？」

房遺愛於是更加地緊張起來，他不知道該怎樣回答皇帝的問話。他甚至不敢抬起頭來，他既不敢看皇帝，更不敢看高陽。

而高陽原本是他的老婆，他卻無法駕馭她。

在皇帝詢問他的那一刻，房遺愛甚至想哭。但是他最後終於鎮定下來。他說：「稟報皇

上，她很好。我們全家都很喜歡她。」

「是嗎？該不是你們全家都很寵著她吧。」然後李世民轉身對他的女兒說：「高陽你長在後宮，我又從小對你嬌慣備至，你便一向任情任性。而今到了房家，要格外自律才是。房玄齡是當朝宰相，又是我的摯友，你千萬要尊重他們，不能總是任著自己。」

此刻高陽貼近了她的父親，她用輕柔的手臂繞攏了李世民的脖頸。她笑著，她說：「父皇你說的這些話都是多餘的。」高陽透過唐太宗看到了唯唯諾諾的房遺愛。她覺得非常奇怪，難道這就是我的男人嗎？她聽見父親和房遺愛談起了房府的生活。她在那刻板的無聊的談話中驟然聽到李世民在問：「你的哥哥怎樣？我一直聽說他是個很有作爲的年輕人。」高陽的心跳了起來。她的眼前突然浮現的是那糾纏在一起的身體。她爲她想到那赤裸的身體而臉紅耳熱……

「是的。」那隱隱約約之間的房遺愛的聲音。那聲音說，「我兄長遺直確乎才學過人，深得父親的喜愛和我們兄弟的欽佩。」

話語之間，唐太宗李世民深爲房家兄弟的彼此愛戴和敬重所感動。在那一刻，他可能深深地在內心感慨皇室宗族之間爲了皇權而骨肉相殘的冷酷，他也是手上心上沾滿了兄弟的鮮血後才最終登上皇帝的寶座。而就在此刻，他可能也預感到了他親生兒子們之間的那場生死惡戰就要打響了。

於是他便更加渴望著親人間的那一份摯愛。他於是更加認定把高陽送到這仁愛之家的決定是何等地正確。

高陽走出了父皇的宮殿。她依然覺得她的臉灼熱，血從胸腔裡往上湧。她至今依然能感覺到身體被穿破時的像針刺一般的疼痛，那血，伴隨著那非同一般的熱情。從此她渴望，渴望每一個每一個春風沉醉的晚上，一個儒雅之士，那修長的身體。高陽一想到那修長的身體就禁不住心旌搖動，像這搖動的春風，很多的絲絮，在父皇的花園裡在溫暖的空氣中飄著。高陽走在那溫暖的飄著春天絲絮的後花園中，很多的鮮花。那寬闊的屋簷伸展著，大唐宮殿的萬千氣象，垂掛的風鈴，音樂般響著。房遺直的有口皆碑甚至受到父親的讚美使高陽更加幸福，那是她愛的人，她愛上了一個優秀的人，一個眞正的男人。在這個眞正的男人面前是難抑的慾望和瘋狂。高陽走著。她的臉上是那種無論是心和身都得到了最充分的滋養和滿足之後的那種深度的光澤，那麼深切地，那是一種眞正的女人的幸福。

然後李世民走近她。李世民在他美麗的後花園裡不由自主地摟住了他美麗的女兒，他很想像小時候那樣親親高陽的臉頰，但是他沒有。他想女兒畢竟長大了，且已嫁人。他覺得不能像小時候那樣把她抱在懷中實在是很讓他心裡難過。

他們走著。

在和煦的春風裡。

最後他低下頭親著女兒的頭髮。

那樣的萬般柔情。他覺得女兒臉上燦爛的神情就像這春天的陽光，將他這年過半百、體力已漸漸不支的身體也照耀得無比燦爛。

「常來看我好嗎？」

高陽抓住李世民的手。高陽說：「父親，我是愛你的。」

「那個房遺愛雖不及房遺直有出息，但他到底忠厚，對你百般依順。把你交給他，我也就眞的放心了。」

「是的，父親你儘管放心吧。房家上下確實對我很好，我願意待在那裡。只是，我常常怕父皇孤單，我……」

高陽的眼淚奪眶而出。她知道她對父親有著一重很深很深的感情。她很怕父親會想她。她一想到父親想念她就覺得很心酸。

但畢竟，高陽被又一種更新的感覺佔據了。那感情像洪水猛獸，一下子就灌滿了她的心。

高陽眼淚盈盈地告別了父親，然後就去看她後宮的姐妹姨娘們。她在女人們中間一路咯咯地笑著，她體態輕盈，神情明媚。她已不再是一個少女，而成爲了一個美麗的小婦人。

房遺愛遠遠近近地跟著她。

他枉背著駙馬的名聲而高陽心裡裝著的卻是遺直。

高陽覺得她自從擁有了房遺直，心情變得格外美好。她覺得無論是身邊的人還是身邊的事物也都變得美好起來，她甚至不再那麼討厭令人生厭的房遺愛了。她能夠找到一種合適的方式對待他，也能夠像朋友一樣地和他講話了，並把他帶進他最嚮往的皇宮，讓他盡情享受皇權的撫愛和虛榮。而她的對房遺愛的關照全因爲他是遺直的兄弟，她是因爲遺直的親近才覺得遺愛也是親近的。

她多天以來就是沉浸在這樣的一種美好中，她幾乎在一天中的每一個時辰都在想著房遺直。她每每想到晚上，在那明媚的月光下，淑兒將大公子帶進她幽暗而充滿著馨香的寢室，她的心就會怦怦地跳。她想她將會怎樣地掙脫掉那蟬翼般的薄紗衣裙，把她赤裸的身體投進房遺直也是赤裸的懷抱中。然後一切就全都不復存在了，她覺得那美好的境界無法言傳。

房遺直。

在一種無限的愛戀之中，高陽公主因此而格外感謝她的父皇。她想是因爲父皇對她特別的偏愛才使她能走進房家的府邸，認識這個家族中的所有的人，包括她最最親愛的房遺直。

高陽公主知道這就是愛了。這是她的初戀，是超越了尺度的初戀。她的心性很高，因爲她是公主。公主的地位使她能夠去愛她想愛該愛的那個人。難道一個公主都不能隨心所欲地去生活嗎？

她和房遺直可謂是一見鍾情。她覺得她嫁到房家就是爲了來與房遺直相遇相愛的，這是天命，不可違抗。結果他們相遇了，在那個原本並不美好的晚上。原本煩躁惱怒的高陽，在房遺直到來的那個瞬間在他們四目相視的那個時辰，竟突然間不煩躁也不惱怒了。而那個夜晚也隨之變得美好。他們在幽暗的月光下風流。高陽覺得她此生再也離不開房遺直了，她不管這個男人是誰，不管這個男人是不是她的丈夫，也不管這個男人是不是已經妻妾成群，更不管她自己是不是有一個被她關在門外而且是她的父親爲她指定的丈夫。這些她全不管，她也從不爲這些世俗的禁忌而憂慮。高陽認爲她是公主是當今皇帝的女兒，一個皇帝的女兒當然可以爲所欲爲。她當然可以想愛誰就愛誰，想和誰上床就和誰上床，想給誰跪下就給誰跪下。關鍵是，她愛房遺直，而她知道房遺直也愛她。但是她卻不知房遺直的愛是背負了多麼沉重的心靈和倫理的負擔，高陽不知他是怎樣地躲躲閃閃，他是怎樣地欲罷而不能。他不能拒絕心上人的愛，也不敢拒絕他所面對的那個女人高高在上的權力。

高陽求他。

這是除父皇之外她唯一低下頭去乞求的男人。

她已經離不開這個曾給予她身體和情感的快樂的男人了。爲此她寧可不管不顧。她希望她這愛的美夢能在房家久久地持續下去，直到永遠。

高陽並沒有把她關於房遺愛的許諾當作什麼，她也並沒有因爲房遺直的給予而使房遺愛也成爲她的男人，她沒有去做她已經答應了的事情。她依然把房遺愛拒之於夜晚的大門外。她甚至更爲堅定地拒絕他。她堅定是因爲她在等待盼望著另一個男人。

房遺愛並不知道在他的老婆和他的哥哥之間發生了什麼。他只是隱約覺得，凡是他哥哥見過高陽公主之後，公主的心情都會很好；而因爲心情好，公主也就會對他好，對他親近和善。他想那一定是因爲他的哥哥在暗中幫助他，他進而在心裡非常地感激房遺直。但，公主爲什麼始終不讓他留在她的寢室中過夜，不讓他上她的床。他記得他曾對遺直提起過，還記得遺直曾很爲他不平，甚至鼓動他說：「你是個男人，你娶了他。一個男人是應該知道怎樣佔有他的女人的。」

但那個女人不是一般的女人。

她是個公主，又是皇帝最寵愛的女兒，這就叫房遺愛爲難了。後來，公主帶他去拜見皇帝，而且皇帝每一次都給予他超過任何其他駙馬的禮遇，就衝著這些，他就是一輩子不沾公主的身子也値得了。

房遺愛於是安靜下來，他甚至不再提起要與高陽同床共枕的要求。他依然對高陽百依百順，呵護有加。始終如忠實的奴才般遠遠近近地跟著公主，依公主的眼色行事。高陽慢慢地便也不再那麼討厭他了，她甚至也離不開房遺愛了，因爲她要這個懵懵懂懂的擋箭牌。

在很多夜晚，淑兒常常要到房遺直的家中去找他，淑兒的理由很簡單，總是房遺愛有事要與哥哥商量。然後他們踩著月光，在夜半更深之時悄悄溜進高陽公主的寢室，人不知鬼也不覺。房遺愛在西院摟著他無數奴婢中的一個酣然大睡。而遺直則抱住高陽，和她共度縱情縱慾的良宵。

但是終於有一天，房遺直再也無法忍受他弟弟偶爾會閃出的那無望可憐的目光。他發現遺愛一天天地消瘦蒼白、無精打采。他深知房遺愛究竟是爲了什麼，而他一個堂堂的男子漢對這一類的苦衷也已經日甚一日地難以啓齒了。房遺直很難過，他每每見到遺愛都覺得羞愧，他甚至不敢直視遺愛的目光。特別是在高陽也與他們兄弟同在的時候，他更是深懷一種罪惡感。他已經太熟悉高陽的身體了，而那本該是房遺愛熟悉的所在。他知道房遺愛對他和高陽之間微妙的變化渾然不覺，他了解他的這個兄弟是個很粗疏的男人，他是不會覺察出什麼的，所以他會終日被蒙在鼓裡。還有一重使房遺直忍受不了的是，他的這個兄弟對他的至死不渝的崇拜，他們兄弟間的手足之親是任何人所無法超越的。房遺直相信，如果是有箭飛過來，遺愛是會毫不猶豫地擋在他的胸前的。然而，如今破壞了他新婚生活的那個人，不是別人，竟會是他從小熱愛崇拜的哥哥……

房遺直陷在越來越深的自責和苦惱中。

他和公主的交往越深，這種來自內心深處的罪惡感越是強烈。

然後在那個初夏的晚上，當淑兒再度敲響房遺直書院的木門時，侍童走出來告訴淑兒，他家公子出遠門了。

「出遠門了？去哪兒？我家公主怎麼就沒聽說？」

高陽公主站在房子的中央，夏的炎熱正在緩緩地逼來。高陽依然穿著那件蟬翼般的長裙。夏夜侵襲著。她等待，像每一次等待那樣。她很饑渴，也很急切。她覺得她周身的每一個細胞都張開了，張開了等待著。她既然擁有了就不能不再擁有。

「出遠門？爲什麼要出遠門？」高陽幾乎站不住了。她用手撐住了身後的屏風。

淑兒說：「回他們房家的老家去了。說他家在齊州臨淄還有一大份家產。他要在那裡住上一段時間。」

「住上一段時間？多久？」

淑兒搖頭。

「到底他要走多久？告訴我！」高陽拼力地搖晃著淑兒。淑兒只能搖頭，她被公主的那絕望和瘋狂嚇得臉色蒼白。

高陽原本在等待。她薰香了衣服薰香了身體，她把夏夜盛開的花朵灑得滿屋滿床都是。她正在等待著那一刻，等待著身體被撫摸幽谷裡灌滿甘露。但是，爲什麼？

爲什麼爲什麼？高陽趴在她的木床上高聲地哭了起來。她顫抖著痙攣著。她拍打著木床，她把那些美麗而馨香的花朵奮力地撕成碎片。她攥緊拳頭，她咬牙切齒。她恨，她不知房遺直爲什麼要不辭而別，爲什麼要丟下她，爲什麼要用這冰冷澆滅她此刻仍在燃燒的慾望。爲什麼爲什麼？她瘋狂了她絕望了。她大聲哭著，不管不顧。她不管這是在房宰相的家中不管這已經是很寂靜的深夜。

高陽公主的哭聲在夏的午夜中響著。

淑兒無法阻止她。

高陽公主院中的動靜最先驚動了西院熟睡的房遺愛，緊接著房玄齡的院裡也差人前來詢問。

房遺愛聞聲趕過來。

淑兒求救般地把他帶到公主的寢室。

這是房遺愛在夜半時分第一次走進公主的房間，他被萎落在地被撕得粉碎的那些鮮花驚呆了。

一陣陣的薰香包籠了他。

他叫淑兒打發走了父親院子裡的來人。

他小心地繞過屏風，小心地走到趴在床上哭著的公主的身邊。這是他第一次看見公主這副樣子。她的透明的絲裙把她那美麗的身體毫無遮掩地裸露了出來。那肩背，那臀部，那修長的腿。他禁不住心旌搖蕩，那是種無法抵禦的誘惑。但是他卻不敢輕舉妄動，他站得遠遠的。他小聲地勸著公主：「怎麼啦？出了什麼事？你別哭了，當心哭壞了身子。」

公主猛地爬起來。由於站起來過猛，她的薄紗一般的絲裙被扯破，她的一半身體連同那豐滿而修長的腿露了出來。她更加惱羞成怒，高聲地質問著房遺愛：「誰讓你進來的？爲什麼你不回臨淄的老家去？我懶得看見你。」

「每一年都是哥哥回去經營……」房遺愛戰戰兢兢地回答著。

「那麼你這個廢物，你又會做什麼呢？」公主罵著撲向了房遺愛。她的臉上遍是淚痕。她用她纖細的手握成拳頭拚力地捶打著房遺愛的胸膛，「我不要再見到你。你爲什麼要留在這裡？爲什麼？」

「別這樣。」房遺愛一開始躲閃著，他想捉住高陽捶打在他身上的那雙小拳頭。但是後來他不再躲閃了，他任憑高陽打他。他覺得這樣被高陽捶打也是一種幸福一種刺激。這樣他至少在被捶打中觸到了這個女人幾乎赤裸的身體。再後來，他用他平生的氣力猛烈地抱住了高陽，他使用了蠻力使用了武藝。他驟然間想起了哥哥遺直的話：「你是個男人！你娶了她！你有權利！你是男人！你娶了她！你有權利！」那話使他更緊地抱住了高陽，他聽到了高陽的喊叫聲。他感覺到高陽在掙扎，在踢打他，但是他不再怕了。他身體中不斷膨脹的是一種不顧一切的慾望。他想既然到了這種地步，他就再也不能退縮。

他任憑高陽公主在他的懷中掙扎著，踢打著，而他用臂腕將高陽緊緊箍住就像是箍住了一隻小羊。儘管高陽用盡了平生之力掙扎，而房遺愛抑制住那掙扎卻不費吹灰之力。多麼弱小，一個女人，哪怕她是公主是天子的女兒。

就這樣他們角逐著搏鬥著。高陽公主那撕心裂肺的喊叫那掙扎扭動反而使房遺愛的力量越來越大，那慾望的衝動在高陽反抗的刺激中也越來越強烈。此時此刻，他發誓要得到高陽。

慢慢地高陽癱軟了下來。

她無力地依靠在房遺愛的懷中，任他怎樣。於是房遺愛瘋了般抱起高陽。他把她扔在溢著女人的馨香、殘存著破碎的花瓣、他從未接近過的那張床上。他不顧一切地撕扯掉高陽本來就所剩不多的絲衣。然後他趴上去。他啃咬她，強暴她，無論他身下的這個女人怎樣躲閃。高陽越是躲閃就越是刺激了他的慾望，他在強暴著這女人的時候，竟有一種在強暴侮辱皇權的感覺，他越是想到高陽是皇帝的女兒就越是友一種快感越是有一種成就感。最後他終於如願以償。當他終於將他的身體和高陽的身體連結在一起的時候，他發現高陽不再躲閃了。

高陽在不知不覺之中順從了他。她喘息著，扭動著，她甚至伸出臂膀鉤住了那個男人的脖子。她不知道那個男人是誰，她只知道那是個男人，他需要她，而她此刻也需要他。那全是一種身體上的需要，是她的理智和心靈無法控制的。她放縱了那需要，放縱了她的身體，在那一刻，她放縱著……

然後一切結束。

高陽睜開眼睛才看清眼前的這個男人是誰。

她推開了房遺愛。她說：「你走開，我要一個人睡覺。」

房遺愛驚恐萬狀，他很爲他剛才的行爲而害怕。他趕緊穿起衣服，落荒而逃。直到他回到西院的房間才放下心來，並開始得意洋洋。此時此刻在房遺愛看來什麼都已不再重要，重要的是，他終於擁有了大唐的公主，擁有了他的老婆。房遺愛便是懷著這雄偉的念想入睡的。睡在了他如願以償的大丈夫的夢鄉中。

第二天，當房遺愛被淑兒帶著去拜見高陽公主時，他的心又處於驚恐萬狀之中。他不知公主會怎樣發落他，而他在昨夜做著那一切的時候並沒有徵得公主的同意。所以他很怕，他甚至周身發抖。他想不到那個平日一向高傲冷酷的公主此刻的語調竟比平時溫和了許多。

她請房遺愛坐下。

她儘管溫和了許多但還是十分驕矜冷漠地坐在房遺愛的對面。她問他：「昨晚你是不是覺得很好？」房遺愛頓時把頭點得雞啄米般，不知道該怎樣表達他滿心的感動。

公主接著說：「我們也算是夫妻一場了。可我自從嫁到你們房家，讓我百思不得其解的，就是爲什麼我父皇賜予你們房家的這銀青光祿大夫的官職和榮譽一定要給你的哥哥房遺直呢？」

公主的問話把房遺愛給問呆了。他支吾著，一時不知該怎麼回答。

「就因爲他是你們房家的長子嗎？」

遺愛點頭。他驟然想起這官位是由長子承襲的，可他過去從沒有在意過。

「他是長子，那我是什麼？你們房家把我的位置擺到什麼地方去了？你們還記得我是皇家的公主嗎？」

「這……」

「爲什麼？你們房家爲什麼要把所有的好處都給了他房遺直？」

公主的這一番話使房遺愛非常地惶惑，他不知究竟是爲什麼，公主要和他的哥哥過不去。在他的印象中，公主一直是很尊重和愛戴遺直的。她甚至當著皇上誇遺直，使他站在一邊都醋溜溜的。而此刻，她不知爲什麼突然改變了看法，她開始攻擊遺直。儘管公主攻擊遺直完全是站在他的利益的立場上，但只要有人說遺直的壞話，房遺愛聽過之後也還是會覺得不舒服。

「去對你哥哥說，讓他把那個銀青光祿大夫的閒差讓給你。」

「只是……」

「只是什麼？沒有什麼只是。你去說還是不去？」

「他是我哥哥。何況這是皇上的恩賜，何況遺直他有什麼過錯？」

「他有什麼過錯？你說他有什麼過錯？我恨他。你聽到了嗎？恨你們房家所有的人。去說吧。他要是不肯讓給你，你就永遠別想再上我的床。你走吧。」

高陽說著站起來。她的臉彆得通紅，眼眶裡轉著淚水。

房遺愛趕緊退出來。

他不懂高陽公主爲什麼要那麼恨他的哥哥。去向哥哥要銀青光祿大夫的官職？這是房遺愛說不出也做不出的。他愛遺直。但似乎又很難違抗公主的旨令。他一生從未覺得這樣爲難過。他心中有種說不出的難受。他從此感覺到生活的複雜和沉重，他不知道該怎麼辦，他已經無所適從了。

漫長的等待。

如果是房遺直還值得高陽公主等待的話。

高陽等待著。熬過一個又一個空房獨守的長夜。她緊抱著房遺直那沾滿了高陽初夜鮮血的內衣。那是她唯有的房遺直的物品了。唯有那內衣能證明在高陽公主和房家大公子之間確曾有過的情愛，唯有那內衣才能證明大公子確實是在高陽的寢室停留過的那個男人。

然而在房家大公子應當從山東老家回來的那個秋日，他卻沒有回來。

從此高陽開始仇恨。她恨著，那仇恨像毒蛇一樣在啃咬著她的心，把她的心撕成一塊塊浸滿了仇恨毒液的碎片。如果說她第一次向房遺愛提出索取銀青光祿大夫的官職是出於一時任性的話，那麼她以後一而再、再而三地鼓動房遺愛去搶奪那個官職，就確乎是由她內心的仇恨所指使著的別有用心了。

本來，房遺直的不辭而別使高陽很難過，也很感動。她想，也許是因爲他眞的愛她才忍受離開她。他不願因此而傷害了高陽公主。高陽有很久是這樣看待這個她心愛的男人的，她

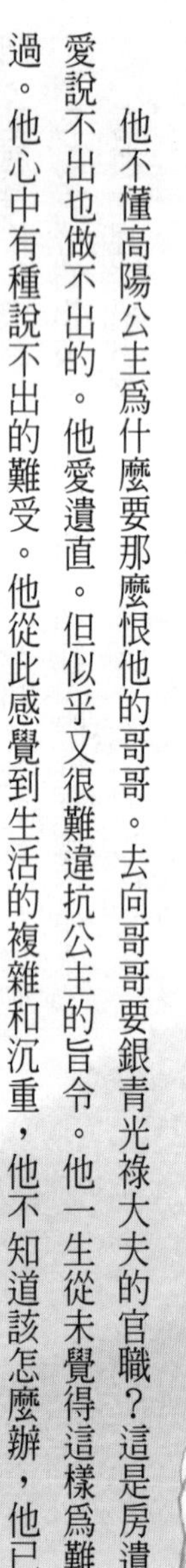

覺得他的這種犧牲精神很高尙。但是後來，那痛苦的想念和難耐的寂寞，使高陽改變了看法。她開始仇恨，她認爲房遺直棄她而去，完全是因爲他自私，是他不願因此而使他的父親他的兄弟他的家族蒙受羞辱，更不願因此而葬送了他自己的錦繡前程，一個多麼道貌岸然的小人。

這樣時間越久，高陽對房遺直恨得就越深。她已經等得不耐煩了。她不想再等下去了。

她恨是因爲那個房遺直燃起了她，之後，又逃之夭夭了。

她怎麼辦？

後來，她竟開始在極不情願的情況下，主動與房遺愛做愛。因爲，她覺得她被房遺愛強暴的那個夜晚，也沒有什麼不好，而且她也同樣在一種強暴的力量中感到了快意。她主動和房遺愛在一起是爲了她自身的慾望，但同時也是爲了在內心反抗對房遺直的思念，甚至是爲了報復那個道貌岸然的僞君子。她時常與房遺愛上床使她的丈夫受寵若驚。但每每事情過後，她又總是萬分惱怒，恨不能把他趕下床趕出她的房間，恨不能永生永世都不要再見到他。她是閉著眼睛做到那一切的。無論是在床上還是在地下，她對房遺愛的態度都很不好。她對他簡直就像是對一個僕役對一個下人，甚至不及她對淑兒。她時常在不順心的時候，隨意地喝斥房遺愛，她折磨他羞辱他，有時當著他的父親，那個大宰相房玄齡，她也依然是對遺愛頤指氣使，使那個老臣有著說不出的難堪和難過。但是儘管如此，房遺愛卻都總是聽之任之，對她一如既往地順從和恭敬。後來，房遺愛這種天生的好脾氣或是說天生的奴性，可能也稍稍感化了公主。後來，她對他客氣了一些，甚至當她實在無聊時，也會把房遺愛叫來陪他聊天。

　　這樣過著漫長的日子，漫長的百般無聊和漫長的心情沮喪，也許依然還有漫長的等待。那房遺直總會從齊州臨淄的老家回來的，高陽不知道她會怎樣對待那個再度相見曾與她有過那麼美好的肌膚之親的男人。高陽不想承認她依然在想念他，等待他，她甚至不想對自己承認她在心裡依然爲那個遠在千里萬里之外的人留著位子。

　　然而就在高陽公主從房遺愛那裡得知他哥哥不能如期返回的那天，她竟又突然間對著房遺愛暴跳如雷。

　　轉瞬之間。

　　剛剛高陽還是春風滿面。她彷彿精心修飾過，她在那天的早晨異常美麗。然而轉瞬之間，她判若兩人。房遺愛不知道他又哪句話說得不對，他又哪兒得罪了這位高陽大公主。如暴風驟雨般的，高陽開始衝著他大罵：「你算是什麼東西！眞正的窩囊廢！去說了嗎？去對你老子說了嗎？對他說那個銀青光祿大夫應該給你這個駙馬了嗎？他房遺直算什麼？他想走就走，想不回來就不回來，可這家中的好處全讓他一個人佔完了。他憑什麼？你們房家還不是因爲沾了我的光才成了皇親國戚的，可你們又是怎樣對我的？我恨你，恨那個房遺直，恨你們全家。你給我出去。出去！滾出去！」

　　高陽公主把房遺愛推出門外。

　　房遺愛懵懂地站在門外。在這一陣猛烈的暴風雨之後，他卻不知道發生了什麼。他不知道高陽是遷怒於他，他更不知道高陽之所以瞬息萬變是因爲她沒有等到那個她正在等待的人。

房遺愛莫名其妙地被拒在門外。

這樣一拒就是三天。高陽公主三天三夜足不出戶，不吃飯也不見任何人。她鬱鬱寡歡地把自己關在房間裡。忽而獨自垂淚，忽而又對日夜侍候著她的淑兒大喊大叫。

依然沒有大公子的消息。

房家的人甚至都開始焦慮。

爲此，房玄齡特派出他的小兒子房遺則前往接應。三天之後，高陽公主才允許三天裡一直守候在門外的房遺愛走進她的房間向她問安。

這三天來，房遺愛可謂是絞盡腦汁，想平息高陽這莫名其妙的怒火，想盡一切辦法讓她吃飯。見到如大病一場的高陽公主之後，他驟然覺得心裡特別難過。想不到不思茶飯僅僅三天的高陽就已十分地不成樣子。不施粉黛的高陽公主斜靠在木床上，在三天的自我封閉和自我折磨中竟彷彿已到了彌留之際。她少氣無力，臉色蒼白，形容枯槁，眼窩深陷，沒有光澤的黑髮蓬亂地披在腦後。高陽公主並不看房遺愛，而房遺愛看著高陽的這一副可憐的樣子卻悲從中來，如剜心割肺，竟禁不住掉下了悲涼辛酸的眼淚。

高陽公主扭過頭來看著房遺愛，是因爲她聽到了這個男人的哭聲。她看見了他的一臉眞誠，於是她便也有氣無力地說：「你這是何苦呢？難得你一片眞心，我還沒死呢。」

房遺愛抹掉了眼淚，然後他說：「秋天是打獵的好時候，願意我陪著你到終南山上去打獵嗎？」

「去打獵？你是讓我死呀，我這個樣子還能去打獵？你別來煩我了行嗎？」

「我是想讓你到野外去轉轉。或許那樣你的心情會好許多……我也是好心。」

「你是好心？你們房家沒有一個人是安了好心的。天氣這麼冷，反要我上山，這是好心嗎？虧你說得出來。」說著，高陽公主又嗚嗚地哭了起來。

房遺愛即刻走過去，怯怯地抱住了高陽公主，並輕輕地拍著她瘦弱單薄的後背。他趕緊說：「好好，我們不去，不去打獵了行嗎？你不要難過，也不要再哭了。我只是想讓你開心，只要你能吃點東西，否則我們也沒法兒向皇帝交待。我父親也一直很關心你，他問我是不是需要找個大夫？」

「找什麼大夫！」高陽公主推開了房遺愛，她說：「你父親他根本就不把我這個公主放在眼裡，他就知道偏愛你那個哥哥房遺直。行了行了，你走吧。我心裡煩著呢，讓我一個人待著。」

房遺愛退出公主的房間。三天後他見到公主比他沒見到她時心裡還難受。無論如何，他還是很疼愛這個女人的。不管高陽的脾氣怎麼地壞，也不管對他是怎樣地不好，她還是爲高陽的鬱鬱不樂而憂心忡忡。他不知該怎樣做才能使高陽快樂起來。他無人討教，他想若是此刻遺直在家就好了，他相信哥哥一定能幫助他，給他指導。他不知高陽公主爲什麼要這麼仇恨他深深愛戴的兄長房遺直，他爲此而痛苦。他眞不知究竟該怎樣呵護這個皇帝的女兒。

就在那天的晚上。淑兒突然來到西院，拍響了房遺愛的房門。那時候，正有西院的奴婢左右伺候著駙馬，房遺愛聽出是淑兒的聲音，便立刻遣散了那些女人。

房遺愛讓淑兒走進他的寢室。他穿著內衣，一副很放蕩的樣子，淑兒一見臉便一下紅了起來。

「是公主叫我？」房遺愛滿臉的喜出望外。

「不，不。」淑兒說，「是公主讓我來通知駙馬，她說她答應明早和駙馬一道上山打獵。」

「公主同意啦？」房遺愛很激動。他用蠻力抓住了淑兒的肩膀。

「駙馬爺，你弄疼我了。」淑兒掙脫了房遺愛的手臂。「是我勸公主跟駙馬上山的，她也該去散散心了，去去滿身的晦氣。駙馬爺，你就備馬吧。公主說，她就坐皇帝送給她的那輛馬車。」

淑兒說過，便扭身向外走。

房遺愛追上去，再度拉住了淑兒的手臂。他滿臉的欣喜，他問淑兒：「公主高興了嗎？」

「什麼高興不高興的，公主她就是這個脾氣，全是被皇帝寵的，弄得你們房家的人也跟著受氣。」

「淑兒……」

淑兒看著房遺愛。其實淑兒自從跟著公主進了房家，對房遺愛也很熟悉了。她在心裡委實地很同情這個五大三粗的二公子。她覺得公主對這個男人有點過分。淑兒說：「我也看得出駙馬爺你是委曲求全，你……」

「淑兒。」

房遺愛不顧一切地抱緊了淑兒。他這是第一次聽到一個女人能這樣了解他。唯有淑兒了解他和公主的一切，那難堪的一切。他是爲在這個夜晚遇到了紅塵知己而抱緊淑兒的，他在淑兒的耳邊輕聲說：「淑兒，你眞好。可能只有你知道我心裡的苦處。還有我每次醉酒的時候，都是你好心扶助我。淑兒，我眞不知道該怎樣感謝你……」

房遺愛緊抱著淑兒。淑兒也默默地讓這個可憐的男人擁抱著。

這樣很久。

這樣很久，當房遺愛的手開始在淑兒的身後上下摸索著，淑兒才紅著臉奮力掙脫了出來。淑兒盡量用冷靜的口吻對房遺愛說：「駙馬爺，你也收拾收拾早點睡吧，明早還要上山呢。」

淑兒這樣說著，但是她卻不敢抬起頭看房遺愛的眼睛。

「淑兒，能留下來嗎？」

淑兒想起高陽公主，趕緊說：「那怎麼行呢？公主還等著我的回話呢。」

「淑兒，你等等。你是公主的婢女，就等於是我的，你侍候她和侍候我是一樣的。」

「那你就是在害我了，駙馬爺。要是讓公主知道，她會殺了我。」

淑兒說著，邁出了遺愛房間的門檻。

「不留也罷。淑兒，你知道你也很美嗎？」

「我美？」淑兒停住腳步，她扭轉頭疑惑地看著房遺愛，駙馬爺，你不是在開玩笑吧？」

「只不過你是在公主的身邊。是因爲她太美了。」

淑兒在秋季的夜色中離去。

天很高遠。

房遺愛突然之間很振奮，他好像是一下子擁有了很多的東西。房遺愛命人叫醒了他的所有的侍從。他們開始挑燈夜戰，準備明早上山打獵的弓箭和馬具。

這樣直到夜深人靜。

夜深人靜。就在房遺愛剛剛收拾妥當，準備著熄燈睡覺的時候，突然有侍從稟報，說大公子房遺直回來了。此刻就在門廳等候，說想見見遺愛。

他回來了？本能的一陣親近感使房遺愛立刻跳下床，「快請大公子。」

房遺愛趕緊穿上衣服，這時候風塵僕僕的遺直已走了進來。兄弟間彼此拜過之後，便坐了下來。

房遺直很疲勞的樣子。多日不見又黑又瘦。見到哥哥的樣子，房遺愛禁不住又是一陣辛酸。

遺直說：「剛剛回來，聽說你明日要出門上山打獵，所以特意趕來看你一眼，爲你送行。」

「哥哥一路辛苦，不知路上爲何耽擱了？全家人都很憂慮，高陽她也很惦記你。」

「齊州一帶，有大水氾濫，沖斷了道路。」房遺直邊說邊無奈的搖頭，「一路上很疲勞，總算是到家了。你怎麼樣？我一直很惦念你的狀況。不知高陽公主怎樣？她是否已經待你很好了？」

「高陽她……」房遺愛覺得他其實有滿腹的委屈想對哥哥說。他一直覺得唯有遺直是他可以信任又可以傾訴內心苦悶的人。但是不知道爲什麼，當房遺直一旦眞的出現在他的面前時，他反而什麼也不想說了。一種男子漢的自尊心使他驟然間變得趾高氣昂，他很傲慢地對遺直說：「自你走後，公主一直待我很好。我常常住在那邊。是因爲明天我要帶她出遊狩獵，今夜才在這西院準備行裝的。遺直你儘管放心。」

在昏暗的燈光下，房遺愛並沒有看見遺直臉上那有點苦澀的微笑。即或是光線明亮，遺愛也是不會去注意別人臉上的表情的。他沒有那麼細微，也沒有那麼敏感。

房遺愛此刻全然是一副很亢奮很志得意滿的樣子，他激動地說：「不久前，我們還一道回宮拜見了父皇……」

房遺直站起來。他打斷了遺愛炫耀於人的話題，他看得出遺愛在看到他站起來的那一刻很掃興。但是他不能不站起來。他急如星火地趕回來是爲了什麼？而他看到聽到的又是什麼呢？

房遺直盡量使他起伏不定的心情平靜，他說：「既然是這樣，我也就放心了。明早你們要上路，我告辭了。」

「哥哥你也去嗎？」房遺愛本能地這麼說。因爲舊日他們總是兄弟相攜一道上終南山狩獵。但是話剛出口，房遺愛就突然覺得後悔了。他突然想到了高陽公主是恨著遺直的，她自然是不願見到他。一旦遺直眞的和他們一道上山，公主不知道會怎麼大發脾氣呢。於是遺愛緊跟著又說：「不過你剛回來……」

倒是房遺直很知趣。他說：「你們去吧，我剛剛回家，有很多事情要做。遺愛你也早點休息。在山上千萬要小心。願你們玩得高興。請向公主轉達我的問候。待你們從山中返回，我再專門去拜望她。」

房遺直怏怏而去。

他疲憊的身影消失在漫漫的秋的長夜中，那身影訴說著某種說不出的疼痛和無望，而那訴說是房遺愛聽不到也感覺不到的。望著那背影房遺愛也很難過，因爲他深感他無力調和在高陽公主和他哥哥之間的那尖銳的衝突和矛盾。仇恨如此之深，而這仇恨的雙方都是他所愛的，所以他很難過，但又無可奈何。他並且預感到在未來，他可能還必須要在他們之間作出選擇。而這選擇又會是怎樣地疼痛和沉重。

房遺愛不願再想這些了。他也無暇顧及他未來的選擇，他的心思全在明天要帶他心愛的公主上終南山狩獵。到時他就可以終日與她在一起。還有淑兒在他們左右陪伴……

一行人馬浩浩蕩蕩在終南山美麗的秋色中緩緩前行。

終南山蜿蜒而上的山路邊是一片片茂密的樹林和灌木。秋的冰冷的霜露將林中的葉染上了一片片濃重的色彩，一層一層的，紅的棕紅的棕的黃的還有星星點點的殘存的綠。那麼美麗的山野浸潤著的高陽公主原本躁動不安的心靈。

高陽公主坐在車裡，三天三夜的不吃不喝使她的身體很衰弱。但終南山美麗的景色和清新的空氣又使她的心情變得舒暢。走在這寧靜的大自然中，她覺得那所有的煩惱似乎都不見了。

房遺愛乘騎的高頭大馬緩緩地走在高陽公主的馬車邊，高陽公主快樂的樣子使他也變得快樂起來。這是房遺愛第一次處事機巧，他沒有告訴高陽公主他哥哥房遺直已從臨淄老家返回的事，更沒有轉達那夜半時分房遺直對高陽公主的問候。他知道公主不願聽到房遺直的名字，他很怕他對高陽說了遺直返家的消息後，會惹得公主一路上不高興，更怕公主會逼他立即下山，去向哥哥討得那銀青光祿大夫的官職。那他們這趟好不容易才促成的終南山之行，不就被一個房遺直破壞了嗎？房遺愛不想做這種傻事。他把房遺直的歸來完全拋在腦後，他只是時刻關注著那皇家車輦中的公主。他想在這山上，公主就全然是屬於他的了。他透過車窗看見公主興奮的樣子，心裡不由得很高興。他簡直是快樂。他不停地欣賞著車窗裡公主的那張臉，他發現公主的美麗而蒼白的臉頰已被這溫暖的秋日染上了一層明媚的色彩。

房遺愛騎在馬上的樣子很勇武。騎馬和狩獵是他這一介武夫之長，所以他顯得駕輕就熟、英姿勃發，加之高陽公主的一路相伴，他就更是有種躍躍欲試的亢奮和躁動。

但無論房遺愛怎樣地英姿勃發，高陽公主都無暇也無意去欣賞他。高陽是被這終南山美麗的秋色吸引了，那一片一片濃郁而朦朧的景象使高陽覺得是置身在一個夢幻的世界中。偶爾有紅的或是黃的葉片在秋風中緩緩地從樹的枝杈上墜落，那麼輕地無聲地躺在山石鋪成的路面上，被房遺愛身下噠噠的馬蹄踏碎，就像是踏碎了高陽的夢。於是高陽很傷感，那種長久以來的抑鬱心情持續著。她覺得儘管由房遺愛倡導的這次出遊很美好，但是她依然不能去喜歡這個粗暴野蠻沒有詩情畫意的男人。她看著他所有的行爲舉止都不舒服，她覺得無論他做著怎樣的努力，他都依然是個她永生永世也不會喜歡的男人。她於是也在心裡很爲房遺愛這個男人悲哀。

中午時分，在終南山的一片平緩的林中，狩獵開始了。男人們將馬隊依次擺成扇形，在一聲號令之後，便開始疾駛著去捕殺林中的野獸。

颯颯的衰草在秋日中閃著美麗的光斑。那些四處逃散的山鹿，那鹿睜大的驚恐而善良的眼睛，那追趕著鹿群的興奮的騎士們，他們飛奔，他們踏亂金黃的草地。他們拉開長弓，隨著那帶著羽毛的利箭在山野的呼嘯，一隻隻被驚嚇的林中之獸在狂奔中應聲倒下。

它們喘息著，抽搐著。箭依然射在它們的身上。鮮血流淌。它們很疼，然後，一命嗚呼。

而獵手們歡欣鼓舞。

高陽公主依舊坐在她的馬車裡。

她閉上眼睛，她不忍看這驚心動魄的悽慘的殺戮景象。

當房遺愛神情振奮地扛著狩獵的果實、那鮮血淋淋的野鹿來向高陽公主表功時，高陽突然憤怒地說：「我累了，我要回去。」

高陽看到了那死鹿絕望的眼睛，那驚恐凝固了，留在了死亡中。

高陽說：「我要回去，這狩獵有什麼吸引你的？」

房遺愛便也突然地緊張了起來，他趕緊很機械地收斂了臉上的得意忘形。他怯怯地問著高陽，是不是不舒服了？公主不是說今晚要住在山上的行宮嗎？

「不，那山上太冷了。我不要住在山裡，我要回去。」

「可是……」

「可是什麼？你要是不走，我們就自己下山。」

「公主是不是有點累了。這附近有座草庵，一個青年學問僧在此修行。請公主先到那裡歇息，讓這些馬稍事休整，我們就打道回府。」

「什麼草庵？」高陽問。

「就在前面不遠。我們兄弟在此打獵時，常到草庵去玩。那學問僧是個很儒雅的書生。」

於是，高陽公主極不情願地跟著房遺愛來到了林中的草庵。

一個圓形的木房子。

草庵的屋頂鋪滿茅草，房子是由林中的圓木搭蓋而成的。

應當說是這個簡陋的圓形的建築吸引了高陽公主，她進而對住在草庵裡修行的青年也發生了興趣。她覺得這裡很神秘，她對這個大山中的草屋充滿了好奇。

先是房遺愛下馬去見那正在修行的青年。緊接著高陽公主也不由自主地走下馬車，她被淑兒扶著。

她站在那個圓形的房子前。這時候，高陽公主實在不可能想到，她此生偉大而悲壯的令她撕心裂肺終生疼痛的愛情將從這荒蕪林中的草庵門前開始。

沒有什麼特別的，她只是覺得很神秘。

那個秋季，那個令高陽沮喪的秋季，她本已心如死灰。

然後，她看見了那個青年。她看見他就站在房遺愛的身邊，他手裡拿著書，他的眼睛裡有一種淡泊的藍。

他們四目相視，像雷擊了一般。

一陣閃電遊過了高陽公主的全身，她覺得有點眩暈。

她弄不清她此時此刻看到了什麼，她不能說明那個青年是什麼。她覺得他好像並不屬於他們這一類世人，他是大自然中的某種東西。他是神秘的。

高陽公主緩緩地走上那木製的台階。她對她身邊的人和事已經視而不見。她走進那個青年的木房子，她聞到一種松木的清香。

公主坐在了房中的木凳上，她環視四周，然後她用很微弱的聲音對跟進來的房遺愛說：「你們去打獵吧。今晚我們可以住在山裡。只是天黑前別來打攪我，我要休息。有淑兒她們幾個陪我在這裡就行了。」

房遺愛如領了聖旨般。他為公主能留在山裡而感到異常欣喜，他立刻揚鞭躍馬，帶領他狩獵的隊伍跑得遠遠的，他們一行人馬很快便消失在終南山的崇山峻嶺之中。

那個學問僧沒有進來。

但公主相信那學問僧是可以依賴的。

公主依然覺得有點眩暈。她想從木凳上站起來，她站了起來但是她立刻覺得眼前一片漆黑，漆黑之中是那些閃光的星。

在那個漆黑的瞬間，高陽失去了知覺。她被重重地撞擊之後，便沉在了黑暗中。她不知是被誰從地上抱起的。但慢慢地她覺出了她是躺在一個人的臂腕中，那臂腕很柔軟，她躺在那臂腕中就像是躺在一個溫暖的晃來晃去的搖籃中。後來她睜開了眼睛，她赫然看見了她上面的另一雙眼睛，那眼睛是幽藍的。那雙幽藍的眼睛在那一刻正專注地凝視著她，還有那充滿了焦慮和不安的隱隱的深情。

高陽公主被震動了，她躺在那幽藍目光的深情的凝視中。她覺得她此刻很幸福，這種幸福的感覺她已經很久很久沒有過了。她幾乎忘了，忘了被男人抱起時應當是一種怎樣的感覺。她被那青年抱著，最後，她被他輕輕地放在了一個鋪滿了枯草的木床上。那枯草是金黃的，發出誘人的草香。青年學問僧放下了高陽，並給她蓋上乾淨的被子。然後他便退了出來，他消失在那木牆的後面。

淑兒流著淚跑出來，她焦慮地跪在公主的身邊。她緊抓著高陽的手，問她覺得怎樣了。

高陽很平靜。她說大概是因爲這些天她一直很衰弱，她說她餓了，她很想在這草庵中喝一碗熱湯。

高陽躺在木床上，她覺得身下的那金色的茅草很溫暖很清香，也很親切。她覺得彷彿就是躺在自己的床上。自己床上的那種自己的氣味，高陽就這樣陷在一片獨自的寧靜中。她在那床上躺了很久，又喝了淑兒送來的熱湯。然後，當夕陽西下的時候，公主小心地坐了起來。她披上外衣走出這圓形的草屋，她問淑兒：「那學問僧呢？」

淑兒帶公主走進了學問僧的書房。那書房的地上堆滿了書籍，那情景很令高陽驚訝。正在讀書的學問僧聞聲站了起來。高陽便又重新看到了那幽暗而藍的眼睛，她再度有種恍若隔世的感覺。

「你爲什麼要獨自住在這荒林之中？」

「爲了讀書。」

「一個人在這大山裡會不會很寂寞？」

「有這些書籍相伴，能逃離塵世的煩憂，是我畢生的志願。」

「這志願是不是很辛苦？」

「我覺得很快樂。」

「這秋季的山林很美。」

「是的，四季都很美。」

「願意陪我到山坡上去看看落日嗎？看那太陽是怎樣淒慘地落下。」

「但明早還會升起。」

「你知道我是誰嗎？」

「高陽公主。」

「你怕我嗎？」

「不。」

「爲什麼？」

「你我都是平等的人，就像這自然界的萬物。」

高陽公主和這個青年在黃昏通向山頂的小路上走著，高陽沒有帶上任何侍女。在這美麗秋季的黃昏，她只想和這個藍眼睛的男人單獨在一起。他們向上走著。落日變得火紅。高陽拖著裙裾，她的步履很艱難。夕陽緩緩地向秦嶺的後面墜落，山林如燃燒了一般。青年不時地扶住磕磕絆絆的高陽。後來，路越來越難走。林密起來，沒有路了。

「我們不要再往上走了，山頂的林中有狼。」

「不。」高陽緊張地抓住了青年的手。她問他：「眞的有狼嗎？」

「有時候，山頂的林中總會傳來狼群的嚎叫，我在山下的小屋裡常常聽到，特別是在夜裡。」

「你怕嗎？」

「這也是大自然的聲音。」

「那我們此刻也不用怕，對嗎？」

「不對。所以我們不要再往上爬了。我們必須下山。」

於是他們下山。

下山的路更難走。

這時候那紅的太陽終於落下了山頂，山林變得一片迷茫。柔和的暮山紫籠罩著，在山野間瀰漫出一片片迷濛的霧靄。月色很快降臨。月亮從西山升起。秋夜的寒冷襲來。四野變得空曠，有野獸的叫聲從遠方朦朧傳來。

高陽緊抓著青年的手。她走得更加磕磕絆絆，身上很冷，心裡卻有一種莫名的柔情。她走著，突然間不顧一切地從身後抱住了那個青年。她周身顫抖。她說：「等等我。我走不動了。我冷。抱緊我。行嗎？」

「不，公主，別……」

「你不是說，你我都是平等的人嗎？」

「是的，但是……」

「來，你抬起頭來看著我，你告訴我，我很美嗎？」

「是的，可是……」

「別說什麼可是，讓我告訴你，你也很美。有人對你說過你的眼睛是藍色的嗎？你彷彿不是我們這國度中的人。你的信仰在天竺國。但讓我們暫時忘掉你的信仰吧。抱緊我。對，就

像這樣，給我溫暖，就像我們是自然界萬物中的一部分。」

青年抱緊了公主。

他只想給她體溫。

他們就這樣手攜著手回到草庵時，房遺愛一行已備好馬車等候在那裡。

房遺愛看到公主便即刻跑下來，他把一件猩紅的獸皮製成的披風裹在高陽公主單薄的身上。他很關切的樣子。他殷切地勸公主上車，他說他已派人把行宮收拾好了。

高陽公主緩緩地向馬車走來。

她在馬車前停下，她提起長裙，她剛要邁上去但是她沒有邁，她停了下來。她若有所思地扭轉身對身後的房遺愛說：「你們上山吧，今晚我就住在這草庵裡。」

「那怎麼行？」房遺愛本能地瞪大眼睛。

「怎麼不行？我喜歡這裡。這裡安靜，有那麼多樹……」

「山頂也有樹。」

「可我就是喜歡這裡的樹。你們走吧。淑兒她們幾個奴婢留在這裡，你再遠遠地留幾個侍衛放哨。就這樣吧。」

「可是公主，這裡太簡陋了，條件也……」

「沒什麼不好的。這草庵裡很乾淨。你們走吧，好好在山頂玩個痛快。後天，我在這裡等著你接我回家。」

「公主……」

「淑兒，還愣著做什麼？快侍候駙馬上路。」

房遺愛目瞪口呆。

他實在是不知道公主是怎麼想的，但是他連問的勇氣也沒有。他很掃興，滿心的熱望最終還是撲了個空。然而他卻依然殷勤地賠著笑臉，囑咐淑兒侍候好公主，並留下幾個特別忠勇的衛兵。

「駙馬，你等等。」

他悻悻上馬，一副極不情願的樣子。他兩腿奮力一夾，那馬便開始奔馳……

房遺愛立刻拉緊了轡繩。馬失前蹄，差點把房遺愛甩在地上。房遺愛拉著馬轡回來，他希望公主能改變了主意。

「讓淑兒也跟你走。讓她侍候你。那山上可能更冷。」

「不——公主，我哪兒也不去。我要留下來侍候你。」淑兒幾乎是跪著在求高陽：「公主你讓我留下吧，你的身體……」

「淑兒，你跟著駙馬去吧。」高陽公主把淑兒扶起來，她在淑兒的耳邊輕聲說：「就算是爲了我。」高陽把她身上的那件猩紅的披風披在淑兒身上。那一刻，她也覺得很難過，嗓子眼兒一陣一陣地發緊。在這山中的月夜，她不知道她這是要把淑兒送到哪兒。

淑兒一步一回頭。

最後她終於被拉到馬上，隨著房遺愛一行人馬浩浩蕩蕩地向山頂的行宮馳去。

馬蹄聲在寂靜的山林中響著。

高陽公主扭轉頭，她再度看見了月色中那雙幽藍的眼睛，她走過去與那眼睛相會，她的心裡再度湧滿了那種幸福的感覺。

高陽再沒有惦記起這世間還有房遺直這個人。

小小的油燈跳躍著小小的藍色的火燄。

高陽公主坐在那藍色的火燄後面，聽暗影中的那苦修的僧侶侃侃而談。

他們已經很親密。

他們是屬於一見如故的那一種。

沙門辯機侃侃而談，談他隱秘的家史，談他對學識的熱愛，也談他志在佛門的偉大的抱負。高陽公主靜靜地聆聽著，除了她最崇拜的兄長吳王李恪，她從沒有這麼認眞地聽過別人講話。而她此刻聽著，她豎起耳朵，生怕漏掉了一個字。慢慢地，她不再單單地只對辯機那雙藍色的眼睛感興趣，而是對他整個的人，對他的滿腹經綸，對他的人品才學，以及對他的志向和理想，都懷抱了一種發自內的敬佩和敬重。

高陽透過那藍色的火燄，禁不住有點惋惜地問著辯機：「你那麼年輕，爲什麼一定要遁入空門呢？有了知識，也可以做官嘛。」

「做官？」辯機眼中的那幽藍即刻黯淡了下來。他說：「做官固然好，但不是他的志向。」

他說他早已把功名利祿視爲糞土，他不想追求凡世的那些俗緣。他寧可粗茶淡飯，苦研佛典；寧可清淨無為地隱遁在這人煙稀少的終南山上，修身養性，與大自然中的飛禽走獸為伍。如此終其一世，那才是他浮屠一生最最理想的境界。

夜半更深。

然後山上的林中果然傳來野狼的嚎叫。那嚎叫正穿過山中的濃霧遠遠近近地飄進這寧靜的小木屋中。

這時候辯機站了起來。辯機說：「公主，你休息吧，我告辭了。」

「你要走？」高陽便也站了起來，她懷著一種莫名的驚慌一直將辯機送到門口。然後他們停下來。辯機拉開了寢室的那扇木門，高陽公主從他身後伸出手臂又把那扇木門關上了。木門一開一合，木榫發出吱吱的響聲。那聲響在午夜裡顯得異常刺耳。

高陽太知道她此刻想要的是什麼了。

她轉過身，用身體擋住了那扇木門。

不再有出路。

高陽柔聲問著辯機：「你要去哪兒？這裡才是你的寢室，你到哪裡去睡呢？」

「去書房。我還有今天必做的功課。我可以不睡……」

「為什麼不能留下來？陪我。這秋夜的山中又冷又黑，還有野狼在叫，一個人待在這間屋子裡，我會怕的。」

「你不必怕。我就在隔壁守護著公主，何況還有衛兵。」

「可我就是怕這屋子裡黑。」

「那可以點著松明的油燈。」

「可點著油燈我又無法入睡，你還是留下來吧。行嗎？哪怕你不睡。你就坐在那裡守護著我。」

辯機沉默。

他踟躕著。

他的藍色的眼睛裡閃著幽幽的慾望的光。

然後他有點無奈的扭轉身，他緩緩地走到木凳前坐下，他心事重重的樣子，像是很沉重。他不知道在這間房子裡將要發生的是什麼，他也不知道他能否抑制那來自心底的慾望。所以他很害怕，怕他自己。他認爲唯有他自己是最可怕的，他對自己沒有把握，他也不信賴自己。高陽是誰？她只是塵世的一個女子，而他辯機是與一個塵世的女子毫無關係的。

辯機坐在那裡。

他不再說什麼。

他竭力想使他的身體他的心靈他的眼睛痲木，他希望他對宗教的熱情和虔誠能控制住他的身體因面對一個塵世的女子而產生的慾望。

他在內心的強烈的衝突中。

那衝突撞擊著他，使他甚至不能抬起頭，不能坦然地去看高陽公主的那雙正凝視著他的美麗的眼睛。

然後，高陽公主吹滅了油燈。

在驟然的黑暗中，辯機的心怦怦地跳著，他不知此刻高陽公主在哪裡。他伸手不見五指。

慢慢地，山中明亮的月光透過木窗流瀉了進來，將木屋映照得美麗明亮，恍如白晝。辯機抬起頭，終於看見了公主就在那裡，就站在那漆黑的空曠的木房的中央。

她彷彿在等待著什麼。

等待著那一抹明麗的月光。

當月光終於灑在了她的身上，她便開始脫下她的長裙。一切那麼從容。緩緩地，她又脫去內衣，卸去頭釵，最後，便只剩下了那個完美的身體。

她在欣賞著自己。

她款款地挪動著身體。

她以爲在黑暗中辯機什麼都看不到。

她不認爲辯機那藍色的眼睛能穿透黑暗，穿透她的身體，穿透她的心。

而辯機無法關閉他無所不知無所不能的眼睛。

他只能在心裡默誦著佛門的戒律。

他看見高陽赤裸地走到那張木床前。

她的肩，她的背，她柔軟的腰肢，她修長的腿……

她走過去那嫵媚的姿態就像是漂浮在水面上。

那怎麼是那個塵世的女人的過錯呢？

辯機在拼力割斷著不清淨的六根。其實那不過是一種不斷的意念，他被那意念控制著。他看著想著那女人，無奈那激情鼓脹。他身體中的每一個器官都是有生命的，是與那意念緊緊相聯的。多麼可怕。他已經感覺到了，那無法控制的慾望，無論他怎樣地虔誠，那身體彷彿不是他自己的了。他加倍地害怕自己，他無處躲藏。

終於，他眼看著高陽公主躺在了那鋪滿金色茅草的木床上，那起伏不定的線條。然後，她拉起被子蓋住了那個橫陳於彷彿是祭壇之上美麗誘人的身體。

辯機低聲嘆息。

他覺得苦難終於渡過。

他熬了過來。

他恍若隔世。

他才慢慢地能思想。

他簡直不敢相信他竟能夠渡過這難關。

這時候他聽到高陽公主低聲的呼喚。她說：「夜怎麼這麼冷，請把那棉袍再幫我蓋上。」

辯機不能不去做。那個活生生的冷的女人就在他身邊。他走過去，去蓋那棉袍。他靠近公主一寸那慾望就又鼓脹一層，他覺得他的身體已經裝不下那麼強烈的衝動，他覺得他就要爆炸了。但他依然堅持著去蓋那棉袍，他也堅持著轉身離開公主。可就在他轉身離開的時候，他的手被公主的手拉住了。

他無法掙脫。

公主驟然之間坐起來，她身上的被子滑落了。公主緊抓住辯機的手，她問他：「我的手是不是很涼？幫我焐焐，就坐在這床邊。」

辯機已經無可逃遁，他不能拒絕公主也就是不能拒絕他自己。他抓住了公主伸向他的那雙纖細冰涼的手。他把那雙手貼在自己的臉上。他突然哭了，他崩潰了。他用那被壓抑得很低沉的聲音說：「公主，救救我。求你。讓我走吧。」

「你也很冷吧？你周身在顫抖。爲什麼不抱緊我……」高陽赤裸的上身在冰冷的空氣中抖動著，她的那美麗豐滿的乳房也在清涼的月光下顫動。

「不——」辯機幾乎是在吶喊。「不，公主，你放我走。」

「爲什麼不？」公主跪起來。她把她赤裸的蜷曲的身體強行塞進了辯機的懷抱中。

不再寒冷。

公主親吻著辯機的眼睛，她拼力吸吮著那藍色的光澤。她吻辯機柔軟的嘴唇。她問他：

「爲什麼不？爲什麼不？」

公主把她的溫熱的手伸進了辯機的腿中，她覺得她觸到的是一片已變得冰涼的潮濕。公主又問：「爲什麼？爲什麼要皈依宗教？你也是人，也有七情六欲。而宗教又能給你什麼呢？你可曾知道在你的宗教之外在男人和女人之間還有著多少東西？來吧，脫掉你這袈裟，裸露出你的本眞。來吧，我知道你什麼也沒經歷過，讓我們來……」

高陽終於把赤裸的辯機拉到了那鋪滿金色枯草的床上。她引導著他。她說你有一雙藍色的眼睛。她說你的眼睛讓我著迷，她說我一見到你就再也不能離開你了。她最後說，多麼好的晚上。

遠處傳來狼群的嚎叫。

辯機在黎明時分悄悄離開了公主的房間。

然後他一直坐在書房的木凳上發呆。

他面壁，卻百思不得其解。

他知道他失敗了，他是個脆弱的人，他的信仰沒有給他力量去抵抗來自那個美麗女人和美麗身體的誘惑。他爲此而把他正在讀的那幾本書撕成了碎片。他很難過，他痛苦極了。而高陽公主在那個明媚的早晨一直睡到了日上三竿。

房遺直如熱鍋上的螞蟻，終日惶惶。

從臨淄老家回來，他本該在家中好好休息，但是他發現他根本無法休息。他坐臥不寧，只想能儘快見到高陽公主。

與高陽公主的不辭而別並不是房遺直的本意。但是他知道那時候他如果不走，一切將不堪設想，他只能那樣。他不忍的是他的親兄弟遺愛因他的緣故而被一天天拒之門外。然而高陽原本是遺愛的妻子，他怎麼能搶奪自己兄弟的妻子呢？他是忍痛割捨了那無望的愛，才做出了離家出走的痛苦選擇。他作出了犧牲，他犧牲的是愛是情感。而這愛這情感又是無論如何都不能夠被世人接受的，沒有前途，唯有終止。他看清了一切。還有，皇帝的顏面，家族

的榮辱，遺愛的悲哀……可能還有些什麼。所以他必須離開。他深知他心愛的女人爲此一定會很痛苦，這等於是連她也要作出犧牲。

但是他確實別無選擇。

他在星夜離家的那個晚上，如逃難般。只有父親房玄齡知道他的行期，他也只向父親辭行。他看著父親日漸蒼老的面容，出走的決心就愈加堅定。至少，他想至少是不能讓他的老父親蒙受恥辱，否則，他將會畢生受苦。

然後他上路。

行前他喝了很多的酒。

酒過三巡之後，他便不再痛苦也不再考慮高陽是不是痛苦了。他飄飄欲仙。如踩棉花般鬆弛輕盈。他也不再顧及高陽在他不辭而別之後會做出怎樣任性的舉動了。眼不見心不煩，他實在已經顧不了那麼多了。

馬車呀呀地走出房府。

馬車從高陽的院落前走過時，他渾然不覺。

他已經記不清在那許多的夜晚在這院落裡發生的諸多情景。

房府的大門在他的身後關閉了。

接下來是漫長的旅途。他閉上眼睛，任這搖搖晃晃的馬車隨便把他帶到哪兒。

後來他終於到達了臨淄。回到老家之後，他便感覺周身徹骨地疼。疼極了，那疼痛撕心裂肺遍及著他身體上的每一寸肌膚。他想他怎麼能夠捨棄高陽呢？那無異於殺了他自己。他從此無時無刻不在思念遠在長安的那個女人，他想她想得心疼想得只想大聲地嘆氣。他詛咒命運的不公，他甚至想當即就返回長安，他寧可家敗人亡也要把高陽美麗的身體緊緊地抱在懷中。

然而，他還是留了下來。他畢竟是一個男人，一個成熟的男人，一個宰相的兒子，他有他的角色。於是，他開始沉下心來爲父親處理老家田產上的各種事務。傍晚的時候他便喝酒，總要喝到一醉方休。

有那麼幾次，酒後，在家鄉朋友的慫恿下，他也曾去看過一些紅樓的歌舞。他甚至也同臨淄的那些美麗的小妞們親熱過調戲過，並和她們睡覺。但第二天清晨，他清醒的時候，會比昨日的清晨更痛苦更煎熬。那時候他才眞正意識到，無論什麼，無論美酒還是美女，全都不能替代高陽。

那是他的心。

心流著血時是什麼都無法醫治的。

然後他便加速處理老家的諸多事務，他心急如焚，歸心似箭。那時候他已經什麼全都不在乎了。他不再管什麼父親不父親、遺愛不遺愛。高陽愛他，他也愛高陽，那高陽就是他的。

終於熬過了麥收熬過了漫長的夏和漫長的想念。當秋季到來的時候，房遺直終於踏上了歸程。一路上他急如星火，躍馬揚鞭，向著京城，向著高陽公主疾馳。然而大水沖斷的道路，在離家幾千里的山道上，他最心愛的那匹馬又因一路勞疾而突然跌倒死去。那麼多的阻

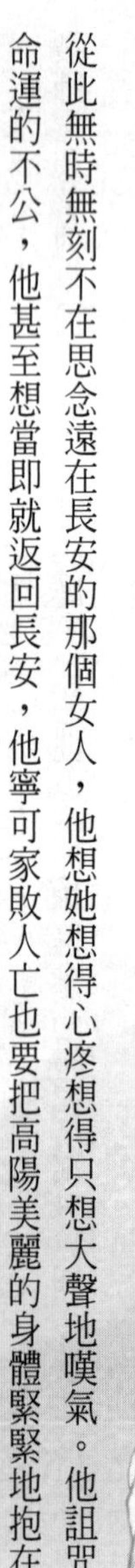

遏，他不知道這都意味和預示了什麼，他隱隱地感覺到了恐懼，他畢竟已離家數月。他爲那馬的死而傷痛，那馬本可以不死，他也本可以不這樣日夜兼程。他將他的馬葬在了一個很高的山坡上，那是他急切心情的見證。他爲此延誤了歸程，他在該到家的那天沒有到家，所以，他與她的期待失之交臂。他到家的時候已是深夜。那個深夜，房遺愛正在爲他的終南山遊獵而備弓備馬。

那個秋的深夜，在最後一段行程中他始終騎著馬。

他終於飛馳進梁國府的大門。他跳下馬拖著疲憊的身體和僵硬的腿。他沒有去驚動父親也沒有回自己的家而是直奔高陽公主的庭院，他已經抬起手臂要拍響高陽的院門，但是他卻突然遲疑了。也許在那個時刻在激情的鼓動下他沒有遲疑的拍響了高陽公主的院門，那故事便會是另一副樣子。但是他確實遲疑了，那是他的天性，他想他畢竟已離家數月，他不知這數月家中會有怎樣的變化，更不知在高陽和遺愛之間會發生些什麼。

他遲疑著。他在遲疑中離開高陽的院門走向房遺愛的西院。他覺得他的決定是愼重的得體的。他畢竟已不是那種黃口小牙的毛頭小伙子，他是個成熟的穩重的男人。

然後他看見遺愛的院落裡燈火通明。他一見到房遺愛那興奮無比的臉就什麼全都明白了。他異常沮喪，他在心裡罵著自己，他覺得他回臨淄老家不辭而別是他此生犯下的最大的錯誤。那一刻他眞是連死的心都有，卻沒了男人的風度。他即刻用「退一步海闊天空」來慰藉自己，他想畢竟他與房遺愛是骨肉兄弟。他控制了自己的失望，他也拒絕了遺愛約他一道上山遊獵的邀請。

他被孤零零地留在家裡，美其名曰在家中休息。

他拜見過父親後就沒有什麼事情好做了，他的銀青光祿大夫不過是一個閒職。

他還能做什麼？儘管他在他的家裡是王，也盡可以一呼百應。

他終日在高陽公主的院牆外徘徊著。回憶他們初次時的驚心動魄，爲高陽將她的初夜奉獻於他而感動落淚。原本一夜的奔波勞累已使他又黑又瘦，而此刻的相思斷腸更使他憔悴不堪。他在高陽的門外轉來轉去，如此人去樓空的徘徊令他瘋狂。他不僅回憶著他親歷的那些良辰美景，他也想像著這個女人竟同樣也把那非凡的身體給了他那粗蠻的兄弟，這才是他最不能忍受也不能接受的。而如今他們又雙雙進山，在盡情玩樂之後，住進別具風情的行宮……

他就這樣終日被煎熬著，他吃不下飯也睡不著覺，他覺得再這樣想下去他就要瘋了。他悔不該當初不辭而別；更悔不該返家的當夜沒有直闖入高陽的房間。

然後他終於不想再後悔了，他更不想這樣終日無望地徘徊著坐以待斃。他已經想得夠多了也痛苦得夠多了，他要行動，要眞刀實槍地去殺去砍。於是第二天房遺直便備上快馬，隻身一人飛馳進終南山。

他想他無論何時趕到山頂的行宮都要立刻見到高陽，哪怕是高陽已經睡下。他甚至已經開始憎恨遺愛了，他恨得咬牙切齒。他想爲了奪回高陽，他寧可殺了遺愛，就像皇室的那些兄弟那樣。在這個美麗的女人面前，他不再以爲手足之情是凜然不可侵犯的。

他在秋的山林中躍馬揚鞭，風呼嘯著在他的耳邊瘋狂地颳過。他看不見滿山秋的美景，他心裡只裝著高陽公主，只想著要抱緊她，要進入她佔有她把她呑掉將她融化。他胯下的飛馬已經在秋的寒風中周身是汗，那濕漉漉的皮毛在黃昏的夕陽下閃著濕漉漉的光澤。然後黃昏沉入黑夜。他又在黑夜中繼續前行。山路崎嶇，有時他甚至要下馬撥開雜草辨認道路，然而他一分一秒也沒有懈怠。

途中他經過辯機的草庵，他看見那圓形的草庵裡亮著燈光。他熟悉那裡，他知道那一定是青年辯機在燈下苦讀。他無數次來過這裡。他一直很欽佩辯機隱遁的氣魄和他的博學多識。他曾自嘆弗如，自嘆離不開這迷亂骯髒的塵世。所以他只能把辯機當作心中的楷模，而不是現實的榜樣。他在穿越草庵時覺得很渴。他很想到辯機那裡喝一口水暖暖被秋夜凍僵的身體。他覺得林中空地上這木房子裡的燈光有種異樣的溫暖，那溫暖彷彿在昭示什麼。那溫暖中彷彿響著高陽的笑聲。但無論怎樣溫暖遺直都沒有進辯機的小屋。溫暖提示他高陽的所在。那笑聲是從山頂發出的，隱隱約約，彷彿夢幻。但那不是夢幻，眞實的高陽此刻就住在那山頂的行宮中。於是他想他此刻唯一要做的事情就是快快見到高陽，那才是一種眞正的飢渴。

於是他錯過了辯機草屋那溫暖的燈光，錯過了高陽公主的笑聲。他克制了飢渴，繼續在艱辛的夜路中向山頂挺進。

房遺直不知道他爲了什麼要吃這麼大的苦。

房遺直是在拂曉時分叩響行宮大門的。

巨大的鐵的門環響著。

衛兵跑來，見是大公子便即刻把他帶到了二公子的寢殿。

這裡是一處舊日隋煬帝的行宮。儘管氣勢恢宏，但設備陳舊，當朝皇帝已不再來此，他把它賜給高陽作爲她終南山的別墅。

房遺直不顧一切地推開房遺愛的殿門，他舉著松明火把，他不管他們是什麼姿態，哪怕是他們正在做愛，他也要立刻把他心愛的高陽搶過來。如果房遺愛阻攔他，他就將抽出長劍搏殺，他寧可在弟弟的血泊中與公主擁抱。

房遺愛被驚醒，他費力地睜開惺忪的睡眼，他好不容易才看清站在他床前的這個舉著火把的人影就是他的哥哥房遺直。他頓時緊張起來，問遺直：「你來做什麼？怎麼回事？是家裡出事了嗎？是父親……」

房遺直二話不說，他舉著火把便去抓遺愛身邊的那個女人。怎麼？是淑兒？房遺直不知道他此刻胸中是一種怎樣的絕望。他像是被誰當頭一棒，腦子一下子一片空白。

「公主呢？公主她人在哪兒？我要見她。」

「她不在這兒，不在這山頂。」

「不在這兒？不在這山頂的行宮？那麼她在哪兒？」

「在辯機的草庵裡。」

「在辯機的草庵裡，怎麼會？」

「這兩個晚上她一直住在那裡。她嫌這山頂太冷。她累了她不想再爬山……」

「她把淑兒給了你就爲了她自己能留在辯機那兒……」

「哥哥，你別胡說！說吧，家裡到底出了什麼事，要不是皇帝……」

那草庵裡的燈光！

那異常的溫暖！

那笑聲！

他全錯過了！

那辯機！

又是狠狠的一擊！

房遺直立刻如洩了氣的皮球。他賴以支撐的全部信念驟然間全都倒塌了。所有的焦慮、恐懼、無望以及旅途的緊張和疲勞驟然間一齊向他猛烈襲來。他說：「沒什麼，什麼事也沒有。我只是也想來上山打獵。我累了。我想睡覺。」

第二天清晨，房遺愛兄弟帶著眾侍從浩浩蕩蕩來到辯機草庵時，像事先約定了又心照不宣一樣，辯機早已不知去向。唯有高陽公主威嚴地站在草庵的空地上，她美麗而又驕矜無比的頭高高地昂著，目空一切的樣子。那神情顯然是爲了迎接房遺愛的。

高陽公主想不到她竟在房遺愛的隊伍中看到了那個騎在高馬上的房遺直，她恍若隔世般望著那個她覺得她早已忘了的男人。他也望著她，那目光提示他的存在，那往日舊事的存在。她的心怦然而動，但接下來的是憤怒。

高陽看著房遺直。她看出這個男人的憔悴疲憊還有他內心的憂傷和猥瑣。有了草庵之夜，高陽就發覺了房遺直並不是唯一的。她甚至覺得她過去在那麼長的日子裡幾乎每日每時都思念著他、盼著他早早返回十分可笑。

高陽望著房遺直，她看著房家的兩個公子是怎樣地下馬，怎樣急切地走向她怎樣恭恭敬地向她請安，她胸中有種凶狠的快感。她看出房遺直依然是禮有節地站在他兄弟的身後，高陽覺得她簡直恨透了這虛偽的自私的道貌岸然的不敢愛也不敢恨的男人。

高陽儘管冷峻但她的臉上還是閃動著一種異樣的光澤，那是唯有她自己才能體會得到的一種幸福，那確乎是一種幸福。

高陽走近房遺愛，她故意做出和他很親密的樣子。她說：「這山中的秋天眞是很美。」她問：「淑兒呢？淑兒是不是把你侍候得很好？」

然後她收起微笑向房遺愛身後的房遺直走過來，她冷冷地看著他。她圍著他整整地繞了一圈，然後冷冷地對他說：「你怎麼也有雅興到這秋季的山林中來呢？你不是在臨淄嗎？你不是這家中的一切你全都不要了嗎？你怎麼又回來了呢？是怕丟了你銀青光祿大夫的官職嗎？那閒官就那麼重要嗎？要不要到這溫暖的小屋裡來坐坐呀？」高陽說話的神態就彷彿她是這山中木屋的女主人。

「辯機呢？」房遺愛問著。

「聽侍衛說，他深夜就上山去了。我住在這裡攪了他的苦讀。你們不覺得他是個很值得欽佩的學士嗎？房遺愛，你何時像辯機那樣讀過書呢？」

高陽公主在淑兒的扶助下，坐進了馬車。

房遺直看著她，在那一刻，房遺直在高陽公主的冷酷的目光中，或許已經得知了一種可怕而悲慘的未來。

那個山中草廬內的年輕學士辯機就是後來被唐太宗腰斬在長安西市場的著名沙門辯機。

那個清晨，辯機一直面壁呆坐著，懺悔他深夜的罪惡，直到公主靜悄悄地走進他的書房走到他的身邊。高陽公主一看見辯機是怎樣地坐在被撕成碎片的佛典的廢墟中就全都明白了。她走過去，輕輕地捧起辯機的頭。她說：「這有什麼可惜的？」然後，她便也拿起身邊的一本什麼佛典用力地撕扯起來。撕不動時，她還請求辯機來幫助她。她在撕扯著佛典的時候始終盯著辯機的眼睛，她發現那眼睛由驚訝到惋惜，後來流出的便是坦然的光了。

辯機似乎不再懺悔。

他們和解了。

他們不再為夜裡的事情而自我折磨，他們任由了天命。

然後，就在那個陽光燦爛的寧靜的午後，辯機帶著高陽公主來到了一片美麗的密林之中。辯機說，這是他常常來讀書的地方。他非常喜歡這片樹林，這裡很靜謐也很安全，常有鹿群出沒，而他又總是能和那些美麗善良的動物友好相處。

果然，林中的鹿群見到了辯機，便三三兩兩悠然地向這片林中的空地會聚而來。辯機在鹿群中間，他和牠們融為一體，他也成為了大自然的一部分。高陽覺得，辯機與鹿群在一起的那情景眞是太美了，簡直就像是一幅如夢如幻的圖畫。

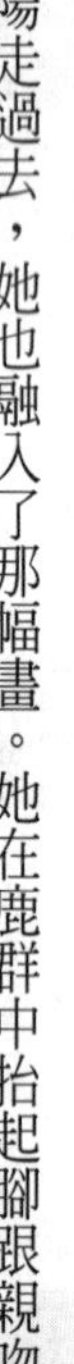

高陽走過去，她也融入了那幅畫。她在鹿群中抬起腳跟親吻著辯機。

辯機說，這是他此生從未有過的幸福。他說：「你美若天仙，但可惜你與我不是一個境界中的人。」

「爲什麼？你說過你我不都是平等的人嗎？」高陽又問，「你的眼睛爲什麼會是幽藍的？那幽藍中間又爲什麼總是很憂傷？」

辯機說：「多少年來，我本已將我的心和眼睛修煉得清淨而無慾。但是你來了。你爲什麼要來？」

然後辯機和公主躺在林中厚厚的鬆軟的空地上。那落葉堆積的地上不時發出沙沙的響聲。

「爲什麼你要來？你攪擾了我平靜的生活。」

鹿群在稍遠的地方悠閒地徘徊著。

高陽平躺在落葉上，看秋日的太陽，聽辯機講述著大自然的故事。

高陽這個美麗的女人就在眼前，辯機伸手就可以觸到她，這是辯機不得不面對的現實。他在懺悔，懺悔自己的塵念。而就在懺悔中他還是伸出了手，他掀起了高陽的長裙，他看見了她那美麗的乳房，他貪婪地吸吮著它們。他聽到了高陽公主美妙的呻吟。

還等什麼？

不再等。

一切的教義頃刻間瓦解坍塌。

沒有禁忌。

禁忌被撕成了碎片。

男人脫光了女人的衣服，他把女人美麗的身體橫陳於大自然美麗的懷抱中。然後他要她。他把這想像成是一種大自然的行爲。而大自然也是教義，這教義指引他，他不能不要她。像決堤的大水，一次又一次。在那些美好的鹿群中。在天與地之間在大自然親切溫暖的關愛中。

然後到了夜晚。

他們都知道是最後的夜晚。

他們不提分手的事。

侍女們早早睡去。

衛兵們在很遠的地方守候。

只有林中的野獸能聽得見這木屋中發出的聲響。那喘息和呻吟，像在動蕩的海上。辯機已不顧一切，他傾其所有，只要能再度奮起與再度衝鋒。高陽喊叫著，她的眼睛裡浸滿了感動。他們在歡樂中共抵雲端。

然後他們坐起來。

他們知道就要分手了。

公主緊緊抓住辯機的雙手，她把它們按在自己的胸膛上，她要它們能諦聽到她內心的誓言。她哭著。她說她怎麼捨得離開辯機，這裡和長安那麼遙遠。她說她愛他，她怕是今生今

世再也不能見到他，她很害怕。她說她回到長安的家中以後就再也不會有和辯機相聚的這激情夜晚了，她說也不會再有落日再有黃昏再有與鹿群共度的午後。她說她從此會留戀辯機的林中的草屋，會留戀辯機藍色的眼睛。她說她不知她走後，辯機一個人留下來會不會很孤單很寂寞。她說她更不知辯機是不是會想她，他想她而見不到她是不是會很難過。她說她為辯機的難過而難過。她說她眞不願離去，不願把辯機一個人丟在這茫茫的大山裡。

她哭著。

很眞誠也很哀傷。

最後她哭著在辯機的懷裡睡著了。

辯機輕輕地將公主放在那鋪滿金色枯草的木床上，他為她蓋好的被子，他在她年輕美麗的額頭上輕輕地吻別。然後，他義無反顧地離開。他知道他從此不會再有女人了，只有綿長的思念伴著這大山。

辯機在夜色中走出了他的草庵。

他把自己藏了起來，他要在那片密林中舔去他身上心上的血和污濁。

怎樣的割捨。

怎樣的別離。

他知道他已經被毀了，就在這晝夜之間。他知道他和這個美麗女人的感情是無望的，而從此，他曾經全心研讀的宗教教義也是無望的了。他已經完了。他不知自己是否還能振作起來，他對他未來在這大山中的黯淡生活充滿了恐懼絕望。

清晨，辯機在遙遠中聽到了馬蹄聲。

他知道這是他們就要把他美麗的姑娘帶走了。

高陽再沒有上過終南山。

她想她也許不會再登臨那座令她斷腸的山了，她離開了這裡。然而就從離開這裡的那一刻，她就開始拼命地想回到那山中去。她想重新見到辯機的願望是如此的強烈，她發現那一切原來並不是兒戲。然而高陽卻遲遲未能成行。

因爲突然間的一場大雪。那雪鋪天蓋地下了三天三夜。兩尺厚的大雪，堆積在長安城的大街小巷，自然也就封住了進山的路。

天地間唯有白茫茫的一片。遠遠近近的蒼莽。

下雪的時候，其實冬才剛剛開始。

於是，高陽便被封閉在她落滿了積雪的庭院中，她終日足不出戶，守著炭盆，心中有種說不出的淒惶。她始終牽念著被封在山裡的辯機。

因爲想念，高陽竟變得少言寡語變得憂鬱。因那想念是屬於大自然中的辯機的，所以那思緒便也淡然，如大自然般的純淨和安詳。

高陽公主很少因這想念而亂發脾氣，這一點和她過去想念房遺直時完全不同。那時候，她終日暴躁，大聲地哭大聲地罵人，恨不能挑開房府的房蓋。

她便這樣陷在憂傷中，淺淺的淡淡的，終日遙望著覆蓋著厚厚積雪的終南山。她並且莫名其妙地為辯機守節，自從回到家中，她從不讓房遺愛碰她的身子。

此間房遺直也曾幾次求見，但也都被高陽公主回絕了，她不給房遺直任何的機會。她覺得她已為這個讓她失望的傢伙傷透了心，她認為他是個懦弱的男人，她受不了曾和他有過的那種處處小心遮遮掩掩壓抑無望的愛情。到處是框框，到處受限制。想愛而又要首先想到別人，太累了。在這長安城內深深的房府中，儘管這個男人已經回來，儘管他伸手可觸，儘管只要高陽想要，她就一定能得到那舊日的夜晚。但高陽不想，她已經心有旁騖了。

她只守著那場雪，守著她心裡的又一重愛。

那場鋪天蓋地下了三天三夜的大雪在這越來越冷的季節很難化掉。但高陽公主每天都等著。她每天都盼望那雪那冰凌能儘快化作山中的泉水。她盡日望著那遠山，想像著草庵被大雪封門，想像著辯機怎樣過著苦行僧的生活。

公主望著望著，終南山的白色終於一天天變得淺淡。積雪融化，發出音樂般的流水聲，慢慢地，那山中蒼翠的松柏也從積雪中掙扎了出來。

公主想，她一天也不能等了，她要找個藉口進山。

就在這時，高陽意外地發現她每月必來的月經沒有來，她慌亂了起來，她等待著，她一天天計算著時日。很複雜的一種心情。她知道不來月經就意味著開始孕育著一個小小的生命。

高陽記得她已經很久沒有和房遺愛在一起了。這中間有了辯機。後來她守身如玉。她沒有辦法弄清她腹中孩子的父親究竟是誰。她想她弄不清也許反而更好。她在發現了她身體中的這個秘密之後開始煩躁不安，她很惶惑，終日懨懨。很快，她便開始感覺到心慌噁心，特別是清晨和傍晚。她不想吃飯，討厭油膩，並開始時常地嘔吐。她甚至連眺望終南山的興緻也沒有了。她心情沮喪，周身不舒服。她知道她確實是懷孕了。

高陽想，她自從十五歲下嫁到房家，不知爲什麼，在不到一年的時間裡竟已有過三個男人。如果說這是過錯，那又是誰的過錯呢？她小小的年紀，她找不到她眞正想愛的男人。不停地陰差陽錯，直到這一天她終於有了孩子。她想在這三個男人中，唯有辯機是她最喜歡的，她最希望他成爲孩子的父親。但無論如何，她要在這長安城的房家大院中生兒育女，她就又離不開房遺愛。所以，她不去想這孩子究竟是誰的，姑且就把他當作是房遺愛的骨血。她需要房遺愛的幫助和掩護。因爲她想上山，她想在身體最不舒服的時候見到辯機，向他訴說。而這沒有房遺愛陪伴來掩人耳目，幾乎是根本不可能的。

高陽很快將她懷孕的消息告訴了房遺愛。

她和房遺愛的那一次談話很融洽。

一番床第之歡。房遺愛受寵若驚，這是他們從上山返回後的第一次。

之後，高陽說她想上山。

「可山上尙有積雪。」

「雪已經化了。」高陽說，她覺得勇士般的房遺愛應當上山狩獵了。

房遺愛馬上懂了高陽的意思，他再不聰明也不至於猜不透高陽的心。

他們心照不宣。

高陽問：「你爲何不問問我爲什麼要與你同床？」

房遺愛一時語塞。

高陽說：「是因爲我懷了孩子，是你們房家的骨肉。」

房遺愛再度受寵若驚，他甚至把高陽抱了起來，他抱著高陽在房子裡轉圈。他興奮得顧不上去推敲這孩子是不是眞是他們房家的後代。

然後高陽委婉地暗示說，懷孕期間她怕是不能再與房遺愛同床了。

房遺愛點頭後默默無語，他早已養成了對高陽唯唯諾諾的習慣。

「你怎麼啦？怎麼不說話？你是不是很喜歡淑兒？我看出來了。從山上回來後你就一直想著她，對嗎？你別搖頭。我想把淑兒給你。就讓她做你的小妾吧。我會每晚差她睡到你的西院，侍候你，但她白天還要陪著我。怎麼樣？」高陽說，「淑兒從小和我一道長大，是我最貼心的丫頭，可我又把她給了你……」

房遺愛又一次受寵若驚，他喜形於色。滿心的喜悅，他不停地謝著高陽。他說他明早就安排進山的事。他簡直不知道該怎樣討得高陽的歡心。

就爲了一個淑兒。

房遺愛的要求並不高。

爲此他更是唯高陽之命是從。他便是在高陽的這剝奪又給予的懷柔中，慢慢地找準了對高陽所應採取的生活態度。

很快，高陽公主懷孕的消息傳遍了房家府邸。老臣房玄齡在企盼了將近一年之後終於如願以償。房家及時將這消息也稟告了皇上，皇上便即刻召見愛女及駙馬都尉，並特意賞賜銀兩、絲綢及珠寶首飾。那幾日中，房府天天擺宴歡慶，宅院內一片喜氣洋洋。

而在這喧囂與熱鬧之中，唯有一個人是冷靜的，也唯有他看出了這喜慶的可笑和虛僞。他確信高陽腹中的那個孩子不是房遺愛的。此人就是房遺直。他太了解高陽也太能看穿高陽的把戲了。但是他不想拆穿她，他也不能拆穿她。他只是對高陽的未來充滿了憂慮。

結果，在幾天後的一個晚上，房遺直鼓足勇氣夜訪高陽。

他沒有讓僕役通告，而是逕自走進高陽公主的院子。沿著幽深而狹長的迴廊，他緩緩地走著。他避開了守在高陽門外的淑兒，他穿過屏風，一直走進高陽公主的寢殿。他覺得儘管很久不來，他對這裡依然熟悉。那所有動人的往事依稀，他從未敢忘。也不會忘記高陽是怎樣從那個急切等待的屏風後閃出，她是那麼婀娜動人。她總是穿著蟬翼般的衣裙，柔美得就像是天上的仙女。

高陽正斜靠在她的床上。

她正在讀著什麼？

佛家的典籍？

高陽依然穿著一件很薄的絲衣。她因懷孕而變得脹大的乳房向下懸垂著，將那絲衣綳得緊緊的。

高陽讀得很專注。

那油燈的光亮，跳盪不已的藍色的火燄。

照著她。

照著她那佛家的典籍。

那典籍能給予她什麼？

她讀著，毫無希望地讀著。她竟對房遺直已走進她的臥室渾然不覺，直到他將他黑色的影投在高陽的臉上投在那沉重的典籍上……

高陽驚懼地抬起頭。

她看見了房遺直。

她沒有喊叫，她沉默著，彷彿她早就知道房遺直要闖進來，彷彿有人向她通報過他的無禮。

他們就那樣對望著，很久。

然後高陽公主平靜地說：「大公子，我們已經很久沒見了，你一向可好？」

「是的，我很好，公主可好？」房遺直彬彬有禮。但是他相信他們未來的談話不會總是這樣溫文爾雅。

「我不好。我身體不舒服。整天想吐。你要我起床下地陪著你在這深更半夜聊天嗎？」

「不不，你就這樣躺著。你這樣躺著很美。」

「是嗎？你不能不動心吧。但現在不合適。現在有淑兒她們在這裡，她們就在屏風的後面。」

「是的，我只是想看看你。」

「幸虧你今晚來了，否則明天遺愛就會送我到山上。那裡不像長安，在那裡能吸到最新鮮的空氣。」

「明天你又要進山？」房遺直很驚訝。

「怎麼？不行嗎？我不能上山？誰規定的？在你們房家，沒有人對我說過一個不字，不信你可以去問問。你問問房遺愛他敢嗎？包括你家大宰相，他們都知道我是皇帝的女兒，而且是皇帝最寵愛的女兒。」

「是的，當然。」

「那你爲什麼又來說不呢？」

「我是說，你既然有身孕，爲什麼還要進山呢？這冰天雪地……」

「你現在來關心我了？是怕我弄壞你們房家的後代？大公子你大可不必，我會比誰都更珍惜我肚子裡的寶貝的。」

「可是……」

「你還想說什麼呢？」

房遺直靠近高陽，對著高陽的耳朵小聲說：「你就不能叫淑兒她們出去嗎？」

「你我還有什麼秘密嗎？」高陽微微坐起。她沉甸甸的乳房便也隨之垂落下來。她大聲

說：「淑兒，你來。」

淑兒便紅著臉從屏風後閃了出來。

「大公子說他不想讓你聽到他說的話。反正已經很晚了，你也不必守在這兒了，到西院去吧。」

淑兒退了出去。

「你眞讓淑兒去侍候遺愛？」

「這妨礙你了嗎？」

「在山頂的行宮裡我就見他們在一起。」

「這是我們之間的事情。」

「是一筆交易吧？」

「這你管得著嗎？」

「告訴我，這孩子不是遺愛的。」

「是他的或者不是他的又怎麼樣？」

「不，你不能這樣對待我弟弟。」

「那你說我該怎麼對待他呢？」

「你不該欺騙他。」

「欺騙他？最先欺騙他的是誰？是誰和他的老婆上床？又是誰把他的老婆孤零零地一個人丟下就爲著那個虛僞的良心逃跑了？你就是這樣對待你弟弟的，對嗎？還有，你知道我是大唐的公主嗎？你知道房遺愛他是大唐的駙馬都尉嗎？可是他至今卻連一官半職都沒有。皇帝賞賜給你們房家的好處，全讓你一個人佔完了。可你對王朝有什麼貢獻？你憑什麼要佔著這銀青光祿大夫的職位？因爲你才讓這個愚蠢的房遺愛一文不名像個窮光蛋。而嫁了這樣的男人，也就辱沒了我的名譽，讓我在皇室的姐妹之間抬不起頭來。有人對你講過這些嗎？你就是這樣待你的弟弟嗎？」

「咱們不說這些。」

「爲什麼不說這些？這些才是重要的。一個男人爲人在世，難道就是爲了要個老婆嗎？既然你關心你的弟弟，你可以親自去問問他。他問問他是不是因此而很痛苦。可是他卻不願對你說，他只會傻守著對你的那一片忠心……」

「高陽，我們眞的不要說這些了。」房遺直驟然抱住了高陽公主，他不顧一切地親吻著她。他把他的手伸進高陽的衣服裡。高陽掙脫著，但他拼力抱緊她。他觸到了高陽那溫暖的沉甸甸的乳房。他揉搓著它們。他無法自持，他說：「我太想你了，我每分每秒都在想……」

高陽奮力把房遺直的手從她的衣服裡拉出來，她終於掙脫了他，她從床上跳到地上，她有一種極不舒服的受了欺侮的感覺。一個原本那麼熟悉的男人。但是她沒有辦法。她說：「你想來就來想走就走，你問過我嗎？對我說過一聲嗎？你走吧，你別再來這一套了。」

「可是你知道在我離開的這段時間裡我是怎樣想你的嗎？我覺得日子那麼長。我晝思夜想，我都快瘋了，我想我這是何苦……」

「是的，何苦呢？」高陽說，「你不要說了。你走吧。你爲什麼還不走？這孩子是辯機的。這下你可以走了吧。」

房遺直陡然從高陽的身邊離開。

他雙手垂下，遠遠站著。

他看著高陽隱隱約約幾乎裸著的身體，但是他不再意亂情迷，也不再有一絲的慾望。一切都冷卻了下來，不再有機會，他已心如死灰。

他繞過高陽走到梳妝台前。他把他特意爲高陽買來的許多珠寶首飾放在案台上。那首飾全是他思念著高陽的時候精心爲她挑選的，有多少顆珠寶就有他多少份愛。珠寶們無聲地躺在那裡。在夜晚的銅鏡中閃著異樣的光彩。

房遺直在做過這一切之後退到了屛風旁，他很恭敬地對高陽說：「公主，我告辭了。希望你多多保重，好自爲之。」

房遺直說完便大步走出高陽公主的寢殿。

「你別走。大公子，你……」

然而房遺直頭也沒回，匆匆地消失在寒冷的茫茫夜色中。

高陽哭了。她跑過去把梳妝台上的那些珠寶全掃落在地，那些珠寶在地上依然閃著異樣的光彩。高陽又去踩踏它們，而那光是踩不滅的。高陽罵著：「你把我當作什麼了？我就是沒想過你。我就是要進山。我就是不要你這些破珠子……」

高陽又哭又罵。

她哭著哭著就眞的傷心了起來。

她的決心已定，就誰也不能阻擋。

她不想了斷和辯機的情緣，她要圓這個夢，她也不管這夢能做到什麼時候。那一切都不重要，重要的是她此刻上山了。

他們在泥濘而寒冷的山路上走了很久。

在就要抵達辯機的草庵時，高陽公主讓她的車停了下來。她讓淑兒下車，去坐房遺愛的馬。她叫騎在高頭大馬上的房遺愛過來，她說：「你帶上淑兒到山頂的行宮去吧，我想回家時，會派人上山去叫你的。」

房遺愛頻頻點頭，他儘管心中不快但卻只能是百依百順。這是他能在高陽身邊生存下去的唯一的選擇。

「還有，這些銀兩給你。」高陽從車窗裡遞出去一個很大的布包。那布包叮噹作響，房遺愛不知道他是不是該去接。

「你倒是拿著呀。這是父皇給我的。」

「可是，公主……」

「給你吧，只要你日後對我好。」

高陽公主又是一語雙關。她坐在車輦裡，眼看著房遺愛接過那銀子兩眼放光，緊接著，他就帶著淑兒和眾侍衛乖乖地上山了。

高陽的馬車依然停在那裡，停了很久。高陽已經遠遠地看到了半山腰空地上的圓形的草屋。那個她那麼熟悉那麼嚮往的所在。但是她停在那裡。她聽見了她心怦怦地跳著。她停在那裡，閉上眼睛。努力使自己平靜。很久以後，她才讓車夫以最快的速度前進，直向著辯機的小屋駛去。

高陽的心依然急促地跳著。她心裡很急，她覺得她越是跟辯機離得近，她想見到辯機的心情就越是急迫。她想念他，想念他的小屋想念他的身體，還有那雙和藍天一樣清澈的眼睛。馬車飛快地行駛到小屋前，車還沒有停穩她便從車裡跳了出來。她提著她的裙子在沒有化盡的雪地上跑著。她跑上草屋的木樓梯，她幾乎是撞進了辯機的懷中。

辯機驚異萬分。他的眼睛裡沒有欣喜，他甚至感到莫名的恐懼。

但高陽公主已顧不上這些，她只是緊緊地緊緊地抱住了辯機。那時那刻，她恨不能吃了他，恨不能和他融化在一起，恨不能撕開她自己的胸膛讓辯機看到她心中那血淋淋的渴望。她還想告訴辯機她懷了孩子，而這孩子就是他的。她想對他說她是多麼地感謝他，感謝他給予了他們共同的骨肉。但是，那時那刻她什麼也沒有說，只是拼力親吻著辯機冰涼的嘴唇。她不放他，不讓他喘息，她自己也差點窒息暈倒。這時候，房遺愛一行人馬已經消失在遠處的密林中，馬蹄聲越來越遠，越來越遠。高陽終於垂下了她的手臂，她後退一步，看著辯機。他們就站在木台階上，站在冬季的寒冷中。高陽在退了一步後，看到的卻是辯機那冷漠的神情。

「你爲什麼又來了？」

高陽公主想不到她滿心的期待終於成爲現實之後聽到的卻是辯機這樣的一句話。她傷心至極，眼淚立刻湧滿了眼眶，她就那樣站在木台階上嗚嗚地哭了起來。

她很委屈。

她再度被辯機摟住的時候就哭得更傷心了。

辯機知道他的話太自私，太傷害高陽公主了。他也知道在這冰天雪地，她從長安趕來是多麼不容易的一件事。他親著高陽的頭髮，親著高陽的手，把她領進他冰冷的小屋。他讓她斜靠在那張他們曾共同擁有的鋪滿金色枯草的木床上，握緊她兩隻冰涼的小手。他說：「別哭了。」他說著去擦高陽的眼淚。他說：「我也想你，你是我的小姑娘小妹妹，是我在這茫茫塵世間最親的人。」

高陽即刻轉悲爲喜，紅撲撲的臉上溢滿久別重逢的歡樂。她想到底是辯機，到底是她最想最愛的男人。她原來希望著一走進木房就和辯機同床共枕，她已經無數遍爲自己描繪過這驚心動魄的場面了。她伸出手去抓辯機的衣服……

而就在那一刻，辯機像丟掉什麼燙人的東西那樣丟掉了她。他站得遠遠的，眼睛裡流露出驚恐。

「爲什麼？」高陽問，「沒有人會來干涉我們。房遺愛也不會。我願意在這裡待多久就待多久，不好嗎？」

辯機走到窗前，他看著窗外。

午後的陽光照射著他。

「你怎麼了？不希望我來？」高陽又哭了起來。她走攏去，伸出雙臂從辯機身後抱住了他。她聞到了辯機身上那種大山的清新的味道。她感覺到這沒有臭男人氣味的身體的親切。

她問著辯機：「你不喜歡我啦？」

辯機沉默著。

他感覺到高陽公主在他身後的抽泣，感覺到她帶著體溫的眼淚正一層一層地湮濕著他的衣服。

過了很久很久。

辯機終於說：「你走後我用了很長的時間才找回原來的我。我想忘掉你，可你爲什麼又跑到這山上來攪亂我的心？」

「那是因爲我的心也被攪亂了。」

「可你是知道我的追求和志向的。」

「可那不是我的追求和志向。辯機，從你這兒帶走的書我全看了。我不明白那些教義有什麼吸引你的。遁入空門的境界固然好，可那代價太大了……」

「高陽你不要這樣說。那是我的志向，你不能懷疑它。」

「但是，但是即或你要入得空門也是不可以的了。」

「爲什麼？爲什麼？」辯機扭轉身抓住了高陽。他抖著她，把她抖得像一片樹葉。他問她，「究竟爲什麼？」

「因爲我們已經有過凡俗之舉。辯機，我已經懷了你的孩子……」

「懷了我的孩子？」辯機簡直不敢相信，他無法說清他此刻那種混亂的感覺。他只是追問地看著高陽的眼睛：「是嗎？是眞的嗎？這是怎麼回事？」

高陽很眞誠地看著他，很眞誠地點頭。她說：「我懷孕了，不會是房遺愛的。我不騙你。我很少和他在一起。特別是那一段，我從未和他一起過。」

「眞是我的孩子？」

「是的，是你的孩子。是我們的。你的和我的。我們的孩子，我們的骨肉。」

辯機的眼睛裡冒出了幽幽的藍光，那光很幸福。「是我的孩子！」辯機無法形容這個新生命所帶給他生命的震動。他覺得無論怎樣，新生命都代表著光明、美好、希望和生機，何況這生命又是因他而存在的呢。

辯機突然間抱起高陽，他使勁地親她，親她的臉頰、額頭和嘴唇。他抱著高陽在他的小木屋裡轉圈。高陽被轉得很暈，她掙脫著，懇求著：「辯機，別這樣，小心弄傷了你的兒子。」

然後他們安靜了下來。辯機又重新把高陽公主抱到那張木床上。高陽把辯機的手拉到她的身上，她要他撫摸她已經開始變化的身體。辯機揉搓著高陽公主的乳房，那乳房在孕育著一個新的生命的時刻脹得很疼，也脹得充滿了慾望。辯機吸吮著它們。然後他說，在她離開之後的那段日子裡，他全力做的唯一的事情就是想方設法忘記她。他甚至不再睡他們曾共同睡過的這張床。他慶幸這場大雪，他希望這場大雪從此就阻隔了他們。「可是你爲什麼又來了？你來了就攪亂了我的靈性。今後不要再來了好嗎？我看見你就無法控制自己……」

高陽的柔唇阻截了他的話語。然後，他用身體覆蓋了高陽。他們已經無法顧及他們之間還有著另一個生命的存在。那是種無比強烈的慾望，辯機和高陽都在那地動山搖的同時感受

到了一種地動山搖的歡樂。辯機的木屋被他們的激情搖晃著，那木屋晃動時發出了吱吱嘎嘎的響聲。待在屋外的侍女們似乎都感覺到了這震盪，於是她們全都驚慌地跑了出來，循著那震盪一直來到辯機寢室的門口，她們在此靜候她們的主子。

慾望終於平息。

木房子裡驟然間靜極了，不再有任何的動靜。房基也奇妙地不再搖動了。

侍從們屏住呼吸，悄悄地各自回到自己的崗位。

辯機再一次感嘆，這實在是他平生最大的歡樂。在遇到高陽之前，他根本不知歡樂為何物。高陽散發出無與倫比的誘惑，他只要看見她觸到她就再也持守不住他的信仰了。他不能捨棄她，不能捨棄這超越信仰之上的吸引。

這時候，那個正孕育在高陽腹中的小生命又悄然回到高陽和辯機清醒的意識中。無疑這生命使辯機興奮無比，他不停地說：「我的孩子，我們的孩子。」他說：「是因為我們相愛，這孩子是我們相愛的結果。他使我們更親近了，我們就是因為他終於又連成一體。」

高陽公主聽著辯機興奮的低語，也不禁感動起來。她說：「是啊，多麼好，想不到我們不顧一切的愛竟會結出如此的果實來，想不到我們竟是這樣的幸運。」

矢志於佛門修行是辯機畢生的志願。他幾乎從小就立下了這心志，所以才能小小年紀就離家出走，隱遁於這四季蒼翠的大山之中。應當說，十幾年的隱遁生涯使他早已悟透人生，早已清心寡慾淡泊了塵世的念想。他只嚮往著躲藏在一顆雖然年輕但卻純淨的割捨了七情六欲的佛心之中，做一個超然的散淡的與大自然融為一體的智者。然而，在那個燦爛的秋季的午後，高陽來了。她走到他的面前，走進了他的林中小屋。她是那麼出色，一下子就照亮了這裡的山山水水。她留了下來。然後，他就不能持守了。

只頃刻之間。頃刻之間瓦解的是他十幾年來修下的德性。那一刻，他寧可遭佛祖的鞭笞遭佛界的唾棄，因他已被那鮮活的生命折磨得靈魂出竅。當他的身體和那女人的身體在一起的時候，能刺激他左右他控制他的，唯有那身體與身體連接時的震撼。在她留下的那幾個夜晚他盡情享受著這肉體的快樂。但是當長夜結束，他便迷惘了起來。他幾天幾夜不吃不睡打坐練功，祈求佛祖的寬恕。他發誓就是變驢變馬也要侍奉佛祖，他求佛祖能保佑他，保佑那個女人永不再來。他要奮力斬斷這已結下的塵緣，那是他不悔的誓言。然後他慶幸大雪封山。

但是他斬不斷。每每在夜深人靜，在松明火把的照耀下，他一行一行一字一句地讀著那梵文的經典時，眼前會突然閃現出高陽公主美麗的臉。有時他還會在睡夢中突然驚醒，他的心狂跳不止，周身是汗，他被驚醒是因爲他抓不住那正在遠去的高陽。他睜大眼睛，喘息著，看到窗外那幽深的長夜，才知道是自己剛才做了一場夢。他爲此而很痛苦。然後，隨著漫天的大雪慢慢地被融化，隨著時日，辯機的心便也開始變得寧靜。然而，就在那難得的寧靜剛剛降臨的時候，那個使他不寧靜的女人竟又不期而至。就在剛才，僅僅在剛才，而且還帶來一個他看不見的但是已經存在的他們共同的生命。如此，事情就不同了，全然地不同了。辯機要對他愛的那個女人肚子裡的孩子負責，他無法再次拒絕公主，因爲公主懷著的，是他生命裡的東西，他怎麼能拒絕那本屬於他自身生命的東西呢？

高陽亦是如此。

她幾十天前告別辯機時，並沒有認眞想過要和這個山中的和尚保持怎樣密切的關係。她甚至認爲她之所以投身辯機那青春的懷抱，完全是出於對房遺直既不辭別又不能如期返回的一種報復。她告別時也許並沒有眞心眞意地愛上辯機，她只是被辯機與自然共生的清新環境所吸引，被辯機那藍色清澈的眼睛所誘惑。可能還因爲那時想要一個男人，而她想要的那個男人不歸，她身邊的那個又過於乏味，於是才有了辯機。辯機太與眾不同了，他所給予高陽公主的全都是最新異的刺激。不過是刺激，因爲高陽知道她到這終南山上來一趟是多麼的不容易。而當她在辯機的木屋前意外地看到同來接她的房遺直時，心上也曾跳動過一簇火花。這個她半年來晝思夜想的男人終於回來了。儘管在第一眼看見騎在馬上的房遺直時，她臉上的表情是冷酷的無動於衷的，但是她心的跳動卻是急促的。是的，這個男人終於回來了，而且她猜透了他爲什麼要追上山。但是，當他們的車馬在秋的衰敗中離開這山中的草屋，她的心中便開始閃動著那藍幽幽的眼睛了。她爲此而有意疏遠著房遺直，她不給他任何可以與她接近的機會。她覺得這樣折磨著一個她愛過並把她公主的最寶貴的貞操給了他的男人，心中有種很殘酷的快樂。她原以爲這折磨這疏遠是短暫的，她想她遲早會和這個男人重歸於好。她想他們同住在房府的大院子裡，而這位大公子唾手可得，只要她願意，他可以召之即來，揮之便去。而要見到山林中的辯機就不那麼容易了，她又何必捨近求遠。然而，那場大雪反而勾起高陽對山中辯機的思念。她的感情驟然變化，她反而想得到她難以得到的那個男人了。後來又來了孩子，只要一想到這孩子可能是辯機的，高陽便會對這個她見不到的男人滿

懷柔情。

她用一個淑兒幾千銀兩就可以安撫一個房遺愛，平息種種可能蔓延的流言，但是她卻瞞不過她也曾愛過的那個房遺直的眼睛。他竟在那個夜晚拂袖而去，而那個晚上他如果留下來，高陽也許是不會拒絕他的。但是他拂袖而去。在某種意義上，高陽就是因為房遺直的拂袖而去才最終作出了進山的決定，依然是為了報復。高陽認為，在某種意義上，是房遺直把她推進了山中辯機的懷抱。

就這樣，陰差陽錯，在感情和生活的極度混亂又極度協調中，高陽把她的真愛給了佛門學士辯機。她在山上辯機的小屋裡一住就是八天。這期間，房遺愛曾幾次下山來接她回府。在第八天的那個清晨，高陽終於在淚水中告別了辯機，她不知道她什麼時候才能再回到這山上來。在寒風中，高陽公主坐上了她冷冰冰的馬車，一步一回頭地告別了她永不可能再忘懷的情人。

高陽公主在從山中返回後得知房遺直已上書父皇，請求唐太宗李世民把銀青光祿大夫的官職轉賜給他的弟弟、高陽公主的丈夫、皇室駙馬都尉房遺愛。

房遺直上書之前，曾和房玄齡商量。老臣房玄齡一副很傷感的樣子，他問遺直：「是不是遺愛找你要的？」房遺直只說那只是他自己的意思，絕非遺愛索取。他懇請父親能同意。房玄齡更加傷感，他說：「你們兄弟都是我的骨肉，你們能如此以禮相讓我很欣慰。只是，我擔心日後咱們房家的家業。我如今深得皇上信任，咱們是光宗耀祖了。可是皇上的女兒畢竟不是皇上。你們的父親也已經老了。你們兄弟的事情就隨你們吧。」

於是遺直當夜上書。他絕不是擺擺樣子，他是眞心想把他的官位讓給遺愛。他也是眞的爲遺愛好，爲了遺愛從此不再在高陽那裡受欺侮。他或許也是爲了自己，想讓高陽看看眞正的君子風度是什麼樣的，還有，誰才是眞正的男子漢。

高陽聽到這個消息很驚愕，她簡直不敢相信。她想不到房遺直竟眞的會做出如此大度的舉動來，她由此還本能地生出了許多欽佩。畢竟，這個朝廷中顯赫的官位，它代表著一種常人很難以企及的榮譽。

房遺直上書的事是房遺愛滿懷著欣喜特意來向公主稟報的，他認爲這一定是公主最喜歡

的消息。房遺愛之所以滿懷欣喜，還因爲他終於擺脫掉一塊一直壓在他心上的大石頭，他敬重房遺直，所以他一直沒有勇氣向房遺直開口索官。而現在呢，他也不知道遺直爲什麼能有如此讓官之舉。

高陽公主冷著臉斜靠在她的床上。懷孕無論如何還是使美麗的高陽變得憔悴蒼白。她聽著房遺愛說，她看著房遺愛臉上那諂媚的表情。

她覺得她聽到這個消息並不高興。難道這眞是她想要的嗎？而把這個朝廷的官位給了眼前這個一臉愚昧的男人難道就是公平的嗎？

高陽有點蔑視地看著房遺愛，她問他：「你認爲從此由你來做這個官就很合適嗎？」

房遺愛一時弄不清高陽的心思，他不知所措，小心地問：「你不是一直希望能這樣嗎？」

「是的，我是這樣希望過。但是你應該清楚你的才學和修養是斷然不能和大公子相比的。如今，他主動向皇上啓奏決意讓官位於你，足見他的大智大勇。單單是這一點，你就不能小覷他。他絕不是因爲怕我，更不是怕你。他可能還懷有別的更詭詐的韜略。但你還是要感恩於他。於是，你就更加在人格人品上矮了他半截。房遺愛，你便是永遠不及你哥哥了，你將一輩子也趕不上他了。多麼可憐。不過，也好，因爲你就是你。」

房遺愛木訥尷尬地站在那裡。他知道高陽說的全對，全有道理。但在這全對全有道理的話語中，他不是聽不出高陽的挖苦和奚落。但他無奈，命運註定了他這一生只能是聽命於眼前這個女人。

「不過你也不必傷心。」高陽接著說，「你們各自有不同的方式，譬如，你有忠心。告訴

我，淑兒怎麼樣？你喜歡她嗎？她把你侍候得還算舒服吧？是我要她好好侍候你，這也算是我們的情分。改日，我還會再爲你挑選幾個好看的奴婢，隨你和她們盡興地玩，行嗎？」

房遺愛點頭不已。

「那你就走吧。噢，對了，煩你把大公子請來。爲了他的慷慨大度，我想我該當面感謝他。」

房遺直聞命趕來的時候，高陽依然斜靠在她的那張大床上。不知爲了什麼，高陽公主特意換了一件大紅的絲綢棉袍，她的臉在那紅色的映照下就顯得不再那麼蒼白了。

房遺直跟在房遺愛的身後走進來，他就是那樣很有教養也很有分寸地保持著和他兄弟的那一步之遙。多麼可恨，這正是高陽公主最恨的地方。她認爲這個儒雅的男人簡直是太虛僞了。她一點也不信房遺直就甘心站在房遺愛的身後，她知道這個男人骨子裡一定沒把這個駙馬放在眼裡。

高陽在看著房遺愛和房遺直的時候，用的全然是兩種不同的眼神，她不敢用看遺愛的那種輕蔑的眼光去看房遺直。那是她心裡的判斷。特別是當房遺直眞的上書皇帝讓官，高陽就更是不敢輕視他了。她甚至更看重這個成熟的果敢的男人，但是她卻不知該怎樣對待他。

高陽稍稍側起了身子。

她雖然不敢在心裡輕視房遺直，但在房遺愛的面前，高陽爲了她的威嚴卻依然保持了她一貫冷傲的腔調。

高陽說：「感謝大公子能賞光來到寒舍。我們眞是榮幸至極，我們……」高陽這樣說著的時候，她突然覺得無聊極了。她這也是在演戲，特別是在房遺直的面前。她想難道他看不出她是在表演，她此時此刻也很虛僞嗎？

高陽停下來。

高陽在說到半句的時候停下來。屋子裡靜極了。

然後高陽才又說。她說：「大公子原來是一位如此慷慨大度的仁義之士，想不到，你竟眞的肯讓出這銀青光祿大夫的官職，甚至親筆上書皇上，足見你的決心。你眞的不要那官職了？你就眞捨得把它讓給你弟弟？也難爲了你的一片赤誠和苦心。我只是不知大公子，是出於手足之情還是出於對我的關切？」

房遺直神色嚴峻。

他抬起頭直視著公主的眼睛。他說：「既是爲了遺愛，也是爲了公主。」

「可是遺愛並不曾想過要奪你這美差，倒是我受不了你這頭銜和榮譽。」

「那就算是爲了公主吧。」

「爲了我？我一個區區女子。那麼朝廷呢？」

房遺直沉默不語。

站在一旁很尷尬的房遺愛就更不知該說些什麼了。

「大公子，你難道沒想過，以你兄弟的學識，他能勝任嗎？你是不是把他估計得太高了，這是不是反倒是你對皇上對朝廷的不負責任呢？」

「你……你到底還要我怎樣？」房遺直被眼前的高陽公主氣得臉色發青，周身顫抖，他緊握著拳頭。他覺得他已被高陽逼到了死角，他只能扭轉身朝外走。

「房遺直，你回來。你敢走？我還沒說完呢，房遺愛你怎麼還不去攔住他……」遺愛即刻去攔住了遺直。他滿臉堆笑地請求著遺直，並小聲地對遺直說：「哥，你回來，你不要惹她生氣。」

「你算個什麼東西！」房遺直罵著他這窩囊的兄弟。他掙脫他的阻攔，但是他還是站住了。他低著頭緩緩地轉過身，對著高陽。而高陽此刻已在激忿之中從床上下來，她突然覺得一陣眩暈，眼前驟然間一片昏暗，她就什麼也看不見了。

高陽在瞬間的休克中緩緩倒地。

房遺直大步流星地趕過去，急切地抱起了摔倒在地上的高陽，他把她放在那張大床上。

高陽慢慢地睜開眼睛。她的眼裡充滿了恐懼，她問著：「怎麼啦？我剛才是怎麼啦？我的孩子怎麼啦？我是不是要死了？可我不想死，我眞是難受極了……」

高陽公主緊緊抓住房遺直的手。她說：「別離開我。我怕極了。陪陪我好嗎？」

「不，不，公主……」房遺直抽出了他的手，他說，「我告辭了，讓遺愛留下來陪你。」

「不，哥，還是你留下來，她……」

「是的，是的我還想再對你說幾句感謝的話，我眞的是很感謝你，想不到……」

「你爲什麼不願意留下來？」在空曠的寢殿裡只剩下高陽和房遺直兩人的時候，高陽這樣問著他。「是爲了什麼？爲了我進山？和辯機在一起？」

房遺直坐在高陽的床邊沉默不語。

高陽說：「其實這一切都是偶然發生的。是因爲你的不辭而別，還因爲你不能如期返回。我不知道出了什麼事，不知道你是怎麼想的，更不知你今後會怎樣待我。漫長的日子，太漫長了，你根本就不知道我那時是怎樣地痛苦。沒有人能幫助我，唯有你能讓我解脫，而你又是那麼自私，你自私地走了。你走的時候想到過我嗎？」

「我想過，我天天在想。」

「天天在想？哈，你想過就不會把我扔給房遺愛獨自揚長而去了。你明明知道我不喜歡他，我甚至討厭他。那我怎麼辦？你知道我是怎麼辦的嗎？我和他上床，每次之後我睜開眼看見是他就想吐。我那時是那麼痛苦那麼孤獨那麼渴求著一個像樣的男人。是那個和尚，他是那麼清新，那麼書生意氣文質彬彬，他吸引了我。聽說你們房家兄弟已認識他多年，可你們留意過他嗎？你們注意過他有著一雙那麼藍的眼睛嗎？他簡直就不像是我們這污濁塵世中的人。在山林中我一見到他就立刻被他迷住了。從相見的那一刻，我就知道我是離不開這個男人了，我喜歡他。然後我便擁有了他。我日夜渴慕他，我發現他就是我那時需要的那個像樣的男人。在那山林的草庵中，我們一夜一夜地躺在那金黃的枯草上。你能想像嗎？一切那麼好。你兄弟留下的侍衛在門外徹夜爲我們守候著。火盆裡跳動著火燄，那煙的味道和溫暖。窗外是山中的夜晚，是山中的星和月亮，是徹夜不停的流水聲，還有，野狼的嚎叫……

「你怎麼啦？大公子。你在聽我說嗎？你怎麼不敢看我？怕什麼？我是把你當作我的知己才對你說這些的。你是不是覺得很刺激？那麼我們爲什麼不做愛呢？當初是你丟棄了我，是

你羞辱了我，爲此我會恨你一輩子。來吧，靠近我，擁抱我，看我在有了遺愛有了辯機之後還是不是當初的那個高陽。你爲什麼不來？就像我們從前，就像我們中間什麼也沒有發生過，沒有辯機，也沒有過你那個親兄弟。來吧，脫了你的衣服躺到我身邊來。我需要這樣。每夜都需要。我儘管深愛著山裡的那個人，但我畢竟不能每個夜晚都得到他，他離我太遠了。但是你離我很近。你爲什麼不來親近我？是因爲我有了別的男人嗎？有了別的男人又怎樣？你不是除我之外也有著各種各樣別的女人嗎？你不是也有著三房四妾，你的府上不也是美女如雲任你享用嗎？怎麼你們男人做得我們女人就做不得呢？何況，後宮裡這樣的事情多著呢。誰不知道曾經是父皇昭儀的那個女人武媚，現在又和我哥哥晉王李治混得火熱。武昭儀那麼漂亮她怎麼會看得上李治那種唯唯諾諾的病秧子，還不是因爲父皇選中了李治來繼承他的王位。可我和武昭儀不一樣，我生爲皇帝之女卻只能嫁給皇室以外的男人。我是命不好才讓我碰上了這個傻瓜房遺愛。我怎麼辦？我不喜歡他，所以我只能去找那些我喜歡的男人。我渴望愛撫，辯機，還有你。我知道我已經不可救藥了。想不到嫁進你們房家不到一年，我竟有了你們三個男人。告訴我，這是爲什麼，爲什麼我的生活會被弄得這麼混亂？是誰把我逼到這罪惡的深淵？」

這時的高陽已一絲不掛。她的身體除了乳房更加豐滿之外，沒有任何變化。她依然是那麼美，一種已深諳了一切的美。她赤裸地躺在床上那姿態足以誘惑一切男人。她微張著那充滿了慾望的玫瑰般美麗的嘴唇，她的眼睛朦朦朧朧地睇著。她把她的手臂伸向房遺直。高陽已經長大，高陽已經成熟，高陽已經有了經驗，高陽已經學會了該用怎樣的姿態怎樣的眼神怎樣的語調去勾引男人。

她輕柔地拉扯著房遺直。

她對他說：「來吧，別再猶豫了。」

對於一個男人來說這就足夠了。

房遺直被那依然美麗的身體吸引著，他渴望這身體。他在離開這身體的那些日日夜夜裡，幾乎每一分每一秒都在思念著她。但是此刻，儘管他終於又重新面對了這身體，儘管他依然被吸引被誘惑，但心裡卻有一種說不清的灰濛濛的感覺。那感覺很沉重，灰濛濛地壓在他的心上，他爲此而壓抑緊張。

他不情願地脫下了衣服，他覺得公主的大殿裡很冷。這種寒冷的感覺使他的心驟然變得很萎縮，彷彿被什麼揪成了一團。沒有熱情，也無法亢奮。一種根本無力擺脫的沉重，鉛灰色的。他想喊叫卻早已失聲。那麼可怕。他竟然不停地想像那個山中和尚、那個愚蠻的遺愛與這身體糾纏在一起的情形。他一想到這些就更加地沮喪絕望，心中充滿了悲傷。是他愛著高陽嗎？不，他已經看出高陽太多的弱點，他只是不能拒絕這個女人的身體罷了。可能還因爲，這個女人是皇帝的女兒。既然是他們走到了一起，既然是她想要。於是，他努力使自己充滿熱情。他發現使自己再重新燃燒起來竟要耗費那麼大的精力，他們中間經歷的事情太多了。所有的事情，都擺放在那裡阻隔著。他抱住高陽，他親吻她。但高陽那赤裸的身體非但沒有溫暖他，反而如冰塊般更沉重地壓迫著他，他竟一蹶不振。他摸索著，他觸到了那豐滿的鼓脹脹的乳房。他突然想到高陽就要做母親了，做那個辯機的兒子的母親。而他們房氏兄

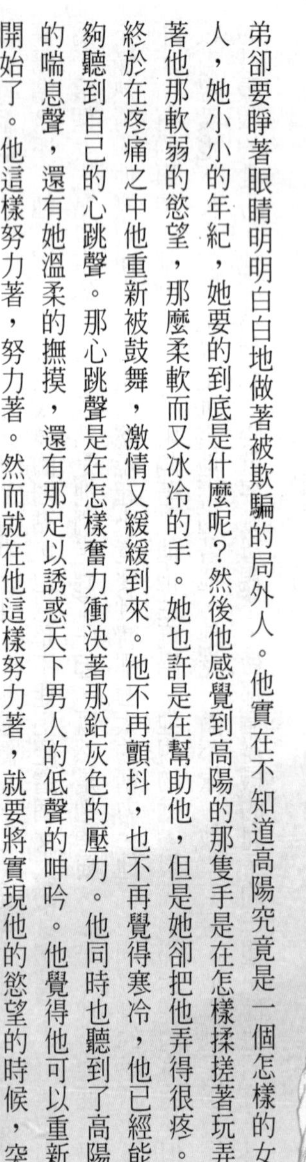

弟卻要睜著眼睛明明白白地做著被欺騙的局外人。他實在不知道高陽究竟是一個怎樣的女人，她小小的年紀，她要的到底是什麼呢？然後他感覺到高陽的那隻手是在怎樣揉搓著玩弄著他那軟弱的慾望，那麼柔軟而又冰冷的手。她也許是在幫助他，但是她卻把他弄得很疼。終於在疼痛之中他重新被鼓舞，激情又緩緩到來。他不再顫抖，也不再覺得寒冷，他已經能夠聽到自己的心跳聲。那心跳聲是在怎樣奮力衝決著那鉛灰色的壓力。他同時也聽到了高陽的喘息聲，還有她溫柔的撫摸，還有那足以誘惑天下男人的低聲的呻吟。他覺得他可以重新開始了。他這樣努力著，努力著。然而就在他這樣努力著，就要將實現他的慾望的時候，突然地……

春雨細無聲。

那是種無望的洩露，沒有實際價值的。他知道他不行了。他完了。

而高陽依然在巔峰之上動盪著喘息著呻吟著……

她一直在等待，那個最終的時刻。

她將與那個最終的時刻一道完結……

而當她驟然間意識到完結已經提前來臨，高陽猛地坐了起來。她用力推開了依然在那裡抽搐不已的房遺直，她周身顫抖地望著他，她的眼睛裡頓時盈滿了淚水。她對滿含歉疚想來撫慰她的房遺直勃然大怒：「你走開！你別碰我！走開！你算個什麼樣的男人，你是個廢物。快滾！滾出去！以後再不許你弄髒我的床……」

然後高陽繼續大哭。

接著她大口大口地吐了起來。

一切似乎永遠地完結了，不再有任何補償的機會。

房遺直把高陽的那件大紅絲袍蓋在她赤裸的身體上。然後，在高陽的嘔吐聲中，他匆匆地離開了這傷心地。

房遺直那無由的失敗，使一個男人的魅力就這樣在高陽公主的眼中驟然消失。這使高陽公主很不舒服，這不舒服來自她身體的四面八方。她覺得她簡直不能再見到房遺直這個人了，她一看到他就會立刻想到那曾經使她嘔吐的夜晚。那夜晚不堪回首，瀰漫著可怕的味道。那味道中沒有愛，一切都是勉強的。她不要再見到他。自從那個晚上之後，她堅決不見房遺直。不論他怎樣地請求，她不相信還有補償的可能。

高陽公主從此恨這個男人。

與這恨同時的，是她的小生命在肚子裡飛快地成長。一邊成長一邊折磨著她，高陽覺得從頭頂的髮絲到腳上的指甲，渾身上下沒有一處不難受。也無論是躺著還是坐著，全都不舒服。於是她也恨，恨使她周身不舒服的那個小生命。

然而她的不舒服卻無人可以訴說。唯有辯機，而辯機又遠在她摸不到也夠不著的遙遠的終南山，他們沒有一點聯繫。高陽想，辯機既不知道她懷孕時是怎樣地難受，也不知道她難受時是怎樣地想念他。他只顧獨自一人在山中苦讀修行，他一點也不知道她的苦，所以高陽有時候也恨辯機。

她就這樣恨著。似乎恨所有的男人。

她覺得唯有她帶來的淑兒能對她百般地體貼照顧，把她當作親人，當作主子。

有時候，高陽突然會感到絕望，她說她恐怕是再也見不到山中的辯機了。她想他，她不能沒有他。於是她便會立刻吩咐侍從備馬駕車，她要立刻趕往山中。

唯有淑兒能勸住她。淑兒說：「你不能這樣蹧蹋你自己。你若是眞喜歡山上的那個小和尙，你就得好好地保住你自己，好好地保住你肚子裡的孩子。」

淑兒每天陪著公主。陪著她說話。說她每天晚上同房遺愛上床的事情。淑兒講得有聲有色。她說房遺愛是怎樣地粗蠻，又是怎樣地不顧淑兒的死活。淑兒說，這個男人太有力氣了，他總是把淑兒抱來抱去的折騰。淑兒說要不是公主堅持要她去，要不是她想爲公主解圍，她怎麼看得上房遺愛這種粗貨呢？她儘管是奴婢，可她畢竟也是後宮裡長大的呀。

淑兒講的這些話常逗得公主笑起來。

公主笑的時候，就忘記了難受，自然也就忘記了恨男人，忘記了急急渴渴地要進山。

有一天，淑兒又說：「你爲什麼總是一天到晚把自己悶在這房家的院子裡，爲何不回宮裡去玩玩？去見見你父皇，還有後宮的那些姐妹們。」

於是高陽聽了淑兒的，她決定回後宮去住幾天。這一次她沒有帶房遺愛，她恨一切男人，當然包括房遺愛。她覺得現在身體的諸多不適，就是被男人折磨的。

房遺愛爲高陽備好馬車。

高陽公主無意中發現，淑兒在和房遺愛告別的時候，那臉上的表情竟充滿了綿綿情意。

高陽公主忿忿地轉頭，淑兒還沒有坐穩，她就叫車夫快速行駛，她覺得她此刻見不得這樣情意綿綿的景象。無論是誰，無論是不是她一直視爲姐妹般的淑兒，也無論是不是她把淑兒主動地賜給了房遺愛。

淑兒不明白高陽怎麼會突然地又不高興了，但是她依然盡力地哄著她。後來在一個不怎麼起眼的時候，淑兒不經意地問：「皇上把那個銀青光祿大夫給了駙馬了嗎？」

「你怎麼知道？」

「這房府裡誰不知道？聽說房大宰相因此還很難過呢，可他還是違心地讚譽大公子的手足之情。」

「全是些虛僞的東西。」高陽又問，「房遺愛他私下裡對你怎麼說的，他很想要這個官職嗎？」此刻高陽公主臉上寫滿了鄙夷。

「那誰知道呢。」

「你能不知道？你一夜一夜地服侍他，我看你已經有點離不開他了。你難道還猜不透他那幾根直腸裡想的是什麼？」

「我看凡是給他的好處，他都不會不要。而這個官職又是公主你爲他爭取的，他自然格外看重。」

「就他那副德性，也配出入朝廷？淑兒，你看著他像銀青光祿大夫嗎？」

「你不是恨那個房家大公子嗎？」

「是啊，是啊，我是恨他。」

「他的老婆又不是公主，他憑什麼……」

「淑兒你是替我不平，還是替房遺愛不平呢？以後你少管我的這些事。他們兄弟兩個都是混蛋，沒有一個好東西，我全恨。」

高陽公主回到了後宮。

她懷孕的消息已在後宮傳遍。

此刻錦衣歸來的高陽公主雖被懷孕折磨得死去活來，但她腹中的那個小生命還是無形中爲這個未來的母親平添了幾分少婦的豐滿和嫵媚。

高陽的到來使本來有點淒寂的後宮頓時亮麗了起來。高陽和後宮的姨娘和姐妹們在一起的時候，顯得神采飛揚。她和她們聊天兒，大談房家的生活。彷彿她在房家的日月極爲幸福的。高陽知道，其實她此時此刻也夠虛僞的了。

高陽盡說些富麗堂皇的話，是爲了搪塞後宮的女人們。在說笑中高陽儘管能暫且忘記煩惱，但混在女人堆裡畢竟使她覺得無聊。她開始心不在焉開始環顧左右而言他，她開始焦慮地等著父親。她想她之所以每每渴望著能回來，其實就是渴望著見到父親。在後宮的這個大家庭裡，她唯一牽念的也就是父親了。

她一直等待著父親下朝。她的心裡亂成一團麻。她不知道該怎樣面對父皇，不知道自己還是不是一個值得父皇寵愛的女兒。她現在莫名其妙地和三個男人攪在一起，想愛的不能愛，不想愛的又形影相隨。她眞不知怎樣才能從這近乎於苦難的生活中擺脫出來。她眞想找

個人訴苦。但是她卻知道她的這一切，這眞正的隱秘是連她最信任的父親也不能說的。父親一定是以爲他給予了最愛的這個女兒最好的前程。可惜她糊塗的父親對男人的要求和她的不一樣。但無論如何，不管她的生活怎樣的痛苦，怎樣地沒有前途沒有希望，她還是深愛著她的父親。

然後她終於等到了李世民下朝歸來，高陽公主即刻趕到父親的大殿。

高陽一見到李世民就立刻趴在他懷裡哭了起來。她哭了很久，很多的委屈，關於辯機的、房遺直的、房遺愛的、孩子的、淑兒的，總之一切的一切，一切盡在不言中。因她又不能訴說，不能訴說的委屈，隱秘的必須埋在心裡而又痛苦異常的委屈。

女兒的委屈使唐太宗李世民很困惑。那悲戚的嚶嚶的哭聲也使他心裡很難受，驟然間他也生出了很多的傷感，他是受不得他最喜歡最疼愛的女兒委屈的。他甚至想如果能永遠把女兒留在後宮該有多好，那女兒將終生不會受任何委屈。李世民摟著高陽，像她小時候那樣，他輕輕地撫摸著高陽的頭髮，輕輕地拍著她的背。

他問她：「怎麼啦？是房家對你不好嗎？是房遺愛欺侮你了嗎？他怎麼沒有來？」

高陽只是抽抽嗒嗒地繼續哭著。

眼淚就是訴說。

直到哭夠了，她的心便堅硬了起來。她繼續依偎在唐太宗的身邊。她說：「房家不錯。他們待我挺好。只是……」

「是不是那個房遺愛太粗蠻？」

「他不懂粗鱉而且窩囊。」

「怎麼回事？」

「父皇，你說我是不是公主？」

「你當然是公主，而且是我最最喜歡的大公主。」

「父皇你從沒有因爲我是庶出，我母親只是個一般的宮女而輕視過我吧？」

「當然啦！你是我最看重的親骨肉，這無論是咱們皇室還是朝廷上下都知道。否則，你爲什麼會嫁到我最信任和重用的老臣房玄齡的家中呢？」

「那我的駙馬是不是就應當很顯赫？」

唐太宗沉默不語。

「那在房家的兄弟之間，是不是……」

「你不要說了，高陽。」唐太宗的臉立刻變得威嚴。他推開高陽，站了起來。他在他的大殿裡來回走著。他語調很和緩但卻很嚴厲地說：「我知道你要說的是什麼了。我早已經接到了房遺直的上書。他很誠懇地希望我能把銀青光祿大夫的官位轉賜給他的兄弟。我很爲他的兄弟情誼和眞摯的請求而感動。但爲什麼會提及此事呢？我一看就知道是怎麼回事了。高陽你不要再這樣無理取鬧了。這樣不好。我一直認爲你是個知書達理有教養懂禮儀的好孩子。你這樣鬧下去會讓人家怎樣看待你，又怎樣看待我呢？」

「我不管人家怎樣看待你，但他們不能這樣對待我！」高陽聽著唐太宗的話，心裡非常氣憤。她終於聽不下去了，她打斷了當朝皇帝的話。

「如果是在朝廷上，你早就該推出去斬了。」
「那你就殺了我吧，這朝廷中這皇室中彼此殺戮的事難道還少嗎？」
「高陽！」
唐太宗驟然軟了下來。實在是他不想讓高陽這樣長在後宮的女人目睹這麼多兄弟間相互傷殘的冷酷。他願意他的女兒能在一片詳和的愛的氛圍中長大，他也希望他的孩子們的心中充滿了愛，他因此才尤其讚賞房遺直讓官的美德。他語重心長地對高陽說：「畢竟是朝廷封房遺直銀青光祿大夫在前，你下嫁房遺愛在後。何況，我又封了他右衛將軍，散騎常侍，這已經是很高的官位了。而且特別因爲他是你的夫婿，我對他更是格外關照。這無論是後宮還是朝野都十分清楚。哪一位駙馬都沒有像他那樣享有如此的高官厚祿，他還要怎樣呢？」
「他不要怎樣。」
「那就對了。就是遺直要給，他也不能要，這才眞正堪稱男兒襟懷。」
「可是，那個房遺直他算什麼？他既沒有跟著你們打下這江山，又沒對朝廷有什麼特殊的貢獻，他憑什麼要得到那麼高的官位？」
「你不要任性了。我了解他們這兩兄弟，那個房遺直也是個很有作爲的人。」
「有什麼作爲，他的作爲就是謀反。」
「謀反？高陽，這話可不是隨便說的。你若是告他謀反你必得拿出證據來，否則就只能說明是你別有用心。」
「父皇。」

「你說吧，他是怎麼謀反的？」

「他從不把我這公主放在眼裡。他看不起我就是看不起朝廷看不起你父皇。」

「這就是他謀反的罪狀？好女兒，過來，聽父皇告訴你，這謀反兩個字可不是隨便說的，世間多少人就在謀反這兩個字上交待了性命。」

「那麼父皇，你不把銀青光祿大夫的官職轉賜給房遺愛也罷，但至少你要貶掉房遺直的這官位，否則我堂堂大唐公主在房家總覺得矮人一頭。」

「不會的。我了解房玄齡，也了解他的家。我活一天，房玄齡對我的忠心就一天不會變，哪怕海枯石爛。他對我那麼好，怎麼會對你不好呢？我把你送到房家，是最安全可靠的。你在那裡生活，就像依然生活在我的身邊。你千萬不要在房家胡鬧了，這樣鬧下去對你不會有什麼好處的，何況，你現在又身懷有孕。」

「父皇，你就不能再考慮考慮嗎？」

「沒有什麼可考慮的了。你要是再這樣糾纏不休就沒有什麼意思了。而且，我一接到房遺直的上書就已經對房玄齡交待過了。」

「說了什麼？」

「一切照舊。」

「什麼？父皇你究竟是什麼意思？你竟和房家的人串通好了來欺侮我。」

「你簡直是無理取鬧。你走吧。一會兒還有朝臣前來求見。」

「好啊，我走，是你在趕我走。今天我才看出來原來你是這麼討厭我。我到底是庶出的女兒，不是你的骨肉至親。你只要長孫一族的後代，你不喜歡我，也不喜歡三哥吳王。你把他發配得遠遠的，遠離朝廷和權力，還說你是多麼器重他。對我也是一樣，你口口聲聲地說你愛我，說把我嫁給房家是對我的愛。可你問過我對這場婚姻的意見嗎？你問過我是不是喜歡房遺愛這個草包嗎？你沒有，你也從沒有想過我在房家和這個草包生活是不是幸福。告訴你吧，我討厭房家，討厭房遺愛，也討厭那個自以爲是的房遺直。我不過是你給你的愛卿功臣的一件獎品罷了。你犧牲掉我也不過是爲了換回你的朝臣的忠心。別再騙我了，你根本就不愛我。你要是愛我就不會拿我去交換什麼了，就不會讓我這麼痛苦了。我恨房家！恨這朝廷！也恨你！」

高陽公主淚流滿面。

她終於說出了心中想說的這些話，然後她忿忿而去。

她甚至沒向唐太宗告辭。

皇室中唯有高陽公主敢對唐太宗如此大發雷霆。

高陽知道她終於得罪了父親，因爲她在聲討著父親的時候從唐太宗的臉上第一次看到了他厭惡的表情。

高陽哭著。

她想這就是她的命運她的結局。

她還想既然已經如此，便一不做二不休。她的心裡恨恨的。她想我爲什麼要循規蹈矩，我偏要攪得天翻地覆。

高陽公主終於沒有能在太宗那裡拿下房遺直的銀青光祿大夫，反而被唐太宗教訓了一回。高陽的神情因此而沮喪。她想什麼最最寵愛，只不過是騙人的小把戲。口頭許諾什麼也不是，更何況朝令還可夕改呢。但越是如此，高陽竟越是充滿了鬥志。她想就是父親不幫忙，她也能把房遺直弄得焦頭爛額。是不是銀青光祿大夫已不重要，重要的是高陽要和房遺直作對到底。

高陽走出大殿時顯得很狂躁，她對等在門口的淑兒說：「走，咱們回去，我偏要和那個房遺直鬥一鬥。」

「你就那麼恨大公子？」

「我不信我就鬥不倒他。」

「你鬥倒了他又怎麼樣呢？」

「去，沒你的事。快去備車，我要回家。」

淑兒在高陽公主的身後怏怏地跟著。她一看高陽走出大殿時那淚流滿面的樣子，就知道皇上沒給公主好臉色。淑兒怯怯地問：「皇上也站在大公子一邊？」

「是啊，是啊，他們全在一邊，又怎麼樣？一幫臭男人！我讓他們誰都甭想好受！」

「別生那麼大的氣，小心身子。你一個女人怎麼能跟一幫子男人鬥氣呢？你鬥不過他們的。」

「誰說的？那呂后不就鬥過了那麼多的男人嗎？」

「可惜你是公主，不是皇后。行了行了，別生氣了，身子骨可是你自己的。咱們現在就回去？」

「不回去幹嘛？」

「你原本不是說要在後宮住幾天嗎？」

「在這裡住有什麼意思？我要上山。」

「又惦記辯機了？」

「我偏要惦記他。我偏要做所有的讓皇上難堪的事情。」

「那我就不告訴你吳王的事了。」

「吳王？吳王什麼事？」高陽公主的眼睛陡然亮了起來。她停住腳步，扭轉身抓住淑兒，「告訴我，吳王什麼事？」

「吳王回來了。」

「他回來了？眞的？我不信。」

「我剛剛聽說，吳王這會兒正在他母親楊妃那裡，你不想見見他嗎？」

「當然，當然想。淑兒，你是說三哥他從江南回來了？此刻就在楊妃的宮裡？」

淑兒連連點頭。

「我眞是太想三哥了。我已經很久沒見他了，我差點兒就把他忘了。可是淑兒，你看我這樣子……」

「這樣子有什麼不好的，去見吳王，又不是去見山中的辯機。」

「不不，你看我挺著個肚子。」

「吳王又不是不知道你嫁人了。」

「不不，淑兒你看我還漂亮嗎？」

「行了，進去吧。你依然是整個後宮裡最漂亮的女人。走吧。」

高陽公主款款地走進楊妃的大殿。

去見青梅竹馬的吳王李恪使高陽公主的臉上泛起光澤。

楊妃的宮殿裡一派輝煌的氣魄，殿中的每一件家具和擺設都透露著優雅的貴族氣息。

楊妃端莊地坐在殿中。楊妃正值中年，她不施粉黛，穿著素雅，但卻在樸素之中，流露出高貴的氣質。

楊妃本是隋朝亡國之君隋煬帝的愛女。她美麗端莊，從小生活在隋煬帝氣勢巍峨、宏偉壯麗的宮殿裡。隋朝滅亡，使皇室中美麗的公主頓遭苦難。她從皇帝的愛女，到淪為唐朝的階下囚，那心靈的創痛是怎樣地深邃。當唐兵把她押解到李世民的面前時，這位金戈鐵馬的秦王怦然心動了，他決意要把隋煬帝這位國色天香的女兒留下來，他要把她養在後宮，等待著日後長大成人。

一向通達善良的長孫皇后收留了這個女孩，她視楊妃為姐妹，視所有後宮的女人為姐妹。她知道，太宗作為一代君王，是自然要擁有三宮六院，自然會嬪妃如雲的。所以，她總是盡量盡著皇后的職責，溫情又平等地管理著後宮的女人。更何況楊妃這樣生長於貴族皇室而又蒙受了政治苦難的可憐小女孩呢。

楊妃在長孫皇后的呵護之下，很快像一朵豔美的鮮花綻放。楊妃的幸運是，她並沒有因爲是隋煬帝的女兒而成爲政治的犧牲品，而是由皇帝的女兒成爲替代自己父親的另一個皇帝的嬪妃。

楊妃美麗而聰慧。她天生的教養使她在敵人的營壘中學會了隱忍。

慢慢地，她又成爲了敵人營壘中的一員，血肉相聯的一員。

在那個晚上，她終於戰戰兢兢地被安排在李世民的那張龍床上。

楊妃的美麗、溫和、端莊、典雅立刻得到了唐皇的賞識，從此他對她寵幸倍加。楊妃對於在血雨腥風之中征戰南北、出生入死的勇將李世民來說，就像是一個天生的尤物。當他把她放在自己的床上之後，便發現他喜歡這種被皇室調教出來的有教養有知識的女人。

於是很快楊妃有了身孕。

於是很快楊妃生下了李世民的第三個兒子：李恪。

李恪是個十分聰敏的孩子。他不僅長得酷似李世民，而且隨著一天天長大，他又在眾皇子中脫穎而出。李恪善騎射，喜讀詩書，才華橫溢，又勤學好問，所以頗得父皇的寵愛。

只可惜李恪不是長孫皇后的兒子。

長孫皇后早早過世。李世民滿懷著傷痛將長孫皇后送往昭陵埋葬。他在寂寞之時也常常遙望那遠離長安的昭陵，懷念著謙和大度的昔日皇后。但，就像朝廷不可以一日無主，嬪妃中也不可一日無后，於是，再度立后的事便開始盤踞在李世民的腦海中。

李世民確曾動過要立楊妃爲后的念頭。如若立后，唯有楊妃。除了因爲喜歡楊妃，更重要的是爲了他的兒子李恪。李世民覺得，在他所有的兒子中，唯有李恪具有帝王氣象，也唯有李恪超群的才華，使他成爲了繼承大唐帝業最合適的人選。

然而，廢立皇后之事是朝廷的大事。當朝中文武百官得知了李世民的想法，便即刻有人挺身指出，皇上的這念頭實在欠妥，很容易將大唐的江山置於一場情場的恩愛之中。

挺身而出的人便是長孫無忌。無忌是先皇后時代的國舅，又是李世民多年的戰友。無忌的聲音即是朝廷中眾多重臣的意志。

李恪是庶出。庶出也罷，然而李恪又是亡國之君隋煬帝的外孫。如果立楊妃爲后，那李恪勢必成爲太子。一旦皇帝駕崩，太子即位，那好不容易才從隋煬帝手中奪下的大唐江山，豈不又落入了隋煬帝後代的手中？

群臣眾口一辭地懇請皇上，此舉萬萬不可。

於是，李世民只好作罷。

可惜了李恪眞龍天子的坯子，可惜他身上交融著的兩朝君王的血。

李恪慢慢長大。他周身充盈的皇族的血使他出類拔萃。但是他並沒有自恃他的勇武他的才華，沒有自恃父皇對他的寵愛。是楊妃的循循善誘，使他懂得要想在這藏滿了殺機的宮廷裡生存，他就必須通達並且認命。

便是這李恪成爲了高陽公主最好的兄弟。在眾多的皇家兄弟姊妹之中，李恪也最喜歡高陽公主。可能是因爲他們同樣是庶出而又同樣深得父皇的寵愛。李恪喜歡高陽還因爲她從小就是那麼美麗，而且又總是那麼膽大妄爲，總是本能而天眞地反抗著皇室裡的那些陳規陋習，李恪喜歡高陽的性格。

高陽拜見楊妃。

李恪聞聲便從隔壁的房間裡出來。

他們兄妹相見自是格外地高興。

他們單獨在一起。高陽趴在桌子前哭了起來。李恪很難過。他自然走過去抱起高陽，他爲她擦掉滿臉的淚水，他問他這個本來只知道歡樂的小妹妹到底是怎麼了。

高陽公主抬起頭眼淚漣漣地看著吳王。

那漣漣眼淚中的綿綿情意使吳王李恪怦然心動，他彷彿是又回到了他赴吳國之前的那個晚上。

那唯一的晚上。

李恪的心怦怦跳著。

高陽趴在李恪的胸前繼續哭著，她說：「父皇不再寵愛我們了。他連銀青光祿大夫這樣的閒官都不肯轉賜給房遺愛。他已經變得昏庸，全被長孫無忌一夥人控制了。他用我去交換奴才的忠心。我覺得我現在已經跟大街上的那些黎民百姓、芸芸眾生沒有什麼區別了。他不幫助我，我要獨自一人和他們鬥。生活多麼無聊。你呢，三哥，你好嗎？

李恪實在聽不懂高陽的話，但他努力安慰著這位任性的小妹妹。

李恪說他遠在江南很好，那裡天高皇帝遠。李恪說，他再也不想聽也不想去想這朝廷中的林林總總，恩恩怨怨。朝臣中的相互傾軋，兄弟間的彼此殘殺，這一切多麼可怕。李恪說他終於遠離了這些，離開了這是非之地，離開了這天堂地獄。他想他的母親不是皇后，這眞

是一件幸事。李恪問高陽：「你知道嗎？大哥承乾和四弟青雀也拉開了架勢，準備拼個你死我活。」李恪說：「讓親生骨肉兄弟姊妹相互殘殺，實在是人世間最殘酷的一件事。」

這樣，他們談著，他們在一起待了很久。

李恪第二天一早就要上路回江南的吳國去。

高陽公主與吳王李恪告別時，他們難捨難分。

高陽說：「三哥，你又要走得那麼遠，不知道什麼時候才能見到你。記得那一次大病過後，我是那麼想見見你，誰知這一別就是好幾年。」

李恪抓著高陽的手，李恪說：「我知道你一定遇到了什麼不順心事，你的心中不快活。但是我卻不能幫你了，不能像小時候那樣，誰要是欺侮了你，不管是兄弟還是姊妹，我都能替你出口氣，總是能安慰你。」

高陽說：「三哥我眞的很不好。我懷孕了但我並不高興。自從嫁到房家之後，我變得更加任性了。眞的。我很壞，我一點兒也不善良。我欺侮別人，甚至欺侮那些愛我的人。一年來發生了很多事情，但這些事只能埋在我心裡，我身邊沒有一個可以聽我訴說的人。沒有人了解我，也沒有人幫助我。我變得越來越壞，越來越讓人討厭。我從來就不能控制我自己的感情，我已經是一個很惡的女人了。眞的。沒有人管我，也沒有人敢管我，更沒有人疼愛我。我總是任著性子去做那些我明明知道是很不好的事情，甚至是大逆不道的事情。遲早你會聽人家說，高陽公主是一個很壞的女人。你若是眞的聽到了也請不要丟棄我。別問我究竟都發生了些什麼，反正我已經把我的生活弄得一團糟。我也不知道我今後該怎麼做，更不知道我未來的命運是什麼……

李恪把高陽緊緊地摟在懷裡，他說：「別再說了，我最親愛的小妹妹。你是我在此世間最疼愛的那個人，請記住，我心裡永遠留著一塊地方，那是給你的。你不要再哭了，你哭得我心裡很難受。我一直在想我怎麼能把你一個人丟在房家受委屈。可我又不能帶你走。我們隔著高山大河，天各一方，原諒我不能再幫你了，不能再去揍那些欺侮你的人了。不過高陽，相信我，相信你還有一個永遠愛你的哥哥。無論我走得多遠，也無論別人怎樣說你，我都會愛你維護你。就是在看不見我的時候，也請你記住，我會永遠地關切著你。」

高陽在吳王李恪的懷抱裡揚起頭，問著李恪：「我還漂亮嗎？」

「你永遠是我心中最漂亮的那個小姑娘。」

「那麼記住我。」高陽說。高陽說罷，便一步三回頭地退出了李恪的房間。

那時候已是殘月如鉤。

對於高陽來說，母親本來就微不足道。而微不足道的母親又死了。

高陽記得那個時辰，她被帶到了後宮最偏僻處的那個小小的院落。

那一年高陽只有十三歲。她坐在那裡，靜悄悄地。她不知道自己是不是該放聲大哭。她是被後宮裡的宦官帶到母親的這座院子裡來的。那院子又偏僻又窄小，牆根裡長滿了亂亂的蒿草。高陽已經不記得她有多久沒來過這裡了，她似乎連母親也不記得了。她看著躺在雕花的木床上的那個女人，那麼枯瘦，她的眼窩深陷，眼睛緊緊地閉著，那麼蒼白，她已經死了，不再呼吸。高陽公主就那樣平靜地看著她，她覺得她並不怕眼前的這個死人，那麼這死去的女人一定就是她的媽媽了。

在高陽的記憶中，母親總是很沉默。她本來是天生的美人，但她的神情卻總是被哀怨所籠罩。後來，不知道爲什麼她就再也得不到皇上的寵幸了。是因爲她生了唐太宗最喜歡的高陽公主，她才得以在後宮擁有一個自己的小小院落和幾個奴婢，而不至於搬到那灰濛濛的宮女們居住的永巷中。高陽記得她小時候就是跟母親一道住在這偏僻窄小的院子中。母親總是獨自垂淚，顧影自憐。待高陽長得大些，就搬出了這小院，搬到了公主們住的那豪華的大房子裡。那房子是宮殿。高陽是在宮殿裡長大的。

高陽記不清她已經有多久沒見過母親了，她並不想念母親，更不願見到她。甚至母親的位卑竟使高陽感到羞辱，有時候，她會因爲母親的微賤而感到非常地難爲情。

幸好有父皇的寵愛。

隨著年齡的增長，高陽的美麗壓倒了唐太宗所有的二十一個女兒的美貌。她是首屈一指的，她是傾國傾城的。而她在後宮，在姐妹們中間，在父皇心目中的位置，自然也就壓倒了一切。

因爲是女兒，她是否庶出似乎就顯得不那麼重要。皇帝的兒子們要彼此廝殺，是爲了奪取未來皇帝的寶座。而皇帝的女兒們卻沒有什麼好爭搶的，她們遲早是要找到一個在皇帝看來還不錯的朝臣的家庭，嫁出去完事。而她們事實上也就像皇上手中握著的一張張獎牌，以此來拉近與平衡皇室與那些朝臣之間的關係。唐太宗前前後後有二十一個女兒，於是他手裡就握有了二十一張獎牌。

因爲沒有嫡庶的區別，所以，被一個史冊上沒沒無聞的女人生下來的女兒，竟也能成爲皇上的掌上明珠。

唐太宗是那麼愛她。

因爲唐太宗愛她，才一定要她去爲她久已不見的亡母守靈。

當一向驕縱任性的高陽公主被突然帶回到她小時候曾住過的那院落時，她的感覺異常麻木，很麻木也很奇特。沒有悲傷。

她就那樣麻木地坐在母親的屍體前，想像著自己就是被這個女人生下來的。她覺得躺在那裡長眠的那個女人對於她來說已經很陌生了，她已經離開她很多年了。在很多年中，她已經不了解她的生活了。

高陽覺得她沒有悲傷，也不想哭。她只是依照父皇的旨意，要在那枯寂的房子裡爲生母守守靈罷了。

連父皇也沒有來。

沒有人來。

高陽想這個死去的女人眞是很孤單。

後來終於那儀式結束了。

母親要出殯了，要被埋在郊外的荒草中了。而直到那時，直到母親的簡易的靈柩被抬出她那窄小的長滿蒿草的院子時，高陽才第一次哭出聲來。

她哭得很傷心。是發自內心的，那個很深的地方。

她想她所以悲傷，是因爲她發現她是愛著死去的這個女人的。她對她深懷感情，而這所有的感情又僅僅是建立在爲母親守靈的這幾天中。她覺得守著母親的遺體時，她才慢慢地開始了解了她。了解了後宮這些如母親般的可憐的女人們。

她只依稀記得母親的默默無語，只記得她總是憂鬱總是悲傷。高陽想，當她小的時候生活在母親的身邊時，母親在憂傷之中定然還能有一絲的快樂。但是後來，皇帝連這最後的歡樂也從母親的身邊搶走了。在痛失女兒的那段漫長的歲月中，她該是怎樣的落寞。她甚至從此再也不曾見過她唯一的親人她寶貝的女兒。

任雜草瘋長。荒蕪侵襲著她生活的所有的空間。

如今，連她那又輕又薄的身體也被這無限的荒蕪趕了出去。

高陽哭著。

高陽想她爲什麼從不曾在母親活著的時候，來看望她。

所以她哭，她悲傷。

這樣的一種悲傷是她從未經歷過的。

高陽在把母親送到墓葬的荒園之後，她並沒有回公主們共同居住的那所豪華的大房子，而是來到了三哥李恪的院子。她之所以來找李恪是因爲那一天她的心太悲傷，她想找個人訴說。而在整個皇室的兄弟姊妹之間，高陽能與之無話不談、心心相印的，唯有李恪。

那時李恪雖已被加封吳王，但因爲年紀太輕，便依然留在京都長安。李恪不僅是整個皇室中最氣度非凡的美男子，也是整個長安城中最風流瀟洒的美少年。

李恪吸引著高陽公主。

李恪也深愛著高陽公主。

高陽在那個晚上滿臉悲傷地走進李恪的房門時，李恪便迎上去摟住了她。

她哭。她告訴李恪母親的故事。她訴說她所有的心事和所有對母親的歉疚。

她說如果母親還活著，她一定要搬回那長滿雜草的小院與母親同住。母親太孤單，而她死也太悲涼了。

她哭著。痛不欲生。

在李恪的懷中。

就那樣，她被李恪緊摟著，安慰著，撫摸著……

那麼青春年少的一對金童玉女。

那麼純潔美好的情誼。

然後。然後高陽突然覺得在三哥那樣的男人懷中她好像在需要著什麼。什麼呢?是的她需要，但是年幼的高陽卻並不知道她需要的究竟是什麼。那是她身體中的一種萌動。那萌動甚至很強烈，從身體中的某個部位拼命地向外湧著。她開始覺得有點頭暈有點噁心。她覺得她有點站不住了，她無力地靠在了李恪的身上。她貼在那裡，她很蒼白，她被李恪強壯的偉岸的身體支撐著。她聽到了李恪的胸膛裡的聲音，那麼有力地跳盪。她彷彿感覺到了什麼，某種堅硬的急待噴湧的慾望在頂著她。

她很怕。

她被李恪扶著坐在雕花的木椅上。那麼冰涼的椅面。

當李恪轉身要離開時，她卻抓住了李恪的手。

她淚流滿面。

她對李恪輕聲說著：「三哥，你別走。別離開我。我很怕。我從來沒有這麼怕過。我總是忘不掉那墓園，那雜草叢生。」

她坐在那裡對李恪抬起了頭。

她也不知她爲什麼要抬起頭。

她看著李恪向她彎下身體。

那令人不解的目光。

他們都在期待著什麼。

他們那麼朦朧而又那麼強烈地慾望著。

終於，李恪讓他的溫熱的嘴唇貼在高陽的額頭上。然後，他開始吸吮著高陽滿臉的淚水。他是那麼輕地，他試探著。最後他終於吻了高陽那冰涼而又柔軟的甜絲絲的嘴唇。

這就是高陽所期待的。那麼陌生的一種感覺，那感覺高陽幾乎無法承受。她不由自主地伸出手臂抱住了李恪。她突然覺得很冷。她周身顫抖，她幾乎窒息，她緊緊地抱著李恪。她問他：「這是爲什麼？爲什麼我的母親會死？爲什麼我要到你這裡來？」

然後，她被李恪輕輕地從木椅上抱了起來。李恪抱著她一直走進了李恪的寢室，李恪把她放在李恪的那張木床上，李恪看著高陽。李恪也這樣看過其他的女人，但是李恪一直爲他曾擁有過的所有的女人都不如他這個妹妹這般美麗而遺憾。

李恪看著在床上已縮成一團的高陽。

她那麼美麗，她此刻就在他的眼前，伸手可觸。

但是，在那個夜晚李恪不知道他究竟該怎麼做，他很矛盾。他想，高陽若不是他同父異母的妹妹就好了。他站在床邊，他的心被痛苦啃咬著。他很遲疑，也很膽怯，他甚至不敢再伸出手臂去碰觸那縮在那裡顫抖不已的可憐而又可愛的小女人。

他就那樣站著。

他就那樣看著高陽。

直到，他看到高陽又一次向他抬起了頭，並把她細長而白皙的手臂伸向他，把她那性感的嘴唇朝向他……

他們不是兄妹，此刻，他們只是一對慾望的男女。

李恪知道，高陽此刻在期待著他。

然而，李恪畢竟是李恪。

李恪突然離開了家，他把高陽丟在他自己的床上。他想，在床上，高陽一定會是個最好的女人。而這個最好的女人爲什麼卻不是他的呢？這是李恪最大的悲哀。

整整一夜，李恪不知去向。

高陽被丟在李恪的大床上。徹夜。一開始她哭，她等待著李恪。但她後來睡著了。她清晨醒來時，李恪依然沒有回來。於是高陽離開。她還是沒有回公主們居住的大房子，而是又回到了她亡母那淒涼的小院。高陽覺得她需要獨自一人好好地想一想，想一想她的母親和三哥。想一想這一天一夜裡發生的所有的事。

在母親的小院裡，高陽覺得她很想她的三哥。非常非常地想，想極了，想他昨晚親著她的情景。她依稀記得被親吻時的感覺。那麼美妙而又從未經歷過的。她儘管不懂那是為什麼，但是她覺得她還想要。

那一切是那麼不可思議，她只要想一想就要身心顫慄。她是那麼渴望，但她又滿懷羞澀。她不知當她再見到三哥時，會是怎樣的一種感覺。她已經被三哥吻過了，他們和原來不同了。

高陽很淒惶。

她在亡母的院子裡焦慮地徘徊著，她根本就無法停下來，更不能坐下來。她的心一直在怦怦地跳，連她自己都能清晰地聽見。

然後，就在那淒惶之間，當後宮的太陽高高地升起，當清晨的霧靄悄悄地散去，這偏僻而又窄小的高陽亡母的院門被敲響了。

那敲門聲很急切。

是高陽親自去打開門。她也是很急切地跑過去，她彷彿一直在等待和盼望著什麼，彷彿事先有約似的。

當然是李恪。

是三哥李恪。是吳王李恪。是吻過她的那個英俊瀟洒的男人李恪。

李恪騎在黑色的馬上，他手裡還牽著另一匹白馬。他對著高陽微笑，他的微笑很坦然。他身後是金色的早晨的陽光。他很直率地看著高陽，一切如舊。彷彿在他們中間什麼都不曾發生過，彷彿他一直是高陽最好的哥哥，他們的手足之情純潔無瑕。

他問高陽：「願不願跟我去騎馬？」

「騎馬？」

高陽很驚訝，但是她立刻欣然前往。儘管她的馬術並不怎麼高明，但是她此時此刻卻非常願意和李恪在一起。

高陽騎在了白馬上。

她緊跟著吳王。他們很快就出了長安城。

長安城外一片空曠的郊野，李恪突然下馬，他並且也把高陽從馬上抱了下來。

他抱著高陽的時候很冷靜。他讓她站在那茂密的草叢中，他把高陽的那匹白馬拴在一棵大樹上。然後，他自己便又跨上了他那匹烈性的黑馬。高陽有點疑惑地看著吳王做這一切，她不知道他的三哥到底要做什麼。

然後他躍馬揚鞭。

黑色駿馬開始奔跑。

高陽被丟下。

馬繞著高陽奔馳。

就在那一刻那個瞬間就在高陽很害怕的時候，她突然覺得自己離地而起。

她飄浮了起來。

那麼輕地，彷彿她自己是一片雲，正在被一種什麼有力量的東西提起。

她的腳迅速離開了地面。耳邊是呼呼響著向後掠去的風。

只一瞬間，高陽就側身坐在了那匹飛馳著的高頭大馬上，坐在了正揚鞭躍馬的她的勇武的三哥的前面。高陽只覺得她的耳邊撲過來一股熱流，那熱流在說，我們必須加快速度。

在馬的狂奔中，高陽的心也在狂奔。

她覺得她的腦子裡已經一片空白。她什麼也看不見，只有風聲和匆匆向後掠去的一片片蔥綠。她沒有思想，她只是在狂奔的激情中，任由她的三哥和三哥的馬帶著她。

她彷彿被劫持了。

她激動極了。

她其實知道她就是渴望著這些。渴望著被劫持，渴望著狂奔，渴望著激情。她知道她身後就是她最欽佩敬愛的三哥，而三哥也是她此世間最愛的男人。

在狂奔中她沒有回頭，她看不見三哥但是她卻用她的脊背感受著他，她能感覺到李恪的心跳一聲一聲地在她的背部鳴響。那聲響好像是在逼迫著她身體裡正在萌動的那些東西，讓她覺醒，女人的覺醒。那一片一片匆匆閃過的迷茫的綠。

後來，在一路的風馳電掣中，吳王李恪在高陽的身後拉開了弓箭。他開始在奔跑中射殺天上的鳥、地上的獸。勇士一般地。馬依然狂奔著，載著英雄美女載著勇武驕傲。李恪不停地射殺著，那林中的鳥獸在他呼嘯的飛箭中紛紛地墜落和倒下，然而他們不去撿。他們只是任烈馬飛馳，鳥獸委地。

然後。

突然間地，李恪拉住了韁繩。那飛跑的駿馬驟然間一聲長鳴，抬起前蹄，然後放慢了速度。李恪扔下了他的弓箭。李恪用他射箭的那雙手臂輕輕地摟住了他胸前的這個無比嬌小的妹妹。

一種那麼純情的充滿了手足之親的兄妹間的摟抱。但是緊接著，他們全都長大了，手足之親隨著彼此的觸摸變成了一種肌膚之親。他們開始親吻，在緩緩行走的馬上。他們緊緊地擁抱著，任由馬把他們帶到任何地方。李恪的手終於觸到了高陽的那年輕的剛剛開始發育的乳房。

像一道閃電從高陽公主的身上掠過。

高陽知道，其實這才是她最渴望的。她之所以拼命地想見到李恪其實就是想這樣和他在一起，她所盼望不已的其實就是此時此刻馬上發生的這一切。在這一刻，她覺得整個世界都已不復存在。她希望就在這彼此的愛撫中消磨掉他們的全部，青春和熱情，甚至生命。

高陽在馬上，在吳王李恪的懷中。

他們越來越緊地擁抱在一起，難捨難分。

然後在荒野的一片茂密的叢林之中，在林中的那片草地上。黑色駿馬停下來，緊緊地擁

抱在一起的李恪和高陽便緩緩地墜落下來，墜落在茂密的的草叢間，樹的枝葉遮擋了天上的太陽。他們在一起，彼此親密地觸摸，他們覺得這隱秘的極地簡直是人間天堂。

李恪聽到了高陽的呻吟看到了她身體的扭動。那是種怎樣的境界。他們不能自已，一陣又一陣的低聲喊叫。青草被擠壓出綠色的漿液。那是一切。他們不停止。儘管瘋狂，但是李恪知道他不能，那是他的禁地，永恆的禁地。他身下的那個人是他的小妹妹，是他在此世間最疼愛的親人。他把她視作生命般寶貴，他怎麼能傷害自己的生命呢？所以他不能。他被阻擋了，是被他自己阻擋了，他拼力地阻擋著自己，那是一個男人所體現的最大的毅力。

最後，他終於讓他此生最強烈的一次慾望噴灑在半空中。

在那山野之間。

在斑駁的陽光下在高陽癡迷的眼前，就那樣畫出了一道又一道虹。

就那樣，李恪以一個兄長的愛，保有了高陽本會失去的少女的貞操。

高陽的衣裙已被撕碎。高陽從李恪的身邊坐起時，她知道儘管她什麼也沒有失去，但是她已經獲得新生。她望著躺在那裡的筋疲力竭的李恪。李恪在午後的陽光下是那樣蒼白，他緊閉著雙眼，蒼白而勇武。她低下頭吻著李恪的額頭，她覺得李恪是那麼好。

他們有了無夜的夜晚，有了沒有結果的白晝。

高陽知道，那其實也是爲了愛。

但無論如何，一切都和原來不同了。

在那茂密的叢林中。

然後，黃昏到來。

李恪突然上馬，並粗暴地把高陽也拽到了飛馳的馬上。

急馳著的歸途中，李恪不再緊抱著高陽，他甚至對她很冷漠，一路上幾乎沒對高陽講過一句話。

在寒夜中高陽覺得很冷，她不知道她究竟有什麼過錯，她哪一點惹得三哥不高興了。

一切如迅雷不及掩耳。當高陽清醒過來，她早已經被李恪扔進了大公主們的豪華的院子裡。她覺得她是被奴撲們抬著硬塞進她自己的房間的。

她躺在床上，但卻依然猶在馬上，那種被瘋狂搖動猛烈撞擊的感覺。

高陽大病一場。她發燒，昏迷。她依稀記得很多人來看過她，父皇也來過，但卻沒有李恪。李恪在夢中。很飄渺很迷濛。當她終於恢復了意識，她差遣奴婢去做的第一件事就是去叫吳王。她問她們吳王在哪兒，她說她此刻最想見的就是吳王。

奴婢們面面相覷。

她們不忍讓公主大病初癒後的第一個願望就落空。

但是誰又能找回吳王？

千里萬里之外。

「他去了哪兒？」

奴婢說：「吳王已經到江南的吳國赴任去了。」

「他走了？」

從未有過的悲傷和絕望。

高陽原以爲一切才剛剛開始。

高陽還是高陽，但高陽又已經不是高陽了。

後來很長的一段時間裡，無論和什麼人在一起，也無論碰上怎樣喜慶的日子，高陽公主都高興不起來。爲此太宗李世民很揪心了一陣。他甚至喝令後宮總動員，無論如何要治好高陽的病。然而吳王走了，千里萬里，她再也見不到這個她敬佩她熱愛她用淌血的心想念的男人了。那麼其他的還有什麼意思？一切全都索然無味，後宮再也聽不到高陽的笑聲，看不見高陽的笑臉。人們都猜測她是爲生母的亡故而受了太大的打擊。

沒有人知道高陽和吳王李恪之間發生的事情。

只有一個無夜的夜晚和一個沒有結果的白晝。

但是確實一切全都不一樣了，這一個晝夜所發生的一切給予高陽的是一種滄海桑田的衝擊和打擊。

有很長的一段時間她幾乎痛不欲生。那麼遙遠，可望而不可即。她只能遙望月夜星空。她再也見不到三哥了，更不要說去觸摸他那強壯而熱烈的身體。

高陽這樣悲傷著，悲傷著絕望，她過著鬱鬱寡歡的日子。很久。到好不容易她才從痛失吳王的悲傷和絕望中擺脫出來，她的父皇就又富麗堂皇地把她下嫁到房玄齡的家中了。猝不及防地，一下子就使她成爲令她更加絕望的房遺愛的女人。

房遺直依然保有著他的銀青光祿大夫。

高陽公主無奈，她不能左右她的父皇。從此她便惱羞成怒，不再進宮。高陽有種被拋棄的感覺，被她的父親。高陽的這種心態的不平衡使她在房府中更是驕縱恣肆，無法無天。不要說對房家的兩個公子，就是對年事已高的老臣房玄齡，她也根本就不放在眼裡。她很少和房家的人交往，而是盡日待在自己的院落中，把自己封閉起來。

高陽從此我行我素。

因爲銀青光祿大夫的事，高陽對房遺直更是懷了很深的仇恨。這事使高陽在父親那裡丟了面子，她最終不僅沒有將房遺直從那官位上拉下來，反而使自己和本來最親的父親反目成仇。高陽把這筆帳也算在了房遺直的身上，她從此更恨他，對他不理不睬。房家上下對此莫名其妙，他們無以知悉高陽與房遺直之間曾發生過的那無可言說的恩怨。

也許還因爲，高陽的心中只裝著對山中那個男人的那一份愛了。她認爲唯有她和辯機，才堪稱眞正的愛。有了辯機，她便對任何男人都不再有興趣，她甚至不在乎是不是和父皇也反目成仇。

高陽和房家人中關係最好的一個，還要算是她的丈夫房遺愛。她和房遺愛好，是因爲她認爲房遺愛在她的生活中至關重要。她要懷孕，她要上山與她的情人幽會，她要打擊房遺直。事實上她要做的一切事都要仰仗房遺愛的鼎力相助，房遺愛既是她的掩護，在某種意義上又是她的保鏢，她需要這樣的一個男人在她需要時守在她的身邊。房遺愛還算是一個忠誠的人，他天生就秉有著一種奴性。在高陽沒有下嫁到房家之前，那奴性是獻給他的哥哥房遺

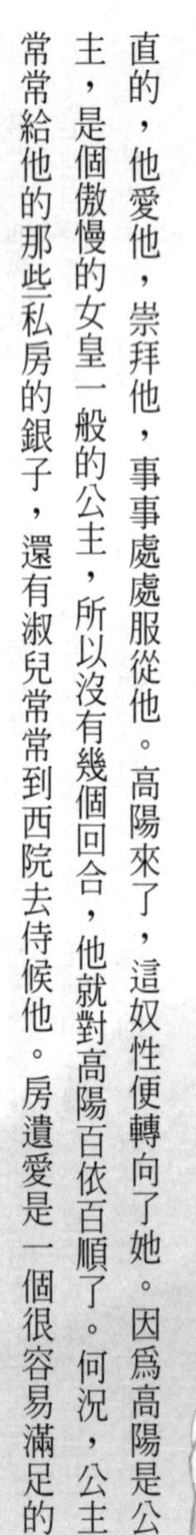

直的，他愛他，崇拜他，事事處處服從他。高陽來了，這奴性便轉向了她。因爲高陽是公主，是個傲慢的女皇一般的公主，所以沒有幾個回合，他就對高陽百依百順了。何況，公主常常給他的那些私房的銀子，還有淑兒常常到西院去侍候他。房遺愛是一個很容易滿足的人，這一點也是高陽十分欣賞的。

公主的肚子一天天地鼓了起來。

她腹中的生命每一天都在長大，而且開始在她的肚子裡蠕動。那種剛剛懷孕時的頭暈、噁心、終日煩躁焦慮不安的情形慢慢在消退。公主很愛惜腹中的這個寶貝，她堅信這一定是山中的辯機給予她的。這孩子只能是辯機的。爲此她祈禱，她祈禱是因爲她只想擁有她和辯機創造的生命。

此間，公主也曾經到山上去過。有時候她實在熬不住了，就讓淑兒去對房遺愛說，她要進山。

那是一種太深的想念，她越是見不到辯機就越是想念他。她所想要的，總是那些可望而不可即的東西。

房遺愛總是能欣然奉陪，他即刻以上山打獵爲名，備上車馬，帶上僕從，一出去就是好幾天。於是房家的人很納悶。他們不明白二公子何以對上山狩獵產生了如此濃厚的興趣，更不明白爲什麼挺著個大肚子的高陽公主每次她一定要跟著房遺愛上山。

誰也不能阻擋高陽。不能阻擋高陽的任性，也不能阻擋高陽的愛。

公主最後一次上山距離她生下兒子只有幾天。那時候，公主雖然知道她隨時都可能分娩，但是她還是突然提出了她要上山，並且固執地堅持著。

「這不是一個好主意。」淑兒說，「那山上地老天荒的，你要是在那裡或是路上生了孩子，可就眞叫喊天天不應，呼地地不靈了。你千萬別再胡思亂想，拿自己的生命當兒戲了。」

但高陽堅持。高陽說她總有種預感，她說她很怕生這個孩子，她說她親眼看見過後宮的很多女人都因爲生孩子死了，所以她怕。她怕她今生今世再也見不到辯機了，她要見他，她要最後再看他一眼。

公主流著淚。

在臨產的最後一段日子裡，高陽的情緒很不好，她甚至有時感到很絕望。

於是房遺愛和淑兒只好爲公主準備行裝。淑兒甚至爲公主找到了一個接生婆，也一路上帶著。

這一次出行很秘密，因爲房家的任何人知道後都會堅決反對高陽公主在這樣的時刻進山的。

但是房遺直還是知道了，他火速趕往房遺愛的西院。他說：「你們怎麼能這樣呢？不要去了。不能讓她這麼任性。一旦公主出了什麼大事，皇帝要向你問罪的。你能說得清嗎？皇帝知道什麼，最後的罪名都是你的。相信我，我是眞心爲你好。」

面對著房遺直的請求，房遺愛卻很無奈。他說：「我有什麼辦法呢？我無數次勸過她，可是她說，倘我不讓她進山，她當下就懸樑死給我看。我沒有辦法。我根本不可能阻攔她。」

「那山上就那麼重要？」

房遺直這句問話一出口，他就意識到傷害了遺愛，他立刻滿懷歉意地望著遺愛，他看見了房遺愛眼中的悲哀。

他們四目相對，心照不宣。

房遺直說：「也難爲你了，不過性命攸關，我再去勸勸她。」

「不，你不必去，她……」

「我知道，他恨我，但我還是要去試試……是爲了父親，他老了。也許，也許也是爲了我自己。」

「她不會聽你的。」房遺愛在房遺直的身後說。

房遺直闖進了高陽公主的院子，他看見了停在院牆外已經備妥的馬車。他一直走進高陽的寢殿，他已經很久沒來過這裡了。他看見高陽挺著那碩大的肚子斜靠在她的床上。她不施粉黛，臉色難看，連嘴唇都是慘白的。高陽的那副樣子，驟然使房遺直的心裡非常難過。

「你？」高陽很驚詫。她坐了起來。她覺得已經很久沒見過這個男人了。她知道自己恨他。她是應當恨他的。她恨他在她身上所做過的那一切，特別是最後的那一次，她至今想起來仍感到悔恨和噁心。高陽永遠不想再見到他，她不想見到他是不願再去想那些令她羞愧的舊事。無論這個房遺直曾經怎樣地想和她重修舊好，也無論他怎樣地關切送給她首飾珠寶。哪怕他只要求把他們的關係恢復到友誼，甚至是只恢復到一般親戚的交往，高陽也絕不會給他這個面子。那不可能。她恨他，她連一句話也不想跟他說，她甚至願意他從這個世界上消失。

「你病了嗎?」房遺直脫口而出。

「你來做什麼?誰讓你進來的?你出去。我不要見到你。」高陽公主一邊忿忿地說著一邊挪動著下床。她說話的時候上氣不接下氣。她用她的雙手費力地托著她的肚子。

房遺直垂下頭。說:「聽說你要進山?」

「我進山怎麼啦?我進山關你們什麼事?我就是要進山。我現在就走,我的馬車就在門口停著,我……」

「我來只是想勸勸你,你不能去。」

「我不能去?你有什麼權力來命令我?」

「你不要任性了。你年輕生子,又是第一胎,本來就很危險。不要因爲一時的心性,而耽誤了自己的性命。」

「你什麼意思?詛咒我?」

「我哪裡敢?我只是爲你擔心,太危險了。山高路遠,一旦有了什麼閃失,我們沒辦法對皇帝交待。」

「你倒是個大大的忠臣。難怪我父皇要堅持讓你待在那個銀青光祿大夫的官位上呢。告訴你,我恨你!也恨他!」

「你可以恨我,也可以恨你的父親,那是你的事;但是你不能恨你自己糟蹋你自己。不要進山。我們是爲你好。單單是馬車在那山路上的顛簸,你都會受不了的。」

「你怎麼知道我受不了?爲了進山,我什麼全都受得了。受不了的是待在你們房家,這裡

令人窒息，像牢獄一樣。難道想讓我在你們這些虛僞的人當中憋死嗎？難道你們連讓我透透空氣也不允許嗎？難道這就是你們對我好嗎？」公主大聲喊叫著。她的臉色更加蒼白，嘴唇鐵青，身體在顫抖。

房遺直站在那裡。他不知道他是不是該去扶住那個氣急敗壞的高陽。後來他說：「就算是你不想考慮你自己的性命，也該想想你肚子裡的孩子。你已經不是一個人，那孩子就要出生了。而且……而且你如果眞愛山裡的那個人，你就該保住你們母子的平安。他是定然希望能見到活著的你的，你千萬不要拿著兩條性命當兒戲。」

「你走吧，房遺直。誰也不可能阻攔我。正是因爲我深愛著那個山裡的人，我才不顧一切地要進山。比起他來，比起我們之間的愛來，生命並不重要，孩子更不重要。我用不著你這麼假惺惺地關心我。我願意把我的生命怎樣就怎樣，我的生命是屬於我自己的，並不屬於你也不屬於皇上，更不是屬於你們房家的。淑兒……」高陽公主大聲喊著。

淑兒急匆匆地跑進來。

高陽問：「駙馬把他的人馬準備好了嗎？怎麼這麼慢？你去催催他，就說我要上路，我立刻就走。」

淑兒應聲跑去。高陽開始步履蹣跚地向門外走。

「可你爲遺愛想過嗎？」房遺直擋在了高陽的前面。

「他？」

「你想過一旦你出了什麼事，皇帝怪罪下來，那所有的罪名都將是遺愛的嗎？皇帝怎麼會知道你愛著那個山上的和尚，而遺愛卻要爲你的任性丟掉腦袋……」

高陽狠狠地搧了房遺直一個嘴巴，然後看著他。房遺直不再講話。高陽公主繞過他，她的身體很笨重，她唯有扶住門框才能跨過那道高高的門檻。

房遺直站在門後，他看著高陽公主那艱難的樣子，心裡有種說不出的滋味。他覺得這個女人一定是瘋了，她是在想方設法地糟蹋自己，她這是在找死。

高陽公主扶著門框。房遺直最後還是走過去扶住了她，他在高陽的耳邊說：「你就那麼恨我？」高陽甩開他，什麼也沒說。

她一個人笨重地向院牆外她的馬車走去，她費力地鑽了進去。

那馬車便在早晨的陽光裡上路了。

房遺直站在那裡，他看著那車隊馬群慢慢地遠去，有種生離死別的感覺油然而生，就像他當初離開高陽公主回老家處理田產時的心情。

即或是車伕再小心翼翼，馬車在山路上還是不停地顛簸著。高陽覺得不單單是她的孩子，連她的心也彷彿要被顛出來了。此時正値初夏時節，儘管終南山的山路兩旁已是滿目青綠，且鳥語花香，高陽公主還是覺得周身很不舒服。她說車子裡太悶，她喘不過氣來。儘管已經穿得很單薄了，但她還是渾身冒汗。淑兒一直不停地爲她擦著汗，又不停地讓她喝水，可她依然覺得坐也不是，躺也不是，總之坐在車子裡很難受。於是她想起了房遺直說過就是山路的顛簸，你都受不了。她確實受不了了。但是她心裡卻恨恨地。她爲不幸被房遺直言中而感到憤怒。

她只能不停地讓她的馬車停下來。

她在車停下來的時候急促地喘息著。

公主沒有對任何人說，事實上她已經感覺她的肚子在一陣一陣地隱隱作痛。

多麼可怕。

她還是預感到了什麼。

她大口地喘氣。她說這山上的空氣不夠用。她說車太顛簸了，想把她摔死。她還說：

「我受不了了，天太熱了。我知道我要死了。」

淑兒說：「那我們就回去吧。」

「不！」高陽公主馬上說，「不，我非要上山不可！我寧可死在山上。」

「爲什麼要死呢？回去還來得及。」

「來不及了。我知道，再晚我就見不到他了。讓馬車快點走吧。上天救我，辯機救我。」她祈求著。

高陽就這樣在顛簸的馬車上緩緩地向山上行走著。直到深夜，他們一行人才趕到辯機的草庵前。

馬車停在房前的空地上。這時候月明星稀，山中已變得十分涼爽，甚至有點冷。大山中靜極了。

沉睡中的辯機並不知道公主的到來。那草庵裡黑濛濛的一片。

公主緩緩地走下馬車。她要淑兒拿來銅鏡，她想在月光下看看自己，但是她看不見。她扭轉頭問淑兒：「你看我的臉是不是很難看，我的頭髮是不是太亂了？」

淑兒說：「不，你只是太累了。」

「淑兒你爲什麼要騙我？我知道我現在很難看，但我還是要見他。」

像往常一樣，這彷彿成了規矩。每次公主的馬車在辯機的草庵前停下後，房遺愛都不再專門下馬向公主告別，便帶著他的一行人馬繼續向山頂的行宮進發。

這一次依然如此，只是淑兒留了下來。

馬蹄聲噠噠，踏碎山中的長夜。公主站在山的空曠和山的寂靜中，被夜風吹拂著，直到房遺愛他們徹底消失在夜色中。

高陽公主突然感覺到什麼。她覺得她被注視著，那注視使她身心激動，她知道那是誰。她扭轉身，她看見了木房子前的黑色身影。夜色中她看不清他的臉。但是她知道那是他。她認識他的身形。她認識他的影子，她甚至認得他的每一根汗毛。

她向那黑色的人影伸出手臂。她期待著她心中的那種相見的場面和激情。

但是沒有。

辯機緩緩地走過來。他覺得每一次與公主重逢，都會有一種陌生的感覺。這中間隔著佛家的功課，佛家的功課阻止他再與高陽公主這樣的女人接近，所以他總是做不到主動伸出手臂將高陽緊緊摟在胸前。太多的佛家禁忌左右著他，他只是走近公主。他只是在被高陽抱緊的時候，慢慢地等待著，等待著那激情的到來。然後，在高陽的熱情和高陽的撫愛之中，那激情果然穿越了功課穿越了禁忌慢慢地回到了他的身體和意識之中。然後，他才能不由自主地抬起他已經冷漠的手臂把高陽緊抱在懷中。當他終於也抱緊了高陽之後，一切開始復甦，他覺得他周身的每一個細胞都亢奮了起來。他撫摸她，親吻她，吻遍她身體的每一個角落，不顧一切地。

公主被抱得越來越緊。

公主幾乎被窒息。

公主在全心地投入著這至愛之時，驟然間，她感覺腹中的那個小東西在奮力地踢打著她。她想一定是他被擠疼了。她這樣想著的時候，甚至滿懷了一種幸福。但是她顧不上她這

個未出世的寶貝了，因為她是和辯機在一起。然而轉瞬之間，那踢打變成了一種疼痛，那不再是一種隱隱的疼痛。那疼痛是撕心裂肺的。

公主低聲喊叫起來。

辯機只覺得胸前的這個柔弱的女人正在癱軟下去，她越來越沉重地掛在辯機的脖子上。她幾乎是絕望地呻吟著。她說：「我疼，太疼了。」她的臉在月光下顯得格外慘白，那慘白的臉上布滿了豆大的汗珠。

高陽被攙扶進辯機的木房子裡。

她躺在辯機的那鋪著乾草的木床上。清清的草香。高陽公主一起一伏的高高隆起的肚子。

慢慢地，那疼痛終於消失了。

高陽公主緊抓住坐在一旁的辯機的手。

她把辯機的手按在她的肚子上。她說：「現在好了。終於一切都平靜了，終於我們又在一起了，從此我什麼都不再害怕了。」

他們很寧靜地在一起。沒有慾望。月光照在林間。遠遠近近是野狼的嚎叫。

公主說：「這地方眞好，無論是白天還是夜晚。野狼的嚎叫使我安靜。還記得我們的第一個夜晚嗎？」

辯機凝視著高陽的眼睛。他突然說：「我可能要離開這裡了。」

「離開這裡？你要去哪兒？」高陽猛地坐了起來。

「我要到長安城外金城坊的會昌寺去做沙門。我到城裡之後，我們怕是就不能這樣了。記住我愛你，離不開你。我知道你也愛我離不開我。但我們只能分手了，我們的這一切也該結束了。你知道，我還有我的理想我的志願我的未來……」

高陽公主又緩緩地躺了下去。她說：「原來你是要進城，那我就放心了。」

「但是，我們不能再這樣下去了。我們這樣下去會有什麼結果呢？」

「要什麼結果呢？我們現在這樣彼此相愛地待在一起不就是結果嗎？別說那些，我不想聽你說那些，不想聽你的想法你的理想你的未來。我只想告訴你我愛你，不顧一切地想見到你。孩子隨時隨地都可能生下來。我很怕。他們都勸我不要進山，說這時候進山對我來說太危險。但是我就是要來，要見到你。我不管危險不危險，只要能最後見到你，能和你和這山林這夜晚在一起，我就是死了也無悔。來吧，坐到我身邊來。坐在我身邊守著我，答應我今生今世永遠不離開我。讓我抓緊你的手，讓我知道你就在我身邊，還有，那藍色的眼睛……」

高陽公主說著說著就睡著了，她一直緊緊地攥著辯機的手，只要辯機一動，她就會被驚醒，就會說：「別離開我。」

長夜漫漫。

辯機看著熟睡中的公主。這個蒼白的女人儘管憔悴，但依然是美麗的。辯機看著高陽時內心充滿了柔情。辯機想，公主如此憔悴全是因爲她正在爲他孕育著孩子，正在爲他受苦。辯機這樣想著，就更是不忍拒絕高陽的一片眞愛了。

辯機輕輕地親吻著高陽公主的臉頰。

在美麗的夏夜。

公主醒了。她知道在親吻著她的是她在世間最珍愛的男人。於是她便也衝動起來，她把辯機拉到了她的身上。

那所有的激情。

公主不懂她怎麼能夠在這樣的時刻還能有這樣的激情。這樣的激情太可怕了。高陽不顧一切，她只想要她深愛的這個男人。

「可是……」

「不，不要管。我要你，我只要你……」

高陽公主喘息著，她覺得身體裡又如當初一般充滿了慾望。彷彿她體內並不存在著另一個生命，此刻那另一個生命已不再重要，高陽並不認識他，她只是每時每刻感覺到他罷了。而現在，他彷彿已不存在。眼前唯有辯機，辯機才是最至高無上的。

在喘息和扭動中，高陽身上的衣服無聲地飄落床下。

在夜色中。

高陽就把一個孕婦那赤裸的變異的身體驟然間暴露在辯機的眼前，暴露在木房子中那柔和的月光下。

像流瀉的山泉一樣。

也許就是這變異的形體這豐滿的沉甸甸的乳房這高高隆起的肚子突然刺激了辯機，他便什麼也顧不上了。他不顧一切地抱緊她，親吻她。他也喘息著。他隱隱地覺得身下有什麼在阻礙著他，甚至在拼力地踢打他，想把他趕走，趕下去。但是他不管，他什麼都不管。

高陽公主彷彿是從一個非常遙遠的地方伸出了她冰涼的手臂，那手臂在顫抖著。她低聲喘息著。她用瘋狂的甚至是絕望的聲音對辯機說：「別管他……對，什麼也別管……」

那麼艱難。

在近乎絕望的疼痛中。

就在辯機終於滿足終於大汗淋漓終於筋疲力竭的那一刻，他突然聽到高陽那一聲十分慘烈的喊叫。

那喊叫聲彷彿不是從高陽的身體裡發出來的，彷彿是發自山上林中的獸群，然後又沉入了天籟。

那時候天已經濛濛亮了，有灰白的晨光照進來，辯機看見鮮紅的血從高陽的身下殷殷地流出來。

高陽公主的手腳冰涼。

她的手抓緊了被子，她的牙齒緊咬著木床邊上的那些草根。

她的眼淚與汗珠順著臉頰流淌下來，湮濕了她凌亂的黑髮。

已經六神無主的辯機趕緊去叫淑兒。

淑兒焦慮地說：「怕是要生了。怎麼辦？駙馬還在山上。」

辯機說：「趕緊派人到山上去找駙馬，可公主怎麼辦？她……」

「我特意帶了個接生婆，就住在山下不遠的林子裡，我這就去接她。」

「淑兒，淑兒你進來。」

「是公主？」

這時候高陽已緩緩地從床上坐了起來。她勉強穿上了她那件肥大的衣服。

在陣痛的間歇中高陽顯得很鎮靜。她說：「淑兒，誰也不必去找，趕快備車我們回去。」

「怎麼能回去呢？」淑兒急了，甚至對公主瞪起了眼睛。「不能走，你會把孩子生在半路上的。」

「淑兒，你聽我的，我們走。」

「爲什麼？」

「我就是要走，我不想把孩子生在這山裡。」

高陽說著站了起來，她讓淑兒幫她繫好衣服，她任那鮮血不停地流下來流下來。

高陽的臉色蒼白。蒼白的臉上滿是汗水。她心裡的那種恐懼是誰也不會知道的。因爲她愛辯機，所以她不願把孩子生在辯機的面前。她不敢肯定，她怕那孩子不是辯機的。

此刻的辯機手足無措，不知道該怎樣對待一個這樣的女人。他給她擦汗，他扶著她。高陽緊抓著辯機的手，她抬起頭對著他費力地微笑，她說：「你不用怕，沒有什麼。女人在這個時候總是受盡了折磨。這會兒好多了。能見到你，我就心滿意足了。」高陽一邊說著一邊向外走。「今生今世，我只愛你。我只愛你一個人。生過這孩子，只要我還活著，我就會立刻上山來看你。你一定要等著我，等著我上山……」

公主還沒有說完，那陣痛便又到來了。

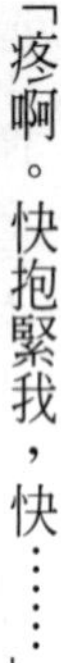

辯機緊緊地抱住了公主，任她在他的懷中大聲地嘶叫著，掙扎著，公主的凌亂的頭髮在空中不停地飄蕩。

「疼啊。快抱緊我，快……」

「我要死了。太疼了。親愛的告訴我我該怎麼辦？讓我死吧，讓我死吧！」

那疼痛就像是一排一排湧上來的海浪，那海浪正在把高陽淹沒。

辯機和淑兒看著高陽那讓人撕心裂肺的樣子，都禁不住流下了眼淚。

想不到一個長在深宮嬌生慣養的女人竟要在這荒僻的山林中經歷如此的苦難。

當疼痛終於過去，淑兒便趕緊把公主扶上了馬車。

辯機和車上的公主告別，他使勁抓著公主從車窗裡伸出的那冷汗淋漓的手，馬車啓動了，他不得不放開這位承載著他一半生命的女人。

馬車一直堅定地向前走著，顛簸著將那慘烈的疼痛帶走。

那是高陽公主的意志。

辯機站在他的木屋前。他流著眼淚。他站在那裡竟也如房遺直送走公主時那樣的萬般無奈，他望著漸行漸遠的馬車，心中升騰起一種生離死別的感覺，他甚至覺得他此生再也見不到公主了。如若眞的那樣，他發誓將畢生爲公主祈禱，在祈禱中超度她美麗而年輕的亡靈。

幾個時辰以後，高陽公主的兒子在終南山下的草叢中出生了。

淑兒找到了那個住在山腳下的接生婆。

在如此的折磨之後，竟然母子平安。

高陽公主躺在大自然的綠色之中，沐浴著山中的太陽，她終於聽到了她兒子的第一聲啼哭。疼痛是突然間終止的。小東西降臨人世。當孩子剛剛離開她的身體，高陽就拼力坐了起來。她看見了那個血淋淋的嬰兒，看見了他在熱烈的陽光下瞇起的那雙眼睛，看見了那眼睛中閃過的那一抹幽幽的藍……

高陽公主長長地舒了一口氣。

她放下那顆一直焦慮一直忐忑不安的心，她欣慰極了，因爲那是辯機的兒子，終於是辯機的兒子。這是上天的賜與，她的愛和她的寶貝。此時此刻，一切的恐懼，一切的疼痛，一切的苦難，都消融已盡，離她遠去了。

公主疲憊不堪地躺在綠色的草叢中。

她的面容蒼白，嘴唇上滿是被咬破的紫斑，但幸福的光卻閃耀在她的臉上。

太陽很炎熱地照射著。

這時候，從山上趕來的房遺愛一行人匆匆駛來。

房遺愛見到公主時，臉上的表情很複雜。

她們沒有讓他看公主剛剛生下的兒子。但憑著直覺，房遺愛知道那兒子定然不是他的。但無論怎樣，也只能是他的兒子，因爲只有他才能是那孩子名正言順的父親。想到這裡，房遺愛好受多了。他對著草叢中的公主送上慰問的微笑。他說：「你受苦了。咱們回家吧。」

僅僅十天。高陽再也不能等待了，她懷著急迫，她覺得兒子不再重要，她把他交給了乳母，她便在那個晚上秘密地離開了家，這一次她甚至連房遺愛也沒有通告。她太急迫了，她

不能控制自己，她沒有辦法，她只想儘快找到山中的辯機。

高陽的身體還很虛弱，畢竟生下孩子才剛剛十天，她依然很蒼白，沒有血色，在歷盡折磨之後，她的血流盡了，她成了一個眞正的女人，爲人妻爲人母的女人。她屬於辯機，辯機是支撐她的一切。儘管她依然蒼白虛弱，儘管她的腰還在疼血還在流，但比起進山去見辯機，這一切又算什麼呢？

去見辯機使高陽的心裡充滿了柔情和烈火。

她披著一件深棕色的斗篷。那斗篷把她從頭到腳遮蓋得嚴嚴實實。

她的馬車星夜秘密駛出寂靜的長安城。

沒有人注意這輛馬車，這是一輛皇家的車輦。

高陽只帶著淑兒、車伕和幾個貼身的奴婢。

她的心怦怦地跳著，她知道這是她不顧一切去做的唯一值得去做的一件事。

她想念那個男人。一心一意地想念他，唯有他是任何的一切所無法取代的。

很清爽的夏夜。

馬車在山路上行駛得很快，像是在追趕著什麼。

山上的夜黑壓壓一片，一片一片的黑色森林向後飛快地掠過，什麼也看不見。只有星月，靜寂，馬蹄聲急迫地交替地響著，還有山石間那看不見的淙淙的流水。

高陽躺在她的馬車裡無法入睡，顚簸著搖晃著。高陽想，在她和辯機身體之間，再沒有那溫馨的阻隔了。他們的兒子終於已離她的身體而去，成爲一個獨立的生命。而她便也回到了她自己，回到了她的單純，她又可以毫無顧忌地和辯機在一起了，在那乾草的清新氣味中。一切都恢復到那個攝人心魄的美妙的當初。高陽想，多麼好，這一切多麼好，這山中多麼好，這夜晚多麼好。

遠遠近近的野狼的嚎叫。

山路那麼長。

高陽渴盼著能見到辯機的那一刻，那唯一的時辰，她想她應當知道那是個怎樣的時辰。她恨山路太長夜晚太長。然後，當那個清晨，當太陽終於升起，那輛皇家的馬車終於又來到了山中的那圓形的草屋前。

一切那麼熟悉那麼親切那麼令高陽心潮起伏。

那圓形的房子對高陽來說簡直就是一座神聖的殿堂。

高陽迫不及待，她急切地跳下馬車，她跳下來的時候那馬車甚至還沒有停穩。她跑著，向著她的聖殿，那是她的一切。她的深棕色的斗篷被丟在了山中早晨的陽光裡。她的裙裾上沾滿了山中清晨的露水。

那青翠的沾滿了山中晨露的草地。

她在那草地上跑著。她恢復了青春，她依然是內心充滿了歡樂的女孩。

那是種神聖的心境，高陽內心的光澤向她身體的外部浸潤著。她因為奔跑蒼白的臉變得紅潤。在這個早晨，高陽奔向辯機懷抱的唯一神聖的瞬間。

她提著裙子，跑上那台階。

她想停下來，想讓她的心別跳得那麼快，想整理一下她散亂的頭髮，想使自己平靜，想……但是她停不下來。

她停不下來，她衝進了房間。

她急切地呼喚著：「辯機，辯機，我來了，你想到我會來嗎？想你，太想了……」

高陽呆呆地站在那裡。房子裡空無一人。

高陽不知道該把她那滿心的期待投向哪兒。

「辯機，你在哪兒？」

所有的桌椅上都落滿了灰塵。

那鋪著乾草的木床上空空如也。那個男人呢？那個她晝思夜想終日渴盼的男人呢？

像丟失了萬貫家財。

像破碎了美麗的夢。

「辯機呢？辯機呢？」高陽自言自語。她絕望地在那個落滿了塵埃的木房子中轉來轉去。每一個角落，屋前房後，她只願重新沉入那美妙的夢中。那個夢，那個念想。

人去樓空。

陷入一片絕望的高陽，坐在那木樓梯上高聲地哭了起來。她的周身是汗水，滿心是悲傷。林間是歌一般的清晨的鳥鳴。

高陽突然站了起來，她睜大眼睛，屏住呼吸。在那一聲一聲的鳥鳴中她彷彿聽到了一種聲音，那麼遙遠的，隱隱約約的，飄散在山中的晨霧中。

那是鐘聲。

會昌寺的鐘聲。

她怎麼就忘了呢？她依稀記起辯機曾對她說起過那會昌寺。他要去那會昌寺做沙門。她怎麼會就忘了呢？

高陽跑回她的馬車。

馬車又重新奔馳起來，依然是以最快的速度，下山。高陽沒有回家。在第二個星夜到來之前，她終於趕到了長安郊外的佛家寺院。

會昌寺。

她的辯機的所在。

那時已是黃昏。黃昏將盡的時刻。

會昌寺紅色的院牆內傳來了晚禱的鐘聲，那是高陽的緣分。

在看著高陽公主那撕心裂肺的慘痛之後，辯機斷然決心要離開這終南山了。他看清了他的迷亂，也看清了這迷亂無論給誰都不能帶來好處，沒有前途，無非是越來越多的塵世的慘痛。

爲了解脫，解脫高陽公主也解脫他自己，還有，爲了拯救那顆有悖於矢志佛學初衷的迷亂的心。

幾天後，辯機便打點行裝，離開了他終日修身養性、苦研佛經的草庵。他離開時對這裡的一切懷著無限的依戀。除了和高陽公主的一段插曲，辯機知道他在這山中的修煉已帶給他很大的財富。隱居的幾年中，辯機以他天生的悟性，對諸多佛門學識有了深厚的修養，已成爲學識淵博、才華橫溢的碩學之士，頗受長安佛教界的重視。就連已年過半百的南山律宗開山鼻祖道宣和尚這位佛界公認的大學者，也對辯機的才學異常欽佩。每每讚嘆不已，深覺後生可畏，認爲年輕的辯機是佛界的一位稀世俊才，其輝煌未來不可估量。

佛界的認可使辯機終是不能夠斷絕他要在佛界有所作爲的夢想。他也雄心勃勃，終日期待著能在佛門之內一步一步地升遷，成爲眞正的高僧，成爲一代宗師。他所要攀登的是他的宗教他的信仰，那是他畢生所要追尋的生命本質和境界。

然而他唯一不能掙脫的，是高陽公主那個塵世的女人爲他編織的那張愛的情網。多麼可怕。就連此刻告別這山中的草庵，他最留戀的竟還是鋪滿了清香乾草的那張床。那是塵緣，是他唯一的不淨，辯機爲此而苦惱不堪。

其實他已經有一千次一萬次的決心。他已無數次決意與公主斷絕。但是，只要那美麗的女人一來到這山中，那所有的用血肉之軀築起的心靈長城便會頃刻瓦解，那麼不堪一擊。那所有的決心和誓言就會像殘垣斷壁那樣嘩啦嘩啦地倒塌，他無法抵禦。於是，他本來清淨的心一下子污染了起來，他恨自己。何況，高陽公主又懷了他的孩子。那孩子如紐帶般將他和高陽更緊密地糾纏在一起。他更是無法掙脫。他想他即或是最終能夠做到拒絕了公主，他也永遠無法在心理上拒絕他的兒子，那是他的骨肉。何況，他又是斷然拒絕不了公主的。單單是公主帶著她即將分娩的身孕，不顧一切地一次又一次地跑到山中來看他的那不惜生命的摯愛，便足以使辯機終生感動了。那是超越了一切的，那是以生命爲代價的，那是那麼有力量那麼有穿透力那麼震撼人心那麼足以動搖一切宗教信仰的一種生命的情感。對此辯機的一切拒絕都只能變成一種徒勞。

然而這愛又能帶來什麼呢？

正因爲不能帶來什麼，所以辯機才毅然不辭而別，在得知公主母子平安的消息後毅然離開終南山。

他走進了會昌寺。

他想這裡多麼清靜。

他想早晚的鐘聲會提示他警醒他。

他想他來到這裡便一定能斷了塵世的念想。這裡有佛法高築的圍牆，這裡不能和高陽會面，這裡沒有那張鋪著乾草的木床，這裡終日的香火會使他時時面對眾多佛教徒虔誠的眼睛。

他想他會痛改前非。

他想他會變得潔淨。

然而，就在他日異變得潔淨的時刻，在那個傍晚，有個小和尚說，門外有一位婦人求見沙門辯機。

辯機快要瘋了。

他說他不見。

會昌寺的大門關得緊緊的，在那個星夜。而關在門外的是一個同樣快要瘋了的女人。

他怎麼可以不見我？

又是整整的一夜，那輛馬車始終停在會昌寺的門外。

高陽等待著。

直到會昌寺的晨鐘響起。伴隨著鐘聲，會昌寺緊閉的大門打開……

馬車中的那位年輕美貌的女人走進來，她臉色蒼白，不施粉黛，眼神中透露著絕望和悲哀。她緩緩地走進來，她想遲早這大門會打開。她等，哪怕等上一輩子，她就是要見到那個她想見到的人。

她像信徒一樣燒香拜佛，她做著那一切的時候覺得很親切，因爲那是辯機的信仰。

她燒了一炷又一炷香。

她在燒香的時候繼續等待著。

慢慢地，來此求菩薩保佑的信男善女們越來越多。

高陽被淹沒在信徒中，她在被淹沒時依然等著。

終於在香煙繚繞之中高陽看見了那個已被剃度的辯機披著黃色的袈裟朝大殿走來，高陽見到如此形象的辯機不寒而慄。她很害怕。她覺得那袈裟使她心冷齒寒，那袈裟正在拒她於千里之外。

高陽並沒有被淹沒。

辯機在走進大殿的時候突然覺得有如刺的目光在扎他。

他抬起頭，立刻在眾多的信徒中看到了高陽。他是透過那裊裊的香煙看到那美豔而又蒼白的女人，那女人立刻使他怦然心動。

是她嗎？他們分開才僅僅十天。那慘烈的疼痛那絕望的喊叫至今依然存留在辯機的心中。僅僅十天。她剛剛生過孩子的身體還那麼虛弱。她怎麼能？她簡直是瘋了。

他們透過香煙四目相視。

辯機的身邊是眾多寺院的和尚，而高陽的身邊是各種虔誠的信徒。

唯有他們。

他們相視是因爲他們曾有過相連，這不僅僅是肉體的。

佛事不曾開始，辯機便托故匆匆逃離了大殿，逃離那女人殷切而又滿懷悲戚的目光。

辯機在怦怦的心跳之中回到了後院他自己的房間。

他面壁，他求佛保佑他能斷了這塵世的念想。他不要見高陽，他躲進會昌寺就是爲了不再見高陽。他本來以爲他們是不會相見了。他怎麼也想不到高陽依然會來並且如此執著。

辯機爲他正在開始的潔淨祈禱著。

他對又前來通報的小和尚說：「不見，我誰也不見。」

他面壁。他拼命地讀經。

「他怎麼能不見我？兩天兩夜。我一直沒合眼。我上山去找他，又在寺外等待。他怎麼能不見我？」

高陽推開小和尚闖了進來。

她是誰？她是高陽公主是當朝皇帝的女兒，她還是歷盡了磨難的女人，她有進來的權利。

高陽闖了進來。

她進來後就門上房門。

她走過去站在面壁的辯機身後，她把她的兩隻冰涼的手放在辯機的肩膀上。然後，她哭了。她說：「你怎麼能說出不見我呢？你的心怎麼會那麼狠？我在大門外整整等了你一夜。而這之前我上了山。你能知道我在山上見不到你時那絕望的心情嗎？你以爲你搬到這會昌寺我就找不到你了嗎？你知道我是怎樣滿懷著欣喜上山的嗎？我想見到你，我一天也等不及了。我想告訴你我們的兒子是怎樣地像你，想告訴你他也有一雙和你一樣的藍色的眼睛。可是你在哪兒？你讓我滿懷的希望落空。山上山下，馬不停蹄。來到這會昌寺，聽著寺院的晚鐘我苦苦等待，而你又把我關在門外。你就眞的忍心永遠不要我，永遠不要你的兒子嗎？你就眞的要斷了這份情緣嗎？你爲什麼避開我？爲什麼逃走？你怕我什麼？怕我辱沒了你的名聲？怕我耽誤了你的飛黃騰達？還怕我什麼？怕我是當朝皇帝的女兒，是堂堂宰相的兒媳，又是別人的妻子？……辯機，別離開我。我自從嫁給房遺愛，便已心如死灰。但卻沒想到在我絕望的那些日子裡我竟在山林中遇到了你。你想我從皇室下嫁到房家，其實就是爲了能遇到你。然後我愛你，那麼深愛，我們在一起是多麼美好。緊接著便是懷了你的兒子的那種種痛苦。那兒子是你的，而我卻是房家二公子的女人。這是怎樣地大逆不道，可是我不怕，我

寧可大逆不道，因爲我愛你。爲了這愛我寧可去死。我冒著生命的危險到山中去向你告別，那是怎樣的苦痛你知道嗎？但是我快樂我幸福。爲此我甘願承受這一切。我是死過的人了。但上天賜給我和我們的兒子平安，然而你卻逃走了，躲著，不見我們。把我們丟在那沒有親人也沒有溫暖的房家……不，別這樣，辯機你轉過頭來……」

公主跪了下來。

她從身後抱住了辯機。

她輕輕地解開辯機身上的袈裟。她說：「脫下來，這袈裟看上去太可怕了。它蓋住了你的血肉之軀，那軀體原本是屬於我的。來吧，讓我們脫下它，讓它離我們遠遠的。辯機你聽我說，我並不想剝奪你的信仰和追求，我知道那幾乎是你生命中的全部。我只要我的愛，那麼微薄的一點點愛，心靈中那麼小的一點空間。把它給我吧，讓我們……」

「不！」辯機扭轉身。他緊緊地抓著高陽的肩膀。他搖晃著她。他低聲吼著：「不，你聽到嗎，我說不！懂我的意思嗎？這裡已不是終南山。你聽得到門外的那些祈禱聲嗎？這裡……」

「這裡怎麼啦？難道你來到這裡就能割斷對我的想念嗎？難道這寺院高高的圍牆就能阻擋你對我身體的渴望嗎？想一想咱們山上的小屋吧，想一想那鋪滿了枯草的木床吧，想想那些個夜晚吧。來吧，好嗎？我就在這裡，就在你的眼前。你睜開眼睛看看，我就在這裡，這麼貼近你。別去管門外那些誦經的人們。我已經把你的木門閂住了，誰也進不來，自然誰也看不到我們……」

「但佛是看得到的，他此刻就在我的心中。」辯機掙扎著。

「不，祂什麼也看不到。祂是虛幻的，而我們才是眞實的。來，抬起你的手臂放到我這兒來，別去管佛，祂在天上，而我們是人，我們在地上。這時候，在這裡，只有我們兩個人，兩個彼此相愛的人，我們單獨在一起。我已經沒有人疼愛了，父皇也不再疼愛我。唯有你，唯有你是我的親人，別再拒絕我了。你看，我已經摸到了，你強烈的慾望。來吧，讓我們來。我度日如年，每分每秒都渴望著你。我愛你，我愛你，我愛你……」

高陽公主昏了過去，她倒在了面壁的辯機懷中。

從此，每隔一段時間，都會有一位美麗的貴婦人坐著馬車來到會昌寺燒香磕頭。她很神秘，沒有人知道她是誰。她總是在黃昏的時候來。然後虔誠地跪在大殿裡，她會閉著眼睛在那裡長跪不起，直到信徒們紛紛離去。然後，會昌寺朱紅色的大門關閉。

晚鐘響起，如歌般迴環。那婦人被暗夜呑噬。誰也不知道她是什麼時候離開的，也許是深夜，也許是黎明。

辯機最終無力抵抗。

當那朱紅色的大門關閉的時候，也就將一切道德與崇高關在了門外。而留在會昌寺裡面的，是無盡的慾望，是難以抵擋的身體的纏繞。那是種純粹的潔淨，唯有慾望和纏繞，那也是一種信仰。

只有當每天清晨，當鐘聲響起，當那朱紅色的大門開啓的時候，會昌寺才又恢復出它宗教的本眞。而只有當虔誠的信徒們跪拜在大殿的佛像前，辯機也才又披上那一襲虛僞的袈裟，恢復他佛門僧人的道貌岸然。

這現狀誰也不能改變。當事人已完全身不由已。

這樣五六年過去。

五六年的歲月中，他們始終堅持著這無奈的纏繞。

高陽公主又生下了一個男孩，仍是辯機功德圓滿的成果。

到了貞觀十九年初，長安城裡出現了一件轟動整個京都的新聞，十七年前爲探求佛教眞諦離開長安前往西域的唐三藏玄奘，在這一年的正月裡，歷盡艱辛返回了長安。唐僧玄奘不遠萬里，跨越千山萬水，沿途走訪了一百多個國家，最後終於到達了佛教的發源地天竺國，並在天竺國的那蘭陀大學之內，取得了佛教的眞傳。悠悠十幾年過去，滿懷著普救眾生信念的玄奘，不想再雲遊四方了。他要把那些佛教的經典帶回大唐王朝，以供祖國更多的民眾信奉。

當時的長安，佛教已開始深入民心，因此唐玄奘的歸來，便立刻成爲轟動全城的新聞。唐僧返回的那天，長安的市民冒著嚴寒，紛紛走上街頭，爭先恐後地一睹高僧的風采。

其時唐太宗李世民正在籌集兵馬，準備親征高句麗，以完成他一代君王的英雄夢想。得知玄奘返唐，他竟也極想會見玄奘，以圖了解西域諸國的情形，甚至構想西征擴大唐帝國的疆域。

貞觀十九年正月八日，唐玄奘獲准在長安城的朱雀門南，向大眾展示他從西域諸國帶回的各種物品，並宣示佛家法義。

正月二十三日，唐太宗李世民召見唐玄奘，對他的西域之行欽佩不已。唐太宗面對如此堅韌執著、才學出眾的高僧，感慨萬千。他對玄奘婉言相勸，希望他能斷然還俗，在朝廷之中做一名高官，幫助太宗處理西域方面的諸多政務，爲日後征戰西域打下基礎。而自幼遁入空門，歷盡艱辛，且已被佛家法義千鎚百煉的唐僧，怎麼可能離棄他早已深入骨髓的信仰呢？於是唐僧謝絕了唐太宗，並懇求皇上能允許他盡餘生之力來翻譯他從天竺國帶回的那些佛學經典。

其實，一向以道家李耳爲祖先的唐太宗李世民一直對佛教不感興趣，而唐皇室信奉的，也一直是道教的哲學。唐太宗之所以召見玄奘法師，是因爲他對西域的疆土感興趣，對玄奘西域的經歷和見聞感興趣。他不能理解唐玄奘何以要爲佛教獻出畢生，但玄奘的執著和不屈不撓的精神感動了他。他進而認定，一種宗教之所以引得這麼多精英不惜生命地去追尋，這宗教必是有它的力量和魅力。於是，唐太宗在被感動和感悟之中，欣然敕許玄奘組織班子譯經。並將太宗爲紀念亡母穆皇太后竇氏在長安建立的弘福寺，批准爲譯經的場所。

唐太宗的這一敕許，無疑給了唐玄奘極大的支持，同時也是朝廷對佛教的某種首肯和弘揚。有了皇上的許諾，這譯經就不再單單是玄奘個人的行爲，而是成了朝廷的事情、國家的

事情。不僅所需費用一律由朝廷籌措，就是那些德高望重、才學兼優的譯經高僧，也將由朝廷統一徵召。然而唐太宗作出這一敕許的決定是有條件的，那就是他要求玄奘首先爲他撰寫一部關於西域見聞的著作。唐太宗並不是眞的想讀那種種新奇的域外故事，而是希望在向西擴充大唐的版圖之前，能對西域那片陌生的土地和人情有一個大致的了解。

這就是後來由唐玄奘講述、由辯機代筆撰寫的那部被載入了史冊的《大唐西域記》。世事往往就是這樣陰差陽錯，原本是玄奘的事情，或僅只是佛教的事情，後來竟也成了辯機的事情，而高陽公主居然也被牽涉其中。

皇上的洪恩敕許加之玄奘的急切，使譯經的工作立即緊鑼密鼓地籌備了起來。到了這年六月，參與此事的全體人員便已進駐弘福寺，譯經正式開始。此次譯述弘揚佛教的經典事關重大，於是玄奘特別選擇了九名全國最優秀的、也是知識才學兼備的僧人從事譯著，歷史上稱他們爲綴文大德九人。他們中最著名的是，終南山豐德寺沙門道宣，簡州福聚寺沙門靖邁，豳州昭仁寺沙門慧立，還有，長安會昌寺沙門辯機。

多麼可怕。

長安。會昌寺。沙門。辯機……

被朝廷和大名鼎鼎的法師招募譯經，應當說對於任何一個有抱負的和尚來說都是個求之不得的機會。對於沙門辯機應當也是如此，這是千載難逢的，也是他夢寐以求的。他多少年來潛心佛學，其實所求的就是能有和眞傳經典親近的這一天。然而當這一天終於來了，當他就要皈依玄奘大師的門下，就要搬進弘福寺的禪院去從事一項全新工作的時候……

他怎麼了？

就在這夢想成眞的時刻，他怎麼了？

辯機突然猶豫了。他不知道自己是不是能離得開這清幽而又溫馨的會昌寺；他不知道自己是不是能割捨得掉這從黃昏到夜晚的繾綣之情；他更不知道與他心心相印、已經成爲他生命的一部分的那個女人是不是也能接受他這事業的美夢。他唯有知道，倘他有一天眞的離開了會昌寺，也就等於是眞正割斷了他塵世的念想；倘他有一天眞的跨入了弘福寺的伽藍，也就意味著他已經捨棄了他深深愛著的他離不開的那個女人。

他能再也不見到她嗎？

再也見不到高陽公主的那思緒使他痛苦萬分。

那是一種很深很深的痛苦，是失去親人失去生命的痛苦，那痛苦是別人無法體驗也是別人所無法慰藉的。

令人恐懼的痛苦。

竟是這樣的一種被撕扯著的感覺，很疼痛的，滴著血的。

所以辯機不能夠裁決他是不是要去弘福寺。

那已經不是他一個人的事情。

他想，他把這決定的權力交給高陽。他要讓高陽來決定他的未來，他的命運。

然後他等待。等待著那個遲遲到來的黃昏。

黃昏終於抵達。

當黃昏終於抵達的時候，天突然陰暗了下來，並開始飄起濛濛的霧靄一般的小雨。會昌寺的晚鐘響起，因爲天下起小雨，寧靜的寺院裡人很稀少。

細雨沖刷著寺院內石板鋪成的小路，沖刷著發出淒淒迷迷的聲響。

辯機在殿堂前的迴廊上徘徊著。寬大的房簷伸展，遮蓋著細雨的淒切和寒冷。辯機很焦灼，他儘管踱來踱去的腳步很緩慢，但是他確實很焦灼。心是空的，沒有底，他等待著。他想他的命運從來就不在自己的手上，在菩薩那兒，後來又在高陽那兒。連寺院的晚鐘都撞響了，但公主卻沒有來。辯機想高陽也許不會來了，他爲公主在這個細雨的黃昏不來而感到有點失望，然而他內心深處充滿了絕望。

他譯經的偉業和他的高陽及孩子，這所有的，無論什麼他都不願失去，他失去其中的任何一樣都會悲痛欲絕。但是，命運能使他好事成雙嗎？

雨被黃昏漸起的晚風吹著。

雨絲很輕，被風吹著向四處飄散。

辯機只好讓小和尚去關閉會昌寺的大門，他想今晚公主肯定是不會再來了。

然而就在那兩扇朱紅大門要閉合的時刻，那個穿著深色長裙的貴婦人便在細雨中翩然而至。

透過濛濛的雨絲。她在那濛濛之中顯得更加美麗動人。

辯機披著黃色的袈裟站在迴廊上。他透過濃密的雨絲看著正緩緩向他走來的公主。

這究竟是個怎樣的女人？辯機無法解釋他心中的這個永遠的疑惑。

會昌寺朱紅色的大門在高陽公主的身後關閉了，關住了會昌寺夜晚的那萬種風情。

公主遠遠地看見了正等在雨那邊的辯機。辯機孤零零地站在巨大的大雄寶殿前，竟顯得那麼渺小，那麼微不足道。高陽心裡有種說不出的難受，像受了什麼重物的擠壓，眼前的這一幅景象使她第一次感覺到了那「法力無邊」的莊嚴冷酷和慘無人道。

高陽並沒有急匆匆地奔向辯機。

她依然照每次進香的先例，先燃上一炷香，然後跪拜，然後磕頭，祈求佛祖的保佑。她與迴廊中的辯機擦肩而過，但是她沒有理他。她穿過他去敬奉他的佛，她很平靜很嫻熟地做著那些佛事。她心中安寧毫無怨恨，她認爲她得到的已經夠多了，她爲此已經很感謝佛了。

她是那麼虔誠。辯機甚至不懂她何以會那麼虔誠。

然後她從那巨大的佛像前緩緩地站起來。高陽想，在佛像前她此刻也一定如辯機般那麼渺小，那麼微不足道。

然後她穿過那渺小穿過那微不足道緩緩地走向辯機。她抬起頭，看見了辯機那雙已經變得有些黯淡的藍色眼睛。她想那是因爲歲月的磨蝕。他們四目相視，卻默默無語。但高陽心中卻有電流穿過，她不知道那是一種怎樣的預感。

有時候，在美麗的黃昏裡，他們會在會昌寺寧靜的院落裡散步。隨著時光的流逝，他們似乎已並不急於跨進辯機的寢室。今天也是如此。今天他們很想在這濛濛的雨中在會昌寺的威嚴與淒冷中散散步，他們不謀而合，辯機剛一轉身，高陽公主便跟了上去。

這是他們多年相濡以沫的默契。

他們緩緩地走著，在雨中，他們不講話。

他們這樣走著。看盡了黃昏，直到沉沉的黑夜降臨。

有時候，辯機會偶爾問起他們的孩子。他只是從佛心出發，所以他問起他的孩子就像是問起人世間所有的孩子。辯機從未見過他的兩個兒子，他也許心裡也很想見到他們，但是他卻從來不許高陽把他們帶到寺院中來。罪孽深重，讓佛懲罰我一個人就足夠了。辯機在這個沉重的話題上總是這麼說。

而今天辯機卻突然說，他是多想見見兒子們。他還說，他會在心裡永遠愛著他們。

他們緩緩地走。

雨依然淒迷。淒迷著傷感。

辯機又說：「我們在一起也有八九年了吧。有了這八九年，有了你，我便是死，也死而無憾了。」

高陽公主停了下來。她驚異地看著辯機：「你怎麼啦？怎麼淨說些這樣的話？」

「不，沒怎麼。」辯機解釋說，他只是隨便說說。他這樣說是因爲他的確在這樣想，他想讓高陽知道他的心。

「你的心？」高陽走過去攔住了辯機。她說：「說吧，告訴我，究竟發生了什麼事情？怎麼回事？你告訴我，我知道就要發生什麼了。別瞞著我，我害怕。」

高陽攔住辯機，她的眼睛裡充滿了驚恐。辯機無法躲避那淒婉的審視。他遲疑著，但最終還是什麼也沒說。他還沒有勇氣，沒有勇氣逃離這個女人，也沒有勇氣接受這個女人的絕望與悲哀。

他們繼續緩緩地走。

雨不停。

然後高陽公主說，她覺得有些冷了。

最後他們終於回到辯機的那個簡陋的小屋，屋內只有一張木桌，一張窄窄的木床。油燈亮著，幽暗的火光跳躍著。小小的房間裡因高陽的到來而頓時變得溫暖。高陽公主身上散發著的馨香飄溢在辯機簡陋的房間裡，那是種高陽和辯機都十分熟悉的氛圍。

八九年過去，高陽公主已經出落成一個眞正的美婦人。在辯機的眼中，她甚至比他當年在草庵中與她初見時還要動人。她的身體更加豐滿，她的性格也變得平和。而最美的是她在渴盼時所呈現出的那完美而優雅的姿態，那麼輕柔的，那麼令人心醉神迷。

辯機怎麼能夠抗拒？又怎麼願意抗拒？

這一次，等到他們終於完成了喘息和呻吟，完成了撞擊和接納，辯機說：「你決定吧。」辯機鼓足了勇氣，對他心愛的那女人說：「你決定吧，我所有的一切我的生與死都握在你的手中。我愛你，聽你的……」

辯機永遠不敢在平靜地面對高陽的時候，說出定然會使她傷心絕望的那關於未來的選擇，他知道那未來的生活對於他們中的任何一個都將是致命的。

當他終於鼓足勇氣說出了「開場白」時，他的周身開始顫抖。

起伏不定的喘息終於平靜下來，高陽流出了眼淚。

那是預感。

黃昏，當高陽走進會昌寺當她在大雄寶殿前看見了渺小的孤零零的辯機時，那預感就存在了。

一切被證實著。

高陽坐了起來。那麼窄小的一張床。那平滑細膩而又美麗動人的身體就那樣驟然之間照亮了暗夜。

高陽說：「你說吧，我知道會有事情要發生了。你說吧，是不是你要離開我？那麼你要去哪兒？是不是因爲那個玄奘回來了？是不是你的才華學識太超凡了？是不是你太癡迷於你的宗教了？是不是你討厭我了嫌棄我了？你說呀，究竟是怎麼回事？到底發生了些什麼事？」

高陽公主哭著。

她就那樣赤身裸體地，不准辯機靠近她。

辯機說：「我捨不下你。但我想去譯經，去接近那佛學的眞諦。去譯經對我來說也至關重要，這是我一生所渴求的理想，這是塵俗之人所無法理解的。」

「可你難道不是俗人嗎？你不是俗人又怎麼可能和我這樣在一起？」

「不，不，這不一樣。我是千方百計要掙脫這些的。高陽，你要幫助我。你想想，倘我眞如你所希望的還俗爲塵世之人，那我的生命中還有什麼呢？或者我們維持現狀，爲了床笫之歡我拒絕這次機會，那我畢生都將消磨在這小小的會昌寺內。不，那不是我的志向。我是有

著大抱負的人，我不能甘於這等平庸，我不能斷送我的前程……」

「辯機，辯機你在說什麼？你是說我平庸嗎？你是說是我耽誤了你的前程是我在阻礙你實現你宏偉的抱負嗎？」

「不，不，我不是在說你。我是說我們，是說我，我自己。我已經考慮再三，我們沒有前途，我不想再拖延下去了，也不想再這樣無休止地毀了我自己。既然是我自幼獻身於佛門的決心已定，我便不願再放棄。我們需要作一個決斷，我們必須作一個決斷。我們只能忍痛割愛，沒有別的選擇，這是遲早的，遲早我們要分開，你難道還看不出來嗎？我們不能一輩子這樣。常言說長痛不如短痛。這是唯一的機會了。你來決斷吧，你……」

高陽公主緩緩地下床，緩緩地開始穿戴。然後她站在窗邊，看著窗外的雨。她說：「還要我來作什麼決斷呢？其實你的決心已定。」

「不，不是這樣的。」辯機從身後抱住了高陽，他深情地吻著她的脖頸。辯機說：「當然是由你來決定，我一切都聽你的。我只是想告訴你我心中這深刻的矛盾，只是想告訴你這兩難定奪的痛苦。我希望你能幫助我，能幫助我作一個最後的選擇。」

高陽扭轉身，她已淚流滿面。

她說：「你如果去了，我們還能再見面嗎？」

「不，不會了。」

「那麼，你還會想念我，想念孩子們嗎？」

「是的，我會永遠想念你們。」

「只是，你已經不再愛我……」

「不，我會永遠永遠愛你的，只是用另外的一種方式去愛，去惦念，去祈禱……」

「辯機，你不要再解釋了。其實這抉擇已經有了，你知道我是不會耽誤你的前程的。我總是服從你，跟隨你，從終南山到這會昌寺，你在哪兒我就跟著你到哪兒。然而，我知道你倘搬到弘福寺就不一樣了。像你說的，你到了譯經的伽藍院中，我們就再也不能在一起了，我甚至都不能見到你。你想過這對於我來說，是多麼可怕難熬的日子嗎？沒有你，沒有你的聲音，沒有你的撫愛，也再不能看見你的藍眼睛，那是種怎樣的生活，你想過嗎？我怎麼辦？我一個人被孤零零地拋在這塵世中，而你卻終日苦守著你的佛經，這是何苦？為什麼要這樣？佛經就那麼重要那麼神聖不可侵犯嗎？你為什麼一定要走？為什麼一定要離開我？不，這太殘酷了。

你說，從此我的生活裡還有什麼？是的，八九年了。自從和你在一起，我便再沒有過任何男人。我遠離他們，冷淡他們，我把我所有的愛都給予了你。儘管你是佛門之人，但我們終於還是衝破了禁忌，因為愛而走在一起。儘管你依然住在這長夜清冷的寺院之中，但只要我一想著能見到你，被你親吻和擁抱，心中就覺得溫暖和踏實。從此我盼望黃昏，這一次離開你就開始盼望另一次相見。八九年了。八九年來這是我唯一的期盼。也是我生命的全部。更是我身為大唐公主的生活中唯一的幸福了。我不再要求更多，我只要你。但為什麼他們連你也要搶走呢？什麼玄奘？我恨他！他為何要從西域回來？為何要鼓動父皇譯經？為何偏偏

要挑中你？把你掠走？我恨他！恨這殿堂！恨這會昌寺！更恨那弘福寺！還有這討厭的袈裟還有你的修行你的理想……」

高陽公主一邊說著一邊去撕扯辯機那黃色的袈裟，去撕扯辯機那些佛學的書籍，她奮力地毀滅著。她流淚，她咒罵。她把辯機的袈裟撕成一條一條的碎布，她把那些佛家的書籍撕成一張一張殘破的紙片。她撕扯著，近乎歇斯底里。

辯機呆呆地站在那裡。

他看著高陽公主在那裡毀壞他所有的志向。他很心疼，但是他任憑她。他知道她爲什麼要這樣做，他知道她爲什麼要這樣歇斯底里爲什麼要毀滅得如此徹底，他知道事實上她已經作出了決斷。

辯機的心很疼。

他不是心疼他的那些東西，而是心疼這個因絕望而發瘋的女人。

他也知道是他傷害了她，是他使這個他如此心愛的女人肝腸寸斷。

所以他任憑她發洩。

直到最後，他在一片狼藉之中把筋疲力竭的高陽緊緊地抱在了懷中。一種生離死別的感覺在辯機破碎的小房子中瀰漫著。他們的心也隨之破碎了，還有破碎的愛。

高陽公主是在黎明時分離開會昌寺的。會昌寺的朱紅色大門在開啓的時候發出了吱吱呀呀的響聲，那響聲劃破了黎明的寂靜，那響聲哀哀怨怨又驚心動魄，住在會昌寺附近的人們全都聽到了那與往日不同的聲響。

髮。

那時，早春的冷雨依然淅淅瀝瀝地飄灑，那濛濛細雨很快湮濕了高陽公主蓬鬆凌亂的頭髮。

一直等候在高高的紅牆之外的馬車緩緩地離去。會昌寺的晨鐘響了起來。

接下來是一段十分陰暗的日子。

這種日子持續了大約有兩個月之久。

沙門辯機在五月正式搬進弘福寺之前，他被朝廷招募委以譯經重任的消息就早已傳了出來。赴任之前，辯機依然住在會昌寺內。人們羡慕他，然而眾人卻並沒有在這個年輕有爲的佛家後生的臉上，看到過一絲志得意滿，甚至連欣慰和喜悅也沒有。

沒有人知道辯機究竟是怎麼想的。人們只以爲這個和尚是眞正的高人，他已透徹地看破紅塵，連這騰達升遷都視作身外之物，是完全進入了超凡脫俗的境界。於是人們越發地敬仰他，把他當作神，當作上天派來拯救眾生的菩薩。

從沒有人注意到在辯機的那份平靜中所隱藏的那層深深的痛苦。那是怎樣不堪的苦痛，他深知，他們訣別的那一刻就要到來了，而那將是一種眞正的生離死別，從此將地老天荒。

人們也沒有注意到那位時而出現的神秘的貴婦人在最近的日子裡，幾乎每個黃昏都會來此求拜，燒香磕頭。人們沒注意到這個女人是因爲他們只顧瞻仰綴文大德辯機的風姿。因爲這個長年與他們朝夕相處的和尚一旦遷走，他們就再也不能經常見到他了。

辯機已然成爲人們心目中的偶像，這偶像一天天高大圓滿起來，成爲眾生普渡的寄託和希望。

而此刻辯機的心中，卻是一片茫然。因他自己正與光明隔絕，面臨著難以逾越的無邊苦海。

沒有什麼比在訣別之前還要終日廝守在一起更令人痛苦的了，這簡直是苦難。待一天就會少一天，待一個時辰就會少一個時辰。然而，歲月如梭，光陰似箭。

是清醒的苦痛。

清醒的訣別和哭泣。

是將心一片一片地扯著，撕碎。是眼看著那肉的痙攣，眼看著那血的滴落。

高陽公主每天都來。

她已經不顧一切。

她有時甚至會連續幾天留在這裡，住下來。很多的白天和夜晚，每一時每一刻都和辯機在一起。她看著他主持佛事，她目不轉睛。到了夜晚，她便緊貼住辯機，和他耳鬢廝磨，直到筋疲力竭。

那輛神秘的豪華的馬車在那一段時間裡總是停在會昌寺的門外。

人們知道馬車的主人是那美麗的貴婦人，卻不知那女人就是赫赫的高陽公主。

在這被極度苦難和極度歡樂澆築的兩個月的光景中，唯一的一次，高陽和辯機一道登上了終南山。他們想一道再去看看那草庵。那是他們當初相遇、相愛的故地和見證。他們是去憑弔，是想在心中築一座永遠的碑。不會再有了。

單獨的兩個人。

各自騎著自己的馬。

辯機脫掉了他的袈裟，在塵世中，最後的塵世中人。

有時候高陽會坐在辯機的馬上。坐在他的胸前，讓他在躍馬揚鞭中從身後摟抱和親吻。有一個瞬間她突然想到了吳王李恪。她想他們騎在馬上的情形似曾相識。那是同李恪在一起，但如今李恪也不知在何方。高陽想到這些的時候更加絕望，她扭轉身趴在辯機的胸前哭了起來。

一切像在夢中，人生的一場夢。

此時已是很美的春末。在清香濃郁的野花叢中，他們時走時停。他們躺在青青的草地上，頭頂是藍天。山高水長消融了他們的悲哀。那麼靜謐的詳和的。他們親吻。然後他們融入大自然。一次又一次。幸福的呻吟沉入山中的鳥語花香，化爲美妙的天籟。然後在黃昏，他們終於來到了他們自己的山中的小屋，那只屬於他們的愛巢。他們手拉著手，屏住呼吸，一步一步地走進去。那遍佈的山野的塵埃。他們小心翼翼。那是他們自己的家。有野獸出沒的痕跡。那張鋪著金黃枯草的木床。久違了，他們自己的家。圓形的房子就像是圓形的祭壇。他們住了下來。唯有這一次，今生今世唯有這一次，在隱密的山林之中，他們能像一對眞正的夫妻那樣無拘無束地天然本色地生活在一起。沒有殿堂，沒有經典袈裟也沒有世人追逐的目光。他們彷彿回到了當年，他們彷彿沒有這八九年備受折磨的光陰。他們顯得很興奮很年輕，他們彷彿是在初戀。一切多麼好。在屋前空地，他們撿來松的枯枝燃起篝火，聽野狼遠遠近近地嚎叫。清澈的月光。明媚的太陽。有時候會有鹿群前來，那是舊時的朋友。無論在哪兒他們總是緊緊地依偎著，總是手拉著手。最後的光陰，那光陰逼迫著。他們離不開。他們總是親吻總是親吻，像被什麼追趕著。那草屋裡那青草中那溪水旁那巨石上那野花間那懸崖頂，他們的身影無處不在。在清晨在傍晚在暗夜，在繚繞的雲霧中在細雨的迷濛裡在淒豔的火光前在燦爛的陽光下，在所有的時辰裡，所有的地方都被翻捲著裹挾著，他們投入。全心全意地，任何的一切已不復存在。

然後他們說，我們回去吧。

他們誰也沒有勇氣去挑戰那未來的苦難，他們寧可接受苦難。他們哭，他們緊抱在一起在山野的寂靜中大聲地哭，驚天地動鬼神地哭，那麼絕望的悲傷。當一切到了極致，終結便降臨了。接下來是恐懼，對漫長黑夜的恐懼對痛苦思念的恐懼，還有，對彼此充滿了魅力的身體的恐懼。他們因恐懼而緊張，於是他們沉默。在沉默中，最後說，我們回去吧。

沒有燃盡的篝火。

高陽拿起那段沒有燃盡的松枝。她舉著那火緩緩地走向那圓形的小屋走向那祭壇。高陽把她手中的火把靠近小屋木頂邊的乾草。她扭轉頭看了一眼遠遠地站在林中空地上的辯機，那麼完美的一尊冷漠的青銅雕像般的男人。然後她毅然地將那火把投進了已被他們收拾得乾乾淨淨的草屋。

英勇的毀滅。

那火驟然之間便熊熊地燒了起來，鮮紅的火燄跳盪著，火舌舔著漆黑的蒼天。木屋開始坍塌，發出啪啪的響聲。

那是他們的儀式。

燒了自己的船。

從此他們再無退路。

高陽被辯機緊摟著。他們在火光中流淚。

辯機親吻著高陽的頭髮，他緊緊地緊緊地摟著他從此再不會擁有的這個女人。他說不會再有了。從此不會再有了。

他們的身體被火光照得通紅，而那通紅的火光是一段他們自己的生命。

直到那碑一樣的木屋化爲灰燼，黑色的灰燼。

他們下山。

他們開始下山的時候已是清晨。太陽升起來，林中遍佈著那美麗的光斑，鳥依然鳴唱，枝葉依然茂盛，它們並不管那山中的小屋連同那段情是不是都已經化作了灰燼。

他們各自騎在自己的馬上，默默地下山，馬蹄聲無情地踏碎山林的寂靜。多麼可怕。從此空空蕩蕩的大山。他們勒緊了韁繩，幾乎不讓馬向前走。他們拖延著，拖延著，他們怕走近那個最後的時辰。

然而他們終於還是走到了他們必須分手的那個路口。

那已是很深很深的黑夜。

蒼茫的大山變得遙遠，而那殘酷冷漠的會昌寺就在眼前。

什麼是眞正的絕望。

什麼又堪稱絕望。

他們下馬。在暗夜中，他們四目相視卻看不見對方的眼睛。驟然間他們抱在一起，緊緊地，令人窒息地。

高陽滿臉淚水。

辯機滿臉淚水。

高陽不停地親吻著辯機的臉。她說：「好吧，你走吧你走吧……」

他們在夜色中分手，各自東西。他們背對著背，艱難地朝他們各自的方向走。但是他們突然都勒住馬扭轉了身，都絕望地伸出了他們的手臂。他們想去抓住對方的手。他們努力了，他們去抓了但是他們最終誰也沒能抓住。

黑夜在將盡的時候將他們彼此吞沒。

第二天清晨。

在會昌寺。

沙門辯機要親自主持最後一道佛事，和會昌寺的眾多信徒們告別。然後，他便會在信徒們的歡送中離開這座他永不會忘懷的佛寺。

佛事隆重莊嚴。

而辯機卻心轅意馬。

他盡量使自己很專注很投入，他全力以赴，但是他的腦子裡時常閃現的，卻全是終南山中的情景。

於是他總是分心走神。

他想，一切終於完結了。

信徒們跪在辨機的對面，而他卻對腳下的芸芸眾生視而不見。他的心是徹底空了。他的生命也是空的，他想那是因爲得以支撐他的那實實在在的生命裡的東西已被焚燒殆盡。

那一天會昌寺的香火很旺，鐘磬齊鳴。

在瀰漫著的香火中，辯機勉強進行著那一項一項的儀式，那麼漫長的。天很悶。辯機突然覺得神情恍惚，體力不支，然他摔倒了，有一個瞬間他失去了知覺。

很多的信徒圍住他，沒有風，人們在喊叫，但是他聽不見。後來在迷濛中，他彷彿聽到了一個女人的呼喚，那是一種哀叫，那麼熟悉的，但是他睜開眼睛卻看不見她。他恢復了神智，他緩緩地站起來，他要堅持把佛事做完，他不能草率地對待會昌寺的這些信徒們。他們是那麼地愛戴他，他不能捨棄他們，不能捨棄這最後的只屬於會昌寺的輝煌與親近。

他帶領信徒們誦經。

那經文把他們引領到了另一個世界。他們是那樣誠心誠意的，追隨著。

辯機站在那裡，他顯得那麼孤單，他沒有力量。

儘管他緊閉著雙眼，他還是感覺到了那個女人的存在。她就在人群中，她比他所有的信徒更愛他，但是他不敢看她，不敢當著眾人承認他曾跟那個女人通姦。他緊閉著他的雙眼，爲的是關閉他的依戀。他想他就是看不見她，也能感覺到她在信徒們中間是怎樣地美豔驚人。然而她轉瞬即逝，在恍惚之間辯機知道他此生再也看不到她了，他的罪惡結束了。

然後他聽到了歡呼。

爲他。

他在那沸騰的歡呼聲中依稀辨出了十分尖細的童稚的喊叫，順著那喊叫聲望去，他震驚了。第一次，他看到了那兩個天眞無邪的孩子，他們也在向他歡呼。

那兩對藍色的明亮的眼睛。

他認出了他們，在眾人中一眼就認出了他們，他知道這兩個純眞的孩子是他的骨肉。他從來沒有見到過他們，這是第一次，是在漫長的八九年的歲月中第一次見到他的兒子們。他知道一定是她把他們帶來的，她要讓他們也來爲他送別。她不知道他在看到他們認出他們時是一種怎樣的心情。似曾相識，或者是他面對了一面鏡子，他在那鏡中看到他自己，他的童年。他亢奮起來，第一次有了做父親的那種慈愛的情懷，是實實在在的那一種，是具體的愛而不是泛愛和博愛。

他們是只屬於他自己的。

於是他朝他們走去，他想走到他們的身邊擁抱他們，他想親親他們稚嫩柔滑的小臉蛋。

他向人群中走著，但是他立刻就被人群包圍了，淹沒了。他伸出手來，想去撫摸那兩個男孩。但他的手卻被擁擠著他的那些信徒們抓住了，誰都想摸一摸綴文大德辯機的手。誰都想抓住他的手同他告別。而辯機繼續向前擠著。他只想靠近他們觸摸他們，與他自己的孩子親近。直到此刻，直到當他終於眞實地看到了他們之後，他才驟然意識到原來他是怎樣地愛著他們。那麼多的積蓄已久的愛，像心中有什麼在猛烈地迸發著。他激動極了，心彷彿要被脹破。是的那是他的兒子。他在人群中擠著。那是他的驕傲。他穿越著那些癡迷狂熱的信徒，固執地衝向那兩個孩子。一股一股的人潮，誰都想摸一摸他，誰都想與他親近。他擠著，他就要靠近他們就要觸摸到他們就要抱住他們親吻他們了，在那至關重要的一刻，他甚至在想他是不是還要搬到弘福寺去譯經。他已經不想去了，只想過普通的凡人生活，因爲他有著如此美好可愛的兩個兒子。他想立刻就告訴他們，他不再走了。那佛經有什麼了不起的，比起他的兒子來又算得了什麼呢。就算是他能夠捨棄女人，捨棄高陽，他又怎麼能捨棄兒子們可愛鮮活的生命呢？不，他要留下來。他奮力向前擠著。一旦他抱住他們，他就會把他們舉起來當眾宣告，這是我的兒子。他不管他的信徒們會不會傷心失望。辯機拼力地在人群中擠著。他就要接近他們了就要觸到他們那稚嫩的肌膚了，突然間一股人潮湧了過來……

那是天意嗎？

那人潮湧向他。

那人潮把他和他的孩子們衝散了。

人們簇擁著他向會昌寺那朱紅色的大門湧去。

他像被推著。

那是種輝煌的場面。

在被這輝煌圍攏著的時刻，他再也找不到那兩個藍眼睛的孩子了。

他們失之交臂。

辯機簡直想哭。他甚至仇恨這些虔誠的而且是那麼深深地愛戴著他的信徒們。他想他們絕對不會相信他多少年來一直在無休止地欺騙著他們。

辯機是會昌寺的光榮。

信徒們爲此而驕傲。鐘磬聲此起彼伏。辯機被簇擁著走近會昌寺的大門。他依然被推擁著。但是，他終於用盡平生之力頂住了那不停湧動的人潮，他的手緊緊地摳住了會昌寺大門的門框。他停在了那裡，他回過頭，看那普渡眾生的雄偉殿堂，看那殿堂後面的幽深的伽藍，看那間看不見的他的寢室，看那永遠不會再來的那畢生的愛。

他在尋找，他想找到那個女人找到他們的那兩個孩子。

停在了那裡，像凝固了一般。

他百感交集。

他摳不住了他不得不鬆開那很疼的手指，他終於放棄了尋找。

在他終於放棄的時刻他聽到了自己心裡的那一聲斷裂。緊接著，他感覺出有什麼東西流了出來，那是血，心裡的血。那心裡的溫熱的流淌。

他被人擁上了那輛樸素的將要前往弘福寺的馬車。

失落的信徒們發出一片哭聲，沙門辯機在他們心中的位置是無法替代的。他們哭著，爲他祈福。辯機的心裡開始爲信徒們難過，他在車窗裡向他們告別，不停的揮手間像是要送給他們無數的愧疚。

就在他扭轉頭的時候，他赫然看到了會昌寺紅色磚牆外的那輛馬車，一輛他那麼熟悉的馬車，那馬車彷彿就是他自己的。辯機的目光停留在那裡，停留在遠遠的那輛馬車上。他的心最後一次爲那輛馬車怦然而動。然後他拉上窗簾，他的車啓動了。

那馬車就停在那裡，顯得清冷落寞，就那樣靜靜地，與他告別。

後來，那輛馬車默默地跟著辯機的馬車緩緩前行，直到辯機的馬車駛進弘福寺的院落，那馬車才調頭而去。

在那深刻的悲哀之後，高陽公主的脾氣突然變得暴躁起來，她平白無故地看著誰都不順眼，她本來已經很平和的心性開始離她而去。

她重新喜怒無常，對房家所有人的態度都很惡劣。她看不上明明已病入膏肓、但卻依然堅持朝政的老臣房玄齡。她不再去拜望他，也不准她的孩子們去，彷彿辯機到弘福寺去譯經是房玄齡的錯。她想怎樣就怎樣，房府裡沒有人能管得了她。偶爾她會在花園裡見到房玄齡，遠遠地看到他後就會馬上避開。她知道房玄齡其實是個不錯的人，多少年來她在房家頤指氣使他都寬容了她。但他們充其量只是寬容而已，沒有人能眞正了解她的苦痛和絕望。

她在苦痛和絕望中最不能忍受的就是她的丈夫房遺愛。因爲房遺愛離她最近，也是最了解她行蹤的人。如今她已無處可去，單單是這一點就讓她受不了，於是她更加地遷怒於這個倒楣的男人。

她看不起房遺愛每日總是沉溺於女色。除了淑兒，她已經又向房遺愛贈送了兩位美妾和萬千銀兩，爲的是他能徹底不再來糾纏她，並對她與辯機的來往聽之任之，對她的會昌寺之戀不聞不問。

房遺愛做到了，因他的身邊有那麼多的女人。然而，高陽公主卻被丟棄了。於是她變得敏感，變得易怒，變得心理極端地不平衡。她覺得幾乎每個夜晚都能聽到西院裡傳出的浪笑。房遺愛怎麼能這樣呢？她又不是不知道她目前的處境。於是她決心懲治這個男人，無名的怒火驅使著她。她明明知道在房遺愛的三房四妾中，淑兒是他的最愛。所以她就故意扣住淑兒，讓淑兒一天到晚沒完沒了地陪著她，不讓淑兒到西院去過夜，也不許房遺愛接近她。

結果，弄得房遺愛爲了淑兒整天往高陽公主的院子裡跑，編出來各種各樣的理由，就是爲見到淑兒。高陽就曾隔著窗櫺親眼看到，在那滿樹鮮花的海棠樹下，房遺愛抱住了去給公主泡茶的淑兒。他拼命地親她，不顧一切地揉搓她，他甚至撕開淑兒的衣服，他要抱走淑兒，要臨時找個什麼方便的地方。淑兒掙扎著。淑兒說：「不，你別這樣，這是在公主的庭院裡。」

然後高陽走了出來。她心裡有種說不出來的滋味。

她喝住了房遺愛。她提醒他，這裡是她高陽公主的院子，而不是他房遺愛的，他的院子

在隔壁。她希望他在她的院子裡不要過於放肆。

於是那個慾火中燒的房遺愛也只能乖乖地放開了淑兒，乖乖地走了出去。

而高陽公主並不快活，她還是想找碴兒。有一天，她彷彿突然記起這房府中還有個房遺直。她幾乎已經忘記了這個男人，總是對他視而不見。她是自從不再去會昌寺才想起房遺直的。她甚至想起了八九年前，她和他在一起的那些個夜晚。但是她發現，這個房遺直竟在故意躲避著她，高陽公主認爲他是有意躲在遠處取笑她。

於是，有一天，她專橫地把房遺直叫了過來。她想見到房遺直並不是想和他舊夢重溫，她暫時還沒有那種雅興。她只是想在生活中製造出一些事端，她要讓那事端刺傷她自己的和別人的心。

也許她太寂寞了，她需要排遣和刺激。她很無聊，也很乖張。從這天開始，她問房遺直她是不是依然很美，是不是依然能吸引他。她每次都對房遺直說一些很令他難堪、很刺傷他的話。有時候，她甚至故意羞辱他，她要他說出他現在每日的房事，說出他和那些女人所有的細節。然後她會要求房遺直走過來，親吻她。吻過之後，她又會讓這個勃發了慾望的男人立刻滾蛋。她說：「你走吧。我當初怎麼會愛上你？」她說：「我讓你來你就得立刻來，我讓你走你就必須得走。否則我會告你對我非禮。這種事你跳到黃河也洗不清。你走吧，你不要太自以爲是了，我還活著，我還並沒有被你們打敗。」

房遺直每每離開高陽的時候，心裡都滿懷了苦痛和忿懣。他想這個女人這麼漂亮，但是她的心卻是那麼狠毒。聽著她說的那些話，他眞想揍她，有時甚至連殺了她的想法都有。但

是他最終還是控制了自己，他想他還有父親兄弟，還有家室。他就這樣地也如房遺愛般被公主玩弄，任公主宰割。

房遺直之所以如此忍讓，也因爲他確實了解和同情公主目前這悽慘的處境。自從聽說辯機要去譯經，他就已經預想到今天的局面了。一個不曾與公主有過如此肌膚之親的男人，是斷然不能夠了解公主眼下對人對事、特別是對待男人、對待男歡女愛的態度的。於是他忍讓，他忍讓是因爲他心疼她，是因爲他心裡始終收藏著他們當初曾經有過的那美好。他知道公主在失去了辯機之後難於啓齒的壓抑。她無法平衡。所以她要發洩，也要報復。所以他們房家兄弟就首當其衝，自然而然地成爲公主發洩報復的對象，成爲公主不共戴天的敵人。遺直想，儘管高陽是大唐的公主、皇帝的女兒，但她畢竟是個女人，所以他原諒了公主。他像一個男人那樣盡量滿足公主的一切要求，不管那要求是多麼無理與苛刻。

高陽公主便這樣熬著。她儘管有時能在對房遺直和房遺愛的欺壓玩弄之中獲得某種平衡和滿足，但那只是片刻享受。更長久的時間，她是在苦痛中煎熬著。她深愛辯機，所以當失去辯機，無異於陷入到生命的最深刻的不幸中，她想掙脫但卻無濟於事。沒有人能安慰她，也沒有可以安慰她的人。爲此她常常想到和懷念她那早已死去的地位卑微的母親，她想如果母親活著該有多好，她至少可以無拘無束地趴在她的懷裡哭，她至少可以對她訴說她這難於啓齒的苦難。

她於是更加地抑鬱。動不動就發脾氣，甚至對她的兩個兒子也沒有了笑臉。一切像錯了位。她除了抑鬱還很自卑。她想，這下可以讓房家的兄弟看笑話了，她想唯有他們知道她爲

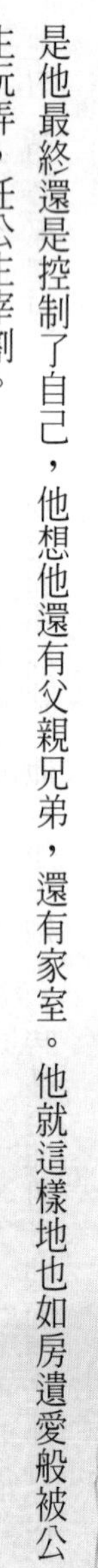

什麼痛苦，她因爲被他們看出了她的痛苦而更加地仇視他們。她恨他們，恨他們心照不宣地接受她的苦痛和壞脾氣，恨他們竟以逆來順受來憐憫她，嘲笑她。她不需要這些。

在這日復一日的苦熬之中，高陽公主也曾很多次前往弘福寺。

她燒香拜佛。

她想或許能在那譯經的禪院中碰巧見到辯機。她實在是太想太想他了。

但是弘福寺禪院的大門總是被緊緊地閉鎖著。公主曾幾次派人通報，求見綴文大德沙門辯機，但都被守在經院門口的老和尚拒絕了。

老和尚那張陰沉冷漠的臉，那令人恐懼的神情。老和尚說：「阿彌陀佛。譯經尚未開始，所有譯經的大德們都在修身養性，與世隔絕，不見任何的俗人。」

高陽公主被擋在了禪院那高高的圍牆外。她站在那牆外心裡恨恨的，她覺得那圍牆之內簡直就是監獄，而辯機就是那獄中被囚的罪人。

那時已是初夏，到處是芳草連天，姹紫嫣紅，而她的心卻如深秋般衰敗和荒蕪。活著已沒有任何的樂趣。她只是活著而已。活著只爲了悲傷，生命多長，悲傷就有多長。那眞是與其生，不如死。

之後的一段時間裡，她幾乎每天要去那寧靜的弘福寺院。在寺院那氣勢非凡的莊嚴中，她也眞正地懷了一顆虔誠的心。她眞正地燒香磕頭，眞正地膜拜佛祖。而她求佛祖幫助她實現的唯一願望，就是求佛開恩，讓她能見到她的男人，她的辯機。她哪怕只是見一見他，哪怕不去碰他哪怕連話也不說。

她時常徘徊在弘福寺院內幽靜的小路上。菩提樹的枝葉在她的頭頂上伸展著。在那幽靜之中她心裡只想著辯機。她在禪院的高牆外走來走去，走來走去，這樣一直到黃昏。她知道唯有在此，才能和她的辯機接近，她與他只有一牆之隔。有時候，她覺得在這高牆下甚至都能聽到辯機的呼吸聲，能聞到辯機身體上的氣味。

不單單是感覺。

有時她彷彿眞的是和辯機在一起。

她這樣接近著感覺著。

她徘徊，直到黃昏，直到弘福寺塔樓上的風鈴被夏日的晚風吹出淒淒惶惶的聲響。

後來，高陽公主千方百計，通過各種關係找到了能接近禪院，能見到譯經和尚的那些人。她用了很多的銀子買通了他們。她託他們一次又一次地給辯機帶去口信，說她只希望能見他一面，再沒有別的了。她的要求並不高。

但是辯機連這不高的要求也不滿足她。高陽所有的企盼，都石沉大海般沒有回音。

這就是我鐘情的男人嗎？佛經就那麼重要？那就讓佛經下地獄吧！

高陽夜以繼日地詛咒著。她覺得信仰這種東西實在是太可怕太慘無人道了，居然可以使人變得如此無情無義。她相信一定是那可怕的信仰阻遏了辯機對她的想念，阻遏了一個正常的男人對一個女人渴望。多麼可怕。高陽在心裡罵著辯機，她想她再也不會去請求這種冷酷的沒有人性的男人了。她發誓，流著淚發誓，一千次發誓，而又總是一千次毀了她自己的誓言。

她依然費盡心力地去尋找那些能走進禪院的人。因爲她心存過僥倖，以前託付的人是不是沒能見到辯機。後來，她終於找到了一個看上去可以信賴的做筆墨生意的商人。他要常常去禪院內向各位綴文大德推銷他的文房四寶，他能夠眞正見到譯經的每一位和尚，包括那個年輕有爲的辯機。

高陽苦苦尋思。

一個很難得的機會，她不想只是簡簡單單地再給辯機帶去一個請求。她思謀著各種各樣的方式。偶然地，她一眼看到了她床頭那豪華昂貴的垂掛著玉的流蘇的金寶神枕。

那玉枕終日終夜承載著她。

玉枕上浸潤著她的氣味她的體溫她的深情，總之溢發出一個女人全部的柔媚與芬芳。那玉枕是極富暗示性的，它提示著床上的一切。高陽覺得，也許這玉枕能夠打碎辯機那可惡的信念。

那玉枕跟隨著高陽多年。今天，她把這件皇宮裡的稀世珍寶交給了能見到辯機的那個商人。

她想辯機在觸到了她的切切實實的馨香之後，玉枕也許能重新調動起他對她的那一份熾熱的愛情，調動起一個男人對於一個女人的慾望。她切盼著。她切盼他最終能掙脫禪院中那非人的禁令，讓她見到他。哪怕那掙脫是短暫的，哪怕是最後的一次。

玉枕被帶走之後，高陽就每天在她的房子裡默默地祈禱。她反覆叨念著：「辯機啊，你不要心如死灰，千萬不要心如死灰。」

她內心充滿了焦慮和不安。她等待著。她害怕這一次也如以往那樣沒有回音。如果再沒有回音，她該怎麼辦？

不料那玉枕被原封不動地退了回來。高陽一見到退回的玉枕，眼淚頓時嘩啦嘩啦地流淌了下來。

然而這一次與以往不同的，是辯機請那筆墨商人帶給了高陽公主一封信。

那商人坐在客廳裡，他目睹了公主流淚的那整個的淒切的過程。他覺得這個女人實在是很可憐又很可笑，不過是一個和尚，一個和尚有什麼了不起的，就值得一位大唐的公主如此留戀。

他等在那裡。他等在那裡是爲了得到酬金。

公主如獲至寶地捧著那信。

她立刻跑回她的房子裡。她讀那信，一邊讀一邊抹著眼淚。

辯機的信寫得很淒切。他說，他自從離開會昌寺，就意味著他們已經情斷緣盡了。不要再存任何的非分之想，不要把他重新推進他好不容易才掙脫出來的那罪惡的深淵。辯機說，他此生對高陽公主的愛，是他對他所信奉的宗教最不可寬恕的褻瀆。爲此他始終深懷著罪惡感。他唯有捨棄高陽，唯有更加嚴酷地對待自己，唯有更加虔誠地供奉於佛祖。也許這樣才能洗刷他這浮屠之身的萬千罪惡。辯機說，他希望公主能理解他放過他，讓他能徹底安靜下來，爲那至高無上的佛做更多的事情。讓他贖罪，以拯救他沉淪的靈魂。他說，他這樣遠離高陽痛捨高陽也許太自私了，但他已身不由己。這一定已給高陽帶來很多的痛苦，他深懷歉疚。他會永遠爲高陽和她的孩子們祈禱的，他愛他們願他們平安。他說他退回玉枕，是因爲那賜予太貴重了，如今他這個清教徒已無緣接受。他說他深切地期望高陽也能平靜下來，平靜下來過未來的日子。

高陽淚如雨下，她想辯機何以要如此地苦著自己又如此地關切著她。斷絕的信反而使高陽更加深愛著辯機。辯機在她的心中懸浮了起來，他將永遠照耀著高陽去支撐未來。

高陽緩緩地走進客廳。她手裡依然抱著那美麗的玉枕。

她要那商人再度把玉枕交給辯機，她說她只想請辯機收下，做個紀念。她給了那商人很多很多的錢。她只求眉開眼笑的他能把她的心意轉達給辯機，她根本就顧不得考慮這個陌生人是否可靠。

這一次，那玉枕沒有被退回來。高陽公主知道，那等於是辯機允許她陪在他的身邊了。

從此，公主便不再去弘福寺。

從此，她便只守著辯機的那信箋，只守著懸浮在她心中的愛的精神。

又是鐘聲齊鳴。

老臣房玄齡作爲朝廷的代表，和玄奘法師一道主持了隆重的譯經儀式。

五月十五日清晨，弘福寺的鐘聲響個不停。那鐘聲在長安城的上空飄散著。飄得很遠，一直飄到了城外的會昌寺。

緊接著，下起了雨。

是初夏的那種瓢潑大雨。那雨下了好幾個時辰。

弘福寺院內的菩提樹葉被豪雨洗刷得格外碧綠。院內石板鋪成的小路也異常明淨。雨過之後，便是初夏炎熱的太陽。太陽照射著。雨水被蒸騰了起來。一種很潮濕的熱。

所有的鑄花黑色香爐都冒著裊裊的香煙。那是種很濃的令人沉醉的香。

儀式簡潔而隆重。

儀式之間，參與譯經的綴文大德們紛紛前來拜見在長安監國的房玄齡，那時的房玄齡就代表了正在終南山的離宮養病的大唐皇帝李世民。

待輪到辯機拜見房玄齡的時候，他心懷惴惴，有種說不出的複雜滋味。

那老臣所聯繫著的是高陽公主，而高陽公主是辯機最不願想到的。

房玄齡坐在那裡。他年事已高，身體又十分虛弱。所有的程序顯得很勉強，但是他支撐著。

辯機就坐在房玄齡的對面，離他很近，但是他卻始終不敢抬頭去正視那垂垂老矣的重臣。他很緊張，也很慌亂。他心裡知道他有很深的罪惡。他唯有面對房玄齡的時候，才更加意識到他的罪惡是多麼地深重。他低著頭，他默默地詛咒自己。他甚至聽不到法師玄奘在怎樣介紹著他超凡的才學，看不到房玄齡對他欣賞的目光。

由於辯機的少言寡語，他們的會見很快就結束了。

辯機像逃跑一般地辭別的房玄齡。他只記得地老臣最後說，「我早就聽說過你。我的兒子們都和你很相熟。他們常常對我說起你在終南山上的修身苦讀。你的精神可嘉。」

辯機惶惶然回到了他的房中。

他不記得他在當時是怎樣的一種感覺。

他面壁。

他想誦經，想用經語趕走那雜念，但他早已爛熟於心的佛經在那一刻卻突然逃之夭夭。辯機的腦子裡出現的全都是高陽公主，她的相貌她的身體她的微笑她的動作。他本以爲經過三年修煉，他早已捨棄了那個他此生最愛的女人。然而，僅僅是一個房玄齡的出現，便使他心中湧起狂濤。

辯機重新想起了高陽，很疼痛的一種想。他轉而慶幸自己終於被玄奘大法師選中，他慶幸自己能到弘福寺的禪院中來譯經。否則，他終日與公主糾纏在會昌寺內，眞不知他的命運會是怎樣的下場。他從小矢志於佛門，他不想介入到皇帝、宰相的家庭生活中。他原本也並不想愛女人、近女色。他本來好好地在他的草庵中修行，那裡本來遠離塵世。然而想不到在那一天的那一刻，卻有個女人闖了進來，而這女人又非等閒之人。她竟然是當朝天子的女兒、當朝宰相的兒媳。這是天意嗎？辯機想，他確曾拒絕過公主，拒絕得很堅定。他想著他們第一天相見時的情景。那個日落的傍晚，黃昏很美麗。公主那浩浩蕩蕩的一行人馬，就驟然間如天兵天將天仙般出現在他山中的小木屋前。那美若天仙又滿臉憂傷的女人要停下來休息。她要他陪她去看那美麗的落日，他不敢不從命。他甚至欣然前往，他不知是因為她是公主，還是因為她的美貌，他無法抵禦和她在一起時產生的那種愉悅和美好。但是他並沒有非分之想，也並不懼怕這個有著非凡之美和非凡地位的女人。因為他認為他們同是萬物中平等的生命。

也許就是因為他們是平等的。

然後，在日落月升的時刻。在空曠的山林間。在響著淙淙流水的黃昏時分。在黑夜開始緩緩降落。在山路上。在野狼的嚎叫中。高陽公主突然說：「她冷。她怕山中的野獸，她怕夜晚。她踩不住腳下的山石。她需要有人能抱緊她……」

而接下來他又做了什麼？

他一步一步地向公主投降向他內心的激情投降。如果說他向公主投降還算是懷著一種不畏權貴的英雄主義氣概的話，那麼他向內心激情的投降就是苟且和脆弱了。他不得不承認那是因為他沒有力量，他根本就無力抵抗一個女人的進攻。

他記得他曾哭著求公主救他，放了他。

但是公主說：「不。」

那麼接下來的又是什麼呢？

在那山中的木屋裡，在他鋪滿乾草的木床上，乾草的清香和女人的馨香迷醉了他。他不知身在何方。那是第一次，是他作爲男人的第一次。他第一次看到了一個女人的赤裸，還有他自己的赤裸，還有赤裸與赤裸糾纏在一起時那雲一般的翻動。那是什麼？是天上的星雲嗎？他的激情被引導著。他瘋了般摟緊身下的那個女人，他卻從此遠離了戒律。

爾後又是什麼呢？

他儘管一心只讀聖書卻離那聖書越來越遠。眞正的一發而不可收。他想，那一定不單單是因爲性，而是，他在心裡愛著這個女人。他愛高陽公主。這愛一直延續著，他們甚至生兒育女。

何等地大逆不道。

他知道這無論是對朝廷，對佛門，還是對皇上、對宰相、對玄奘、對房遺愛都是不公平的。這是罪孽。而他是個罪孽無比深重的人，只不過這罪孽深藏不露、秘而不宣罷了。

但深藏的罪惡仍是罪惡。

他知道他必得爲此付出代價，必得爲此受到懲罰。

遠離公主沒有性愛的生活對辯機來說是可怕的。這無異於一場災難，一場對生命本身的災難。八九年來，他早已習慣了能經常撫摸女人的身體，能經常發洩他無盡的慾望。他是個

六根不淨、道貌岸然的僧人。他不同於來此譯經的另外一些純正而潔淨的僧人們，他已經受不了沒有女人而獨守空房的生活，他已經不能堅持操守。他在剛剛搬來弘福寺的那段時間裡，幾乎夜夜都在經受著折磨。那折磨是切膚的，又是刻骨銘心的。他一方面在心裡拼命拒絕著高陽公主，一方面又在肉體上拼命渴望著這個女人。他不知道該怎樣熬過這苦難。有時候他覺得他就像是一隻被關在籠子裡的困獸。他在籠子裡撞來撞去。他面對著玄奘法師從西域帶回的梵文的《大乘佛教》卻無所適從。他不能控制自己。但是他想要的一切竟都沒有。在一個月落星稀的時分，在人們都在沉睡的暗夜，在太想太想的時候，他獨自翻捲著，直到伴著呻吟噴出那積蓄。夜很靜，他那低聲呻吟在很靜的夜晚無異於喊叫。而在那一刻，他已經顧不上是否有人聽到，他必須把那鬱積的渴望不顧一切地發洩出來。當一切終於結束的時候，他覺得簡直是一場不可理喻的惡夢。

然後，當清晨到來，他會加倍用功於功課。他誦經，他翻譯梵文經典，他想他只有忘我地工作，只有每寸光陰都被佛家經典佔據，他才能忘了高陽，才能忘了身體深處那醜陋的慾望。於是，他不期地成爲了全體九位綴文大德中的佼佼者。他眞正地出類拔萃。也許就是因爲他的勤奮，再加之他的年輕他的博學他的辭采風流，在九名譯經高僧共同翻譯的那部全百卷的《瑜伽師地論》中，辯機竟獨攬其中從五十一卷至八十卷的共三十卷經文。他每日裡全心全意地投入到譯經中，心無旁騖到心力交瘁。唯有在夜半更深時分，他才能與最心愛的玉枕形影相隨。

大約就是因爲辯機譯經時那投入的姿態和優雅的文筆，使大法師玄奘對他的才華格外欣

賞。於是玄奘看上了他，委託他將玄奘口述的西域見聞整理撰寫成流暢而優雅的文章。辯機欣然從命。他只想做更多的事情，以佔據他空落悲傷的心。從此他開始記玄奘法師那奇異而美妙的西域經歷，並在記述中沐浴法師靈性的光輝。這項工作將辯機帶入了另一重境界。慢慢地，辯機終於開始能夠從男女歡愛兒女情長的痛苦中掙脫出來，在撰寫那部《大唐西域記》的時候，已能感受到一種從未有過的身與心的神聖與純淨。

那是辯機好不容易歷盡艱辛才尋找到的一種心靈的狀態。那狀態是超凡脫俗的，是祥和寧靜的。懷著愛，而又不被那愛所累。辯機覺得，他已經從高陽所帶給他的深重的苦難和罪惡中自我拯救出來。

辯機是《大唐西域記》的唯一撰寫者。

自從他搬進弘福寺後不久便開始做這件事。歷時一年零幾個月，《大唐西域記》全書十二卷全部完成。

《大唐西域記》成爲了不朽的傳世之作，它幾乎是辯機的絕筆。它告訴後人，在歷史中，在唐代，在唐太宗李世民的年代，還有過辯機這個既年輕有爲又風流瀟洒的僧人。

後來，唐太宗李世民病中在終南山的翠微宮裡饒有興緻地讀了《大唐西域記》。從第一卷第一行字開始，李世民就被那奇異的故事和優雅的文筆吸引了。在病榻上他愛不釋手地將這部書讀了下去。一章又一章地。他甚至不由興起了要親自如玄奘般去遊歷西域的想法。他很喜歡這部書。他對此書讚不絕口。但太宗卻不知此書的撰寫者是一個怎樣的浮屠。他只聽說這浮屠很年輕很有才華。太宗當然更不會知道這個年輕的有才華的年輕人在撰寫這部《大唐

西域記》的時候，所經歷的那近乎於死亡的苦刑和磨難。

貞觀二十二年六月，老臣房玄齡病情轉危。這一年自春天起，唐太宗李世民就已移居長安城外新建的玉華宮休養，將房玄齡留在長安主持朝政。

漫長的春季與夏季。

長安慢慢變得炎熱。

房玄齡一直支撐著他年老體弱的身體，堅守在長安城內，勉爲其難地處理著各種朝廷政務。儘管房玄齡懷抱著一顆對皇上的忠心，日日勤政，但終因七十一歲的高齡而感到體力不支。到了夏季，酷暑難耐，他的身體更是每況愈下，日漸衰弱。後來，這位忠心耿耿的老臣甚至要每天被人用轎子抬到太極宮的政務殿去處理朝政。

家人每每勸他，不要再去政務殿了。房玄齡卻不肯，他是寧肯死在朝廷上的那種人，他不敢對皇上的託付有一絲的懈怠。

後來，終於有人將房玄齡病危的情況稟告給玉華宮內的唐太宗。病中的唐太宗得知後潸然淚下。他很惦念房玄齡。他體念房玄齡在長安太熱，便即刻派人到長安，把房玄齡接到清涼的玉華宮來養病。

房玄齡早已不能下地。在酷熱中時常覺得喘息艱難。他乘坐皇上特意派遣的皇家的車輦來到了玉華宮。他想進宮以後，便步行進去拜見皇上。但他臉色灰白，周身虛汗，他顫抖著根本就無法站立。

他派人稟報皇上，他說他不見皇上了。他力不從心，不能走到皇上的面前了。

唐太宗想不到幾個月不見，他最信賴的老朋友竟然病成了這樣。他很難過。他說：「我要見他，你們快把他抬來見我。」

於是，房玄齡被抬著進宮。直到皇上的龍床邊才費力地走出轎子。他被人攙扶著跪在李世民的面前。他臉色鐵青，頭髮蒼白。他大口大口地喘著氣，他的朝服被汗水濕透。

李世民立即叫他平身。

李世民的眼圈泛紅。

他們彼此對望著。他們執手相看淚眼，彼此心中的萬般感慨無以言說。

唐太宗把房玄齡留在玉華宮，並讓皇室的御醫日夜守護著他。他要求他們盡全力挽救房玄齡已垂危的生命。

唐太宗把房玄齡看作了朋友看作了兄長。

房玄齡同唐太宗李世民一樣，都曾是隋朝的遺臣。隋王朝滅亡之後，群雄割據。那時年富力強、有勇有謀的房玄齡就慧眼識珠，毅然投奔了秦王李世民。他雖年長李世民二十歲，卻盡心盡力、心甘情願地輔佐秦王。房玄齡獻一腔熱血，與秦王肝膽相照，自然是很快便得到了秦王的重用。在房玄齡等心智極高的謀臣的輔佐下，秦王李世民得以很快平定天下，於「玄武門兵變」之後，登上皇帝寶座。在「貞觀之治」的天下，唐太宗任用他最爲信賴和依靠的重臣房玄齡爲宰相，後又封他爲梁國公、司空等等。總之房玄齡的權勢極大，並深得皇上的重視。而享有如此權力和榮譽的房玄齡卻並沒有因此而飛揚跋扈。他一向品性正直、忠誠無私，且謙和寬厚，這在朝野上下有口皆碑。

此次生命垂危之際，他對皇帝對他的體恤厚愛感激涕零。而他在彌留之際念念不忘的，也還是力諫皇上不要再東征高句麗，不要再擴張領土。他說這是他的瀕死之言，他希望皇上能認眞對待。他說，倘皇上能聽從他這老朽的勸告，不再迷戀於東擴戰事，不再使百姓受戰爭塗炭，大唐江山方能長治久安。

面對房玄齡臨終的勸諫，唐太宗感慨萬端。儘管他並沒有打消東征的念頭，但房玄齡對李家、對大唐基業的忠心卻使他十分感動。他想再不會有如房玄齡般的忠臣了。他爲此而萬分悲哀。

唐太宗最後未能再次東征高句麗，一逞霸業，顯示大唐的國威，並不是因爲聽了房玄齡的臨終勸告。他天生是英雄，英雄便要馳騁疆場。而最終英雄的夢想變成了碎片，是因爲唐太宗的身體也是時好時壞，每況愈下，最終心有征戰之望而無出征之力了。

房玄齡留在了玉華宮治病，房家的親屬們自然也就留在了玉華宮照料老人。

此時已無依無靠心如死灰的高陽公主，這一次也隨著房玄齡一道來到了玉華宮。她反覆在心裡說，她並不是爲了見父親。她倒是很可憐那個已形容枯槁、奄奄一息的公公。她想公公畢竟是個好人。很多年來，他並沒有妨礙過她。她想她即或是不願侍候他，也該憑著良心爲他送終。

走進玉華宮的時候，高陽的心情很複雜。她知道此時父親就住在這裡養病，她已經很久很久沒見過他了。

自從高陽公主向父皇索要房遺直的銀青光祿大夫遭到拒絕後，她便對唐太宗產生了很深的芥蒂。她不管父親是否公正，只是覺得她已不再被父親寵愛了。那以後她很失落，也很少進宮。偶爾遇到皇室的要事，必得進宮，見到唐太宗時的態度也很冷漠。她不再像小時候那樣依戀父親。她不是父親嫡生的女兒。她是皇室中嫁出去的女，潑出去的水，父親再也不會關心她了。她不再期望什麼，她覺得與父親的所有的聯繫不過是她還空有一個公主的頭銜罷了，也是虛有其名，她已不會再得到父親的一絲感情。

而後過了很多年。

很多年高陽的生活裡有辯機。

她偶爾會想到父親，不過是想到而已。她想到父親的時候心很麻木，說不上恨，也說不上愛。

此次高陽陪房玄齡來到玉華宮，應當說是她一生情緒最低落、也是心靈最痛苦的時候。她很壓抑，情感漂泊，不知道哪裡才是家園。她總是覺得委屈，總是想哭想流淚。而她這種內心的苦痛，卻又沒有訴說的對象。

高陽最初見到父親，是在房玄齡被抬到父親病床前的那一刻。當她看見兩個老人兩個朋友一君一臣相見時那淒淒涼涼的場面時，心裡也止不住顫抖起來。

那時候她認眞看了父親。

父親儘管比房玄齡顯得年輕，但他的臉上也滿是倦怠，滿是病容，一副勉爲支撐的樣子。高陽很久沒見到父親了，她根本就想不到一向氣宇軒昂、驍勇善戰的父親會成爲現在的樣子。

不知道爲什麼，父親也顯出老態的樣子竟使高陽心中的苦痛減輕了很多。

在玉華宮，高陽公主與父親單獨會見是在幾天後的一個晚上。

晚上的玉華宮很涼爽。唐太宗的心情似乎好一些。

他們會面依然是在唐太宗的寢殿裡。

夜晚涼爽的風吹著，高陽緩緩地走了進來。她的臉上沒有微笑，她不知道父親爲什麼要叫她來。她想她這次到玉華宮並不是來見父親的。

一開始彼此都覺得尷尬。高陽拜見過父親便沉默，唐太宗也沉默，一時誰也不知道該說些什麼。

後來，還是唐太宗先開口，他要高陽坐到他身邊來。他說：「近來我身體很不好，很想你，也惦念你。我是一直很疼愛你的，你能來這裡，我很高興。你好嗎？」

高陽依然沉默著，但是她的眼淚卻拼命地在她的眼圈裡氾濫出來。有什麼在驟然之間被融化了。那冰築的芥蒂的牆無形地坍塌著，頃刻之間。

頃刻之間，唐太宗李世民在多年之後再度向她最寵愛的女兒伸出了他溫暖的臂膀。頃刻之間，那積怨不翼而飛，高陽公主也像她小時候那樣，投進了父親的那寬厚的懷抱。

高陽被父親摟著。

一切消解著。

很多的眼淚。很多的委屈。高陽趴在李世民的懷中哭著，她哭了很久。她抽抽噎噎地說：「我也很想你，父親。這麼多年你早把我忘了吧。」高陽這樣說著。她想畢竟是父親，不管他們之間阻隔了多少年多少事，但只要父親向她伸出臂膀，她就只能像小鳥歸林一般，立刻回到父親那博大的情感庇護中。

在父親的懷中哭著，高陽想到了很多。她想到了辯機，想到了她現在的生活。她一種想要傾訴的慾望，她差點就把所有的一切全都說了。但是她最終還是什麼也沒有說。她想儘管是父親，她想儘管父親是她最親的人，但誰也不會眞正了解她的痛苦的。她覺得能在父親的懷裡這樣哭著就很幸運了。哭過之後她覺得她已經得到了排遣。

終於，他們父女結束了多年的冷戰。

房玄齡在玉華宮治病期間，公主便常常來父親的寢殿和父親聊天。

後來有一天，高陽在唐太宗龍床的枕邊無意看到了那本《大唐西域記》。那麼熟悉的筆跡。

高陽的臉色陡然蒼白，她的心像是被揑緊了。很疼。她喘不過氣來。她認得那字體，她知道那是辯機寫的，而辯機是她的親人。

高陽公主拿起了那本書。

唐太宗說：「這是一本很有意思的書，我一直在讀。我很喜歡。」

「你很喜歡？」

「是的。這是由西域歸來的玄奘大法師口述，據說是一個叫辯機的年輕僧人撰寫的。寫得很好。聽說這位辯機是一位稀世俊才。可惜我不曾與他謀面，否則我會勸他到朝廷裡來做事情的。」

「你要他還俗？」

「只是說說罷了。他們佛家的人總是志向高潔，不願沾染塵世的凡俗，而且又總是很頑固。當初我也曾勸過玄奘，但被他懇辭了。對於他們這種人，只能由他們去了。」

「父親，你眞的喜歡這本書？」

「當然。」

「爲什麼喜歡？」

「這本書中有很多關於西域的知識，而且文筆高雅，有獨特的韻味。怎麼，你對這書也有興趣？」

「不，不，我只是聽說有這本書罷了。我想，這書一定很有意思吧，既然是連父皇都喜歡……」

「你若喜歡，可拿去看看。」

「不，我不看。我對那西域沒什麼興趣，我只是……」

高陽把那書放回到唐太宗的枕邊。她已經沒有什麼心思再和父親聊天。她推說有些頭疼，便匆匆告辭。她在明麗的月色中，回到了自己的房間。她想，這實在是太殘酷了。她想不到父親所欣賞的那個僧人，竟然就是她那麼深愛但已棄她而去的那個男人。然而她卻什麼也不能說。

她很難過。她流淚。她以爲她對他已經淡泊，但是沒有，她依然深愛著他依然朝思暮想地掛念著他。但是他們卻不能相見，永生永世地不能相見。高陽想，這個男人若是死了便也罷了。然而，他卻依然活著，依然在著書立說甚至引起了父皇的關注。但她卻不能與他相見。這是爲什麼？這不公平！這生離亦是死別！是比死別還要殘酷悽慘的生離。

高陽再度悲痛欲絕，是那《大唐西域記》引起的。她在那悲痛欲絕中仇恨。她恨命運對她的不公，恨自貞觀十九年初玄奘返國，她便沒有一天好日子過。整整三年，高陽再沒有見到過她的辯機。她的辯機是被玄奘掠走了。他爲他賣命，爲他寫《大唐西域記》，爲他譯《瑜伽師地論》。三年中，他當牛做馬地爲那個玄奘做了多少事。他做的那些事情換了別人怕是畢生也做不完。然而辯機在做，他不單單是靠著聰明才智，而是靠著超凡的信仰，靠著心血甚至生命的奉獻。

三年了。

整整三年，高陽不知道她是怎樣熬過這沒有辯機的日子的。有時候她等待，有時候她乾脆把辯機當作已經死去。一開始，她只要一聽到遠遠傳來的弘福寺的鐘聲，就會傷心落淚。但是弘福寺的鐘聲天天會響，一年三百六十五天，而三年是一千多個日日夜夜。當鐘聲響到一千次的時候，公主的心也麻木了。她覺得她好像已經不記得這世間還有過辯機這個人。她也再沒有上過終南山。她知道那草庵早已消失，灰飛塵滅。她認爲那一切並沒有存在過，不過只是一場虛幻的夢。唯有她朝夕相處的兩個慢慢長大的兒子有時候會提醒她那往事。特別是他們睜大藍色的眼睛望著她時，那是她熟悉的神情。但她想她的這兩個兒子不是哪個男人而是上天、是大自然恩賜給她的。他們沒有父親，他們的父親在天上，是神。那神也許存在，但卻是任何的凡夫俗子都看不見也摸不著的。

然而就在這玉華宮裡，在她父親的枕畔，她卻看到了那神的筆觸。她確確實實是觸到了它們，但她丟下了那本《大唐西域記》。她很慌亂。她不願承認那書、那筆跡和她有著切膚的聯繫。《大唐西域記》卻像火種一樣燃起了高陽公主的慾望。在那一刻，在玉華宮，在她父親的身邊，高陽公主的內心萌生出一個信念，那就是辯機不是神，而是一個眞實的存在。他就在不遠的高牆內。他確曾與她有過肌膚之親。她的兒子們也不是天神的賜予，他們有父親，他們的父親是連皇帝也要稱讚的博學之士。

於是，在玉華宮中高陽公主轉悲爲喜。她覺得她不必像現在這樣行屍走肉般地、人不人鬼不鬼地活著。她是有希望的。她想她該等著辯機，她想終會有譯完佛經的那一天。哪怕那一天很遙遠，但是她要等著他。

高陽走進來，她的腳步很輕。那是午後，房間裡沒有人。

高陽靜靜地走過去。她來送一些水果。她是第一次主動地、單獨地來看房玄齡。她聽到御醫說，房玄齡已不久於人世了。所以她來，被一種莫名的感情驅使著。她想是因爲她很同情這位病中的老人。把她嫁給並不愛的房遺愛畢竟不是這位老人的錯。

高陽看著瘦弱蒼老的房玄齡躺在那裡，這是她第一次認眞地看那老人。她覺得他雖然病著，但是他臉上的線條仍很慈愛和柔和。

他白髮蒼蒼，眼窩和臉頰深陷，他的呼吸顯得很費力。他的額頭上滲出來一層細密的汗珠。

他睡著。實際上已經昏迷。

高陽不知道他什麼時候會醒，也不知道她是不是該走過去幫他擦掉他額頭上的那些汗水。她猶豫著。她覺得她和他很陌生。她記得她自從來到房家幾乎沒和他講過多少話，更沒有這樣單獨和他待在一起過。

她是在他彌留之際來到他身邊的，她覺得此刻睡在那裡的房玄齡就像是他的爺爺。

他是那麼蒼老。

而他的呼吸又是那麼微弱與艱難。

於是高陽還是走了過去，她輕輕地拿起房玄齡枕邊的汗巾去揩抹他額上的汗水。她並不是想盡什麼孝道，她只是很同情這個老人罷了，她不忍那汗水總是在那裡侵擾著他。

很炎熱的午後。

就在高陽轉身離開的時候，她突然覺得她身後有人在呼喚她。

「孩子……」

那微弱的嘶啞的。

高陽知道那是在叫她，她扭轉身。她看見了那老人已經睜開了他的眼睛，那目光很渾濁但卻充滿了期待。老人甚至伸出了一隻枯瘦的手臂，他是想讓她靠近些。

高陽站在那裡。她很遲疑她是不是該靠近那生命垂危而對她來說又十分陌生的老人。她甚至有點害怕。她站在那裡。後來她又聽到了老人充滿了期待的呼喚。

高陽走過去。她坐在床邊的椅子上。

她遲疑地把她的手遞給了老人，她讓那隻布滿了青筋和黑斑的枯瘦的手抓住了她。然後她聽到了老人斷斷續續的微弱的聲音。她伏下身子，把耳朵湊到老人的嘴邊，她仔細諦聽著。

「孩子，謝謝你來。有些話我一直想對你說，總是沒有機會。後來我想這些話只能帶到墳墓裡去了。其實我一直很心疼你，嫁到我們房家委屈你了，我在這裡向你道歉。我知道遺愛是個沒有出息的孩子。我也知道你根本就不會看上他。當初皇上選定他，我就知道未來肯定是一場悲劇。但我不能違皇上之命，就像你也不能違父親之命一樣，我們只能接受這個現實。看著你一天天地在房家受苦，我心裡也很難受。但我們又有什麼辦法呢？我了解你，也了解你現在的處境。弘福寺譯經儀式的那天，我看到了辯機。我看得出他也很痛苦，但又有什麼辦法呢？這一切都太苦了。我們誰也無法選擇自己的生存方式。孩子我只能囑咐你好自爲之，我沒有任何好的主意。我不能幫你。我只能是囑咐我的孩子們對你好，我要求他們能體諒你的苦衷。這也是我這個老父親所能做的了。孩子，你去吧。終於能對你說出這些，我便也死而無憾了。」

高陽公主淚如雨下。

她緊緊地抓著房玄齡那隻冰涼的僵硬的手。

她難過極了。她想不到這些年來她的老公公竟能如此理解她。她現在知道他一直在默默地保護著她，否則她和辯機的戀情怎麼能延續到今天。他們從沒有爲難過辯機，其實他們本可以有一萬個理由置辯機於死地。

「孩子，你去吧……」

高陽緩緩地站起來。

她再度爲房玄齡擦去額頭上那一層層滲出來的細密的汗水。

她覺得也此刻終於找到了一位能眞正寬容她並理解她的知音，她想不到這難覓的知音竟是她的老公公。她更不願想到的是，理解她的這位老人在幾天之後便撒手人寰，告別了這個無法選擇自己生存方式的塵世。

貞觀二十二年七月，在盛夏之中，一代老臣房玄齡在玉華宮的側殿裡謝世。

在房玄齡的葬禮上，高陽公主哭得最爲哀傷。誰也不能理解她何以會如此哀傷。

房家從玉華宮返回京城長安。

長安一片平靜。

平靜的盛夏，然後是秋季。

秋季涼爽的日子到來之後，唐太宗李世民也攜家眷回到了長安。他終於未能一抒宏願，實現他關於疆土的夢想。他的身體狀況越來越差，他已經力不從心了。

那一年的秋季來得很早。很早長安城內就颳起了冷風。天高雲淡。凄凄的衰草匆匆地由綠轉黃，在秋的冷風中搖曳。長安城狹窄的巷子中，鋪滿了一層層枯黃的秋葉，很淒涼的景象。自從房玄齡死後一直躲在深宅大院中的高陽，很少到城裡去，但她從她的院子裡感覺到那滿目的衰敗。那是種怎樣的蒼涼。她爲此而感到不安，不知道要發生什麼。只是種預感罷

了，而那預感卻不停歇地困擾著她。

或許是關於父親？關於父親的預感使高陽更加不安。

玉華宮的和解使高陽對父親又重新滿懷了愛，那愛甚至更深刻更強烈。她爲父親一天天急劇地衰老而焦慮不安。她每一次見到父親後都覺得既辛酸又悲哀。父親的生命正一天天地變得脆弱，她很怕有一天連父親也會棄她而去。那樣她在這世間就是眞正的孤單了。

高陽覺得，自從房玄齡死後，父親似乎也一蹶不振。他已沒有了雄才大略，言談話語顯出了萎頓。他對日後大唐的基業似乎也不抱什麼希望。太子李治儘管善良，但卻天生不是做帝王的材料。他最欣賞的吳王李恪又因爲不是嫡出而遠在江南，不能委以大唐之業。高陽想，如今父親在長孫一族的挾持下一定也是很悲哀吧。

悲哀而且無奈，而且力不從心。

於是，自從父親從玉華宮回到長安，高陽便常常去探望他。

慢慢地，他們父女之間的感情又和好如初，其實他們都成了無所依靠的人，所以他們需要彼此相依。

高陽很怕有一天父親會死，到那時她眞不知她還能依靠誰。只要是父親活著一天，高陽就有一天的安全感。

高陽與唐太宗無話不談。他們談朝廷，談家庭，談兄弟姊妹。這中間，他們談得最多的是吳王李恪。他們都共同想念千里萬里之外的那位男子漢。

有很多次，在談到佛教的時候，高陽想鼓足勇氣把她和辯機的事情告訴父親。她會對父親說，那不是一般的淫亂，那是很深很深的是刻骨銘心的感情。是愛。甚至是比愛還要深刻的東西。她會向父親解釋，她想父親是一定會像房玄齡那樣寬容她並原諒她的。

有很多次，她想說，她鼓足了勇氣。這需要怎樣的勇敢。需要怎樣的勇敢才能夠承受的怎樣的罪惡。

有很多次，她鼓起勇氣。她每每在來父親寢殿的路上，都這樣鼓舞著自己：說吧說吧，父親不會生氣的……

有很多次。

但是最終，她一見到父親對她充滿慈愛和信賴的樣子，她就不敢再說了。她怕傷了父親那顆脆弱的心，她不忍破壞她在父親心目中的完好形象。

這樣日復一日。

然而高陽並不知道，就在她和父親共享那最後的天倫之樂的時候，御史台正有一摺奏文悄無聲息地擺放在唐太宗李世民的案台前。然而唐太宗和高陽公主父女對此卻渾然不覺。

那已是很深的秋末。那一天高陽還來看過李世民。

唐太宗李世民在送走女兒的時候一無所知。他還特別囑咐高陽，一定在閒暇之時常來看他。他說：「只要你來，我不論遇到了什麼都會很高興。他說，「就像你小時候那樣，只要你一來，就有陽光照進這陰冷的大殿。你就是我的陽光，你是我最疼愛的女兒。其他的人都令我失望。特別是那些兒子們，他們彼此殺戮，彷彿王位就是戰場。這一切太可怕了。一朝一朝。一代一代。我厭倦了，也許眞的該退出歷史舞台了。我老了，今後只想和你和外孫們在一起……」

高陽離開的時候，只知道她的父皇對她滿懷了一腔的深情，卻不知御史台告發她的那奏摺此時已被她的父皇展讀。

高陽並不覺得她的生命中有什麼過失，她是懷著與辯機的希望掙扎在這險惡紛亂的塵世中的。

幾天後，高陽公主如約再來探望父皇時，竟被父親的侍從很蠻橫地擋在了門外。

「爲什麼？」

「皇上說了，他不見你。」

「他不見我？你這是假傳聖旨。父皇不會這麼說。他是希望我常常來的。幾天前……」

「幾天前和今天不一樣了。公主請回吧。皇帝是定然不會再見你了。」

「你肯定？」

「千眞萬確。」

「你們是不是搞錯了？」

「沒錯。他是永遠不會再見你了。」

「不，不，怎麼會？出了什麼事？」

「你回家去等著詔旨吧。」

「什麼詔旨？我怎麼啦？」

高陽絕望了。她被皇宮的大門擋在了門外。

門外是飄零的落葉，天很淒冷。那預感驟然回到了高陽的心頭。但是她卻不知父皇這態度究竟是爲了什麼，更不知此時的唐太宗李世民早已被那案台上的奏摺氣得病倒了。

其實除了房玄齡家的幾個公子，一些親近的下人，以及高陽公主的十幾個奴婢，並沒有什麼人知道高陽公主與沙門辯機那隱秘的愛情故事。而且那些知情者對他們的主子也是絕對忠誠的。他們被認眞地調教過，既然他們是奴才，他們就必得對這宮闈的秘事守口如瓶。否則不要說飯碗，就連他們的小命也沒有保障。何況，公主的事早已過去，誰都知道，至少有三年高陽公主沒有和弘福寺的沙門辯機聯繫過了，他們從沒有見過面，而公主也一直好端端地過著她本分的日子。

想不到，高陽公主和辯機的隱私竟敗露在長安街頭一名小偷的身上。

那是夏末時分。一名正在行竊的小偷被當場抓獲。本來，一個小偷的被抓在一座形形色色的城市中實在是一件微不足道的事情。貪心的人到處都有，以不正當的方式獲取財產的人更是比比皆是。而這一次稍有不同，查獲的贓物之中，竟發現了一個有著金銀裝飾、垂著玉片流蘇、艷麗奪目的豪華玉枕。這是稀世珍寶，一看就不是從普通人家偷出的東西。於是，衙役們覺得這其中必有奧妙，說不定能破獲幾個大傢伙。

於是他們把小偷帶上來。那小偷自是一副鬼鬼祟祟神頭鬼臉的樣子。還沒有等到一場臭揍，小偷就自然如實招出。他說，這不是從什麼大戶人家偷出的東西，他更不敢攀越皇室的

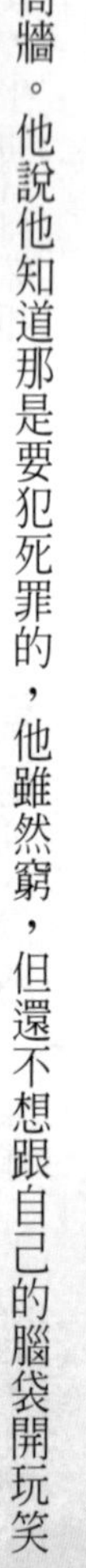

高牆。他說他知道那是要犯死罪的，他雖然窮，但還不想跟自己的腦袋開玩笑。那玉枕是他潛入弘福寺禪院，從一個沙門的房間裡偷出來的。

「沙門？這不可能。沙門怎麼會有這種東西？」

「千眞萬確。」小偷說，「我確確實實是從那沙門的櫃子裡偷出來的。」

小偷憑著記憶，交待出那沙門房間的位置。

很快查清，那就是辯機的房間。

於是，玉枕事發。御史介入了此案。

儘管佛門弟子在官場人們的眼中並無分量，但他們也知道這辯機絕非一位普通的和尚，乃弘福寺禪院著名的九名綴文大德之一，亦是唐玄奘的得力助手。而唐玄奘更不是等閒之輩，是連皇上也頗爲賞識的社會名流。

事情變得很複雜。

既然玄奘是通天的人物，那玉枕會不會是皇上賜與的呢？而皇上又爲什麼要賜給一個和尚這種珍貴的女用枕頭呢？

推敲再三，御史台的官吏還是決定把辯機招來。

正全心全意投入譯經的辯機，被突然招到一個與他毫不相干的地方，不覺莫名詫異。他是一個清高超群的碩學之士，怎麼能和這些御史台的人打交道呢？

朝官拿出玉枕，直截了當，要求辯機講出這件稀世珍寶的來歷。

辯機一時有些發愣。

其實辯機一看那玉枕就知道那是他的東西，他怎麼會不認得這高陽送給他的紀念之物呢。他困惑是因爲他並不知道玉枕已經丟了，更不知道玉枕是怎樣落到了這些小吏的手中。他已經有好久沒看到這玉枕了，他不看是因爲他經歷譯經這項神聖事業的提升，已經慢慢地將自己曾經撕心裂肺的心態調整了過來。何況歲月如逝水，已整整三年，他從未見到過高陽，他已慢慢將這逝去的愛情埋在心底。他把玉枕這愛的信物收藏起來，壓在了櫃子的最底層。他不再去看那玉枕，不再去想那愛情，他只是把玉枕當作往日的一個記憶留在那裡。他對那玉枕不聞不問，還要他怎樣呢？他甚至不知道他的玉枕已經丟失，又被轉移到了這御史台的桌子上。

辯機面對著玉枕愣在了那裡，他也被那玉枕的不翼而飛弄得莫名其妙。他有點驚異地問朝官：「它怎麼會跑到這裡來了？」

「這麼說這玉枕是你的了？」

辯機點頭。

「是偷兒從你的房間竊去的。」

「有小偷進了我的房間？」

「你大概是太用功了。能說說這東西是哪兒來的嗎？」

「你們問這做什麼嗎？」

「我們覺得你一個和尚，怎麼會有這種東西？」御史台朝官的態度開始變得蠻橫。那蠻橫的背後，還有一種羞辱的味道。

辯機突然間覺得很憤怒。他站了起來，「我不回答你們的這種問題。」

「你不要惱羞成怒。你坐下。這不是你們和尚的禪院，你想怎麼就怎麼。你必須回答。你從實說吧，玉枕是哪兒來的？」

「這跟你們沒關係。」

「要不就是你偷的。這可就不得不和我們有關係了。」

「玉枕就是我的。」

「你怎麼會有這樣珍貴的東西？這明明是皇家的用品。你快老實招吧，是誰給你的？」

「不，沒有誰。玉枕是我的。」辯機本能地意識到，他必須沉默，他既不能在朝官面前敗露他作為佛僧的那鮮為人知的罪過，又不能因此而牽扯上堂堂的高陽公主。

沉默並不能救他。

辯機被毫不留情地關押了起來。御史台的朝官轉而提審小偷。

經不住拷問的小偷交待出了江湖上的朋友、一個做筆墨生意的商人。

商人又被捉拿。

在嚴刑拷打之後，商人坦白出當年為辯機和高陽公主傳遞字條和玉枕的事。他的交待繪聲繪色。所有的細節，包括高陽公主怎樣流著眼淚，求他把玉枕再度還給辯機，作為他們愛情永恆的紀念。

朝官們聽得津津有味又目瞪口呆。

此事牽涉到當朝的大公主，而這位大公主又是聖上最寵愛的女兒，對她可以忽略不究，

不過，辯機的罪是逃不掉的了。辯機算什麼。說到底不過一介和尚，竟敢對皇上的愛女偷情？

御史台的官吏們認爲，這沙門辯機的罪惡至少有三重：

第一他違犯了教規；

第二他欺凌皇帝之愛女；

第三他霸佔了宰相的公子之妻。

辯機被正式收押入獄。

辯機入獄的消息傳來，禪院裡所有譯經的和尚無不大驚失色。一向賞識辯機的德高望重的玄奘法師爲之扼腕嘆息。他們誰也不會想到一個如此潔身自愛、如此認眞勤奮、如此學識淵博、如此和他們朝夕相處的沙門辯機，竟會是如此有辱佛門的下作之徒。

這是佛門的不幸。禪院沉默了。

李世民是在無意之中打開御史台那奏摺的。

奏摺在李世民展讀之前已在案台上擺放了好幾天。

好幾天李世民都沒有去碰那奏摺。

而每一天那奏摺都會重新擺放到案台中最顯眼的部位。

沒有人稟報。

那事關高陽公主的案件是難於啓口的，特別是在李世民的面前。

後來，李世民終於打開了那奏摺。他讀著。頓時火冒三丈。

那奏摺將「玉枕事件」前前後後的每一個細節都描述得十分詳盡。連同那一次次的終南山之戀，一次次的會昌寺之媾和，那種種的種種，凡是御史台所了解到的……

唐太宗在看著那些的時候簡直是觸目驚心，他的心怦怦地跳著。那奏摺中披露的倘只是個小花和尚的雞鳴狗盜便也罷了，而奏摺中繪聲繪色描述的與那個和尚通姦的女人，竟是他堂堂大唐天子最寵愛的也是最美麗的女兒高陽公主。或者如果單單是高陽公主便也罷了，他可以以皇帝的名義讓那和尚還俗，賜他一個朝廷的閒職，再把自己這不爭氣的女兒給他。然而，他的這個與和尚私通的女兒卻早已是別人的妻子。一個當朝宰相的兒媳竟和一個和尚私通，這簡直是天大的醜聞。

無疑高陽公主辱沒了他皇家的榮譽與尊嚴。

唐太宗李世民在看完奏摺之後氣得渾身發抖。他覺得彷彿有人在一層一層地扒著他女兒身上的衣服。一層一層地把她扒光，把她赤身裸體地拉出來示眾。他不敢睜開眼，不敢和他的朝官們一道看他被扒光被鞭笞的女兒。扒光了他的女兒就等於是扒光了他，他的女兒犯罪就等於是他犯罪。

他無地自容。他恨他沒有廉恥的女兒。

他更加恨那個和尚，他恨不能千刀萬剮了他。把他撕成碎片。沒有他，朕怎麼會蒙受今天這樣的奇恥大辱。

因爲此案牽涉到高陽公主，非同小可，所以最後的處置，御史台還要等皇上親自裁奪。御史台的人就一天天地等在政務殿的門外，他們不動聲色地等著。

李世民憤怒異常又悲哀異常。

這個桃色案件丟盡了他大唐皇帝的面子，他甚至有了當初西楚霸王無顏見江東父老的心情。而項羽無顏的是他英雄霸業的失敗。他是什麼？是他女兒的所作所爲，是他女兒幾乎盡人皆知的寡廉鮮恥。

唐太宗覺得，皇室裡嫡出庶出的子嗣們爲了王位的繼承權而用盡心機喪盡天良互相傾軋彼此殺戮，儘管殘酷悽慘，令人齒寒，但那是傳統，是權力轉移時的必然，所以沒人恥笑。而後宮裡的女人們，那皇后嬪妃各色美人爲了爭得寵幸而相互嫉妒甚至彼此廝殺也是傳統，也被認可，不會遭人恥笑。而唯有一個公主的不甘寂寞，與一個花和尚之間的所謂愛情，簡直是奇恥大辱。高陽是不可以被寬恕的。這是李世民在受到重創之後所得出的唯一結論。

還知道這世上有羞恥二字嗎？

他們居然相愛。什麼叫相愛？唐太宗從來就不相信這世間還有什麼相愛的事情。沒有相愛。那就是淫亂，就是罪惡。犯罪者必須誅殺，沒有任何商量。

御史台等候皇上最後裁決的人，日夜等在政務殿的門外，像在逼迫著什麼。

唐太宗恍然大悟，那日在玉華宮內當高陽公主發現那本《大唐西域記》時爲什麼會欣喜萬分，愛不釋手。他也明白了高陽爲什麼要反覆問他是不是喜歡《大唐西域記》。他還記起了高陽曾很多次欲言又止的樣子，好像她懷了多大的委屈。

御史台的人依然候在殿外。

唐太宗想，這些酷吏們都是混蛋。他大唐天子的名聲竟丟在御史台酷吏們的手中，他只有仰天長嘆。

他不管高陽怎樣辯機又怎樣，他更不管什麼愛與不愛。他大唐王室的榮譽才是最重要的。爲了這至高無上的榮譽，他只能大義滅親。

不過是一個公主。

不過是一個高陽。

他怎麼能考慮高陽會怎麼痛苦怎麼哀傷呢？

於是唐太宗下詔，將和尙辯機處以腰斬的極刑。高陽公主的奴婢數十人因知情不舉均處以斬刑。房遺愛爲同案犯，與高陽公主一道將永遠不得進宮。

詔書下到政務殿。

此刻又有朝官啓奏皇上，說法師玄奘特來求見，爲辯機說情，此刻就等在宮外。

玄奘在呈給皇上的求情書中說，辯機縱有千般罪惡，但他到底是佛界難得的人才。那部皇上非常喜歡的《大唐西域記》，倘不是有辯機傾其心血的執筆撰寫，是根本不可能面世的。且辯機自移居弘福寺，三年來從未與公主謀面。他進入譯場之後，格外潔身自愛，嚴於律己。他不捨晝夜專心譯經的態度，如苦行僧般。他對佛門的虔誠絕不是虛僞的，他誠心誠意地在譯經中改過懺悔贖罪。三年來，他除完成了《大唐西域記》十二卷本的撰寫，還翻譯了三十卷《瑜伽師地論》的經書。他對佛學的研究也頗有建樹，這標誌著他已贖救了自己罪惡的沉淪的靈魂。在未來的生命中，相信他會更加努力地懺悔和贖救。所以乞望皇上能念其佛學成就，從輕發落，弘揚我祖釋迦牟尼之寬宏大量……

玄奘的上書中倘不提及佛祖，也許唐太宗尚且可以重新考慮。佛祖、譯經的被提起，無疑就更加深了唐太宗的憤怒。是他唐太宗在玄奘的百般請求中恩准組織人馬在弘福寺譯經的。想不到在譯經的和尚中竟會有曾和自己女兒勾搭成姦的敗類。他倘若寬恕了辯機，免他一死，那朝廷的文武百官會怎麼看待他呢？那些御史台的混蛋們會怎麼看待他呢？說他一個堂堂的皇帝竟庇護女兒的姦夫，那他的百姓們又會怎麼看待他呢？

何況，在大唐帝國蒸蒸日上的時候，他對佛教在民間的盛行流傳，已開始心存疑慮。本來在一個盛世王朝之中，人們只信奉一個天子就足夠了，現在又來了一個什麼佛祖，那麼他的臣民們是聽佛的還是聽他的？

唐太宗拒絕了玄奘。

這個虔誠的法師被擋在宮門之外。

詔書立刻下達。

御史台一直候著的酷吏們如獲至寶，他們即刻開始安排各種行刑的程序。

高陽公主便是在此時來看望父親而被凶狠的灰衣太監擋在門外的。

那時李世民確實病了。他也確實發誓將永生永世不再見這個讓他丟盡了臉面的女兒。

他沒有殺她。他覺得沒有殺她就已經是夠寬厚了。

他留給了她一條生命。一條從此無望的生命。

那生命將使高陽陷入永恆的痛苦之中。

李世民最後就是作出了這樣的裁決。很快，在那個深秋的陰暗的早晨，在長安西市場的那棵古老的大柳樹下，辯機被攔腰斬斷，施以極刑。還有那些可憐的無辜的奴婢們。案結之後一個月，凡參與調查此案的御史台朝官和長安獄吏們，無一例外以莫須有的罪名問斬或是發配遠方。

辯機是在被關押的牢獄中接到那亡命詔書的。

在行刑前的晚上，他又被關進死牢。

他拖著沉重的鐐銬，一步又一步地向死囚的牢房走去。他文弱書生的軀體似乎無法承受那鐵鐐的沉重。他於是走得很慢，但他很鎮靜，其實他早就預料自己必死無疑。

死囚的牢房很小，很深暗。辯機靠在那陰濕的壁上。

他穿的衣服很少，胸膛裸露著。

在生命的最後一個夜晚，在不見天日的牢獄中，辯機想了很多。他想他爲什麼會走到今天的這一步，爲什麼會成爲被鎖銬的階下之囚。他還很年輕，前途無量，他本不該死的。他三十幾歲的生命在這塵世間匆匆走過，轉瞬即逝，這都是爲了什麼呢？

那個女人？

是的那個女人。那個女人一直在騷擾他，永不停歇地騷擾著。她不肯放過他，她追逐他。很多年她一直盤踞在他的生活中。離他那麼近和他那麼親，成爲了他想甩也甩不掉想忘也忘不掉的那個親人。然後他愛她，他別無選擇他只能愛她。很多年他就始終那麼明媚艷麗地照耀著他。他不知道，在此之前她也如太陽般照耀過她的父親，照耀過那麼闊大而陰冷的太極宮。她就那樣無可抵禦地走進了他本很清白的——而且如果沒有她——今後也會很清白的人生。

辯機靠著那冰冷的牆，他總是銘記著九年前那個黃昏時發生的事。他總是禁不住回憶。他覺得他是不是去死，那個傍晚都是很動人的。那女人牽著他的手。那是他第一次觸到一個女人的手，那麼柔軟而細膩的。她被晚風吹得抖動的身體，像山林間晚風中飄浮的一片樹葉。辯機在她的請求下不能不去抱緊她。那也是他平生第一次那麼接近一個女人的身體。那麼快地，像他生命中的一個閃電，他在抱住了那身體的時候聞到了那肌膚中散發著的馨香，他在抱緊她的那一刻覺得周身的慾望都在向上湧，那也是第一次。然後，那女人要他吻她。他吻了她嗎？在那片山林之中，他吻了她，那也是第一次。他吻了她冰涼而柔軟的嘴唇，他至今仍記得那甜絲絲的感覺。然後，他觸到了公主的那更加柔軟的舌頭，他們的舌頭攪在了一起，那仍是第一次。他們在這樣親吻著的時候，他只能是更緊地抱住她。他已不再能控制他跳躍的慾望。他很粗魯。他發瘋地吻著公主的嘴唇公主的眼睛公主的脖頸公主的胸膛。然後在黃昏的暮靄中，他向下透過公主開得很大的衣領看到了那堅挺而豐滿的乳房。那乳房高高地聳著，朝向他，然後他被震撼，依然是第一次。他彎下腰去，他親了那乳房，他拼命地吸吮著，不顧一切地，他覺出了公主在他懷中的扭動，那麼投入地。他記得公主不停地說

著，親我親我。別離開。別停下。然後他便不停地親她親她，他也不能夠停下來。他覺得公主吊在他脖子上的那兩條胳膊慢慢鬆軟。公主大聲地喘息著動人地呻吟著。她說，太好了。他清楚地記得她不停地說，太好了，太好了。然後她徹底地倒在了他的懷中，那麼輕柔地，他們飄浮了起來……

難道怪那個黃昏嗎？

辯機想，不。那麼又該怪誰呢？是誰把他們帶到了這個不幸的今天？或者，應當怪那個無能的房遺愛？他本是高陽公主名正言順的男人，卻將自己的妻子拱手相讓。他名爲高陽的丈夫，而實爲公主的奴僕。公主雖是他的妻子，但更是天子的女兒。他對天子的女兒只能是百依百順，房遺愛一生中最大的悲哀應當說就是娶了高陽這個出身顯赫的女人；而他辯機的悲哀呢？也恰恰是他成了這出身顯赫的女人手中的獵物。

但此刻，辯機雖已臨近最後的時辰，他反而覺得他是多麼深愛著這個女人。他甚至想，早知會有如此不幸的結局，三年之前又何苦分開，何苦各自獨守身與心的苦痛呢？

有過了這樣的一段愛，辯機覺得此生已死而無憾。他已無所謂自己生命的結束，但他卻牽掛那個可憐的女人。所以辯機在接受死刑的詔書後，很大膽坦然地問那宣讀詔書的朝官：

「皇上是怎麼處置公主的？」

「你自己明天就死了，還管什麼公主？」

「我當然要管她，我愛這個女人。」

「什麼是愛？這叫淫亂。你犯下的就是淫亂的死罪。」

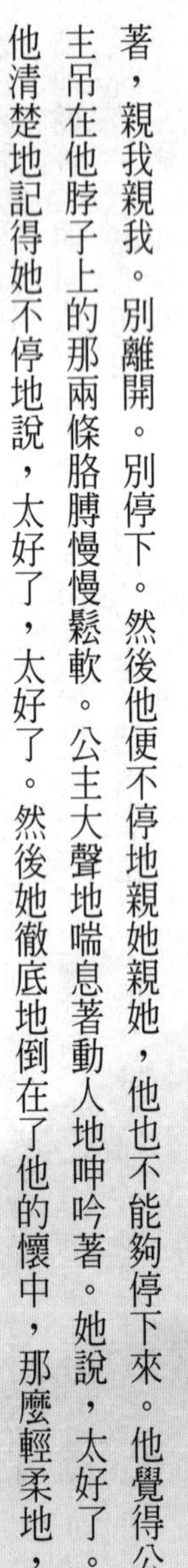

「我請求你，以我將死之人的心靈請求你，告訴我皇帝究竟是怎麼處罰公主的？讓我知道這些吧，否則我會死不瞑目。」

朝官看著辯機，朝官的心原本很堅硬，但是辯機執著而絕望的目光，使他不得不感動。朝官說：「好吧，讓你知道這些又何妨，皇上沒有怎麼處罰她，只是無限期地禁止她和駙馬進宮……」

「阿彌陀佛，她免了一死！謝謝你。」辯機說，「那是吾皇的仁慈和寬厚，我便死也無所牽掛了。」

辯機確乎是死而無所牽掛了。他想只要是高陽公主能活著，那個美麗熱烈的女人能活著，他就能夠坦然地面對死亡了。

他已不在乎皇帝是不是處他以極刑。他以佛僧之身與公主的愛情，不僅侵犯了皇帝的尊嚴，也爲佛法所不容，所以罪該當誅。他知道明天一早，他就將被押到長安城的西市場，當眾被屠夫攔腰斬成兩段。他知道這實際也是一種羞辱，羞辱他的人格他的感情和他的學識。而他即或是被羞辱被砍成兩段又有什麼了不得的呢？他此生畢竟是轟轟烈烈地愛過了一場。他不是被誣陷，他確乎是曾經很多年和高陽公主日夜交歡。他記得他們都曾說過，爲了那瞬間的快樂，他們寧可當時就死。然而他們當時並沒有死，他們已捱過了這許多年。他還有什麼遺憾的。

這許多年中，辯機終於又做了很多的事情。他斷絕了他最愛的女人後，便一心侍奉佛祖。但他一直覺得他在苟且偷生。他總有一種時不我待的預感，所以他很焦慮，也很匆忙。

他彷彿每天都在和時間賽跑，他總是想做更多的事情。他知道他做一天就會少一天。他希望能在這有限的生命裡，盡量贖清他不可饒恕的罪惡。他的內心很矛盾，他既深愛著那個他看不見也摸不著的女人，又一邊爲著他的愛而懺悔不已。他被撕扯著。破碎了的身與心。其實自從這個女人走進他的生活，他的生命就從來沒有完整過。

辯機覺得，在他這短暫的就要結束的一生中，他最對不起的就是玄奘法師了。他辜負了高僧玄奘對他的信任、推崇和讚美。他想他只有在天國繼續報答法師了，他只有把佛祖的經典帶到極樂世界，在那裡做更多的善事，以引渡那眾多的戴罪的魂靈。

辯機靠在陰濕的牆壁上。

在這樣的夜晚，他沒有睡意，很多很紛繁的思緒。

在夜半更深之時，他沒有睡但卻像被驚醒一般。他聽到了一些細碎的聲響，很輕。有光緩緩地移過來，照亮了牢獄陰暗而死寂的走廊。

死牢的門被嘩啦嘩啦地打開了。

那燈光刺著辯機的眼，他抬起手臂擋住雙眼。

是清晨到來了嗎？是他將要被押送去西市場了嗎？

在一陣響動之後，死牢的門又被關住了。

陰暗而潮濕的牢房裡很靜。一種從未有過的緊張感，辯機甚至不敢睜開他的眼睛。他不知此刻還要他面對什麼。

悄無聲息的寧靜。

辯機緩緩地睜開眼睛。

他睜開眼睛的時候，萬萬沒有想到，他看到的是什麼：是玄奘法師　此時玄奘法師閉目合掌坐在他的對面。

辯機心中猛地翻江倒海起來。他想說什麼，但卻最終什麼也說不出。他慢慢感覺到正有某種法力在超度他的靈魂。

他的靈魂被什麼帶走了。

那靈魂飛升著，向著一個他很陌生的地方。

辯機便也趕緊抬起他被鐐銬鎖緊的臂膀，將雙手費力地合在一起。

他們合著掌對坐。

他們中間隔著那生界與死界的無形關隘。

他們默默地在心裡誦經，那經文壓倒了一切。

整個過程中，師徒間沒有過一句對話。玄奘不看辯機，他不忍目睹這位鐵鎖加身的弟子。

儘管是在黑暗中，辯機還是感覺到了坐在他對面的玄奘是怎樣引領了他的昇華。

然後他看見默默無語的師父站了起來。辯機望著他披著紅色袈裟的背影淚如雨下。

死牢的門又重新被關閉了。

辯機想這就是他的一生。他在聲色犬馬和潔身自愛之中匆匆走完了他的路程。終於他最愧對的玄奘來了，來幫助他完結，來爲他送行。

辯機覺得他已很幸福。生命雖然很短但卻步步驚心。他已盡情領略了佛界和人間的一切，他已無須來世。

這樣整整的一個夜晚。

辯機始終睜大著眼睛。

黑暗中他等待著天明，那個最後的時辰。

然後清晨終於到來。

很微弱的晨光。

牢獄裡沒有窗，辯機看不到那晨光，但他有一種觸目的感覺。

他聽到了鳥鳴，他知道那是每個清晨從終南山飛來的鳥群爲長安城帶來的晨歌。

清晨的鳥鳴使辯機的心情突然間好了起來。辯機想，他終於無所累了，他終於徹底輕鬆了。

然後是一陣又一陣的鐘聲，那鐘聲響成一片，那是辯機最熟悉的。他仔細諦聽著，分辨著。他在那一片交混的鐘聲中聽得出哪種聲音是會昌寺的，而哪種聲音又是弘福寺的。

那遠遠近近的鐘聲響個不停。

辯機想，禪院的綴文大德們一定又開始譯經了，而他再不會參與其間了。他從終南山到會昌寺到弘福寺再到這死牢的一生已經結束。

他也想到了高陽公主。最後的想。他突然很想能再看到她一眼，他覺得他其實還是很想念她的。特別是在死前的這一刻，在意識即將消失的這一刻。他不知道到了那另一個世界之

後是不是還能想念她，但他相信依然留在塵世間的高陽公主一定會懷念他，他還相信公主對他的那一份永恆的愛。

辯機想他是帶著這愛去赴死的，所以他的心很溫暖。而能夠有了這關於愛的信念和寄託，死亡也就不再可怕了。

獄吏終於來了。

他被押上了囚車。

沉重的鎖鍊終於被卸了下來。

原來就陰沉沉冷森森的長安的秋的早晨下起了細密的雨絲。那雨絲很冷，徹骨。囚車緩慢地行進著。辯機還看到了淒冷的長安街頭四處飄舞的蕭瑟的落葉。

接下來的事情，已不再進入辯機的視線。他也不曾知道那雨越下越大，更不曾看到一輛馬車繞著刑台轉了一圈又一圈。

接下來是本篇故事的第一個章節。

死亡。

讓我們重新打開書的第一頁，在那裡，你便可以讀到接下來的辯機的完結。

在幸災樂禍的冷漠的觀望的人群中，到底還是有人走了出來。

雨下著。澆濕了他們的頭髮和衣服。他們緩緩地向前走著。他們的步履很沉重，眼睛裡浸著淚水。這些人慢慢地接近了刑台，他們一級一級地走上那高高的台階。他們和滿臉殺氣的屠夫擦肩而過，他們看到了屠夫刀刃上的血光。

那是沙門辯機的血。

那血依然是溫熱的。

那血順著石階緩緩地流下來，緩緩地混在雨水和污泥中。

那已被截成兩段的身體依然溫熱和柔軟。那強健的胸膛裸露著，胸膛裡的那顆心似乎還在有力地跳動。

辯機睜大著藍色的眼睛。

那眼睛直望著灰濛濛的天空。

雨水澆著，那眼睛更加清澈更加碧藍。

沒有人合上那眼睛。

那眼睛是合不上的。

辯機的那兩段身體被他們抬到刑台下的馬車上。他們小心地把那兩段身體接在一起。他們要辯機依然有一個完整的屍體，儘管他的心和他的靈魂早已破碎。

然後他們利用一塊嶄新的白布蓋住了辯機完整的屍體蓋住了他睜開的眼睛。

他們不知道那睜大的眼睛在等待著什麼，但他們不要他等待。

馬車呀呀地在雨中走著，走進普通貧民的那塊荒涼的墓地。

爲辯機收屍送葬的那些人們，不像刑台前圍觀的那些長安市民對辯機充滿了仇恨。他們來自長安城外。他們不恨辯機，他們甚至愛他崇拜他敬仰他。他們和他有著一種靈肉相通的感覺。他們覺得辯機是一位善良的僧人，辯機曾幫助過他們，爲他們超度。他對他們的關愛早已超過了他自身的罪惡，所以，他們甚至不認爲那罪惡是罪惡。

小小的葬禮在城外在雨中進行著。

那棺木是他們幾天來特意爲辯機精心打造的。

樸素的棺木被埋在了黃土中。

有的人失聲痛哭，他們想不到他們敬愛的辯機竟會落到如此的下場。他不再能指點迷津。他自己就在迷津之中難以自拔。

人們終於知道了總是停在寺院門口的馬車就是皇宮裡的馬車，那總來燒香拜佛的貴婦人就是皇帝的女兒高陽公主。

他們原諒了辯機也原諒了那個毀了辯機的女人。儘管他們也爲二人深深地惋惜，但他們不必像皇上那樣因丟了面子而殘酷無情；他們也不必如玄奘般因禁規被觸而痛心疾首。他們站在飲食男女的角度，對辯機和高陽自有他們自己的評判。

所以他們願意爲辯機收屍，願意爲他送葬。他們選擇的是普通人的墓地。因爲他們覺得辯機既與皇室終究無緣，那就應該將他運回到普通人安息的地方。

雨依然下著。

儀式很簡潔。

辯機終於安息。

但是他卻永遠不會知道，那個早晨特意從城外趕來爲他收屍下葬的那些人，就是會昌寺他的信男信女們。

而就在屠夫行刑，辯機鮮血四濺的時刻，弘福寺的禪院內一片晦暗。清晨的壞天氣籠罩著壞心情，譯經的大德們全都默默無語。法師玄奘特別聚集了禪院內所有譯經的僧人，親自主持了一個沉重的祈禱儀式。僧人們認眞地按那儀式的程序做著。爲了辯機，也爲他們自己。

而此刻辯機已魂歸天國。

唯有他殷殷的鮮血流淌著。

弘福寺的禪院被籠罩在不散的陰雲中。

那簡短的祈禱儀式過後，譯經的師父們便默默地返回自己的房間。辯機那小小的伽藍已空了很久。大家在走過他的房間時，都不由自主地停下來，雙手合十，向那房間禱告。那伽藍儲滿長恨。長恨當歌。所有的僧人都爲這筆雄命短的碩學之士嘆息不已。

辯機死於《瑜伽師地論》全百卷譯述大功告成之前。

辯機死後，在玄奘法師的主持下，浩繁的譯經工程仍未停止。

接下來，《大乘大集地藏十輪經》、《不空羂索神咒心經》、《菩薩戒羯磨文》等等玄奘從西域帶回的梵文佛教經典的譯注相繼完成。

到了這一年的歲末。

貞觀二十二年十二月二十四日，未來的皇帝太子李治爲報答長孫皇后慈母之愛的大慈恩寺落成，大慈恩寺就坐落在開闊的長安城邊。寺內共有伽藍十餘院，房間一千八百九十七室，僧人三百，奴役近千。氣勢雄偉的大雁塔巍峨地聳立著，整個寺院莊嚴幽靜。

大慈恩寺一落成，太子李治就規定其中的一座伽藍爲譯經院。爲弘揚佛教，李治特別聘請玄奘法師擔任寺院的住持，並隆重賜予玄奘慈恩大師的法號。自玄奘大師充任大慈恩寺的住持後，便把原先弘福寺內譯經的場院移到了慈恩寺內。

大慈恩寺的譯經伽藍院中不再有辯機的房間。

辯機就像一顆流星，在塵界與佛界的黑夜中匆匆劃過。在那麼明亮地閃爍之後，迅疾地墜落，最後成爲了那冰涼的隕石。那隕石是燃燒過後的累累傷痕。

辯機轉瞬即逝。

後來的僧人們不再知道他。

而一直與辯機共同苦其心志的那些譯經的綴文大德們，卻都覺得辯機的幽魂也隨他們來到了慈恩寺。因爲不再有辯機的房子，那幽魂便在大慈恩寺內的院子裡徘徊。

徘徊著不去。

徘徊在所有的角落，徘徊在所有經文的字裡行間。

總有人在不停地掀動著經書。日日夜夜。

那是個多麼悽慘的無家可歸的孤魂！

後來在綴文大德們的要求下，玄奘法師在譯經的伽藍裡又專門闢出了一間經房。那房是空的，沒有人住，但卻擺滿了經書。從此，那孤魂像是有了皈依。

一切平息了下來。

高陽公主只看到了那血，那親人的血。血被雨水沖刷著，順著西市場那骯髒的石板路，蜿蜒地流淌著。

高陽公主的馬車飛快地奔馳著，濺起了一路的血漿。那車繞著剛才行刑的高台，轉了一圈又一圈。

西市場上看熱鬧的人已散去大半。

秋天的冷雨依然細密地下著。

然後那馬車停了下來。那車輦很華麗，鑲著各種玉片和金墜的裝飾。

人們認識那馬車。幾年前，常常會在會昌寺的紅牆下見到那華麗的馬車，也常常會看到一位美麗的貴婦從馬車上下來，走進會昌寺。那時人們只以爲她是個虔誠的教徒。那很多的黃昏。人們猜測著。因猜測使那個不知名姓的女人變得更加神秘。但是，終於有了謎底被揭

穿的這一天。「玉枕事件」不脛而走，很快成爲街頭巷尾的流言主題。而辯機的被斬殺又使種種猜測得到了證實。人們終於確知，那個總是乘坐著豪華馬車來會昌寺的神秘的女人，就是傳說中異常美麗的高陽、當朝天子的女兒。

人們在這灰濛濛的清晨，冒著雨趕往西市場，不僅僅是想親眼目睹那個與公主通姦的和尙，也想看看那公主在她的情人被她的父親殺死時，是不是也會趕來爲她的情人送行。

公主沒有出現。

人們覺得辯機在被斬殺前，也一定等待過。否則他的眼睛爲什麼始終在望著遠方。那一定是他在期盼著什麼。

但是公主沒有來。

辯機終於被斬殺。

會昌寺的信徒們收了辯機的屍體。

雨依舊下著。人們知道那個狠心的把她的情人送上刑台的女人是定然不會來了。

人們竊竊私語，在竊竊私語中罵著高陽。

然而在這雨和血的早晨，在弘福寺一陣一陣飄來的鐘聲裡，終於還是有人等到了那輛馬車。

她來遲了。

儘管她來遲了，但她還是英勇地來了，在眾目睽睽之下。

馬車那麼急切地奔馳著。

單單是那奔馳的絕望的氣勢就已經使人們不敢妄加評判，更不敢譏諷嘲弄了。沒有熱鬧。

人們呆站在那裡。

人們眼看著那輛馬車踏著血漿，繞著行刑的高台轉了一圈又一圈。每一圈都是感天動地的悲哀，每一圈都是撕心裂肺的絕望。

人們等待著。

人們不知道那個國色天香的公主會不會從馬車裡走出來。

後來那馬車停了下來，停在了街角。馬在大雨中喘息著。馬閃亮的皮毛上也濺滿了辯機的血。

人們不肯走。想看到天生麗質的公主，但那車上的門和窗都被遮蓋得嚴嚴的。人們什麼也看不到。

那輛馬車就停在那裡，守候著。直到黃昏。那寧靜的悽慘的莊嚴的姿態，就彷彿是一座碑，矗立在辯機的刑台前。

人們原本是等著看熱鬧的。

但是人們不再能笑出來。

那是種悲壯。

悽慘而執著的悲壯。

那悲壯持續著，直到黃昏。黃昏時，雨依然下著。於是，原本打算來看熱鬧的人們散了。大街上不再有人願陪著那輛雨中的馬車過夜。他們也不知道那輛馬車究竟要在刑台前守候多久。

然後是暗夜。

第二天清晨人們再來的時候，西市場已空無一物，誰也不知道那馬車是什麼時候離開的。

整整一個晝夜的雨，終於洗淨了辯機的血。那刑台旁的十字街口，又如往日般熱鬧。車水馬龍，人聲鼎沸。

人們很快忘了辯機。爲何一定要記住這個犯禁的和尚呢？人們只是把辯機和高陽公主的浪漫故事當作茶餘飯後的閒談。

也只有一段時間。

閒談總有新的話題替代。

後來這故事也慢慢銷聲匿跡。

西市場那棵古老高大的柳樹依然蒼綠。唯有它見證著永恆的悲哀。

高陽公主是在深夜回到房府她的庭院的。

她從馬車上走出來，竟沒有人來服侍她。她叫醒了房遺愛。她要他立刻給她找來幾個奴婢，她的奴婢已全軍覆沒，連淑兒也沒有了。她一想到淑兒就心裡發酸。她說：「你去把房遺直那院裡的三房四妾全都給我調過來，他的女人們只配來侍候我。」

高陽公主已經幾天幾夜沒睡了。

她睡不著。她整夜整夜睜大著眼睛。她不知道她的腦子裡想過些什麼。她總是忘記，忘記她想過的那些東西。她的思維不能連貫，腦子裡亂極了，但總之她覺得快瘋了，快熬不住了。她已經到了極限。

她像是丟失了什麼。

一件最最重要的東西，生命中的。

她不知自己在刑台前日夜守候的時候，為什麼沒有哭。其實她的心裡是想哭的，只是無論如何卻哭不出。那是種欲哭無淚的悲哀，那悲哀是絕頂的。她不知此刻辯機已去了哪裡。她午夜時分依然坐在馬車裡守候，就是想要等到辯機的靈魂。她想要問問漂泊無定的辯機從此要去哪裡。她已經有整整三年沒見到他了，直到他被攔腰斬成兩段她也沒能見到他。也許她可以去見他。到牢獄中，到刑台前，只要她努力是能夠見到他的。但是她沒有。又為什麼直到最後的時刻才發瘋地跑向刑台？可已經晚了。她知道已經晚了。她是在已經晚了的時候才意識到她是多麼想見到他，哪怕是最後的一面。從父皇拒絕見她的那一天起，她就意識到是出了什麼事。然而那只是種預感。從此她待在家中。等待著。她把自己鎖起來，鎖在一個人的焦慮和恐懼中。她怎麼也想不到是因為玉枕。然而很多天來沒有人找過她，詢問過她，審問過她。他們把她晾在了一邊。他們小心翼翼地繞過她，不讓她解釋也不聽她訴說。她就那樣躲在一旁躲在她的房子裡，每天膽戰心驚地等候著最終總會到來的宣判。在那驚恐的等待中，她不知道自己是不是想到了辯機。即或是想過辯機她也全都忘記了。他們已整整三年天各一方，他們已陌生。她覺得她已經忘記了辯機的樣子，也忘記了舊往的那些年中，他們是怎樣鍥而不捨地一次次地親吻和撞擊，忘記了那微笑那眼淚那海枯石爛的誓言。她的目光變得呆滯。唯有她自己才眞正知道她日日夜夜是怎樣的驚恐和不安。然後，皇上的那一紙詔書終於下來。那是最終的審判。那個暴君！殺人的劊子手！皇上是誰？皇上是她的父親。他明明是她的父親，她的血管裡也明明流淌著他的血。但是他卻將她視若路人，他竟然讓那蠻橫的太監把她拒之門外。難道她不是他的女兒嗎？難道她不他身上的一塊肉嗎？她終於得知那玉枕所斷送的是一個她所深愛的男人的性命。她於是等候著皇帝對於她性命的剝奪。既然是連辯機的生命都無足輕重那麼她還有什麼可怕的呢？她終於不再恐懼不再焦慮，她坦然地等待著對她的宣判。她勇敢了起來。她想無論是生還是死，只要是能有機會讓她再靠近她的父親，她就一定會殺死他，讓他碎屍萬段。她想到了那個荊軻刺秦王的故事。她想她就是荊軻。他奪走了她的愛人奪走了兒子們的父親，那麼，他還能是她的父親嗎？然而，她等來的結局卻是那樣無情。從此她永遠不得進宮，永遠不能靠近那個眞龍天子，永遠不能親手殺了他。直到此刻，高陽才眞正地暴怒起來。她不再跪聽宣旨，而是跳了起來，去搶那朝官手中的詔書。她歇斯底里，把那詔書撕成碎片，踩在腳下。她大罵皇帝，她詛咒他早晚有一天會進地獄。他甚至詛咒大唐的滅亡。

她絕望至極，卻沒有眼淚，更沒有悲傷。

不見她的辯機，已長達三年。她只能把每個清晨弘福寺傳來的鐘聲當作是辯機對她的問

候。她實在不知道，還要她爲這本來就令人斷腸的愛情再去做怎樣的犧牲。她已經放棄了那個男人。她以玉枕相送，無非是一個紀念。他們畢竟有過，她只是不想讓他忘記。還要她怎樣？她已經近乎傷殘般地抑制了自己。而以她大唐公主的心性她怎麼能抑制自己呢？她本來就有爲所欲爲的特權，但是她捨棄了，還不行嗎？還得把辯機送上刑台，並居然處以腰斬的極刑。讓他一個文弱青年在光天化日之下接受眾人嘲弄的歡呼，讓他受到比死亡更爲可怕的屈辱，這是個怎樣該遭到誅殺的暴君。就是要辯機死，難道就不能秘密地將他賜死嗎？他羞辱了辯機也就等於是也羞辱了她。那他何不把她也拉到那眾目睽睽的刑台上剝光衣服，斬成兩段呢？他要想讓她活著受辱，他對她更狠毒凶惡。早知會有今日，他們又何苦作出犧牲，三年裡苦苦地壓抑著自己呢？他們何不踐踏著宗教的戒律皇室的尊嚴夜夜交歡呢？她要這樣，作爲一個女人，她周身的每一個細胞都充滿了慾望。她需要心中喜歡的男人永無休止地撞擊她。然而，她把辯機獻了出來，她讓他如苦行僧般日日夜夜辛苦勞作救贖靈魂直至慘死於她父親的屠刀之下。她想辯機是爲了她而死的，辯機愛的女人倘不是她這個皇帝的女兒他斷不會遭此厄運。她已經什麼都不怕了，不怕羞辱也不怕被砍殺，她已經被她的父親拉出去示眾，已被牢牢地釘在恥辱柱上。但是他卻不讓她死。歹毒地讓她恥辱地活著。這算是什麼父親？人面獸心的魔鬼！只許他後宮有享用不盡的女人，卻不許她身邊有一個相親相愛的男人。這是什麼王法？她知道她禽獸不如的父親已經把事情做絕了。

而就在她日日夜夜睜大眼睛等待著那個令人絕望斬殺辯機的時刻，一天早晨，她又聽到本來死寂一片的院子裡騰起雞飛狗叫的喧鬧。怎麼啦？她走過去打開門。竟是朝官帶人在追捕她的奴婢，她們東躲西藏哭成一團。高陽公主站在那裡。依舊國色天香。她默默不語但卻無比威嚴。她推開門走出來的時候，竟使那些朝廷的走狗們為之一驚。他們從來沒有見到過這麼淫亂的女人，而這淫亂的謎一般的女人又是如此的令人眩目。高陽公主就站在那裡，沉默威嚴。她就那麼冷漠地看著這群狗仗人勢的東西是怎樣在掠奪著她的財產，這些她的婢女們。她只是冷冷地站在那裡，任憑著他們搶奪。侍女們哭成一片，那麼悽慘地。她們無望地請求著高陽公主救救她們。但是高陽已無能為力。那是皇帝的旨意，他要斬盡殺絕。他要用無數無辜的生命，去換回皇室的尊嚴。什麼狗屁尊嚴。用血和生命積累的尊嚴還算尊嚴嗎？她們這些可憐的奴婢有什麼罪？她們的罪只是跟隨公主多年，只是忠實於她高陽罷了。難道她們還有別的選擇嗎？現在是比她們的主子更高一層的主子來捕殺她們了。她們在公主的院子裡躲閃追兵奔來跑去就像是一群任人宰殺的羔羊。連淑兒也不放過，他們竟連淑兒也不放過。高陽眼看著房遺愛是怎樣緊緊地抱住了淑兒，而淑兒又是怎樣地從房遺愛的懷中被搶走。房遺愛竟奴顏婢膝地跪了下來，一個堂堂的駙馬。他哭著乞求把淑兒還給他。淑兒慘烈地喊叫著：「公主，淑兒不能再侍候你了。」淑兒被押走時，扭轉頭看著公主的那最後的目光，令高陽心如刀絞。

高陽公主緊咬著牙關目睹了這一切。

面對著這無情的一切時，她心裡已築起一道血的誓言。

那所有的仇恨，刻骨銘心。

從此，高陽公主每天的唯一功課，就是詛咒她罪惡的父親。

她永遠不能原諒。

她發誓，她只要能見到他就一定要把那仇恨的劍插進他的心臟，讓他的血流出來，去祭她身邊那些飄來飄去無處歸依的冤魂。

高陽等待著。

她堅信她復仇的那一刻終會到來。

房家已開始現出了衰敗的端倪。

曾經如日中天的老臣房玄齡一死，房府中就再沒有往日的輝煌了。加之令人毛骨悚然的玉枕事件，奴婢們數十人被拉出去斬殺，高陽公主和房遺愛無限期地被禁止入宮，房府的上空從此陰雲密布。

高陽開始裝神弄鬼。在這極慘烈的事件之後，她覺得時時都有人要來謀害她。所以她每天都要燒香驅鬼，求助於巫術和神靈。

高陽對房家是不是衰敗根本就沒有興趣。她認爲房家的後代們不能光宗耀祖那是因爲他們無能，兒子的無能其實就是老子的無能，敗局是無法挽回的，她絕不痛心疾首。何況，她認爲自己本來就不屬於房家，這個家庭和她沒什麼關係。她是被她遭天殺的父親硬逼到這個家中來的。她不關心這裡的成敗枯榮。

她繼續封閉著自己，經常是足不出戶。房家因這個被皇上遺棄了的大公主辱沒了他們房家一向高潔清正的門風，本來就心懷怒火，如今就更是沒人再去光顧高陽公主的院落了。他們不必再巴結這個頤指氣使又淫亂無度的壞女人，連皇帝都不要她了，他們房家何必還要敬著她呢？

高陽公主在房家的地位一落千丈。

若是一向寬厚善良的房玄齡還活著，也許他還能替高陽保存一份公主的尊嚴。

高陽彷彿已被踩在了爛泥中。儘管沒有死於玉枕事件，但她的周身卻已經沾滿了那罪惡中的污穢。高陽想不到在她大唐公主的生涯中還會有這一天。

倒是房遺愛依然如故，日日對高陽盡著丈夫的名分和道義，這使高陽公主倍感驚異。家中遭劫之後，房遺愛竟然比以往更加殷勤，每日必向公主噓寒問暖。這自然使高陽十分感動。她想，所有的人都拋棄了她，到頭來想不到只剩下了這條昔日的護門之犬。在大難之後，高陽公主和房遺愛慢慢地結下了一種同命相憐的友誼。那是因爲高陽痛失辯機，遺愛痛失淑兒，而他們兩人又一道痛失了往日的尊嚴。於是他們在如此連坐的苦痛中空前傾心了起來。他們時常互訴衷腸，同恨同愛，並且也時而上床。

儘管高陽公主從來就沒有看上過房遺愛，但在他們近十年的相處中，高陽公主感覺房遺愛還算是個可以信賴的人。雖然他不可愛，但他忠實。沒有房遺愛那謙卑的傻兮兮的愚忠，高陽就無法享有長達八九年的愛情。儘管這愛情最終還是被斷送，但那不是房遺愛的錯。所以她感謝房遺愛。至少，他多少年來始終做到了守口如瓶，還總是千方百計地爲她提供機會。他敬畏她熱愛她而且順從她。而且，這敬畏這熱愛這順從不論庭前花開花落，不論天上雲捲雲舒，他總是表裡如一，前後如一。

高陽甚至覺得，就順從這一點，房遺愛比辯機還要出色。辯機不聽話，他總是太有自己的理想和志願。他總是太有罪惡感懊悔心和贖救靈魂的渴望。是那思想和心靈的屏障阻隔了他們。然而那阻隔的結局又是什麼呢？他不但斷送了他們的愛情，而最終還斷送了他自己的性命。高陽公主永遠不能理解的是，辯機何以要用他們兩人的幸福去交換那所謂的宗教的虔誠。那究竟是一種怎樣的境界？那境界就眞的那麼蠱惑人心嗎？

然後是，仇恨不停地增長著。她覺得她此生眞正仇恨而且是咬牙切齒仇恨的唯有兩個人。一個是她的親生父親，那個殺害了她親人的劊子手，那個至今仍坐在皇帝寶座上的李世民。她恨他，她日夜詛咒他，直到他死的那一天，那一天也不能停止她的恨；而她深恨著的另一個，就是至今依然住在房府中的房家大公子房遺直。竟也是一種徹骨的恨。那恨自從她走進房府就一直伴隨著她，並將綿綿無絕期。

這就是高陽最恨的兩個人，兩個男人。她只知道仇恨，卻不知道那仇恨其實是關乎愛緣於愛的，是愛得越深，恨得越切的那一種。

高陽公主對房遺直的切膚之恨，是在辯機被殺之後，才一天天清晰起來的。

自從辯機被關進弘福寺禪院內譯經，高陽公主便開始有了種無名的惱怒。但那時候，她覺得她的惱怒是對著辯機的。她怨他爲了自己的志向，就絕情拋下了她和她的兒子們。所以她認爲一切痛苦的根源就是辯機。而辯機背後則是那可惡的宗教可惡的梵文經典，是玄奘，是玄奘那討厭的西域之行。辯機搬進了弘福寺，她便是無論怎樣需要，都不能再觸到他了。她不再能撫摸他的肌膚，不再能被他摟在懷中，更不能得到他一次又一次的給予。她在無望中度日。但有一天，她迎面碰到了房遺直。房遺直注視著她。房遺直看穿了她的無望，房遺直的目光中充滿了同情。

同情？

她要誰來同情？

從此，那惱怒開始轉移。她隱約覺得那萬惡之源那罪魁禍首不是別人而正是這個道貌岸然的房遺直。

其實高陽早就開始不管場合地任意羞辱房遺直了。她總是用最苛刻的語言刺傷他，她總是隨意在一件事情上就開始發難。

爲了什麼？

爲他看穿了她的心。

高陽恨這種太能看透她的人。即是說，她的苦悶、她的失落，事實上都在房遺直的股掌中。他並且不明言他看穿的這一切。他沉默不語，他躲在暗處。高陽有時候許多天看不到他，但她無論走到哪兒，都總是覺得這男人的眼睛在窺視著她。那可惡的目光無處不在。

後來，高陽慢慢地將他忘記。自從在玉華宮聽到父親對辯機的讚揚，她又徒然地燃起了對未來生活的希望。她寄希望於梵經終有譯完的那一天，而辯機也就終有回到會昌寺的那一天。那樣，也就自然會再有那舊時的黃昏，那肌膚之親，那驚心動魄。

她熱烈地懷抱著那不滅的希望。

然而她可憐的夢想竟毀在了一個小偷的手裡。

就在高陽幾乎瘋了的時刻，就在她奔赴刑台之前，她在雨中瞥見了那個一直守候在走廊上的房遺直。

仍是同情的目光。

抑或還有心疼？

她用得著有人來同情她心疼她嗎？

雖然她曾迷戀過他。

她曾勾引過他。

她曾給他下跪。

她曾求他上床。

她爲此曾羞愧難當。特別是當她在終南山的草庵裡找到辯機之後，她更是懊悔不迭。她覺得她應當把自己的初夜交給同是初夜的辯機。她覺得她與房遺直的床笫之歡只是任性和慾望的驅使，根本無法等同她與辯機那純眞高潔的愛。而她竟然還曾爲房遺直的出走而難過不已。

而如今辯機才是徹底地走了。

就在剛才，在弘福寺的鐘聲裡，辯機已被屠夫砍成兩段。

而這個房遺直，他居然活著。單單是房遺直依然活著，就使高陽公主無法忍受，何況這又是一個看穿了她的男人。

於是，她恨這個驟然出現的傢伙，他的可惡絲毫不亞於父皇李世民。

高陽不希望有房遺直這種曾進入過她歷史的人生活在她的身邊。

她不能容忍別人看她的笑話。

爲著對兩個不共戴天的男人的詛咒儘快奏效，高陽特意招來了長安城外有名的巫師。她任憑他們在她的房子裡燒香跳神，鬼哭狼嚎，雲山霧罩。

她確信這些都能夠靈驗，因爲她確信老天有眼。

但也有愛，那絲絲縷縷的思念，從此這世間不再有辯機了。這思緒纏繞著，勒緊了高陽的心，那胸中是剜心地疼。物是人非，灰飛煙滅，連靈魂也不知飛向何方，這就是死亡嗎？死亡就是那形體不再有，生命不再有，索取不再有，給予不再有，留下的唯有未亡人無盡的思念。

總有這樣眞實而虛無的碎片，跳來跳去地閃著。她不知道辯機還爲她留下了什麼。思念。唯有思念。

高陽公主有時候會突然坐上馬車，到所有曾有過辯機印跡的地方。她或是將馬車停在弘福寺高高的磚牆邊，或是停在會昌寺紅色的木門前，或是停在西市場的刑台旁，或是停在死囚牢獄的鐵窗下。

然而她知道不再有辯機了。

無論她怎樣地等待。

只要一想到這些，高陽心裡的疼痛就開始擴展，擴展到她周身的每一寸肌膚。每一寸肌膚都疼，不能碰。

沒過多久，高陽公主那盡心竭力的詛咒便終於有了一半的結果。竟然如此之快地靈驗，高陽公主禁不住暗自詫異。

貞觀二十三年三月，一心想再次遠征高句麗、使大唐疆土不斷東擴的唐太宗李世民感到身體不適。隨著那不適，各種疾病便驟然如洪水猛獸般向他虛弱的身體襲來。唐太宗的病情急劇惡化，很快便輾轉病榻，不能下地走路了。

這一次病情的來勢之猛，使得只想一逞霸業、對浩瀚疆域有著一種近乎瘋狂的迷戀的太宗，終於不得不痛苦不堪地在心中向命運投降。這本是他最後的一片意志的領地，一旦放棄他就似乎再也沒有要做的事情了。而就是這種徹底的放鬆，加速了他身體的衰敗。

四月，實在撐不住的唐太宗終於決定，離開他日理萬機的太極宮，攜他的近臣家眷到終南山上的離宮翠微宮養病。那裡已是萬木爭榮的春天。

然而，這位終生英勇的一代天子已病入膏肓，他再也難以指望朝不保夕的身體出現冬去春來的奇蹟了。

這時，遠住在房府的高陽公主獲悉唐太宗病倒的消息後，她笑了。這是自辯機死後的半年多來，高陽公主臉上出現的第一次微笑。那微笑很複雜，似乎有很多的意味，很冷酷也很慘淡。她欣喜那巫術的神奇。以血還血，以牙還牙的復仇就要到了。

高陽請來長安城最好的工匠，爲她鑄造了一把銳利尖刀，那便是她的復仇之劍。她在伺機。她等待著最後的那個時辰，她想終會有那個時辰。她只要是能接近她最恨的那個男人，她就一定要把那短劍毫不留情地插進他的胸膛。

爲此她很興奮，也很緊張。

她一天天地等待著。

而一天天衰敗下去的唐太宗李世民並不知曉高陽的詛咒，但這一次他已經預感到了自己的生命在飛速地抵達終點。

從四月到五月，太子李治始終守護在垂危的父親李世民的身邊。他總是流淚不止，他不忍看父皇那生命垂危的樣子。被病痛折磨著的李世民對李治軟弱的模樣既惱火，又無奈。他並不是不喜歡這個長孫皇后生下的最小的兒子，他只是嫌他太善良又太無能。李治根本就不是做帝王的材料。唐太宗並不憐惜李治日後手握權杖時的那一份膽怯和孤獨。他憂慮的，是他出生入死打下的這大唐的江山。一旦諸侯叛亂，以李治的羸弱，他能夠對付得了嗎？但多少令他欣慰的是，未來幸好還有國舅長孫無忌在李治背後的撐持。他想既然長孫無忌力排眾議，甚至不惜犧牲掉同是嫡出的長孫皇后的另外兩個年長於李治的兒子承乾和青雀，硬是把這軟弱的晉王李治塞進太子宮裡，必定有他的深謀遠慮。太宗相信長孫無忌，長孫是李治的親舅舅。儘管長孫無忌是理應不得重用的外戚，但太宗偏偏覺得偌大的一個朝廷，他唯有長孫無忌可以相信和依靠，他把未來的皇位交給李治，實際上就是把未來大唐的江山交給了長孫。

五月二十四日，一代英王李世民終於進入了彌留之際。這之前，李世民在他少有的清醒的時刻，抓緊做了兩件事。

第一件當然是關於王朝的。他躺在翠微宮的龍床上，先後召見了他最信任的左右丞相長孫無忌和褚遂良。太宗流著眼淚，他說他知道他們也很蒼老了，但他要先於他們而去，他只能將太子和大唐的社稷託付給他們。他說他的時間不多了，他已預感到了他的死亡將至。他希望他們這些與他共同開創天下的老友能竭力輔佐太子，將大唐的基業繼承下去。老臣們在英主的囑託中連連叩首稱是。

唐太宗做的第二件事，是他單獨召見了他本來一直想立爲皇后的隋煬帝的女兒楊妃。其實楊妃一直守候在李世民龍床的屏風外。楊妃款款地走來，跪在李世民的床邊，把李世民的手按在她滿是淚水的臉上。

李世民說：「我是很對不住你們母子的……」

「皇上，您不要說了，不要這樣說。」

李世民說，好多年了，他一直想告訴她，他是怎樣地想念他此生最疼愛也是最寄予厚望的吳王李恪。他說很想在死前能再見上李恪一面。他已經很多年沒見過他了，自從李恪遠赴江南。李世民說，江南是個好地方，山青水秀，李恪正好在那裡修身養性。他說他知道，在他所有的兒子中，最配坐在皇帝寶座上的唯有李恪。他像我，但他也像你，像隋煬帝。朝廷不容他。李世民說，他雖是一國之君，有時候卻不能左右朝廷。他希望楊妃能理解他的苦衷。他努力過，他想立楊妃爲后其實就是爲了李恪。但事已至此，他希望李恪能接受現實，遠離朝廷。朝廷是戰場。陰冷的太極宮裡充滿了刀光劍影血雨腥風……

楊妃握著太宗的手。

她說她能理解這一切。她從小生在皇宮，自然就更加懂得這朝廷的殘酷。她說她能和皇上有李恪這個值得驕傲的兒子就是她一生最大的幸福了。她還說，李恪也會理解這一切的。李恪會馬不停蹄地飛快趕來的，會趕來向皇上……

楊妃沒有說出「告別」兩個字來。她不忍說這兩個字，她還不想與皇上告別。她緊緊抓著李世民的手，泣不成聲，淚如雨下。

昏迷的李世民又突然醒來。他支撐著抬起頭，看見了正跪在床邊哭泣不已的楊妃。他費力地躺下。他說：「若是我見不到李恪，告訴他我愛他。不過，我要等他，要等……」

那時候，李恪已登上趕赴長安的征途。

兩天之後的清晨，翠微宮的上空突然飛來一群又一群的烏雀。那些黑色的鳥漫山遍野，遮天蔽日，終日聒噪不休。鳥落在山林中、樹杈上、房簷邊，趕也趕不走。終南山被這突然而至的黑色的鳥覆蓋著，那鳥群不停地發出淒切而慘烈的叫聲，一個時辰接著一個時辰。

在最後的時辰，彌留之際的太宗令褚遂良起草遺囑。

然後，一切都完成了。再沒有什麼需要牽掛的了。太宗此刻的意識就要散去，他在將最後的心智聚集的那最後的一刻，看到了那個美若天仙的高陽正從遠方向他飄來。他想這是他的女兒，他曾經是那麼愛她。他多麼想走過去抱抱她，但他的腳無論怎樣也抬不起來，他伸出了手臂，他要他最親愛的女兒回到他的懷中。他這樣伸張著手臂等待。他很累，但是他卻堅持著。他看見了他的女兒款款地走向他。她離他越來越近，甚至已能看見她臉上的微笑。

能有如此的微笑相伴，他覺得連死也不可怕了。當他就要合攏手臂抱緊女兒時，她突然又扭身逃走……又不知過了多長時間，重新面對著他的女兒竟變了一副臉孔，滿臉的怒火和仇恨。然後是冷笑。她突然間高舉起一把短劍。那劍朝向他，一步一步地逼近。他再也看不見女兒的臉。他竭盡全力大喊著，不——爲什麼？他已經記不起曾在什麼地方虧待過這個女兒。他拼命地想，想得很累，他想不起來。他終於不再思想，惡夢結束，他重新陷入更深度的昏迷。

從此，他再沒有醒來。

就在這個清晨，早已和兒子有染的父親的才人武曌，在終南山的叢林中與太子李治匆匆告別。他們淚流滿面，難捨情分。天空是鳴叫著的悲哀的烏雀。李治把武曌緊緊地抱在懷中。這位未來的皇帝親吻著武曌，他悲痛欲絕，那是雙重的悲痛。他知道他不僅就要失去父親，而且也就要失去武曌。他愛這個女人。全心全意地無限投入地愛著。他愛她甚至超過了愛他的王位，他不知日後是不是還能見到武曌。按照宮中的規矩，皇上駕崩之後，凡是同皇上睡過的後宮女人全都要被送進長安城外的感業寺，削髮爲尼，苦度餘生。李治知道那是種怎樣的苦難。苦難不僅僅是屬於武曌的，也是屬於懦弱的他的。他把武曌約到這山林中來就是想告訴她一定要等他，他發誓，他絕不會把她孤零零地丟下，遲早要把她接出來，接到他的後宮裡。李治緊抱著武曌，在那個清晨的終南山的叢林中。他親吻著她的脖頸她的乳房。他喘息，流著熱汗。他們不管他的父親是不是已經奄奄一息……繼位後的唐高宗李治並沒有食言，很快就將他深愛的這個已削髮爲尼的女人接回了後宮。不過，在終南山與武曌難捨難

分地告別時，他並沒有想到被接回後宮的武曌一路上披荊斬棘，很快就坐上了皇后的寶座。他更不可能想到，在他體弱多病的龍體駕崩之後，竟是這個武曌踩著他兒子們的屍骨在則天門稱帝，讓大唐江山落到了她武氏的手中。江山在高宗手中失守，全緣於他對一個女人近乎瘋狂的愛戀。

終於，貞觀二十三年五月二十六日，巨星隕落，太宗辭世。

此刻長安城中的高陽公主，正迷戀在咒語之中。冥冥的昏暗裡她彷彿突然感到了什麼，她驟然爆發出一陣狂笑，使在場的巫師們全都莫名其妙。

她說：「靈驗了，靈驗了。你們走吧。他死了，他嚥氣了。」

高陽公主笑過之後又淚如泉湧。她一邊大哭一邊說：「那個老混蛋，他爲什麼要死？爲什麼不讓我親手殺了他？」

巫師們訕訕地離開高陽公主的房間，他們不懂她爲什麼又哭又笑，更不懂她說的是些什麼。她像是比巫師還巫師。所以巫師們對她反而心存恐懼。

終南山上陰風四起。

鋪天蓋地的烏雀黑鴉鴉地滾滾而來。

黑色的雲翻捲著遮蓋了整個天空。

太子李治對皇帝的駕崩茫然無措。他只有抱住父親的屍體大聲哭泣，他只覺得天崩地

陷，世界已到了末日。

原本也十分悲痛的老臣長孫無忌和褚遂良在悲痛欲絕的太子李治面前反而鎮定了下來。現在還不能只是一味地發洩情感，關鍵是怎樣度過這段易主的非常時刻。

他們決定，對太宗去世的消息，暫時秘而不宣。

太子李治當即跪在唐太宗的屍體前，在終南山的翠微宮中，宣誓繼位。一個時代結束了。

五月二十七日，唐太宗的屍體運往長安。從終南山返回長安的隊伍浩浩蕩蕩。

這支宮廷隊伍在穿越秀麗的白鹿平原時沿途都是特意趕來為大唐皇帝送行的布衣百姓。那一路盡是不絕於耳的哀哀的哭聲。

穿著白色孝服的新皇帝李治騎著馬走在隊伍的最前面。他身後排列著全副武裝的四千名皇家禁衛軍，接下來便是皇帝的靈車，緊隨著靈車之後的，是緩步而行、神情肅穆的朝臣的隊伍。再往後，是皇帝後宮的嬪妃和奴婢們。隊伍悲壯而淒婉。所有的人都懷著他們自己的那一份哀傷。

隊伍在悲傷中緩緩前行。他們整整走了一個晝夜，二十八日的清晨抵達長安城內太極宮。

唐太宗李世民終於回到了他日夜操勞、勤理朝政的大殿。

二十九日，待太宗入殮之後，新帝高宗李治向天下宣布國喪。

國喪歷時近三個月。此間在地方的各親王及全國的都督刺使，皆以快馬趕回京師弔喪。吳王李恪亦遠從江南趕回。李恪很傷痛。他沒能在父親死前見他一面。三個月後，待人們終於訴盡了他們對先帝的懷念，李治下詔，在八月三十一日的大葬典禮之後，將先父太宗的棺槨送往醴泉縣的昭陵與母親長孫皇后合葬。

在這段漫長的炎熱的令人斷腸的日子裡，高陽公主也被繼位的皇帝、她的九哥李治解禁，允許她和她的夫婿房遺愛進宮爲父親服喪。

高宗李治的一紙詔書，不知引發了高陽公主的多少感慨。

她大哭。

她滿心的傷痛，但絕不是爲了李世民。她感慨她的詛咒終於沒有背叛她。

高陽也曾想過違抗新帝的旨意。她爲什麼要進宮？爲什麼要爲她切齒仇恨的那個人服喪？又有誰爲她愛的人服喪了呢？她苦思冥想著，不知道自己是不是該進宮。這是她平生第一次遇到事情時的猶豫和遲疑，她很想找個人來商量。她是大唐的公主，是可以想做什麼就做什麼的，可以不受他人指揮的。然而，當她被允許去與那個死掉的人告別，她反而惶惑，反而不知該作出怎樣的選擇了。

她醒著，整個的夜晚。她看著雕花的房樑，窗外的星月。這樣，在清晨，高陽公主終於作出了她的決斷。

她要給新帝一個面子，爲了日後。

她也到底要看一看死後的那個仇人。

高陽公主穿上了白色的絲裙。她也特意帶上了那把她磨過千遍萬遍的短劍。

那是負載仇恨的生命之劍。

然後，她通知房遺愛：「我們進宮。」

他們驅車直往太極殿。

酷熱的夏的氣浪中仍有朝臣源源不斷地從四面八方趕來弔唁。

高陽公主獲准進宮爲先帝服喪，一時間被傳爲新聞。半年前唐太宗的那一紙禁令大家還記憶猶新。人們自然是更記得高陽和辯機和尚的那場故事，記得辯機被攔腰斬斷的下場。無論是太極殿大門外的民眾，還是宮內的皇親國戚，此時都想一睹半年來深居簡出的高陽公主在那場災難之後的風采姿容。

高陽一身縞素。

她儀態萬千地走進宮門。

人們驚異地發現，經歷了痛苦和磨難之後的高陽公主竟依然冰清玉潔、絕頂美麗。她似乎成熟了很多。那種曾經滄海的深邃，與過去那個熱情活潑而又任性嬌氣的皇家公主簡直判若兩人。

她坦坦然然地美目流盼，毫不介意宮門外圍觀的人們那竊竊私語。

她昂著頭走進來。

彷彿她才是當今的皇帝。

她那種冷漠的氣勢足以壓倒一切。

她緩步地向太極殿的殯宮走著。在穿過了無數針一樣刺過來的目光之後，高陽公主突生一種十分奇異的感覺。一種如魚得水，信馬由韁的騰越。她想是因爲這裡原本就是她自己的家。也許還因爲她正在步入一種極致，她已經在最底層，她什麼也不必怕了。此刻高陽的嘴角禁不住泛出了一絲冷酷的笑意。

其實所有的人都已經在高陽公主的臉上看出了某種凶惡。

她走向守在殯宮門外的她皇家同父異母的兄弟姊妹們。

那所有自以爲是的貴族們。

她最先拜見九哥李治，這個當今的高宗皇帝。她知道這個李治一向仁愛，但生性懦弱，是斷然理不好朝政的。這大唐的帝國在李治手中定然凶多吉少。

她並沒有謝李治。

她對她今天能夠進宮並沒有多大的興趣。

她一個一個地見過那數十個從小一起長大的兄弟姊妹們。她想，這麼多的人竟都是躺在那個大棺槨裡的男人的種，他們身上都流淌著那個人的血。但是他們彼此是親人嗎？

高陽匆匆地走過那些連路人也不如的兄弟姊妹們。她走在他們中間心不在焉，她又似乎在專注地尋找著誰。

驟然之間，她終於在眾多的兄弟姊妹中發現了她眞正想要尋覓的那個人。

那個男人，那個最英武的男人。那男人是那樣的出類拔萃，那男人使她的眼睛爲之一亮。她把目光停留在那個男人的臉上，她甚至看見了那男人臉上黑色中夾雜著很多白色、金色的鬍渣。她頓時覺得心裡湧過數不盡的辛酸。她痛恨歲月如逝水。已經多少年了？他已是她在人世間還能夠爲之疼痛，爲之動心，爲之動容，爲之動情的那唯一的人了。

「三哥！」

高陽撥開眾人不顧一切地走到吳王李恪的面前。

在兄弟姊妹的目光下。

他們四目相視。

他們不知道這樣四目相視有多久，彷彿有一千年一萬年。然後高陽扭轉身。她離開人群，依照程序走入殯宮，接近了那個躺在巨大棺槨中曾經擁有無上權力的逝者。

高陽要登上台階才能看到那個已永遠沉睡的男人。

她站在高處看著他，審視著緊閉雙眼的生身父親。

這個享年只有五十二歲便匆匆死去的父親竟顯得如此衰老，如此疲憊和憔悴，與她半年前見到的那個氣宇軒昂的皇帝簡直判若兩人。

這還是她的父親嗎？

她已經認不出他來。

一個毫無光彩的弱者。

高陽公主差點兒就動搖了，心中閃過一絲憐憫。但那閃念轉瞬即逝。別在她腰間的那把磨過千遍萬遍的短劍提醒了她。

是的，她有太多的仇恨。

那殺了她的親人的仇恨。

她是來復仇的，她是要向這死人討還血債的。那是血仇和血恨。就是死了也要討還。否則高陽還是高陽嗎？

她從腰間拔出了那把短劍。

她做出很悲哀的模樣，做出伸手去觸摸父親的樣子。

終於，她把那短劍奮力地插進了李世民的胸膛。

然後她拔出那劍。

那劍上竟沒有血。

她把劍扔在碩大的棺槨裡。她讓那劍就躺在那兒，躺在她的仇人的身邊。

高陽公主此刻不知悲哀爲何物，但她卻在眾兄弟姊妹眾朝臣卿相的面前，做出嚎啕大哭狀。

她大聲地哭著。

那不過是一種哭的聲響罷了。

那聲響很空洞。

所有在場的人全都聽出來了。

史書上曾準確而又簡潔地記載了高陽公主在悼念亡父時的那情景：

「主哭而不哀。」

哭而不哀是一種怎樣的境界？

那不哀的背後又是什麼呢？

在「哭而不哀」之後，高陽公主又在眾目睽睽之下離開了太極殿。

她想她對那個她恨著的人已盡了一份心情，復仇的心情。她想不到她與他父女一場竟是這樣的結局。他是她的至親，他給予了她生命。而爲什麼他給予了她生命又要踐踏那生命呢？她還報他以復仇的短劍，這終於算是他們之間已經扯平。儘管這平衡是在生界與死界的不平衡之間，但至少高陽是吐出了她多年鬱積心中的一口惡氣。她想那個唐太宗也可以死而瞑目了。他終於帶走了那把劍，帶走了高陽的仇恨。高陽不知道那短劍刺進李世民的胸膛時，他是不是很疼……

這是高陽第一次殺人。

她殺死了她已經死去的父親。

然後她離開殯宮。她匆匆地和那些依然要守候在那個死人遺體邊的眾兄弟姊妹們告別。她慶幸她和父親之間那眾所周知的血海深仇使她可以想走就走。她可以不在這裡守著，可以不對那個曾擁有過無上權力的先皇盡忠盡孝，甚至可以只是發出空洞的哭聲。高陽想那些留在殯宮裡的人是多麼可憐，他們要夜以繼日地在酷暑和異味中去守著那個死人。特別是那個已經繼位的李治。

高陽和眾兄弟姊妹們告別。

她在陰暗的殯宮裡依然顯得光彩照人。

人們不得不承認經歷了磨難之後的高陽公主反而比從前還要漂亮。她天生的雍容華貴，她依然是傾城傾國的絕世美人。她依然像多少年前每每會照亮晦暗的太極宮的那一抹燦爛的陽光。

然而最需要那燦爛陽光照耀的人已經死去。

高陽不卑不亢地告別。

然後她終於來到了吳王李恪的面前。她說：「李恪，我很想你，我想去看你。當然，你也可以拒絕我。」

李恪看著高陽。

李恪說：「我也很想你，我怎麼會拒絕你呢？」

「不，你千萬不要過早地承諾。我們分開多年，我早已經不是原先的那個高陽了。」

「我等你。」李恪很堅定地說，「什麼也不能改變我是你的哥哥。」

高陽的眼睛裡流出淚水，這一次那淚水是從心底裡漫上來的。

然後高陽離開了太極宮。

下車的時候她的神色很冷漠。她扭轉頭，對一道返回的房遺愛說：「我爲你的淑兒報了仇。」

房遺愛雞啄米似地連連點頭，表現出了一副滿腔的冤屈終於得到昭雪的樣子。

「你還記得淑兒嗎？」

房遺愛有點緊張地愣在了那裡，他不知道究竟該如何作答。他確乎已不大記得淑兒了，一切如過眼雲煙。他是男人，他早就又有了新歡，天下美女有的是，只要臥榻有伴，他就一切足矣。

高陽公主在夜色降臨之後，驅車趕往楊妃的宮邸。這幾乎是辯機死後她第一次正式出門。

她已經記不清有多少年沒見過李恪了。儘管世事滄桑，她對李恪的想念時強時弱，但是她確實想他。那是很眞誠的一種想念，發自她心裡那一塊只屬於李恪的永遠的領地。她想見到李恪，想對他說些什麼。想告訴他這些年來她所有的生活，她的愛和恨。

她總得找個人訴說。

她世間唯一的摯友終於來到。

自從在殯宮見到李恪就盼望著能單獨和他在一起。她迫不及待地等待著天黑。

她精心地打扮著自己。

她已經很久沒有這樣修飾過自己了，因爲沒有人再需要她的美麗。

她在銅鏡中對視著自己。

她對鏡中的那個依然美麗的女人充滿了恐懼和疑慮。

她不明白她何以還會如此地梳理自己。

自己的心不是已經死去了嗎？

那麼冷漠的僵硬的一塊地方，不再有溫情。

她就這樣身著一套飄逸的白色絲裙上了馬車。她催促著車伕催促著她自己那顆慌亂的心。

高陽公主叩響楊妃的大門時，那宮邸中沒有人想到這暗夜前來拜訪的那個人會是高陽公主，連楊妃都很驚愕。高陽公主對後宮所有的人來說，就像是一個早就死去的故交。人們已經很久見不到她了，沒有過她的任何消息。就像她也和那弘福寺的和尚一樣，早在半年前就在西市場的刑台上被斬殺了。

高陽確實就像是已經被她的父親殺死過一次一樣。

楊妃見到高陽公主的時候心情很複雜，她一邊有一種憐香惜玉的悲憫，同時又有一種莫名其妙的恐懼。她本來很喜歡高陽公主，因爲兒子喜歡她。後來她和高陽疏遠，那又是因爲有了李世民的旨令。她不知道究竟該怎樣看待高陽公主與沙門辯機的那一段亂情，她只是一直覺得把如此如花似玉的公主下嫁給房遺愛有點委屈了高陽，但那是皇帝的意思。一個區區女子又怎麼能選擇她的幸福呢？她只是嘆息高陽命苦。她想她和高陽雖同是公主，而她卻比高陽幸運，她能嫁給一國之君，在某種意義上還要歸功於隋王朝的滅亡。如沒有她父皇煬帝的死，自然也不會有她成爲大唐李世民的皇妃。而高陽儘管天生麗質、心比天高，卻只能是命如紙薄，下嫁無能的房遺愛。如今，在經歷了那所有的事端之後，楊妃對高陽公主的拜訪確實心懷了某種恐懼。正值朝廷易主的時刻，又有長孫無忌的戒備，倘若李恪與高陽過從甚密，將會惹出什麼麻煩呢？高陽的絕世之美竟使楊妃覺得她反而不是人間之人，她是妖狐鬼魅，是專門來把那些好男人送進地獄的。

李恪聞聲而至。

他知道這夜晚的來訪者定然是高陽公主。事實上他從殯宮回來就開始等她。

李恪在母親面前盡量顯得矜持，但無論怎樣仍無法掩飾內心中那一份跳躍。他最終還是忍不住迫不及待地挾持著高陽從他母親眼前溜走了。

高陽一走進李恪的房間就淚流滿面。唯一的親人。她抽噎著說，如今，她在此世間就只剩下李恪一個人了。

她哭著走近李恪。

她輕聲地叫著：「三哥。」

像小時候一樣，李恪即刻把他最喜歡的這個美麗的小妹妹緊緊地摟在了懷中。

他說：「你永遠是我的好妹妹。」

他們緊緊地摟著。彷彿在他們中間並沒有阻隔著那漫長的歲月，彷彿他們仍在美好的童年時代。高陽公主在李恪的寬闊而強壯的胸懷中盡情地流淚，盡情地宣洩著她所遭受的所有的苦痛。

「三哥，你聽說我的事了嗎？你知道父親是怎麼對待我的嗎？我這些年來……」

李恪用他的臉頰堵住了高陽的嘴。李恪說，你不要講了，我什麼全都知道。我遠在吳國但卻一直牽掛著你。我一直擔心你不能挺過來。我害怕今生今世再不能見到你了。」

「你不認爲我是個壞女人嗎？連父皇都那樣看待我，他……」

「不，你不是。你只是一個需要保護的小妹妹。你那麼容易受到傷害，而我卻隔你千里萬里。」

「三哥，我愛辯機，我們相愛很多年。可父親怎麼能就那樣把他殺了呢？那就等於是殺死了我。其實我已經死了。我活著就如同是死了。在所有人的眼中我早已是活著的死人。人們污辱我恥笑我，把我當作淫亂的象徵。不再有原先的那個高陽公主了，她已經死去，已經被皇室拋棄。」

「怎麼會呢？你不要胡思亂想。你不就是原先的那個高陽公主嗎？你不是就在這裡，就在我的身邊和我講話嗎？我不是緊抱著你的嗎？你不要哭了，也不要再去想那些難過的事。我們兄妹難得相見應當快樂。你抬起頭，看看我，好好看看你的三哥……」

高陽仰起她的臉。

李恪用寬大的手掌抹去高陽滿腮淚水。

高陽久久地凝視著吳王。然後她問他：「我還漂亮嗎？」

李恪說：「你當然漂亮。比從前還漂亮。你這樣問我，讓我想到了你小時候。那時你只要一見到我就會問，我還漂亮嗎？是不是這樣？你還記得嗎？」

高陽伸出她細長的手去摸李恪的臉。她抬起腳跟去親李恪臉頰上的鬍子。

高陽說：「你這麼多白色的鬍鬚。白天在太極宮我就看見了。那些金色的鬍子閃著光。我很心疼。我想我們都老了。你也不再是當年那個揚鞭催馬的年輕王子了。」

「當然。」李恪說，「畢竟已經十幾年過去，我現在的心態也很平和了。」

「不再想當皇帝了?那可是你從小的夢想。」

吳王說：「我早已沒有了當年的抱負和野心。我想是江南的陰雨洗刷了我性格中的暴躁。我慢慢地覺得那皇帝的位子本不是好坐的。你看李治踩著多少人的屍骨才爬上那血肉築成的高位。父皇亦是如此，他要在那玄武門前親手殺掉他的兄弟，我實在是早已厭倦了這手足之間凶殘的殺戮。皇帝的位子就那麼重要嗎？苟且於江南一方又有什麼不好？我現在只剩下一份陰濕的心情了。我只是憐惜九弟，他天性善良，對我們眾多兄弟姊妹也很仁義。我擔心他並不能將這大唐的天下坐穩，現在是那個長孫無忌外戚逞威，獨攬大權，一言九鼎，李治全被他控制了，而他對我們這些皇子又深懷著戒備和憎恨，所以我只想走得遠遠的，遠離這血淋淋的是非之地。京城對於我是凶多吉少。長孫無忌隨時都想拿我開刀，我看穿了這一點。我也無意於皇權，此次回長安純爲服喪，待父皇下葬之後，我立刻就會離開。」

「可是三哥，倘你再遠走，我在這偌大的長安城中就眞的再沒有一個親人了，我就眞的是孤零零了，我們也許此生就再也不會相見了。」

「怎麼會呢?你不要說這樣的話。我會常回來的，我的母親還在長安，他們沒有理由不讓我來探望。再說，我還有你這個需要惦念的小妹。」

「你答應我，別馬上就走。讓我們多在一起待一些日子。你答應我。答應我行嗎？三哥。」

高陽又向李恪伸出她的雙臂。

李恪便再度摟住了高陽，那是他作爲兄長的一份眞誠的情懷。他沒有講話，他只想用他

的動作表達出他的許諾。他緊摟著高陽就是想讓高陽知道，他仍然是喜歡她的，而且他畢生都會喜歡她。

然而，在情感上回到童年時代的吳王卻慢慢地感覺到高陽柔軟的身體在他臂腕中的那輕輕的顫動。

李恪很驚異，也很震動。李恪作爲一個成熟男人很快就感覺到了那顫動的暗示。他懷中的這個女人已經不再是他童年時的妹妹而變成了一個淒豔美麗的、正在慾望著的女人。李恪一時很惶惑，他不知他此刻該怎麼辦。他是該推開這個女人，還是更緊地把她摟在懷中？他不知道高陽此時此刻需要的究竟是什麼。他就站在那裡。他的所有的動作依舊。但依然緊抱著高陽，任憑她在他的胸前在一個離他那麼近的地方呻吟著顫抖著扭動著。

然後他聽到高陽在他的耳邊輕輕地說話。她問吳王是不是還記得他們小時候在一起的那些美好時光，是不是還記得她母親死後的那個晚上，她是怎樣哭著跑進李恪的房間。那個晚上她是怎樣地傷痛，怎樣地就睡在了李恪的床上。而李恪卻逃走，她一個人被孤零零地留下。她哭，哭著便睡著了。而她清晨醒來，身邊依然沒有李恪。她回到母親那偏僻而長滿了衰草的小院。然後，然後在不期的時刻，李恪騎著馬來了。他把她帶走，帶到長安城外那茂密的叢林中，在那林中的綠地上，他吻遍了她的全身。然後是乳白色的虹，在午後斑駁的陽光下閃著奇異的光……

她問李恪是不是還記得這所有的情景。

李恪已經身不由己，他只能更緊更緊地抱緊她。

高陽繼續在李恪的耳邊說，你還記得這些嗎？那時的你是那樣的年輕那樣的精力充沛。她說是你撫慰了我。是你把我從深深的喪母的悲傷與惶惑中拯救了出來。從此她害怕極了又渴望極了。從此李恪便成爲了她心中唯一的白馬王子唯一的青春的偶像，然而她卻不能夠和李恪在一起，他們甚至斷絕甚至天各一方杳無音信。於是她便開始了尋找，永無休止地尋找，她只想尋找到一個李恪一樣的男人。但李恪那樣的男人天下只有一個，只有李恪。李恪是唯一的，命中注定她找不到。她絕望。她是那麼想念遠赴吳國的那個與之心心相印的哥哥。她覺得她被父親嫁到房家就等於是把她扔進了人間地獄，她徹底絕望了。後來幸虧有了山林中的辯機。他儘管不是李恪但他也是個出色的男人。她愛上了他，那麼刻骨銘心的愛，她終於感到了幸福，他們甚至有了孩子。但是，宗教奪去了辯機的精神，而後來，父親竟又奪去了辯機的身體。她還有什麼賴以支撐的呢？

高陽在李恪的懷裡這樣述說著。

她很坦然也很直率，因爲她知道她對面的這個男人是李恪，是她無論說出什麼都不會怪罪她疏遠她指責她傷害她的男人。

高陽說：「我眞正崇拜和傾慕的男人在此世間只有兩個。一個是父皇，另一個就是你了。白天我在殯宮裡一眼看到你的時候，我被震驚，因爲我恍若看到了那個當年的父皇，你們是那樣地相像。我被你摟在懷中的時候，就彷彿是被他摟在懷中。那感覺讓我不寒而慄。我是那麼害怕。我恨他，我是恨不能殺了他的。他給了我那麼多生命的痛苦，難道那也算是他對我的愛嗎？

在這酷熱的夏季的夜晚。

李世民的遺體就停放在不遠的殯宮裡。

李愔緊抱著高陽。

那晚高陽美極了，她只穿著薄如蟬翼的白色絲衣。

李愔抱著她，李愔在抱著她的時候透過那薄薄的絲衣觸到了她的肌膚，一個女人的那麼柔軟的肌膚。那肌膚上微微的薄汗，李愔觸到了。那麼溫暖的潮濕。他甚至觸到了那柔軟肌膚之下的纖細而又堅硬的骨骼。於是李愔也開始顫抖。李愔也如高陽一般，不再是同一個父親的至親骨肉，而變成了一個慾望中的男人。

李愔一向情懷浪漫，所以他常常無法控制來自他身體深處的那一份衝動。

特別是當面對高陽這個他一直深深愛著的女人。

「為什麼上天偏要懲罰我們，讓我們只做兄妹呢？」高陽喃喃地說：「你知道當年你遠赴吳國之後的那段日子我是怎麼熬過來的嗎？你知道擁有而又失去之後那絕望的感覺嗎？你知道什麼叫天塌地陷什麼叫撕心裂肺嗎？」

李愔無奈地撫摸著高陽。每一個部位那牽魂涉魄的感覺。上上下下。他上上下下撫摸著高陽。那慾念強烈極了，他根本就無法抵禦。她原來就是他的，是與他生命相連的一部分。此刻他只想著能緊緊地抱住她，保護她，甚至想吞掉她，融化她，讓她成為他身體中的一部分。他要把她帶走，帶到那山青水秀的江南。他要讓她永不受世人的嘲辱、朝廷的歧視。為此他甚至想謀反稱帝，他唯有當了皇帝，才能夠保證他的這個小妹妹再也不受苦。他愛這個女人，愛他的妹妹，他從小就愛她，並且會至死愛著她。這愛此刻就燃燒著他，那麼熱烈的愛的火燄。他不由得低下頭去尋找那柔軟的嘴唇，他找到了，他親吻著，他於是又一次感受到什麼才是天下最好的女人。

直到夜深人靜，高陽才如白色的幽靈，輕輕地飄出了楊妃的宮門。

楊妃沒有睡，她一直沒有睡。

她就靜靜地坐在那漆黑的迴廊上。

天很熱，天上沒有星。

直到楊妃看到高陽公主如幽靈般飄出了她家的大門，她才深深地呼了一口氣。

她的內心充滿了恐懼。

她看見兒子的寢室裡終於熄了燈。

在爲唐太宗守靈服喪的那段日子裡，高陽時時會來探望她的三哥吳王李恪。常常是傍晚來，深夜走。有楊妃在，所以也沒有引起他人的異議。

宮裡的人們只是認爲他們因失寵而同命相憐罷了。即或是執掌朝政的長孫無忌，在聽到有人報告高陽公主與吳王李恪過從甚密的時候，也未曾對他們這頻繁的交往產生什麼疑慮。因爲在長孫的心目中，高陽無足輕重。高陽是什麼東西？不過是皇室中浪蕩淫亂的婊子罷了。在長孫看來，高陽根本無法構成和李恪的政治聯盟。高陽不過是個女人，不過是李恪手中的一個玩物罷了。

長孫倒是對李恪同皇室中其他人的交往極爲關注。他一直認爲李恪是個危險分子，一旦他與皇室的其他成員聯合謀反，便極易對高宗、也就是對他的統治形成致命的威脅。長孫因此一直把李恪視作眼中釘、肉中刺。李恪活在世上一天，他的防範就一天不能鬆懈。他知道李恪的能力。

他很怕李恪有一天眞會把高宗李治從現在的傀儡寶座上拉下來，那大唐的江山就眞的要復辟到隋煬帝的時代了。所以他恨李恪，並且害怕李恪。他總是在李治的面前小心翼翼地攻擊李恪，提醒李治關於吳王李恪的危險性。他想他總有一天要殺了李恪，要徹底消除這個時時給他帶來恐懼不安的隱患。他早就暗藏殺心，只是一時還找不出一個能置李恪於死地的罪名罷了。他於是等待著，在等待中伺機。

在李恪離開京都長安之前，高宗李治又委任吳王李恪爲梁州提督，官拜司空，使李恪能獨霸江南千萬里河山。

如此的升遷李恪自然很高興。李恪是性情中人，他於是很感謝高宗李治。他認爲他與李治到底沒有白兄弟一場。

在這毫無實際意義的封賞和安撫中，倒是楊妃意識到了李恪將大禍臨頭的危險。她勸兒子即刻離開長安，這裡絕不是李恪的久留之地。

唐太宗在昭陵安葬完畢，整個王室從醴泉縣返回京都長安。楊妃開始一天緊似一天地催促李恪趕緊南歸。

她說：「你怎麼能在長安久待呢？」

其實楊妃知道李恪不能捨棄的是什麼。

她面對著心力交瘁的李恪痛心疾首。她沒有說一句高陽公主的不是，她只流著眼淚求李恪快走。她說：「自從你父皇一去，你的頭上就已經高懸了一把利劍。沒有人再能制約那個心狠手辣的老臣。連李治也只能聽任他的擺佈。你回到江南，便天高皇帝遠，海闊任魚遊。大丈夫終是不能沉湎於兒女情長。李恪你走吧，聽我的勸告，咱們這個支脈還要憑靠你的支撐。」

流淚規勸的楊妃就差給李恪下跪了。

李恪面對著母親。他不忍心違抗母親近乎絕望的請求，倉促間就定下翌日的歸期。

李恪辭行時對母親說：「您就替我安慰高陽吧。她受到的傷害已經夠多了，我不願她總是受苦，我……」

堂堂男兒竟泣不成聲。

楊妃含淚點頭。

李恪騎著高頭大馬，帶著他的隨從，離開了京城。那一行人奔馳著，像射出的箭。

南下的馬蹄聲未盡，高陽公主的馬車就駛進了楊妃的宮門。

雍容華貴、端莊典雅、慈愛大度的楊妃在大殿上迎候著飛跑進來的高陽，她向高陽伸出了她的手臂。

高陽呆呆地停住了腳步。

她彷彿預感了什麼。

她的眼圈裡一下子浸滿了淚水。她問著：「出了什麼事？究竟出了什麼事？他怎麼了？」

楊妃伸展著她母親的手臂，把高陽緊緊地緊緊地摟在懷中。

她任高陽在她慈愛的胸懷裡哭泣。她輕輕拍著高陽的後背，就像是催眠一個正要入睡的嬰孩。

楊妃說：「孩子，你哭吧。」

楊妃說：「我和你一樣愛他，但我們別無選擇。他必須走，必須立刻離開這殺機四伏的長安。我們都要他活著對吧？他是我們的驕傲是我們唯一的親人了。我們只能讓他走，他走得越遠，離我們才越近。你懂這個道理嗎？」

高陽退著。她搖著頭。她離開了楊妃的懷抱。她絕望地伸出雙手，彷彿在要著什麼。她說：「不，爲什麼不讓我們告別，爲什麼不讓他等我，不讓我再看他最後一眼……」

「孩子，你回去吧，常來看我。我也不願意讓你總是不快活。常來好嗎？做我的女兒讓我來疼愛你……」

吳王李恪的驟然出現和驟然消失，在高陽公主本來已經很疼痛的心上又狠狠地戮上了一刀。

又有新的血流出來。那疼痛與日俱增。

高陽很困惑。

她開始越來越不懂自己了。

她不知道自己究竟是什麼人，她爲什麼一次又一次地總是把自己捲進一種不可能的愛情中。最初是房遺直，她丈夫的哥哥；接著是辯機，一個矢志於佛教的和尚；然後是自始至終的李恪，她的親哥哥。她不管他們是誰但她愛他們。她愛得不管不顧，她愛得任情任性，直至將自己的生活弄得一團糟。她爲什麼總是把自己的心靈和肉體一次又一次地送進世俗不容的人物關係中呢？

然後是不能自拔的沉溺，是漫漫無邊的日子，是無窮無盡的傷痛。

她覺得她的身心疲憊極了。她已無力抵擋那日甚一日的疼痛浪潮，她覺得就要被淹沒了。她不知如何才能抓住一根救命的稻草，以脫逃開這前所未有的滅頂之災。

其實，自辯機死後，高陽公主曾經滄海的生活裡，還曾奏響過令人驚異的插曲。

史書上說，在此期間，高陽曾先後與三位有名有姓的和尚道士巫師鬼混。他們分別是浮屠智勖、惠弘和道士李晃。這三位在禁慾法規中生存的男人「皆私侍主」，全都不約而同地把他們的私器作爲他們侍奉高陽的工具。

於是他們青史留名。

他們沒有留下英名，那是因爲撰寫史書的男人們不願給美若天仙的高陽公主一個好的名

聲。高陽作爲一個女人存在著男人們看來最致命的兩個弱點，一個是她超群的美貌，另一個是她超群的性慾。美是什麼？是勾引男人誘惑男人擾亂一個所謂正經男人的那顆本來平靜心靈的狐媚。而性慾呢？那只能是男人享有而女人不配的一種身體的感覺。

於是高陽成爲了史書上以美而惑眾，又以慾而害人的角色。沒有一個撰寫歷史的學者願意同情高陽這樣的千古罪人。

高陽公主最初和智勖、惠弘攪在一起，因爲他們同辯機一樣，都是佛門中人。高陽與辯機八九年的交往中，耳濡目染，便也自然而然地親近了佛學。所以，凡和辯機志趣相投、信仰一致的人，都會使高陽頓生信任和親近之感。

只是，高陽公主並不願意承認把他們聯結在一起的，是那個已經死去的辯機。

高陽最早命人找來智勖，是因爲她聽說這個和尚有預卜吉凶的超凡本領。那時候，玉枕事件剛剛發生，辯機被押進大獄。茫然無所措的高陽，便重金請來智勖，讓這個據說神機妙算的和尚爲她測卜未來。

高陽一開始還只是有病亂投醫。

她當時的那恐慌、茫然、絕望由此可見一斑。

預卜出的結局極其恐怖。

那個巫師一般的智勖提前告知了那悲慘，後來並被終局所驗證。從此高陽對智勖預測禍福的能力達到迷信的程度，她常把這個神秘的和尚召到她的府上，無論做什麼，她都要提前占卜，包括被終日詛咒的父皇的死期。可能是智勖所有的預言最後都得到了應驗，總之智勖

慢慢成爲了高陽公主離不開的人。

是高陽公主空虛的心靈和她茫然無所依的生存狀態離不開智勖。

而這個智勖和辯機一樣恰好也是個和尚。然而智勖與辯機不同的是，他沒有風度翩翩，沒有辭采風流，也沒有青春年少。智勖又矮又小，且寡言少語。他的全部魅力都表現在他占卜的儀式中。他是那麼肅穆莊嚴，那麼深邃神秘，而他預卜的許多未來，在日後竟然都不可避免地一一應驗。

在高陽心中，矮小的不起眼的蒼老的智勖，卻是個神一樣的人物。他的身體內聚集著無限的威力，他對整個宇宙的萬事萬物無不全知全能。

因爲智勖是神，高陽便開始崇拜他。

她是在崇拜神，向神頂禮膜拜的過程中，迷戀上了智勖的私器。

那時的高陽已經被性愛放逐，她荒廢著。她想要而又不能。沒有男人。她身邊沒有像樣的男人。

於是，便有了那神一樣的智勖的應運而生。

智勖在占卜的時候總是能讓高陽公主陷入一種極度的迷離恍惚之中。而在迷離恍惚之中又總是能產生出一種莫名其妙的身體內部的亢奮。於是在一次神秘的占卜中，高陽公主如入夢境，她走過去拉住了智勖的手，她要智勖和她上床。智勖顫顫悠悠入得帳幄。

高陽只是把智勖當做了神。她只是每日每時都想知道未來的事情，因爲她根本就不能把握自身的命運。而智勖知道，神知道，所以她求助於神。她並不覺得她和這個萎頓的神在一起有多麼好。也許並不好，也許一點兒都不好，但她還是不顧一切地向智勖要著。她在要著的時候甚至感到了某種快樂。那是一種向禁規挑戰的快樂。

受玉枕事件牽連而死去的人太多了。除了她最親愛的辯機最貼身的淑兒，還有那麼多的奴婢和雜役，僅在一個夜晚，這所有的幾十個人就無影無蹤了。他們沒有過錯，他們成了冤死的鬼。

在他們剛死的那一段日子裡，高陽公主總忍不住想到他們。但她後來不敢想了，害怕他們會來向她討命。然而她不想了，他們卻不肯罷休，從此常常侵入她的夢境。到後來，她覺得她時常會在黑夜裡、有時候甚至在大白天看見她的四周到處都是因爲玉枕事件而死去的那些冤魂。她動不動便會劈頭看見淑兒飄過來，睜大著那雙哀怨的眼睛。她彷彿在說著什麼，但是高陽卻什麼也聽不見，她很害怕，想逃走卻沒有退路。而辯機則總是血淋淋地出現在她的夢中。他是一半一半地出現，要不然是他瘦弱的胸膛以及絕望幽藍的眼睛，要不然是他身體的另一半，赤裸的下身以及兩條枯瘦的腿……

高陽總是在睡夢中被嚇醒，總是被夢中那些奇形怪狀的「熟人」驚嚇出一身淋漓的大汗。

一夜又一夜。

她甚至不敢再睡覺。

她覺得只要一閉上眼睛，鬼魂們就會來糾纏，他們不放過她。他們日以繼夜地追逐著她。

她被折磨得幾乎要發瘋。

於是，她便又重金請來了浮屠中最負驅鬼盛名的惠弘。她要他住在她的家裡，以便及時幫助驅散那些隨時會出現的陰魂。

於是惠弘搬來了。他就住在公主隔壁的房子裡。他隨時隨地跟著公主，他尋找這院落房中的鬼魂們，他使用法術識別他們。把他們找到後，再用咒語把他們趕走。

然而，惠弘將所有飄浮在空間的鬼們全都趕盡後，以爲大功告成，可以拿著他的銀子回他的寺院去了，而公主卻焦慮地留住他。高陽問：「還有我夢中的那些鬼魂呢？」

惠弘住在隔壁便無法驅趕高陽公主夢中的鬼。待他聽到公主夢中的大叫大嚷後趕過來，那鬼早就不知躲藏到哪裡去了。無奈的公主後來就乾脆叫惠弘也住進她的房間。她睡床上，惠弘就睡在公主床下的地板上。

這樣他們一夜一夜地睡著。

只有公主睡著了，他才能等到那些夢中的鬼魂。

一開始他們這樣睡在一起很彆扭。公主睡不著，那鬼便也無從入夢。

終於在一個陰雨的深夜，被砍成兩段的辯機終於又來到高陽的夢中。先是那眼睛、那胸膛，然後便是另一半，血淋淋的腿，和垂在兩腿之間的那無奈的慾望。公主被驚醒。她周身是汗。她哭喊著：「惠弘救我！」

於是睡在地板上的惠弘跳了起來。他跳到床上，英勇地站在高陽公主的身邊，施法捉妖。

高陽公主睜大了驚恐的眼睛。

她在惠弘靠近她的時候，無意間看到正在驅鬼的男人下體裸露出的雄壯。

「不，不要趕走他。」高陽請求著。她說她彷佛聽到了辯機的聲音。那麼遙遠的微弱的。她聽到辯機在求她，不要把他趕走。「不要。千萬不要。」

而惠弘依然在奮力地驅趕著。

高陽去阻攔惠弘。

她去抓他。

她想不到她抓到的竟是那無與倫比的雄壯。那麼她還要什麼呢？

就這樣，惠弘便也成爲高陽公主一個再也離不開的男人。從此，高陽公主動不動就聲稱她又遇見鬼了。她經常要惠弘來，要惠弘就住在她的床邊，要惠弘在床上的激情中爲她暫時把辯機趕走。她要在惠弘不盡的給予中得到安慰和麻醉。

這樣日復一日，高陽公主過著很沉淪的日子。她的身體也越來越糟。有時候她毫無節制，不停地向身邊的那些男人索要。那索要使她慢慢地形容枯槁，面如死灰。儘管有智勖和惠弘交替不斷地出現在她的床上，她仍是感到生活了無意趣的空洞。她於是再度終日裡追索著那逝去的辯機，終日沉溺於想像中的禪院和想像中的晨鐘暮鼓裡。

於是，名醫李晃走近了高陽公主的病榻。

李晃本是一位道士。數十年來隱居山林，苦研醫術，再摻以道家學理，使他的斷症治病皆異於常醫。連長安皇宮裡的御醫，雖稱李晃爲巫醫，卻也不得不另眼相看。

李晃一副閒雲野鶴的仙風道骨模樣，使病榻上的高陽爲之一振。她睜開了眼睛。她本來是拒絕尋醫問藥的。她只想就這樣隨她的辯機去了，她巴不得能早早地死掉。她覺得她已經不再留戀這世間的任何東西了，包括她的兒子們。然而李晃從天而降。

李晃的醫術儘管還不能完全做到手到病除，但高陽的病體在李晃的醫治和調理下，還是慢慢地有了轉機。

她開始滋潤了起來，從內心到身體。

李晃對高陽公主的醫療可謂施盡了渾身解數，他治得很精細，但也帶有這個空空道人以看病爲幌子對高的身體進行的某種挑逗。他一寸一寸地在高陽虛弱無力的身體上撫摸著，美其名曰尋找高陽患病的癥結。他從高陽的頭髮開始摸起。然後是她的臉頰她的脖頸，她的枯瘦的身體和她的已經變得乾癟的乳房。他帶著節奏地揉搓著它們。後來他又開始按摩這個女人的腿。從小腿到大腿。他就這樣按摩著撫摸著。他用盡了十八般武藝，終使高陽乖乖就範。她受不住那揉搓，受不住雙腿之間的那雙溫熱的手。

於是，李晃便也極其自然地「以私侍主」。他穿插在浮屠智勖和惠弘之間，與高陽共享床第之歡。

那是高陽生活中最爲混亂的一段日子。她讓這些男人排著隊來侍候她。她不管別人怎麼看。也不管她的身體在承受著一個又一個不同的男人時是不是很難堪。她不管那些。她只覺得在辯機死後的日子裡，她的身體需要那些。她任憑他人對她的種種流言。

只是高陽的這一段混亂很快便如過眼的雲煙。高陽和他們的關係僅僅是身體上的需求。

和他們在一起與和辯機在一起時的感覺豈可同日而語，唯有辯機鐫刻在高陽的生命中。

智勖、惠弘、李晃這三位載於史書的男人，後來均因他們與先帝之女有染而遭致厄運。當初他們上得高陽公主的床榻，自然不會想到日後腦袋的安危。他們只是覺得驕傲，因爲與他們同床共枕的，是皇室裡有公主的身分加上漂亮姿色的女人。

這樣的日復一日不能使高陽公主滿足。她一天到晚沉浸在那性的迷霧中，她醉生夢死。她甚至來者不拒，和各種各樣的莫名其妙的男人。她想她既然被看作是淫亂的象徵，她便不該枉背了這個可惡的罪名。

可是到頭來有什麼意思呢？

空洞洞的身體和空洞洞的心。

高陽公主盡日睜著她大而茫然的眼睛。她茫然地看著那些一步步走近她，走近她帳幄的男人。

是她叫他們來的。

她當然也可以叫他們滾蛋。

在後來的有一天，高陽突然十分明確地感覺到她的厭倦。她想她已經不再需要有人爲她占卜、爲她驅鬼、爲她治病了。

她所需要的其實並不是那些，而是打著那些幌子的男人。

她眞正需要的是男人。是衝撞所帶給她醉生夢死的刺激。她是想在那刺激的雲裡霧裡，忘記她還有一份眞實的感情忘記她還有一顆眞實的心，忘記還有舊日的歲月，忘記還有未來

的憧憬。

然而，那衝撞的體驗千篇一律。她與那些莫名其妙的男人再也翻不出新的花樣了。

除此生活中還有什麼呢？

高陽公主終於厭煩了。

她惡狠狠地一個一個趕走了智勖、惠弘、李晃這些召之即來的男人。她的態度很蠻橫，她蠻橫是因爲她的心情很惡劣。她突然莫名其妙地預感到了一種氣數已盡的終局。

高陽頗有點跳出自我的味道，她開始把目光轉向了她的這個家。其實，她對房玄齡這個家族的成敗興衰向無興趣。如今之所以會破天荒地把一份關切轉向這個家，是因爲房氏大家族的帥旗已倒，這個家終於不能夠再一團和氣地維持下去，分割萬貫遺產已到了勢所必然的時候。

隋朝遺將房玄齡數十年追隨太宗，征戰無數，受封顯赫，到七十二歲謝世，自然積攢下了相當可觀的財產。房宰相撒手西歸，這些良田古宅、金銀財寶便自然而然地成爲房氏子孫及三房四妾們爭奪的目標。

幸好這殘酷的一幕沒有開演在老臣嚥氣之前。

沒有誰再來維繫這個偌大家族的團結，分家已成爲全家人的共同渴望。大家只想能太太平平地渡過這一家庭解體的難關，從此相安無事，各奔前程。

如果沒有高陽的介入，房家這一次的瓜分遺產也許會進行得很順利。一向以謙和著稱的老臣房玄齡，數十年來所諄諄教導兒子們的自然也是要謙和忍讓、寬容大度，以儒雅之風爲立身之本。長子房遺直知書達禮，其君子風度盡人皆知。以他寧願將自己銀青光祿大夫的官職眞心讓給弟弟的那一份寬容，他又怎麼會昧著良心要侵呑房家的財產呢？而房遺愛儘管沒有什麼學問，也不大懂得什麼倫理綱常，但他本性憨厚，而且一向看重房家兄弟之間的骨肉之情。因此，到了終於要瓜分房家的遺產時，他們便都顯得謙謙君子，很溫良恭儉讓，很仁義禮智信。他們將家分得皆大歡喜，一片祥和。彼此誰也沒有心懷鬼胎，暗藏殺機。

房遺愛心滿意足地把落在他名下的那份財產的清單拿給高陽公主看。他出示清單的時候，甚至有種得意的神情，是他給高陽掙來了這份巨產。

閒極無聊的高陽公主本來並沒有想過要關心房家遺產，她從來就沒有把自己當作過房家的成員。既然是房遺愛把那份清單拿來，既然是高陽公主正百無聊賴，於是，高陽覺得她可以看一看那份清單。她看著看著似乎就來了精神，開始一項一項地查問房家那些土地、房屋的來龍去脈。問到最後，她終於歇斯底裡地發作了起來。

她指著房遺愛的鼻子大罵他的窩囊無能。她說：「你眼睛瞎了？連人家在你眼皮底下偷你搶你的口袋，你全都看不見？你趁什麼？就敢把那麼多本來屬於我們的東西那麼大方地送給別人。你怕他什麼？你們的爹死了，可我的哥哥還是皇帝。他怎麼還敢這麼欺侮人。他這個人眞是利慾熏心，就差把你們老爺子留下的財產全都歸在他一個人的名下了。你還總是口口聲聲地說你的這個哥哥好。他怎麼好了？枉爲人兄，恬不知恥。你去找他，討個公道回來。你要是不去，我就去。」

「不不，還是我去，公主你先不要著急。讓我去處理好嗎？」房遺愛息事寧人地勸著。本以爲是很令他得意的一件事，想不到竟使高陽公主暴跳如雷。

高陽沒有食言。

房家分割財產的事不知道觸動了高陽公主的哪一根筋，連她自己也說不清楚是爲了什麼。總之不管房遺愛是不是去跟房遺直辯理，她當晚就進宮求見高宗。她在高宗李治面前又哭又鬧。她懷著對房遺直的無名怒火，大罵房遺直的道貌岸然。她希望高宗插手此事，希望朝廷出面干預，狠狠地教訓那個多少年來一直讓她很不愉快的男人。

其時，是永徽三年十一月。寒冷的冬天來到長安。

高宗李治已在位三年。他已經把皇帝的那把椅子坐熱。李治儘管還很年輕，但他對他的這個皇妹，還是有著一份了解的。父親死後，李治儘管出了善心，解禁允許高陽公主進宮，但是並不等於他就寬容了高陽的無理和驕縱。而房玄齡家的兩個兒子，他也是從小便了解熟悉的，特別是房遺直的爲人，宮裡上下皆有口皆碑。李治甚至一直十分欽佩這個不慍不躁、文質彬彬的遺直，認爲房遺直是和他父親十分相像的寬厚之人。以房遺直的天性，他怎麼會在分家時如此貪得無厭，令高陽公主大動肝火呢？

在高陽公主和房遺直的矛盾中，唐高宗李治像他的父親一樣一眼就看出了誰是誰非。

但畢竟他只是高陽的哥哥，他不能像父親當年那樣，從此對高陽公主下一道不讓入宮的禁令。善良的高宗也不忍下這樣的禁令，所以他只能是對他這個從小被嬌慣壞了妹妹好言相勸。

高宗說：「你要看在父皇的……」

「你不要對我提父親，我沒有父親。他早就死了。」

「高陽，你怎麼能這樣講話？無論他生前對你怎樣，但他畢竟是你的父親。」

「是的，他當然是我的父親。否則，我就不會隨意被他扔到那個房玄齡家的院子裡了。」

「但父親絕不是出於惡意，尤其是對你，他是認眞做過選擇的。何況，老臣房玄齡生前也是對你一片慈愛。看在他的份上，你也不該把房家弄得雞犬不寧。」

「是我讓他們雞犬不寧啦？是他們自己一個個都像烏眼雞似的，恨不能把祖上的財產都霸到自己的名下。特別是那個房遺直，仰仗他是房家長子，他想怎麼分就怎麼分。現在他們的父親一死，他就更不把我這大唐的公主放在眼裡了。他們這是故意欺侮我，他們欺侮我也就是對你的不恭敬……可你竟還升他爲禮部尚書。」

「高陽你不要說了，朕不想介入你們的家庭糾紛。朕想房遺直做事還不至於那麼不講公道。你回去吧。朕只想勸你不要太任性、太驕橫，這也是父皇生前最不滿意你的地方。和房家的事情要好好商量著辦，你雖是大唐的公主，但做事情也不可以太過分，萬萬不可無理取鬧。」

「無理取鬧？你居然說我無理取鬧？」高陽公主拍案而起。她厲聲道，「那我們兄妹之間還有什麼好說的。你根本不關心別人。你口口聲聲說著父親的好話，不就是因爲他選中你繼承了他的王位嗎？你以爲你坐在這個位子上就是最好的皇帝了嗎？以爲你當皇帝那個傑出的比你棒上一千倍的吳王李恪就不存在了嗎？你以爲你已經握住大唐的權杖，可你知道那權杖不過是握在外戚長孫無忌的手中嗎？你有什麼權力？你連指手畫腳的權力都沒有，你不過是個可憐的傀儡。大唐江山遲早要斷送在你的手中。」

高陽公主說罷揚長而去。

她不知道爲什麼會當著儒弱的李治說出這些她本不該說出的話。後來這些話不知道怎麼又傳到了長孫無忌的耳中，這是長孫第一次聽到皇室成員明目張膽地直抒胸臆。

高宗李治的中庸態度惹惱了天不怕地不怕的高陽公主。她從後宮返回後，便決計一不做二不休。

誰也弄不清高陽究竟想做什麼。甚至連高陽自己都不清楚她爲什麼要這樣做。

她又一次奮不顧身。

她一生永遠在做著奮不顧身的事情。

無論是愛，還是恨。

她不計後果不顧一切哪怕身敗名裂哪怕命歸黃泉。還哪怕，把別人的性命搭上也在所不惜。

高陽早就不把她自己的性命當一回事了，她早已將死置之度外。所以她才能如此地無所畏懼，勇往直前。

在高陽公主的盛怒之中，房遺直曾來求見。幾年裡他已不與高陽交往。特別是父親死後，沒有了家族的聚會，兄弟之間的聯繫也少了很多。分家是大勢所趨。房遺直作爲房家長子，只能把這事承擔下來。他自認爲在分割父親的遺產時，他是很公允的，他只想族人之間，平平和和。兄弟姊妹，各得其所。他把分割財產的清單提出來後，房家參與分割的親屬幾乎沒有異議，大家都欣然接受了那個皆大歡喜的結局。但是房遺直沒想到，高陽公主會事後跳了出來。

高陽公主糾纏的是房家齊州的田產。她耿耿於懷的還是房遺直身上那享有很高俸祿的銀青光祿大夫的官職。她說房遺直既然擁有了官職，他就該把老家的田產讓出來。

恰恰是這樣的兩條理由。

恰恰這樣的兩條使房遺直又回想起他與高陽公主的那個當初。他不明白爲什麼已經十幾年過去，在經歷了那麼多變故和磨難之後，高陽卻依然不能平息對他的刻骨仇恨。他並不知道，他是高陽此生所最仇恨的兩個男人之中的一個，高陽很多年來一直在巫術中詛咒著他。

他不知道這些。

他求見高陽公主。他覺得有些事情是能夠說清楚，也是能夠商量的。

但是高陽是不見。

高陽拒絕得很堅定，無論房遺直怎樣地請求。他轉而又提出要見房遺愛，他想兄弟之間總是可以商量的吧。可讓他萬萬沒有想到，房遺愛竟也拒不相見。

房遺直很憤怒。幾天前房遺愛還好好的，難道兄弟之間反目到連商量的餘地都沒有了嗎？

在吃了閉門羹之後，房遺直也只能拂袖而去，靜候事態的發展。

而高陽公主在她的院子裡大喊大叫，事已至此，她早就無所謂了。她怕什麼。她又怕誰。她大罵房遺愛。她說她到底是大唐的公主，她說不要忘了，她的父親雖然死了，她的哥哥卻還坐在皇帝的椅子上。她要房遺愛到官府去告房遺直。她逼迫他。她問他你去不去。她說你若是不去，她就要把他身邊的所有女人和奴婢都趕走，讓他在家裡當和尚。

房遺愛最怕的便是身邊沒有女人。他儘管能夠做到不和高陽公主共枕，但卻不能不和別的女人上床。淑兒等奴婢被捕殺後，房遺愛手下的女人幾乎全軍覆沒。有好長的一段時間，房遺愛的西院裡空空落落、冷冷清清，那一段痛苦的時光他至今想起來還心有餘悸。

房遺愛怕他從此以後沒有女人，但他更怕的是他從此得罪了高陽公主。得罪了高陽就等於得罪了主子。在與高陽公主做名譽夫妻的十幾年中，房遺愛到底還是被馴養出一顆奴才的忠心。

高陽的歇斯底里使房遺愛很害怕。他本來就沒有主張，在高陽的譴責中，似乎也慢慢地覺得那家產分配欠公，覺得他哥哥是在欺侮高陽公主了。房遺愛和高陽儘管沒有摯愛的肌膚之親，但他簡單的思維中還是把高陽當作可以攀附的皇室的靠山。他知道，沒有高陽公主也就絕不可能有他的駙馬都尉、散騎常侍一類官位。而他哥哥冒犯了高陽公主，事實上也就危及到了他日後的生存。他是仰仗著高陽公主才得以在朝廷、在官場、在長安的社交界廝混的。否則他一個無能之輩，怎會如今天般出人頭地呢？

循著一條思路琢磨下去，房遺愛更加覺得他哥哥的歹毒。他想房家的好事全被他房遺直佔全了，他不僅擁有太宗時給予他的銀青光祿大夫的高官，高宗繼位後，居然又讓他擔任了禮部尚書的要職。而他房遺愛得到了什麼？不過一二閒差虛名罷了。

他想既然是你房遺直不顧手足之情，那我房遺愛還管什麼兄弟之誼呢？

房遺愛受高陽公主的誘導，認爲他確實吃了很大的虧，所以在房遺直求見高陽公主不成，轉而想見見遺愛的時候，他也居然硬起心腸將哥哥拒之門外。

房遺愛不跟他本來能夠商量的哥哥商量，幾天後又把一紙狀書送到房遺直任職的尚書省。

房遺愛在狀書中說，身爲禮部尙書的房遺直不僅在家中破壞了仁義禮智信的道德準則，而且觸犯了皇家公主的利益。道貌岸然的房遺直是朝廷中可怕的蛀蟲，尙書省倘繼續任用如此朝官，只能是愈加失信於民。

房遺愛到底是公主的丈夫，到底是皇親國戚，到底在某種意義上也還有些舉足輕重。尙書省忍痛責令房遺直停職反省，以待判決。

接下來便是緊鑼密鼓的調查。

其實財產的分配本來只是民部的事情，而這一次，卻秉承宰相長孫無忌的旨意，動用了尙書省最高一級的朝官親自調查。國舅的意思是，事關皇室榮辱，不可掉以輕心。

房府裡擠滿了前來調查的朝官。

房家的成員們惶惶不可終日，這樣聲勢浩大的侵擾如抄家一般，使早已衰敗的房氏家族名譽更加掃地。

而最後的終結，竟出乎所有人的預料。

沒有贏家和輸家。全是不孝子孫。

房遺愛遞上狀書僅十天，朝廷即表明態度。

房家的所有人跪在房府的大廳裡，接受由高宗皇帝親自批覆的宣判書。

禮部尚書房遺直被貶爲隰州刺史，從長安遷到山西；駙馬都尉、散騎常侍房遺愛被貶爲房州刺史，被趕出京城赴湖北赴任。

房家的成員在聽到這樣的宣判之後，全都驚呆了。小小家庭糾紛，何以被搞得如此兩敗俱傷？

這究竟是爲什麼？

一種大廈將傾的絕望。

彷彿災難還不僅被貶職，接下來將是滿門抄斬、株連九族。

恐懼和悲哀中，房家的老老少少哭作一團。

房遺直在接受那判決的時候很冷靜，他彷彿早就知道會是這樣的結局。被發配到房州做刺史的房遺愛頹然癱倒在地，他很驚愕。他覺得冤枉，想不到搶先告狀的他竟然會落得如此下場。他更沒有想到朝廷對他們這些大唐有卓著貢獻的功臣後代竟會下此毒手。早知今日，何必當初呢？

房府裡一片狼藉。眾人皆非議著那個成事不足、敗事有餘的房遺愛。而房家的人都知道指使房遺愛行此下流勾當的，正是他那個讓人無比憎惡的老婆。他們不知道這樣的結局是否是高陽公主有意策劃？

其實這結局是連高陽公主自己也始料未及。她也感到驚愕，感到忿恨，甚至憑著直覺看出這判決不單單只是對著房家兄弟，也是朝著她高陽公主來的。這樣的結局並不是她的本意。她的本意是只想把恨著的那個男人打入十八層地獄，她甚至沒有想到剛剛升任禮部尚書的房遺直竟被趕出京城，更沒有想到同被貶出京城的竟還有房遺愛，其實這也就意味著她高陽公主也將被趕出長安。

歷經宮廷爭鬥的腥風血雨洗禮的高陽公主，憑著她天然的悟性和敏感，立刻就猜出了這招險惡之棋的背景。她一向懦弱卻溫良的哥哥李治，斷然不會想出這樣一箭雙鵰的絕招。她知道這一定是那個左右著李治的老奸巨滑的長孫無忌一手操縱的。她知道那個篡國的老賊是必欲把除了高宗以外的所有太宗的兒女們全都置於死地而後快的。她知道他從此定然會想方設法一個一個地把他們斬盡殺絕。因他懼怕他們聯合起來謀反奪權。

高陽公主雖然看出了癥結所在，但她卻苦於無應對的良方。

沒有人可以商量。她想起了遠在千里萬里之外的吳王李恪。她想此刻要是能有足智多謀的李恪在身邊該有多好。高陽公主以一介女流之輩的悟性，察覺此刻也許該是他們皇室的兄弟姊妹聯合起來推翻專權跋扈的長孫無忌的時刻了。

看著房遺愛接到詔書後的那一副沒有骨頭的樣子，高陽更是感覺出一種無所依傍的悲哀。已經逼近的險境，驟然激發出她奮爭的鬥志。

在這關乎生死存亡的時刻，高陽寄希望於皇室的其他成員，儘管這些遺老遺少們平時也很嫌惡高陽公主，並且幾乎不同她來往，但當他們聽說長孫無忌就要開始屠殺皇室成員的消息，便陷入緊張，人人自危起來。畢竟把官至禮部尚書的房遺直和駙馬都尉的房遺愛趕出京城長安不是個小的動靜。而且這房遺愛是如今大唐皇帝親妹妹的男人。長孫無忌向高陽公主開刀確實使皇室的其他成員膽戰心驚，他們中的一些人便空前地團結了起來。

宣布房家兄弟貶官發配後的一個晚上，幾輛馬車悄悄地停在了高陽公主的院外。

十一月初冬的夜晚已很寒冷。

馬車裡的人哆哆嗦嗦躲躲閃閃地溜進高陽公主的院落。

這是自高宗李治繼位後皇室成員的第一次秘密聚會。據史書記載，參加此次聚會的，有唐太宗的兄弟荊王元景，還有唐太宗的妹妹丹陽公主和她的丈夫薛萬徹。薛萬徹因犯罪早已被貶至偏遠荒蠻的甘肅寧州，他被貶官的骨鯁在喉，此時正對高宗的朝廷滿懷著深仇大恨。另外一對參與聚會的夫婦，是高陽公主的姐姐巴陵公主和她的丈夫柴令武。當時的巴陵公主正在生病，柴令武本已是河南衛州刺史，但卻以照顧病人為藉口，長期滯留長安。

便是這樣的一群不甘長孫無忌作威作福的皇親國戚們聚集在高陽公主的房中。有些幽暗又有些悽慘的燈光下，他們同仇敵愾，聲討著高宗李治以及他背後的長孫無忌的種種倒行逆施。

荊王元景本來就自視甚高，懷才不遇。他認為太宗死後，在整個皇室中，唯有他才是做帝王的材料。他是個志向很高的野心家。他對姪子李治始終不以為然，對外戚長孫無忌的專權更是恨之入骨。於是他最先跳出來，直言不諱地發誓說：「一旦時機成熟，就一定要幹掉長孫無忌，脅迫高宗退位，奪回我們大唐的王朝。」

丹陽公主的丈夫薛萬徹即刻附和說：「我同意荊王的意見，一旦有了機會，我們就推荊王元景做起兵的首領，率眾起義，收復朝廷。」

而兩代公主也從高陽的處境中體味到了未來的嚴酷。她們說：「向高陽公主開刀就意味著將向我們所有皇室的成員開刀，我們不能坐以待斃。」

皇親國戚們痛痛快快地發洩了他們對朝廷的忿恨之後作鳥獸散。他們出門時小心翼翼，如若聚會被長孫的耳目們探去，那他們面臨的就不再僅僅是被貶官、被發配，而是殺身之禍了。

他們只留下了一個高陽公主全家不能離開長安的結論，但他們誰也沒有費神爲高陽想過，用何種理由才能不離開京城。

房遺愛在聚會之後覺得一無所獲。說堆昏話有什麼用，他可不敢違抗朝廷，還是打點行裝到房州去當刺史吧。

房遺愛在深更半夜被奴婢們推醒。懵懵懂懂之間他睜開眼，看見有個黑色人影就坐在他床對面的木椅上。他的心怦怦地跳個不停。半天終於聽到那黑影中的女人說話，是公主的聲音。

高陽說：「我思前想後，我想我們不離開長安的唯一辦法，就是繼續和房遺直鬥。」

「和他鬥？和他鬥有什麼用？他不是也被貶官發落了嗎？」

高陽從黑暗中站起來，蔑視地走近房遺愛，她滿臉不屑地對他說：「這就是我爲什麼要恨我的父皇，這就是我爲什麼把嫁給你這種人當作我一生的悲哀和痛苦。你難道還不明白嗎？我們只有證實了他眞的有罪，才能證明我們的無辜。我們最終才能解脫，倖免一死。」

「皇帝並沒有要殺我們。他只是……」

「你是個不折不扣的白癡。」

「可是，可是遺直不是已經定罪了嗎？否則他就不會被發配了。」

「那罪名遠遠不夠。」高陽公主惡狠狠地說。她的臉被掩在暗影裡。看不見她臉上的神情，但卻聽得見她從牙縫裡擠出的那一個一個的字：「我要他死！」

「不，不，高陽，不要。」房遺愛怯怯地說。他儘管膽小怯懦，但他還是繼續說，「算了吧，高陽，你已經把他從禮部尙書的高位上拽下來了。夠了，眞的，夠了。」

「你不恨他？不恨他侵吞了你的財產？」

「我恨他。當然恨他。可他到底是我哥哥。他已經受到懲罰了。」

「難道你願意離開京城到那個房州做個小刺史嗎？」

「不。」

「難道你就甘心情願給你的哥哥當陪綁嗎？」

「不。」

「難道在這場你們房家的災難中，你眞的有什麼過錯嗎？」

「不——」

「不？你爲什麼還要去管什麼你的哥哥。你難道看不出正是你的哥哥在把你帶入深淵嗎？在這滅頂之災中你難道就看不出我在救你嗎？」

房遺愛疑惑地看著高陽公主。

「我是在救你。而只有把他打進十八層地獄，你才有可能免除災難。」

「可是，可是遺直他確實……」

「確實什麼？」高陽公主逼近房遺愛。

「他確實沒有傷害我呀。」

「他沒有傷害你？都死到臨頭了，你還護著他？他對你就那麼重要嗎？比我還重要嗎？」

「不，當然不是。」

「那是什麼？他是沒有傷害你，可他傷害了我。他傷害了我難道不就是傷害了你嗎？」

「他也沒害你呀，他……」

「你知道什麼？你不過是一個白癡。你沒有察覺。你看不出也不會想到……」

「怎麼回事？」房遺愛緊張地問著。

「多少年來，我一直瞞著你。我瞞著你是因爲我怕傷害了你。」

「什麼？你快說，到底是什麼？」

「你只知道我的生活裡有辯機，你不知道還有個房遺直。你是那麼輕信他。你知道在我嫁到你們房家沒幾天，他就跑到我的房間強暴了我嗎？」

「什麼，你都說些什麼呀？」

「你還沒有聽清楚？在我剛剛來到你們房家的那段日子裡，你還記得嗎？他總是把你安撫在西院。他勸你，像一個眞正關心你愛護你的兄長。可你做夢也不會想到，他卻在深更半夜來找我。是他要了我的初夜，因爲有了他我才更加厭惡你。爲了躲避他，我才去找了辯機。是他這個人面獸心的東西，從一開始就毀了我們。十多年來，他一直對我非禮，是因爲他一直就沒有把你放在眼裡，他蔑視你嫌棄你，把你當作猴一樣地耍來耍去，我一嫁給你，他就讓你戴上了綠帽子……」

「不！不！你不要說了。這不是眞的。」房遺愛絕望地蹲在床上。他抱住了腦袋。他覺得他的腦袋如雷擊了一般。他不在乎高陽和誰上床，只是不敢亦不願相信他一向崇拜信任的哥哥竟也和高陽一道欺侮他、踐踏他。他喊叫著。他說：「不，你不要說了，那不是眞的。」

「難道你一定要看到證據嗎？好，我帶來了你想看到的東西。你就該相信你這仁義的哥哥是怎樣在欺騙著你了。你看吧，你哥哥的內衣怎麼會一直在我這裡？還有這件袍子。這是他十幾年前穿過的那件，你還記得嗎？他從此就再沒有穿過這些衣服了，他把它們留給了我。還有這些珠寶，你們房家祖傳的珠寶。他當我是婊子，他當我和他睡了就會要他的施捨。你還想看什麼？這內衣上的血印，是我第一次的血。那疼痛至今猶在，我不會忘的。那血混著他的污濁，就那樣弄髒了他的內衣。這證據還不夠嗎？你還想護著他嗎？你還想陪著你那裝模作樣的哥哥一道完蛋嗎？」

高陽喧囂之後揚長而去。

房遺愛像被一棒子打倒在地上。

房遺愛坐在房遺直的對面。

對於房遺愛的突然來訪，房遺直覺得十分驚訝。

已是午夜。

夜很寒冷。

房遺直的院子裡一片衰敗凋零的狼藉景象。到處是捆紮起來的包袱和木箱，如逃亡一般的。房遺直已經做好了攜全家離開長安到山西赴任的一切準備，他馬上就要動身了。

房遺愛坐在那裡，滿臉是淚。

「到底出了什麼事？你不要這樣。無非是離開京城。這樣的結果不是你我能左右的，我們的命運並不在我們自己手中，這一點我記得父親早說過。」房遺直平靜地說著。他確實已將他的前途看得很透徹。他面對著房遺愛。他也像高陽公主一樣，對房遺愛遇到變故後的一副喪魂落魄的樣子很遺憾。他們兄弟之間已經有很久沒講話了。房遺直始終無法解釋他這個親兄弟爲什麼突然到尚書省發難，以至釀成兩敗俱傷的惡果。敗局已無法挽救，房遺直回天無力，他只能是在心裡譴責這個不爭氣的兄弟，也在心裡痛恨自己的無能。他說：「我們是愧對父親在天之靈的。我們是房家不孝的子孫。」

房遺愛哭得更傷心了。

「你到底是怎麼啦？你不至於因爲要離開長安就難過成這個樣子吧？大丈夫四海爲家。你要是沒有什麼事，我也想早點休息了。明天一早我就得上路。」

「你走不了了。」房遺愛終於開口說。

「怎麼啦？」房遺直驟然間緊張了起來。他不得不警覺，近些天來事態的變化已使他成爲驚弓之鳥。他知道以他目前的處境，就是被拉出去殺了也不足爲奇。

「我恨你。」房遺愛流著淚說。「我恨你，你知道嗎？你已經逃不掉了，明天朝廷就會來抓你，你就是走了也會把你從路上抓回來。你犯的是死罪，你是罪有應得。我恨不能你死，恨不能你也落得個辯機和尙一樣的下場，恨不能親手把你撕成碎片……反正我已經無所謂了。」

「你究竟是什麼意思？你給我滾出去！深更半夜的，我不想聽你的這些混帳話！」房遺直站了起來。他怒目而視。他本來不想撕破他們兄弟之間的那層表面的關係。包括他被房遺愛的一紙訴狀而罷黜了官職，他都沒有罵過他一個字。因爲他知道遺愛是被高陽唆使的。而如果是高陽公主要毀他，他就沒有什麼可說的了，他只能是咬碎了牙往肚子裡嚥。事情到了今天，絕不是他這個弟弟的錯。而且房遺愛的被貶官被發配，也使遺直在心裡對他頓生可憐和同情。房遺直本來實在不想對這個同遭暗算的弟弟發火，他只想他們能平淡地分手，從此天各一方，好自爲之。房遺愛夜半時分說出的那些惡狠狠的詛咒惹惱了他。幾乎從未有過的，一向謙謙君子的房遺直竟也破口大罵起來：「都死到臨頭了，你還要怎樣？還要把我怎樣？你我鷸蚌相爭，是想讓什麼人得利？你深更半夜地來，就是爲了咒我死嗎？你還嫌房家敗得

不夠嗎？你還不覺得愧對死去的父親嗎？就爲了你那個任性的老婆？這些年來她又給了你什麼？讓你一頂一頂地戴著那些綠帽子，難道你還嫌不夠嗎？我們家倒楣就倒在那個皇家大公主的手裡了。你怎麼至今什麼全都不明白？你告了我，把我從京城貶走，可你又從中得到了什麼好處了？她高陽又撈到了什麼好處了？你們就看不出這背後的局勢嗎？你不僅給你的老婆當槍使，還給朝廷當槍使。那長孫正愁沒有殺你們的理由呢，你們倒好，自己送上去硬往刀口上撞。你們不是白癡就是瘋子。最終是搬起石頭砸自己的腳，現在只能是自食苦果。事已如此，你們還要怎樣？說你恨我，恨不能我死。我可以去死，死不足惜。說吧，幹什麼來啦？你坐在那裡發什麼呆？沒事兒還不快滾蛋！」

房遺愛遲疑地站了起來，一步一步地向門外走。他走得很緩慢，步履中含著欲言又止。走到門口，他終於還是扭轉了頭。他對著站在房中央的遺直說：「我們兄弟可能是眞要生離死別了。我只想告訴你，也許等不到你走，朝廷就會來緝拿你。」

「爲什麼？你爲什麼這麼恨我？你還嫌把我弄得不夠慘嗎？遺愛，我們是親兄弟，我們的身上都流著父親的血，我們到底手足一場，我們……」

「是啊，就是因爲我們手足一場，我才深更半夜地跑來。我最終還是不忍讓你糊里糊塗地被捉拿歸案。正因爲我們兄弟一場，我才不記前嫌地趕來通知你，高陽她又進宮告你去了。而高宗也不再是那個頭腦清醒的太宗了。」

「她又去告我？告我什麼？」

房遺愛緩緩地從他的袍子裡掏出來那些當年房遺直送給高陽公主的珠寶。

那珠寶在幽暗的燈光下閃著幽暗的光。

房遺直一下子全都明白了。他也不想再說什麼了。

因爲是高陽公主，他便只能是聽之任之。他甚至沒有怨言，沒有恨。

他走過去輕輕拍了拍遺愛的肩背。他說：「謝謝你來，謝謝你來通知我。」

「這一次你逃脫不了。是辯機一樣的死罪，她把你當年的內衣也帶進宮去了。

「是的，是死罪。她爲什麼這麼恨我？好吧，遺愛，你回去睡吧。臨死前我至少得知了你對我的感情。」

「可是，爲什麼？遺直你爲什麼要對我這樣？我那麼敬重你崇拜你。我像愛父親那樣愛你。我覺得唯有你才是眞正的正人君子。我從未想過竟是我最愛的兄長在偷我的老婆。當初要不是因爲你，高陽也許最終會接受我，也不會再有那可惡的和尙。遺直，你要告訴我這究竟是爲什麼，你就那麼迷戀她，還是她在勾引你？」

「遺愛，我們不要再說這些了。當初我也不想那樣。相信我，我努力過了，我不想那麼做，特別是不想傷害你。」

「可你到底還是傷害了我。就因爲我傻，我沒有本事，你這有學問的人就可以隨便上她的床。你知道我這些年是怎麼熬過來的嗎？你知道我一直在忍受著怎樣的屈辱嗎？我寬容她忍讓她，讓她一頂一頂地往我頭上戴綠帽子，其中竟也包括你……你怎麼能這樣對我？你怎麼也像那些混蛋的外人那樣？」

「遺愛，你不要再抱怨了，事已至此你再說什麼也沒有用了。現在她去告了我，正像你說的這是我罪有應得，我無悔無怨。其實對於我們房家發生的這些事，我早已冷靜地想過，我們什麼也不該怪，這是天命使然。我本來怨父親，怨他爲什麼要是太宗的摯友，他如果不是唐太宗最看重最信任的人，皇帝也就不會把他最寵愛的女兒下嫁到我們家。而你如果不是娶了這麼一個美麗無比又驕縱無比的女人，你的一生也許會很幸福，而我們房家也不會遭受如此的屈辱。相信我，我確實沒有想傷害你，即便是你眞的因我而受到了傷害，那也不是我的本意，是命運的驅使。你能了解嗎？十幾年來一步一步到今天，全都是命。如今命運又把我們捲進了他們李家的皇室之爭。我知道我是逃脫不了，但同時也看清你和高陽也將是這場爭鬥中的犧牲品，一場血腥的皇室清洗就要開始了。我們不過是這場清洗的前奏，是這場清洗最早的祭品。你們善自珍重吧。我不怨恨高陽，其實她也是個可憐的女人。而我愛你，我是眞心愛你的，我們只能在天國裡重做兄弟了……」

果然在那個清晨。

在那個灰暗的早晨，朝廷的禁軍突然突襲房府，將房遺直捉拿歸案。

高陽公主的目的達到了。

房遺直被抓，房遺愛暫不離京，待一切水落石出後再一併發落。

終於達到了目的的高陽公主，心裡竟突然有了種空落落的疼痛。她不是已經將她此生最恨的男人送上死亡之旅了嗎？怎麼反倒失落了起來？是寂寞的勝利。全沒有意思的。或者那

並不是恨？不是恨又是什麼？不是恨她又為什麼要他死？

高陽在等待著朝廷最後的判決，她堅信房遺直犯了對她非禮的罪過之後必死無疑。房遺直的死罪使高陽想到了當年同樣罪過的辯機。那屈辱和疼痛至今猶在。不同的是，如今把房遺直送上死刑台的不是別人，而是公主本人。

她堅信她必勝但是她並不快樂。她只是有一種感覺，那感覺越來越強烈，那就是她發覺這麼多年之後，終於把房遺直告發並把他推向死亡，事實上也是把自己推向了那個終極。也許是她已有了死亡的預感後，才想法順帶房遺直這個伴隨她多年的仇人一併上路的。但無論如何，禮部尚書陷入囹圄，終使房家祖宗八輩臉面掃地。在房家吃夠了苦頭的高陽一想到這些，便忍不住升起惡毒的快意。

房遺直被抓的那個清晨，高陽感覺空落落的疼痛，彷彿又丟失了什麼。生命中的那一種。後來她終於悟到，沒有敵人的生命其實也是寂寞的。

她很後悔沒有親自去抓捕房遺直的現場。據奴婢們說，大公子全然一副大義凜然、視死如歸的樣子。高陽想，這個男人怎麼死到臨頭還要如此硬撐著筋骨呢？於是她不由得不對這個房遺直又心生肅然。她甚至想，死便要這樣的死，如果自己也遇到了這一天的話。

高陽是在清晨來到房遺愛的西院。她不知是懷抱了一種怎樣的殘酷心理。她有點幸災樂禍，她想看看如今受了他哥哥欺負後的房遺愛究竟是一種什麼倒楣的樣子。

她看見房遺愛臉色灰白，向隅而泣，一副很悲哀很絕望的樣子。

高陽公主坐在房遺愛的身邊，她甚至伸出手來去撫摸房遺愛的肩膀。然後她竟用一種很輕鬆的語調說：「你爲什麼還要哭呢？我不是幫你報仇了嗎？」

房遺愛把高陽的手從他的肩上推開，這是他有生以來第一次拒絕高陽公主對他的難得的溫存。

「你是在爲他哭嗎？」高陽並不生氣，繼續平靜地問。「你不知他這是罪有應得嗎？他就要被送上刑台了，是我們一塊兒把他送去的。你該高興才是。」

「不，不是我。」房遺愛立刻緊張地說。

「怎麼會不是你呢？如果不是你做了我的駙馬，他又怎麼能靠近我的呢？事已如此，不必洗刷你自己的什麼了。如今是我們兩個被綑綁在一起。我們才是一個完整的陣營，我們才是眞正的榮辱與共。」

「可是，你爲什麼一定要他死呢？」

「那麼便是你去死。你願意去死嗎？你能夠像你哥哥那樣視死如歸地走出這房家的大門嗎？我是心疼你。我是看到你在接到被發配房州的詔書後那一副屁滾尿流狼狽不堪的樣子才決定救你的。那已經是最後的王牌了。你怎麼能在這場你死我活的生死搏鬥中還要求什麼兩全其美呢？我們的生活已經太不完美了，我所需要的人死去得已經太多了。一個房遺直有什麼了不起，值得你如此地痛心疾首哭天搶地？他上我的床的時候，你也會這麼同情他嗎？」

「不，那已經是過去的事了。而且……」

「而且怎樣？」

「不，不，我不說了。」

「你一定要說，而且什麼？你說。」

「而且，這也不全是他一個人的錯。」

「是嗎？你是說那是我的錯？是我勾引了你哥哥嗎？」

「如果不是他，也會是別人。」

「好啊，房遺愛，你終於說出來了。這是我第一次聽到你說出了你的心裡話。很好，好極了。你說得對。當初不是你哥哥，也會有別的男人來上我的床。可你知道這是為什麼嗎？不是我天生淫蕩天生下賤，而恰恰是因為你，你是我此生最討厭的男人。」

高陽說過之後飄然而去。她覺得她在心理上又獲得了一次滿足。

高陽一邊向外走著，一邊又聽到了房遺愛絕望的抽泣。高陽惡狠狠地想，她終於在這可憐男人的心上又戮上了一刀。她想她既然已經在男人們的心上扎上了很多刀，那麼多一刀少一刀又有什麼區別？高陽又想她自己的罪孽既然是已經很深重，那麼再多一點罪少一點罪又有什麼不同呢？

在把房遺直押走的那段日子裡，高陽的心裡一直很淒惶。她於是便又召來了能占卜禍福的智勖，能驅趕鬼神的惠弘，和能為她看醫解病的李晃。她已迷亂，滿心的凶惡，她只想醉生夢死，在最後的時刻，及時行樂。

楊妃逝世的消息很快傳到了江南李恪的王府中。李恪痛不欲生，他深愛著母親，他是在很深的悲痛之中，從江南吳王的府邸星夜兼程，趕回長安為仙逝的母親送葬的。

楊妃很寧靜地死了。她靜靜地等候在那裡，等著天涯歸來的兒子向她做最後的告別。

葬禮很簡樸，這是她自己的要求。此刻躺在棺槨中的楊妃終於洗盡鉛華，結束了她大家閨秀、錦繡繁華的一生。但是她依然很美，那種平靜的美。那平靜遮掩了她先是生長在隋末豪華奢迷的皇宮裡，後來又成為唐太宗掌上明珠的那不平凡的經歷。凋盡了天生麗質，永別了千番恩愛萬種風流。楊妃只想平平淡淡，平平淡淡地走向另一個世界。

楊妃的葬禮雖然簡樸，但卻充滿了溫情。所有的懷念都是很高貴的那一種。不鋪排，不張揚。死只在淡淡的儀式中。

李恪掩不住心中的悲哀。他覺得母親此生儘管享盡榮華但她依然不幸，在大唐的王朝中卻身為隋煬帝的女兒，母親一直為此背負著重壓。她不能被封后，而她的兒女們也被另眼相待。李恪知道，母親這麼多年來就一直生活在這壓抑中，她始終對孩子們深懷著歉疚。她愛他們，為他們而驕傲，卻又不能使他們得到公平的給予。為此，楊妃從來就沒有眞正地快樂過。

李恪就是因為了解著母親心中的不幸，他才格外地悲傷。

但，終於解脫了。李恪又為母親慶幸。

楊妃陪葬昭陵。

楊妃之所以能青史留名，因為她是隋煬帝的愛女，又因為她生下了一個十分出色的擁有著雙重皇室血統的兒子吳王李恪。

李恪在前來弔唁的宗族的親人們中默默無語。他心裡即或是翻江倒海有雷霆萬鈞，臉上也依然是沉靜冷漠的。這是多年來李恪在朝中權力的爭奪戰中積聚的一份爲人處世的智慧。既然他是庶出，既然他還帶著一份敵人的血統，既然他已遠赴江南已遠離了這京城權勢爭鬥的中心，他又何苦要引火燒身呢？何況他早已是有家室兒女的男人。他再也沒有勃勃的朝氣和雄壯的野心，他的心底深處只有苦澀和冷漠。還有對親人的那一份溫情和責任。他已不想介入到任何的矛盾和鬥爭中，他只想遠離風暴，能在遙遠的江南苟且生存。

待楊妃下葬之後，吳王一家便離開長安。

李恪此次赴京，除了到昭陵墓地，其餘時間深居簡出，極爲謹愼。但他在臨行前的那個晚上，冒險去房府看望了他最牽掛的妹妹高陽公主。

那個寒冷的月夜。

吳王李恪的馬車悄然停在高陽公主的院外。他早已聽說房府中近來的諸多變故。高陽公主此次被明令不許去爲楊妃送葬。李恪還沒有見過高陽，他不能就這樣離開長安。他知道此刻是高陽最困難的時期，無論別人怎樣議論高陽，他不管，他要在她困難的時候給予她支撐。他不能讓高陽因他倉皇南歸而更加痛苦和無望。

李恪走進高陽公主的院落，一片淒冷肅殺令李恪寒意頓生。

灰頭灰臉的房遺愛把吳王李恪帶進院子後，便被高陽公主支走了。他很怏怏。他本是一介駙馬，他能和皇室中很多王孫貴族攀附，但就是不能接近吳王李恪。他甚至不敢和吳王李恪講話，他甚至比懼怕唐太宗還要懼怕李恪，他對李恪從始至終深懷了一種很深很深的敬畏。也許還有由這敬畏衍生的那一重很深的仇恨。

高陽公主在房間裡只剩下了她和李恪之後，走上前去。她抱住了李恪。她說：「三哥，抱緊我。」

李恪便抱緊了高陽。李恪說：「我不能不來看你。」

高陽流著眼淚說：「我只有一個能講眞話的人了。而三哥你又遠在千里之外。」高陽說，「多麼想去送送你的母親。我愛她。這偌大的皇室中唯有她一個人待我好，而如今連她也去了。」

李恪在幽暗的燈光下仔細地審視高陽，她年輕的眼角旁竟也出現了很多細碎的皺紋，於是李恪的心裡很難過。李恪說：「高陽，你受苦了。可悲的是，我已不能如往日那樣保護你了。」

確實這已不是往日，可以消消停停地傾吐離情別意。非常時期溫情很短暫，於是高陽很快就開始向三哥宣洩近來內心的激忿。她說當今朝廷是外戚專政，皇帝大權旁落，李治不過是一個無能的擺設。如此下去，他們這些皇室的後代也就只能被老賊任意宰割。「三哥，你不能眼看著我們丟了江山而無動於衷啊！」

高陽的激忿使李恪的心情更加沉重。他苦笑著說：「當初父皇要我遠離京城也許不是一件壞事。」

「可是三哥你怎麼能如此袖手旁觀呢？那我們李家的王朝就眞要落在那個混蛋老臣的手中了。」

「可我們又能掙扎什麼呢？高宗雖是皇帝，卻完全唯長孫無忌之命是從。我知道長孫無忌是不會放過我們的，但你也不要伸著脖子往他的刀下送呀。你和房家兄弟的事顯然是被他利用了。高陽，到了這樣的時刻，我只想你能聽我的勸告，不要再鬧下去了。我甚至希望你能跟著房遺愛到房州去。那裡天高皇帝遠。那裡……」

「三哥，三哥你變了。你的雄才大略你的血氣方剛呢？你好像不再是我心目中的那個吳王了，你變得……」

「膽怯了，懦弱了，對嗎？是的。我承認我現在的心境同父皇在世時不一樣了。心境不一樣是因爲處境不一樣。但有一點是不會改變的，那就是我對你的關愛。我希望你去房州，其實無非是想那樣我們兄妹也許能有更多的機會相見。」

「三哥……」

「好了，我要走了。我覺得這長安城內到處是眼睛又到處是殺氣。所以高陽你一定要好好地善待自己，千萬不要再自投羅網。他們巴不得你自己跳進去呢。而我們今天是誰也救不了誰了。」

高陽走過去。她仰起頭看著吳王憔悴而又冷漠的臉。然後她用冰涼的手去撫摸李恪的臉，慢慢地她的眼睛裡盈滿了淚水。

高陽說：「三哥你確實是變了許多。但是我能夠了解你。我知道儘管我深深恨著父親，但只要他活著，我們就會是安全的。如今沒有人再來保護我們了。我不知道今生今世我們兄妹是不是還能見面。其實我早就感覺出那長孫的劍就懸在我的頭頂，我早就有了那預感，是

因爲有了那死的預感我才想將這死編織得轟轟烈烈。我拉上了房家的兄弟，是因爲我在房家生活得實在是不幸福。對於死其實我早就看開了。我已經死了，已經在西市場的刑台上被父皇親手殺死了。父皇並不是眞的愛我，否則他就不會奪走我的心了。從此我便如行屍走肉。我所剩下的事情就是把生活搞得亂成一團，反正我要死了，我要他們心甘情願或者不心甘情願地和我一道死。我不吝惜我的生命，也不吝惜他們的。而唯有三哥你。唯有你，李恪。唯有你這個眞正疼我愛我的男人依然活在這無望的世間，我會想念你的，無論是今生還是來世。你能也如我一樣無論我活著還我死後都想著我嗎？」

李恪說：「當然，否則我就不會來看你了。」李恪把高陽的手拿到了他的嘴邊親吻著。

「那麼，留下來，行嗎？就今晚，就此刻……」

「不，不能。這一次不能。我必須走。我的家眷此刻就在長安城外等我。即或是我不畏懼，也不能讓他們陷入那恐怖的長夜。高陽，好妹妹，讓我走吧，我……」

高陽緊緊地摟住了吳王，她把她柔軟的身體貼在了吳王僵硬的身體上。冬夜很寒冷。高陽的心也很寒冷。然後，她放了吳王。她說：「你走吧。怎麼能也把你陷在這死亡中呢。你走吧。活著。活著想念我。」

她看見吳王的眼睛裡也浸上來淚水。

她抬起腳跟，去親吳王迷濛的眼睛。

然後她推開了李恪。

一萬次的生離死別。

李恪難過極了。他不懂爲什麼每一次離開高陽的時候，都會如此地揪心斷腸。他難捨，他不忍。但他還是抑制著自己離開了高陽的懷抱。

高陽扭轉身。她背著臉對李恪說：「走吧，你快走。」然後她覺得李恪的嘴唇貼在了她的脖頸上。她閉上眼睛任憑他。那麼輕的那麼長的一個吻。當她睜開眼睛的時候，這空蕩蕩的世界中還有什麼呢？

高陽公主趴在床上大聲哭泣。

她的哭泣竟掩不住李恪漸行漸遠的馬蹄聲。一切全都完了。絕望襲上來，沒有盡頭的，她的心破碎著。她不知她此生還有多長，她不知她此生還能不能再見到三哥的身影。

房遺直坐在尙書省官吏的面前。

他認識那位審他的朝官。他想他們在此之前還算是朋友。他想朝廷派他的朋友來審他，足以說明了朝廷對他的尊重。

這案子根本就不用審。在如山的鐵證面前，房遺直一點兒也不想爲自己辯解。他是清晨被禁軍抓到御史台前的。他一進來便看見案台上擺放著的袍子和內衣，那當然是他的。他很坦然。他想他之所以能夠如此平靜，還是應當感謝房遺愛提前爲他通風報信。

房遺直坐在那裡。他突然想到當年那個卓有才學的和尚辯機很可能也是坐在這裡。而辯機面前擺放的不是內衣和血跡，而是高陽公主那稀世的珍寶玉枕。全都是高陽的東西，同樣

的鐵證如山。她的血和她的珍寶。這是個怎樣的女人。她總是喜歡置男人於死地。當年是辯機，而此刻是他。這個女人就這樣把罪責難逃的他送到了送命的位置上。一個堂堂的禮部尙書，一個對公主非禮的罪人。

遺直有口難辯。他怎麼能對朝廷說是高陽公主先勾引了他呢。朝廷才不管這個女人是不是最先勾引了男人，也不會去考究那男人在勾引面前是拒絕還是聽命。朝廷當然是不管這些的，朝廷所看重的只是高陽的血。

房遺直坐在那裡，面對著十幾年前他對高陽公主非禮的罪證。他反省自己。他發現自己並沒有羞愧難當，只是淡泊了，他已慢慢地忘卻那十多年前的往事。而直到此刻面帶著高陽血跡的內衣，那依稀的往事才緩緩地被記憶了起來。

他彷彿又回到了那個夜晚。那個夜晚至今想起來依然是美好的，而那個穿著蟬翼般絲裙的高陽也是美好的。她是那麼年輕那麼楚楚動人，在春風沉醉的夜色裡。他記得在最初的一刻他確實拒絕了她。他是爲他的弟弟來說情的，他實在是可憐他的弟弟，他不忍遺愛就那樣一天天地被拒之於門外，於是他才來到高陽的面前，他才得以看到了那夜色月光下的絕代美人。她是那麼令人身心震撼。但他沒有非分之想，他只是欣賞那美罷了。他離得遠遠的。然而就在他控制著他的激情的時候，他聽到了高陽那麼溫柔的請求。

「留下來吧。」

是的，她是說留下來吧。她求他能留下來。

然後蠟燭突然滅了。

爲什麼？

爲什麼要在那樣的時辰？

一切驟然間陷入了黑暗。後來，他記得那個美麗的少女跪下來流著眼淚求他擁有她。他不知所措。他也許眞的想走。而那個黑暗中的執著任性的女人卻硬將自己投進了他的懷中……

他還能拒絕嗎？

他那時也是那麼年輕，周身聚集著慾望。他經受不住那誘惑，他抱住了她。他一抱住高陽就不能再放開她了。

他等於是抱住了一團危險。

但他無憾，因那也是他的一段眞愛。

而當年她流著淚說她已死而無憾的時候，他能想到日後會有一天她拿著他的內衣把他送進絕境嗎？

不，當然不會。他是滿懷著愛意留下他內衣的。在激情的時刻他的內衣就被墊在她的身下，於是留下了他和她那永恆的印跡。她留下了那永恆的印跡說要做永恆的紀念，那是愛的憑證。他們在那以後的很長一段日子裡確實相愛。他們又怎麼能想到那愛的憑證在十幾年後又會成爲恨的罪證呢？

這確乎是一個不可思議的女人。

那麼後來呢？後來又怎樣了？房遺直拼命地回憶著。回憶著那熾烈的愛爲什麼又轉成了強烈的恨。

是的是愛。在房府裡偷偷摸摸的愛。那愛如醉如癡，他根本無法掙脫。後來，是房遺愛的可憐目光驟然觸動了他，那一觸碰疼的是他的心。房遺愛無處訴說。他夜夜被自己的女人拒之於門外，那是男人難於啓齒的悲哀。而他呢？他卻穿越了那悲哀和弟弟的女人偷情。他成了什麼人！被愛和良心煎熬著，於是他離開。離開高陽，離開長安，回齊州他臨淄的老家去獨自品嘗那愛的苦痛。他終於退出是因爲他不堪忍受遺愛的不幸。可是後來在臨淄的某一天，他又終不堪忍受自己的不幸。還耗在這裡幹什麼？還堅持什麼仁義道德？還硬撐著什麼虛僞的君子風度？於是他立即動身，日夜兼程。他終於回到京城，滿懷著熱望。那是個秋的寒夜。但是他不敢冒昧地去造訪他心愛的女人。他壓住那熱望來到西院，他見了正興沖沖備馬的遺愛，房遺愛的得意自信，使他誤以爲離家數月的目的已經達到，高陽終於歸順遺愛。如同一盆涼水澆滅了那熱望。他還有什麼可說的呢？他後來不顧一切地趕往終南山，又失望地得知他已來遲一步。辯機已經徹底俘獲了高陽。

他曾久久地爲此嘆息。他後悔在返回的當夜爲什麼不去面見高陽。因爲失之交臂，又引發出此後生活中多少陰差陽錯！

房遺直同他的兄弟房遺愛一樣，深諳高陽公主與辯機的一切。高陽用銀兩和美女，就封住了可憐的房遺愛的嘴。而他房遺直呢？她從此居高臨下地待他，嘲弄他羞辱他，後來又入骨地恨他。但是他忍著，他不再去打攪高陽。就是這個恨他的女人企圖奪走他官位的時候，他也一直沉默著。他忍讓他沉默他不反抗也不解釋那是因爲他在心的底處還一直深深地愛著

高陽。甚至直到今在，直到他坐在御史台的這些高陽親自送來的罪證前。

他一直弄不懂高陽何以對他懷著如此強烈的仇恨。

她恨他什麼？恨他當年的不辭而別嗎？

但是他又能怎樣？他不能眼看著他的弟弟因他而一天天身心交瘁。走是他唯一的選擇。但事實證實他是白做了犧牲，當初與高陽上床的不是他也會是別的男人。這就是命。命讓高陽嫁給了房遺愛，而命又讓他們終生不能做夫妻。如果她嫁給一個可以相愛可以以身相許的男人，她會從一而終嗎？房遺直不知道。房遺直看到的只是現實中的高陽。只是她身邊一個一個不停更換的男人。不是他就是辯機。而辯機死了又是智勖是惠弘是李晃什麼的，甚至她還與她的哥哥吳王李恪過從甚密。高陽究竟是個怎樣的女人呢？十幾年來房遺直一天天地旁觀著高陽。他心裡如明鏡高懸。他看著高陽任性地蹧蹋自己，看著她以身相許於一個個莫名其妙的男人。難道這也該怪他嗎？難道這一切都該歸咎於他當初的不辭而別嗎？那麼如果他不走又會是怎樣的呢？高陽就不會把她的生活弄得如此混亂了嗎？

房遺直無法想像他沒有走，沒有不辭而別，而日復一日地與高陽偷歡會有什麼結果。但有一點他是清楚的，那就是他不會到今天才坐在這御史台前，而第一個被送上刑台斬殺的也就不是辯機了。

房遺直面對著審問他的同僚有口難辯。他知道他心裡想的所有的一切是難於啓齒的。高陽就是要害他，十幾年來她已經害了他很多回。很多回但是高陽都沒有拿出這致命的證據。而這次她使用了殺手鐗足以看出她要將他置於死地的決心。他怎麼辦？他一個堂堂男子漢是不願以那些舊日恩怨去攻擊、詆毀一個女人的，何況，他們畢竟有過相愛的時候，畢竟有過第一次的鏤骨銘心。

房遺直想，他只能對高陽的指控供認不諱。

然而。

然而他卻眞實地不想死。他不想死，他憑什麼要爲這種不值得一死的事情去死呢？大丈夫要獻身疆場，而他堂堂宰相房玄齡才智雙全的兒子，怎麼能死在一個婦人的手裡呢？

誰來救他？

他知道其實他是握有著拯救他生命的王牌的。

房遺直思慮再三。

他不想做惡人，但他要活下去。而他只有做了惡人才能活下去。

他很矛盾。他在人格和生存之間選擇。他在愛與恨之間徘徊。他深知這是他唯一的機會了，也是他手中最後的王牌了。

這張牌就是有關皇室的聚會。

沒有人告訴過他聚會的事情，但他早有察覺。近來他總是看見刻有皇室徽章的馬車長久地停在高陽公主的院外。他知道這些皇室的親族們因爲不滿長孫無忌的外戚專政已開始蠢蠢欲動。他也知道領頭的是太宗的異母兄弟荊王元景。元景認爲高宗李治過於懦弱，大唐的江山終有一天會被長孫一族搶走。眼下皇室唯一的出路只有打倒長孫無忌，脅迫高宗退位，由他來執掌大唐的皇權。

荊王元景謀反的提議，立即得到了唐宗室諸親王、公主、駙馬們的響應。自從無能的高宗繼位，這些人一直對局面深懷不滿。高陽公主和房遺愛介入到這場謀反中，一是出於他們天生對長孫的反感，再者是因爲朝廷對房遺愛不公平的貶黜。

作爲朝廷官吏的房遺直儘管在高宗繼位後有所升遷，但他對爲所欲爲的長孫一夥也極爲不滿。他深知總有一天，皇室裡會有人站出來抗爭，但絕不是現在。以他混跡官場多年的經驗，眼下遠不到揭竿而起的時候。他寄希望於比荊王元景有威望的吳王李恪。他認爲吳王李恪在這個充滿了恐怖的黑色年代按兵不動是極爲明智的選擇。而荊王元景一流成不了什麼大氣候。沒等人家動手，自己就大呼小叫地把胸膛亮在對手的刀前，實在是太愚蠢了。房遺直覺得他們一群才是眞正的無能之輩、無用之徒。是謀不了反、成不了事、也篡不成江山改寫不成歷史的。

不論荊王元景一流的皇室宗族是不是具有奪權造反的能耐，房遺直都不想參與其間。他跟這些皇室沒關係，也不想與他們有任何的牽連。儘管他已被貶官山西隰縣，但他卻已看出被貶出京城的幸運。他已從由他們房氏兄弟的一場家庭糾紛的裁定中，聞到了一股血腥殺戮的氣味。他憑著直覺預感到一場血腥的唐宗室的清洗就要開始，他快快逃命還猶恐不及，何以要攪到這幫不知天高地厚的皇室低能兒中間呢。

房遺直確實只想著能快快逃離長安。不要說貶至山西爲官，就是被貶爲庶民發配到嶺南他也不會痛苦。他已無心戀戰，更不希罕高官，他只要一家老小的平安。

然而，然而他不知道在這場朝廷與皇室的爭戰中，他怎麼會首先被拋了出來。他本來已被貶官，已成同朝廷對立的角色，怎麼會又被和他一樣憎惡朝廷的人們出賣了呢？

房遺直此刻就坐在御史台前，他看見了那個曾經是朋友的同僚在審視著他。那人的眼睛裡充滿了遺憾、惋惜而又期待的目光。

這個世界中，也許誰都在切盼著奇蹟。

這是他唯一的機會了，他要在此一搏。

這時候，他聽到那朝官問：「你到底怎麼想的，你打算承認嗎？」

不承認又怎麼樣？反正也是死。房遺直的腦子裡拼命地鬥爭著。反正也是死了，一個要死的人還講什麼道德呢？那高陽講道德了嗎？她自從來到房家就和他過不去，先是勾引他，然後是陷害他。她曾經無數次在太宗面前誣告他謀反，若不是皇上明察秋毫，他怕是已經死過多少回了。然而她今天，她今天卻是貨眞價實的謀反……

房遺直緩緩地抬起頭，他平靜地說：「公主無中生有，爲的是掩蓋她謀反的行徑。」

那審官驟然間大驚。他問遺直：「你怎麼啦？你有證據嗎？」

「我已是垂死之人，我不想講半句假話。高陽公主他們確實在密謀造反。」

「說得詳細一點。」那審官眼睛發亮：「遺直兄，這可能會救你一命。你再說得詳細一些。」

「他們李氏宗族一幫人多次聚集在高陽公主家中，密謀推翻長孫無忌，逼迫聖上退位。」

房遺直說完長長地出了一口氣。他想從此要殺要砍就再也由不得他了。這是他最後的掙扎。他掙扎過了，他爲他的生命掙扎過了。今後即便死，也死而無悔了。

「此話當眞？」審官問。

「千眞萬確！」

「那你得救了。」審官草草地捲起內衣，對房遺直詭秘地一笑，「我會盡力爲你爭取的。」

房遺直點頭不語，心裡說，你也可以再晉升一級了。

那個實際掌握著永徽初年唐王朝政權的國舅長孫無忌終於出場了。

當唐太宗爲他在嫡子中選擇王位繼承人而煞費苦心、舉棋不定的時候，長孫無忌向太宗力薦當時正做晉王的三嫡子李治。本來同是承乾、青雀、李治舅父的長孫無忌，之所以排斥掉比李治出色的兩個同爲嫡子的皇兄，就是因他看中了李治易於控制的懦弱。長孫無忌作爲也曾和李世民一道出生入死的王朝老臣，也是愛著大唐江山的。他並沒有篡奪李氏王朝的野心，他覺得唯有與未來的皇帝密切合作，才能夠保住這大唐的基業。李治被冊立爲太子，終使長孫無忌如魚得水。

長孫無忌可能確實不是那種企圖篡奪江山的賊臣，他只是想對大唐社稷負責任，只是想對已溘然長逝的唐太宗負責任。他始終銘記著太宗死前怎樣聲淚俱下地把太子、把這大唐的江山託付給他，所以他才格外殫精竭慮地輔佐高宗李治。

其實自從治被立爲太子，國舅長孫就看出唐宗室中很多人對李治的輕視。由輕視到萌生謀反之心。而在這眾多的宗室王爺中，長孫無忌最怕的就是吳王李恪。當初唐太宗想冊立楊妃爲皇后時，長孫無忌曾鼓動群臣極力反對，並獲成功。長孫無忌阻止楊妃當皇后其實就是爲了阻止李恪當皇帝。懼怕李恪是因爲他深知李恪才是最優秀的皇位繼承人。一旦李恪爲君王，便不會任用他長孫無忌。幸好李恪是隋煬帝的外孫，幸好當朝不能復辟到前朝。儘管李恪已被排除到王朝之外，長孫無忌還是對遠在吳國的李恪心懷戒心。因爲那種種血緣的複雜關係，李恪便自然地成爲當朝皇帝、特別是長孫無忌的敵人。

使長孫無忌寂寞的是，那個令人懼怕的吳王李恪竟毫不覬覦這京都長安的皇位。每每赴京，總是來去匆匆。就是前來爲母親楊妃送葬，他也是一從昭陵返回就連夜離開長安。長孫於是更加恐懼吳王，苦於找不到能將李恪置於死地的理由，甚至連一絲謀反的蛛絲馬跡也無從發現。於是長孫反倒坐臥不寧，如驚弓之鳥，反倒覺得有一股看不見的暗流在動搖著李治的皇位。

長孫想不到密謀造反的竟是高陽公主、房遺愛和荊王那群無能之輩。儘管如此，也總算給他送來了一個殺伐異己的良機。

對房氏兄弟財產糾紛的嚴厲處置，確乎是他精心安排的，如此的貶官發落，他其實就是想引蛇出洞。可探頭的蛇不是他一直等待的李恪，使他多少有些遺憾。但至少荊王跳出來了，高陽公主、丹陽公主、巴陵公主跳出來了，薛萬徹、柴令武、房遺愛那群無能的駙馬們跳出來了。他順藤摸瓜，終摸到了足足實實的一串。他相信在這一串的背後，一定還會有更多的收穫。他希望那個更大的謀反朝政的人物就是吳王李恪。那樣，在把這一大串謀反的皇室宗族一網打盡之後，他和高宗李治也就可以眞正地高枕無憂了。

其實長孫對房遺直的非禮之罪並無興趣。什麼非禮不非禮，在他眼中，都不是什麼好東西。他早就知道高陽這個女人是個被寵壞的女人，她不是盞省油的燈。而且無論是哪個男人沾了她，那個男人準要倒楣。他對房氏兄弟的爭端親自審理，本意也不過是想從高陽那裡探探李恪的行跡而已。他沒有想到會折騰出什麼非禮的訟案，更想不到被逼急了的房遺直為保存性命，竟會交待出高陽及荊王等宗室成員的反叛密謀。

老謀深算的長孫無忌當即就從輕發落了房遺直。儘管他與高陽淫亂，儘管他也是朝廷的異己，但他畢竟算是戴罪立功，將一把宰殺敵人的利刀遞到了長孫手上。

這一肅反的機會千載難逢。

這機會終於被長孫無忌緊緊地抓住了。

這其實也是高陽公主親自送給他的機會。他覺得他甚至要感謝這個良莠不分、只會把水攪混的女人，感謝這女人的淫亂，感謝這女人對男人的那一份狠毒的心腸。

長孫抓住了機會。他一點也不喘息，一點也不留情。他立刻把與此事有牽連的皇室貴族軟禁和看守了起來。皇家禁軍所到之處，一片雞飛狗跳、大呼小叫。他很蔑視這群無視朝廷而又成不了大事的王孫貴族。他慨嘆唐太宗的後代竟都是些終究難成大器的不孝子孫。

長孫無忌輕而易舉就取得了這次粉碎宗室反叛的勝利。最令他欣慰的是，他竟利用房遺愛的貪生怕死，使吳王李恪也在劫難逃。長孫無忌一不做，二不休，藉此機會，宜將剩勇追窮寇，把皇室及朝廷中凡與這次謀反事件或謀反者有牽連的，包括那些本與此事無關但與長孫無忌離心離德的人，統統殺掉，一網打盡。高宗李治在長孫舅父的脅迫下，流著淚簽署了那一份份殺死自己兄弟姐妹的詔書。

長孫無忌在高宗李治簽署那些詔書時，語重心長地告訴他：「這就是政治。政治中沒有親情可言。政治是，你姑息敵人，敵人就要你流血。」

總之這一次皇室的大清洗是極爲成功的。長孫無忌本以爲在他殺掉那些表面的、暗藏的敵人之後，從此便可以高枕無憂。無論是高宗的皇帝寶座，還是他長孫的宰相位子都已萬無一失。可惜這位一向深謀遠慮的國舅也有失算的時候，就在他全力以赴地打著清君側的殲滅戰時，他那位坐在皇帝寶座上的不爭氣的外甥李治竟又偏偏迷上了那個父親的才人武則天。

高宗被這個本來住在感業寺削髮爲尼的女人迷惑得顛三倒四。他每每前去探望武曌。他甚至在那感業寺中與武曌弄出了孩子。感業寺的高牆終於再也包不住那腹中生命茁壯的發育。於是，武曌乾脆被李治接進了後宮。武曌一路拼殺。她殺了王皇后，殺了蕭淑妃，而就在她走近皇后那把金交椅時卻遇到了阻礙。她遇到了那個恨高宗身邊一切女人的國舅長孫。

於是，聰明絕頂智慧過人的武曌在高宗李治的懷中，成了長孫無忌的一名勁敵。

結果，到底是那個老眼昏花的國舅敵不過枕邊這嫵媚風流的女人。

一向懦弱的李治最終聽從了武媚娘，行使了他一國之君的權力，把對朝廷的控制權從長孫無忌那裡轉移到了武則天的手中。

高宗讓那個他無比崇拜無比熱愛的美豔的女人當了皇后，並在武曌當了皇后的那一天，把忠心耿耿的舅父趕出了朝廷。

當然，這已是長孫無忌一度炙手可熱之後的後話了。

房遺愛到底是天生的孬種。

他被拉到御史台前時一副魂飛魄散的狼狽相，他周身哆嗦著，嚇得連口水都流了出來。彷彿不是提審他，而是要把他拉到刑台上殺了。他身上像被抽去了骨架，滿臉是絕望恐懼的神情。他一個前朝大宰相的公子一個堂堂的駙馬都尉哪裡受到過如此的待遇。他還沒有挨上半下板子，便嚇得聲淚俱下。他使勁地磕頭，那腦門一會兒就磕碰得青青紫紫。

他怕得要命。他呼嚕嚕地把什麼全都吐了出來，他吐出來曾有的眞實，也吐出來原來就沒有的編造。

他害怕至極。然後他胡說。

他說出曾在他家聚會的所有的人，說出那些人說過的所有的話。他說出了高陽公主。說出她是怎樣地恨著唐太宗，怎樣因辯機的被殺對唐太宗不滿。說出高陽公主是怎樣詛咒唐太宗，怎樣在唐太宗的葬禮上哭而不哀。他還說出高陽公主是在怎樣評價著高宗李治的無能，怎樣攻擊長孫無忌的專權，怎樣圖謀推翻長孫一族，怎樣策劃逼迫高宗退位。他還說出高陽公主怎樣與辯機生兒育女，怎樣與智勖、惠弘以及山中的道士李晃淫亂，怎樣十多年前就同他的哥哥遺直有染，怎樣常常與吳王李恪秘密相見……

「等等，等等你再說一遍。」審問房遺愛的官吏打斷了他不顧一切的交待。

「什麼？怎麼啦？我說錯了什麼？」房遺愛哆嗦著。他茫然無措地看著那些審問他的朝官們。

「你不是說到吳王了嗎？」

「是的，是的。」

「那麼再說說看。說說高陽公主和那個吳王是怎麼回事？」審問房遺愛的那些長孫無忌的親信們驟然之間興奮莫名起來。不打自招的房遺愛本來就使他們在審訊中充滿了成就感，而吳王李恪的出現更使他們欣喜若狂。彷彿抓到了一條大魚。他們終於等到了他們的上司長孫一直在尋找的那個亮點。

「吳王與公主……他們常常見面……」

「什麼時間？什麼地點？」

「在太宗大喪期間。他們常常見面。可能是楊妃的宮中吧……」

「什麼是可能？究竟在哪兒？」

「對，就是在楊妃的宮中。」

「他們都說些什麼？」

「那我就不知道了，她從不帶我去。很多次，是的。她的馬車總是半夜裡才回來，我知道她是去見吳王了，他們可能一直有私情。高陽她總是把我當成傻子，但我再傻也能看出他們在太宗的葬禮上眉來眼去。她還以爲我不知道……」

「他們到底都說過些什麼？」

「是的，他們是說過些什麼。後來楊妃死的時候，吳王又回京弔唁，可那時皇上已不准高陽進宮，我們就沒去給楊妃送葬。高陽一直很狂躁，她爲不讓她進宮而大罵當今皇上。她罵他是傀儡，是暴君，無情無義，她還罵了長孫。對了，她說她恨不能殺了這老賊……」

「行了。說吳王。這一次他們又見面了嗎?」

「當然。吳王晚上偷偷地跑來與高陽幽會,還是我親自把他帶去高陽房子裡。再後來……再後來我就出去了。我記得吳王單獨和高陽在一起大概有一個時辰吧,後來我就聽到了馬蹄聲和她在房裡的哭聲。那天晚上她哭了很久,院子裡的奴婢們全都聽到了……」

「他們究竟都說了些什麼?」

「就是那些見不得人的私情。那時間是足夠了。足夠他們……」

「房遺愛,你老實點兒。不要總是避重就輕。你說說他們是怎樣策劃謀反的?」長孫的心腹們覺得那些眉來眼去床上床下的臭事已不再重要,他們要的是怎樣以謀反的罪名把吳王李恪抓起來。

「是的,他們兩個人單獨待在高陽的房子裡。然後他們熄了燈,他們熄了燈就……」

「就開始策劃推翻朝廷的事,對嗎?」

「推翻?是的,對;不,不對……」

「那麼是吳王李恪說了他要推翻聖上,取而代之?」

「他要取代聖上?」房遺愛有點疑惑地問著。

「是的,他要當皇帝!」審官斬釘截鐵地告訴房遺愛,吳王此次返京與高陽密謀的就是他怎樣才能當皇帝!

「那麼他們沒上床?」房遺愛更疑惑地看著那些凶神惡煞的朝官們。

「好了,你可以下去了,下去等死吧。」

「可我是冤枉的，全是高陽這個淫蕩歹毒的女人。她害得我這一生好慘，要是沒有她，我怎麼會成今天的樣子。我們房家也不至於敗至如此。我是冤枉的呀！我……」

房遺愛一把鼻涕一把淚地被關進了長安的死牢。那漫長的等待死亡的過程是房遺愛一生所有的不幸中最大的不幸。因爲他怕死，他怕死卻要他等死。等死的過程之於房遺愛，甚至是比死亡本身還要可怕。他一天一天地等著，沒有一絲一毫希望地等著，知道他必死無疑地等著。他要等朝廷把遠在江南的吳王李恪押解歸案；他要等長孫無忌爲一個個倒楣蛋將罪名羅織妥帖；他還要等那個一向憂柔寡斷的高宗最終痛下決斷。他還要等什麼？待到終於把一切都等齊了的時候，他的精神已經被死亡的等待折磨得徹底崩潰了。從此只有莫名其妙的哭聲和笑聲。

當長孫的心腹把吳王李恪的罪行告知長孫無忌時，這個老謀深算又實權在握的老臣面不更色。看不出他的欣喜若狂，也看不出他的如願以償，他只是極爲平靜地聽著心腹彙報審問的結果。然後依然平靜地說：「我知道了。」

他只說：「我知道了。」似乎無悲無喜，無愛無恨。像長孫無忌這類老臣，實在是早已嫻熟該怎樣掩蓋他們眞實的心理。長孫冷靜地說，我知道了，其實就是長孫在心裡抑制不住狂喜地說，夠了。這就足夠了。

長孫的興奮表現在他的行動上。他止住心腹的彙報，立即召來了中書、門下兩省及大理寺的要員們共商國事。其實這樣的「共商」不過是做做樣子。朝廷中只有長孫一言九鼎，根本就不敢有人說半個「不」字。依照長孫的臉色，他們眾口一辭地定上了謀反之罪。主謀是吳王李恪、荊王元景、高陽公主三人。接著，朝廷又火速出兵前往江南，緝拿吳王李恪。對此事急如星火的處置，一反朝廷拖拖拉拉的辦事作風，從中足以看出老臣長孫無忌迫切的心情。

長孫無忌先斬後奏。他指揮著朝廷所做的這一切在開始並沒有稟報高宗，他背著皇帝。他很怕皇帝的善良軟弱會壞了他的好事。他在這場突襲的過程中調兵遣將，風捲殘雲。他覺得這場由一個女人引發的恩怨糾葛轉而擴展開來的政治事件眞是好極了。好極了也及時極了。眞正的一箭數鵰。由此他不僅可以清除異己，還可以震懾群臣。他一定要好好地利用這次事件，殺一儆百，以此證明他長孫的不可反對不可動搖，證明他長孫事實上的至高無上。

幾乎在一天之內，兩代三位駙馬房遺愛、薛萬徹、柴令武被捕入獄；荊王元景以及高陽公主、丹陽公主、巴陵公主等分別被監禁各自府中，等待朝廷最後判決。

事情演變到了這一步，當然爲任情任性的高陽公主始料所不及。她是突然被監禁在她的房子裡的。

高陽公主的門從外面被緊緊地鎖上。門外和院子裡站滿了全副武裝、虎視眈眈的朝廷禁軍。

自從房遺愛被帶走，他就沒有再回來過。高陽公主並不知道他已被直接押往了監獄，但是她卻本能地感覺出這其中的不妙。長久以來一直在纏繞她的那預感越來越強烈。她想那可

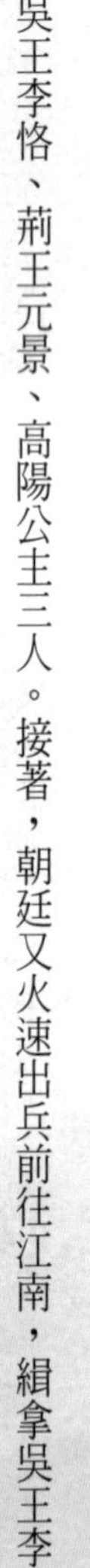

怕的時辰終是要來了。她不怕，她早已有了赴死的心理準備。

關鍵是被抓進御史台的是房遺愛，而不是她。唯有這一點令她有些憂慮，她太了解房遺愛是個怎樣的東西了。她知道他是白白長了一副英武的骨架，其實是最怕事也最怕死的草包。她不知被押解到御史台前的房遺愛會是一副怎樣的狼狽相，她更不知這個成事不足敗事有餘的男人又會惹出什麼新的麻煩。她爲此而憂心忡忡，甚至坐臥不寧。

就在她的憂慮她的惶惶不可終日之中，突然間地，那群穿著鎧甲的朝廷的禁軍們就包圍了她的院子。緊接著，是響雷一般的拍門聲。他們無情地敲擊著往日裡神聖的院門。他們手持刀戟闖了進來，他們用劍逼著她，逼著她退回到她自己的房間。

直到這一刻。

直到這一刻高陽才眞正意識到究竟是什麼發生了。

什麼呢？

死亡。

在劫難逃的死亡。

那清肅皇室的殺戮就要開始了。

而那岔子究竟出在哪兒？是誰洩了密？是那個房遺愛嗎？還是荊王元景？抑或是已被關進牢獄的房遺直？

在高陽被刀劍逼著退回到她房間的瞬間，腦子裡驟然出現了很多的問號。這許多的問號相互交織著，一時理不出任何的頭緒。但她知道她一直預感的那死亡就要來了。那樣的大兵壓境，山雨欲來風滿樓。

高陽從此被軟禁在她的房子裡。

沒有人對她說什麼。但高陽知道這是長孫無忌要她在恐懼裡等待死亡，高陽很憤怒。她在她的心裡依然是頤指氣使地想著，她堂堂皇室的公主，又是當朝帝王的妹妹，此刻怎麼竟眞的成了一名階下囚呢？

其實高陽並不是不知道皇權的殘酷。

也許直到此時，高陽公主才眞正體驗到失去父親對她的損失。她儘管恨她的父親，刻骨銘心的恨，但至少太宗不會把自己的女兒監禁起來，更不會剝奪女兒的生命。

高陽被關起來之後，先是一大陣很長久很長久的寂寞。高陽躺在床上，不吃不喝。房間裡很寒冷。空氣像被凍住了一般很緩慢地流動著。高陽就那樣躺著。炭盆裡的火早就熄滅了，了無聲息。一天，高陽驟然從她的床上跳下來，她披頭散髮，衣冠不整，她使勁地去拍她的房門。她喊著：「爲什麼要把我關起來？我要出去！我要出去！」

她用渾身的力氣去撞擊門。她拼命地撞著，一聲又一聲地。那撞門聲和喊叫聲劃破了僵冷的寒夜。

那時候已經是深夜。本來在嚴寒中守衛的士兵們已經昏昏欲睡，高陽的吵鬧卻使他們陡然來了精神。他們很快地會集到高陽的門前。他們覺得很稀奇。他們不知道這個淫蕩的女人想做什麼。

領兵的侍衛軍官反拍著高陽的房門。「深更半夜的，你要做什麼？」他大聲地嚇唬著高

陽。

「爲什麼要把我關起來？」

「因爲你有罪！」

「我有罪？我有什麼罪？我堂堂的公主……」

「公主就不能有罪啦？你沒罪能讓我們沒日沒夜地守著你嗎？」

「好吧。」她平和了一些，她說，「就算是我有罪，可那罪名又是什麼呢？」

「你自己做了什麼難道不清楚嗎？」那小官不屑地回答她說，「是謀反罪，此罪可是死路一條。」

「謀反？我怎麼謀反了？我反誰了？那個李治嗎？他値得我反嗎？我是他妹妹，我們是皇室的親兄妹……」

「親兄妹算什麼？你們眞那麼看重這手足之情嗎？你們皇室裡的人不要說是親兄妹，就是親娘老子也敢殺。你們彼此之間殺得還少嗎？你這麼聰明的公主怎麼連這點都看不透？」

「你，你怎麼敢這麼對我說話？你忘了我是誰嗎？」

「我怎麼敢忘了你是誰呢？你在咱們長安城裡可是大名鼎鼎。不信您親自去打聽打聽，這京城的大街小巷裡有誰不知道您。想當年您和那和尙……」

「你混蛋！你們這群混蛋！」

「您先別急。跟您說吧，甭管您是誰，可您現在被我們看著。您這次可是躲不掉了，您怕是死定了。否則我們這群小兵子怎麼敢如此放肆地對公主這樣講話呢？」

「我死定了？你是說我死定了，怕還沒有那麼容易吧？高宗自會救我的。」

「他會救你？你們膽大妄為和大宰相較勁，這一次怕是親娘老子也救不了你。」

「就算是我死定了，我也想死個明白。能告訴我是誰告發了我們嗎？」

「那我可就不清楚了。」

見對方吞吞吐吐的樣子，高陽公主便遞出去幾串珠寶。

「好吧，就看在你已死定的份上告訴你。讓你們倒楣的不是別人，正是你們房家的大公子。」那小官說到這裡，又鄙夷地評論道，「他怎能連自己的親兄弟也不放過呢？你們這群王孫貴族幹起傷天害理的事來，眞叫我們黎民百姓想都想不出來。」

「房遺直？」

高陽不再說什麼。她默默地退回到她的床前。她終於知道了她想知道的內幕。

房遺直。

好一個房遺直。

高陽異常地平靜。平靜得連她自己都很驚異。她覺得她在聽到告密者是房遺直的時候竟一點兒也不吃驚。她儘管沒想到是他，但對於是他並不意外。當然是他。

高陽公主臉上浮現出一片很燦爛的得勝者的微笑。她突然覺得很滿足，她覺得這一次終於是把她深恨著的房遺直逼到了死角上。她太了解這個男人了，她了解了他十幾年。她知道這個男人倘不是被逼無奈，是不會輕易出此告密下策的。他是一向很在乎良心的人，如今他竟也把良心出賣了。多麼可憐。高陽公主想著這個曾與她有過恩恩怨怨的男人。她覺得她心靜如水，她甚至覺得她並沒有因這個男人告發她而怨恨他。她沒有怪罪。那是因爲她也曾無數次地向父皇告發過他，她覺得誣告謀反不過是一場有趣的遊戲。而高陽沒有想到的是，從她一個嬌慣任性的女人口中告發的謀反也許是一場遊戲，是閒極無聊之中一種心智的角逐；而出自一個擲地有聲的一向沉穩的男人口中的謀反就是另外的一回事了。謀反不再是兒戲，而充滿了血淋淋的到處是刀光劍影的屠殺。高陽更沒有想到的是，如今她所面對的，已經不是當年那個對她寵愛備至的父皇唐太宗，而是被足智多謀且心狠手辣的長孫無忌牢牢控制著的高宗李治了。

畢竟歲月如逝水。

畢竟已事過境遷。

然而被囚禁的高陽卻並沒有泯滅她心底生還的希望。她想李治儘管天生懦弱，但他也是生性善良的。他雖然已是坐在皇位上的傀儡，但總不至於連一點自主的權力都沒有吧。她想到了求見高宗。這時她才覺得這個一向被她蔑視的李治是多麼的重要。她要見他。她要向他解釋。她要高宗相信她一個皇室公主，好端端地怎麼會謀反呢？她怎麼會想把高宗從皇位上拉下來呢？不，她沒有那樣的心也沒有那樣的力。她只不過是作爲皇室的成員去關心大唐社稷是不是會旁落外戚手中；她只不過是和朝廷衆多文武百官一樣，對長孫無忌的專權跋扈不滿罷了。

這就是罪嗎？

這是什麼罪？

高陽被困在她的房間裡。

高陽到底是女流之輩，她實在不知道自己心中振振有辭的道理是多麼的幼稚。

終於她提出要見高宗。

她等待著善良的高宗能再善良一次答應召見她。

她的請求被截斷在長孫無忌的手中。儘管長孫多日來一直沉浸於一個贏家的喜悅中，但他十分清醒。他的目標很明確，就是要殺了這些宗室的成員們。他怎麼能放虎歸山，讓高陽等輩去面見那個心腸軟耳朵根子也軟的高宗皇帝呢？

高陽公主的請求被駁回。

然而這只是高陽公主被監禁後遭受的第一個打擊。

李恪被從夢中驚醒。

李恪被從夢中驚醒的時候長安來的禁衛軍們已騎著馬闖進了吳王府。

馬蹄聲凶惡地踏碎了長夜的寂靜。

王府裡頓時混亂不堪，大人孩子慌成一片。

吳王府的衛兵們被繳械。

松明火把中到處是京城禁衛軍們騎在馬上的猙獰的臉，刀光劍影。李恪所有的親屬全都被趕到院子裡。孩子們被嚇得周身顫抖，使勁往女人的懷裡鑽。

沒有人知道究竟發生了什麼。

江南的深夜也很寒冷。濕的冷，浸潤著肌膚。還有，被驚嚇的恐慌。

禁軍們的態度蠻橫。他們用劍逼著吳王的一家大小，他們大聲喝斥著。他們的坐騎在李恪手無寸鐵的家人面前冷酷傲慢地來回走著。

所有的人都在等待。

等待著李恪從他的房子裡出來。

等待的時間越久，那縮成一團的家人們就越是心慌，禁軍們的態度也就愈加殘暴。

終於，李恪走了出來。

李恪如往日一般氣宇軒昂。他甚至穿著格外精心，彷彿要去出席一個隆重的儀式。他的目光也如往日般依舊炯炯。他挺拔著，大義凜然。氣勢非凡。他的出現，即刻把禁軍們囂張的氣燄壓了下去。

他對那些馬上的士兵說：「你們不要太耀武揚威了。」

李恪沉靜的聲調竟使那些驕橫的士兵頓時啞然。

李恪說：「你們放了我的家人。他們有什麼罪？他們中有的連長安都沒有去過。聽見沒有，放了他們，收起你們的刀劍。」

然後李恪轉向了他的家人。李恪語重心長。他用一種很平緩很鎮靜的語調對他們說：「你們都回去吧，這是我早就料到的結局。我即或是遠離京城，長孫無忌的毒手也是不會放過我的。如今我只能是視死如歸。我只想請你們記住，我李恪是清白無辜的。我的死只能是令

世人更加看清那長孫的狼子野心，看清他是怎樣地壟斷朝政，濫殺無辜。但願我的死能警惕儒弱的高宗皇帝，倘皇帝能由此悟到大唐的江山就要丟失，那我李恪就是死也死而無怨了。」

李恪的親人們淚流滿面。

他們不得不服從李恪的命令，一步一回頭地走出了李恪的院子。

然後李恪更加鎮靜地面對著那些禁軍。李恪說：「上路吧！」

他氣若長虹。

他扭轉身跨上了他的馬。

李恪是在馬上被五花大綁的。

禁軍們在綑綁李恪的時候內心裡充滿了恐懼。

吳王李恪被上百名禁軍押解著走出了吳王府。

王府門前的廣場上擠滿了王府裡的人。有李恪的親屬，府中的衛兵和大小奴役們。被押解的吳王走來的時候，他們紛紛下跪，他們流淚，卻不敢哭出聲來。他們就那樣默默地跪著，跪著爲他們的親人送行。

漫漫長夜。長歌當哭。

吳王走了，他們的親人走了，吳王從此再也沒有回來。他只有讓他的魂靈夢遊於江南，他只能在無盡的冥冥之中與他的親人們再度相聚。

然後，江南的冬日照亮了那片清冷而秀麗的碧綠。

高陽終日被封鎖在那荒寒的房子裡。

死一般的寂靜。比死亡還要可怕的死一般的寂靜。

高陽等待著死亡。她原以爲不久便要面臨的死亡將會是生命中最終的打擊，不會再有什麼更大更深刻的摧殘了。因謀反而被定罪，無非是一個死。死又有什麼呢？高陽無所畏懼。

然而高陽不知道，此刻還有一個更大的打擊正懸在她的頭頂。那是比她個人的死亡還要深刻得多的打擊，那是超越她生命以外的心靈的重創。

那更爲可怕的打擊是高陽公主從門外的看守那裡得知的。一個早晨，她朦朦朧朧地彷彿聽到門外的守衛在談論著吳王李恪。

吳王李恪？她突然清醒了。她飛快地跑到門口。她簡直不敢相信自己的耳朵。

「什麼？」其中的一個衛兵問，「把吳王李恪也押解回長安了。吳王怎麼啦？吳王可不是他們這種人。」

「這也是我剛剛聽說的。」又一個衛兵說，「聽說吳王也參與了這次謀反。」

「不會吧，吳王那麼遠，見也見不到這邊的人，他謀什麼反？他肯定是連坐，是冤枉的。」

「長孫早就盯上他了。聽說是房家的二公子招出的吳王。他說吳王在那次奔喪時，秘密來見了高陽公主。還說吳王和這個淫蕩的女人眉來眼去……」

「我不信，吳王絕不是那種人。」

「那朝廷要是沒有把柄，他們敢把吳王從江南押解歸案？」

「這是長孫的欲加之罪。這個老臣遲早是要遭報應的。」

「你可不能瞎說！」

「反正吳王肯定是冤枉的。如果他們連吳王這樣的人也不放過，那他們就是有心讓天下絕望了。」

「唉，誰懂得他們這些皇室的人，一個個都沒了人性。人心難測呀！算啦算啦，不說了，咱們就等著看熱鬧吧。」

高陽公主披頭散髮，她自從被軟禁就再沒有梳過頭。

她光著腳站在那冰冷的石板地上。她的雙手緊緊地摳住了那門柱。她聽著。然後她順著那門柱癱軟了下來。她絕望至極，她抱住了自己的雙肩蜷縮著。然後她壓抑著自己低聲地哭了起來。那被彎住的哭聲。她的臉在膝蓋上來回摩擦著，那止不住的淚水湮濕了她的衣裙。

爲什麼？

高陽在心裡問著自己。

爲什麼要牽扯到吳王呢？爲什麼要把他也牽扯進來呢？

「不！不——」

高陽大聲地喊叫了起來。她如瘋了般拼命拍打著那緊鎖的房門。

「不——」高陽撕裂般喊叫著。她覺得她已經幾近崩潰。她此生最不願的事情就是吳王李恪因她而受到傷害。吳王李恪已是她在此世間唯一的親人了，怎麼能牽連他呢。不，她不要他死，不要他因連坐而被押解來長安。爲什麼會是這樣？爲什麼會是這樣的結果呢？如果說她此生犯下了無數的罪惡，那麼最深重不能夠饒恕的就是這一樁。那是種怎樣的殘酷。是她，是她親手把她的這至親骨肉也捲進了這可怕的殺戮中。

「不——爲什麼要抓吳王？吳王有什麼罪？吳王是無辜的！你們不能殘害忠良！」

高陽公主在她的房子裡絕望地喊叫著。

她從清晨一直喊到了黃昏。

她喊著。喊得筋疲力竭，喊出了血和淚。她拍擊著木門，她摳著那窗欞，她撕扯著自己凌亂的頭髮……

直到沉沉的寒夜降臨。

她不再有氣力。她甚至連爬到床上的氣力也沒有了，她癱倒在冰涼的石板地上。那刺骨的冷侵襲著。

這時候高陽平靜下來。整整一天了，她逕自歇斯底里地喊叫著。無論她怎樣地瘋狂怎樣地絕望，都沒有人理睬她。門口的衛兵任由著她。他們不放她出去，不放她去殺了那歹毒的長孫不放她殺了那高宗。她只要活著只要還有一口氣只要能見著他們，她拼死也要殺了他們。但是他們不放她出去。他們把她牢牢地鎖在她自己的屋子裡，他們關住她。讓她絕望讓她瘋狂讓她歇斯底里地傷害著她自己。

高陽不再認爲高宗李治是個善良的人。她也開始詛咒他，罵他，指責他的絕情絕義和心狠手辣，連他遠離朝廷京都的哥哥都不肯放過。高陽想，李治將事情做到了這一步，他是定然要遭到報應的。

高陽對死已無所畏懼。她知道死是公平競爭的結果，這是她和房遺直之間持續了十幾年的恩怨爭鬥。她是不在乎最終死在她的對手房遺直手裡的，他們是生死冤家，他們不是你死就是我活。但讓她無法忍受的是，她與房遺直之間的恩怨竟會殃及吳王；而讓她更加不能忍受的是，那個貪生怕死奴顏婢膝失魂落魄的房遺愛竟會告發遠在千里之外對所謂謀反毫無牽涉的吳王。

高陽在黑暗中在冰涼的石板上，伸手不見五指。但她彷彿能看見房遺愛那無恥求饒的模樣，也看見了吳王是怎樣被五花大綁押赴進京城的情景。

她不知究竟是誰把吳王李恪送上了長安刑台，就像是她幾年前不知道是誰把辯機送上刑台一樣。是她嗎？是她親手殺了她最愛的兩個男人嗎？不，不是她。但那玉枕明明是她送給辯機的，而吳王的連坐也是因爲和她高陽過從甚密。難道與他們彼此相愛她就是殺害他們的凶手嗎？難道她深愛著他們就一定會把他們送上絕路嗎？不！她不是凶手。她手上並沒有沾著她愛的男人們的血。殺辯機的是父親，而殺吳王的是房遺愛。

對，就是那個房遺愛。

直到此刻她才眞正地意識到，她此生最應該憎恨的男人應該是房遺愛。不是父親李世民，也不是什麼房遺直。自從嫁給了房遺愛就命中注定了她此生難逃的劫難。永無盡頭的苦痛，一陣深似一陣。是命運在無情地掠奪著她的愛和她的心。

如今她已成空殼。

血肉已所剩無多。

那僅僅的最後的血肉最後的感情竟也要被那房遺愛無恥地剝奪。爲什麼？他爲什麼連她的三哥也要奪走？他爲什麼連吳王也不放過？

直到此刻，高陽才開始眞正地恨著房遺愛。這也是個她生活中的男人，甚至，也算是她生命中的男人，因爲她自從一沾上他就開始倒楣。如果說，在以前的那所有十幾年的光陰裡，她一直是可憐他、同情他，有時爲著她與辯機的愛而感謝著房遺愛的話，那麼當房遺愛爲了求生終於喪盡天良地出賣了吳王李恪後，她對他所有的感情就全都變成了仇恨。

很深很深的仇恨，還有蔑視和厭惡。

他也算個男人嗎？

高陽公主看不起這類小人這類奴才這類貪生怕死的草包。她恨不能朝廷判他五馬分屍。她恨不能閹割了他，撕碎了他。他根本就不配做個男人，甚至不如一條狗。房遺愛是該遭千刀萬剮的。可惜她此生怕是再也見不到他了，否則她會親手把他宰掉。爲了她自己，更爲了吳王李恪。

她躺在那僵硬的石板地上，感覺出正有夜晚的寒霜凍上來，凍上來把她與那僵硬的石板地凝結在一起。

她知道無論怎樣的奮爭，如今他們已經回天無力。她感覺到了這一次長孫的反擊是怎樣地來勢凶猛，咄咄逼人。已經不再是什麼宮廷的遊戲，也不再是她和房遺直之間私人的恩怨。一切都和生命相連，甚至相連著無數條生命。

直到此刻，高陽才開始眞正地也是第一次感到有些後悔。

這是她一生都不曾有過的一種對自身的怨悔。

她想事情發展到這一步，可能是因爲她的任性，因爲對房遺直莫名其妙的仇恨。她吵鬧，她上告，她非要把這個一向對她忍讓的男人逼到死角。她這樣做著的時候竟然很快樂。她想她只有把他逼到死角才能迫使他反彈，迫使他也把她逼到一個不可迴旋的死角，因此而感受意識中一種身臨其境的快感。這樣才證明他們是勢均力敵的，證明他們之間的爭鬥具有殊死拼搏的質量。她至今也不明白自己爲什麼要同房遺直進行這種殊死的搏鬥。她恨他，但恨的成分又很複雜。她不希望他只是遠遠地躲在一邊觀望著她，不希望多少年來他對她不理不睬。她要他站起來反抗，她甚至希望他能像困獸一般反撲過來壓在她的身上把她撕成碎片，她想她會在被撕爛中感受到那絕望中的輝煌。她渴望著被虐待被蹂躪，她的生命中總有種異常強烈的慾望，她要將那慾望釋放，她要同那奮起反抗的房遺直同歸於盡。

她原以爲這是純屬她個人的事情。

但是不是。

她把這純屬私人的搏鬥引到了朝廷之中。

她引火燒身。不僅燒了她自己，並且殃及他人。

他最終牽連了那麼多無辜，確乎是她始料不及的。而在那皇室眾多的無辜中，竟還有她最親愛的三哥李恪。

她看見正是由於她的錯，長孫無忌才鋪開了那張大網。而他們這些宗室的只會說不會做只敢怒不敢言的無能也無用的一個個「吾輩」像麻雀一樣，只能是束手就擒、坐以待斃。

居然。

是的，居然。

他們連遠在吳國的李恪居然也不肯放過。

世界永遠不屬於無辜者。高陽太明白這其中的道理了。但是連無辜的李恪也將被連坐誅殺，那事情就全然不同了，高陽的罪孽也就格外地深重了。

她竟不可以代李恪去死。

她只有一條命。她只能死她自己的那條命。

沒有人能再來救他們。

她所鑄成的是大錯，是千古之恨，是萬古奇冤。

她原以爲還有高宗李治，她原爲李治脆弱的血管裡也同她同吳王李恪一樣，流著父皇的共同的血。但那共同的血又有什麼用呢？在皇權面前，不要說親情，就連道理也沒有，他又怎麼會顧及他們脆弱的生命呢？

高宗不念及手足之情，爲了高宗不念及手足之親，從那個清晨開始，高陽公主便開始在她被監禁的房子裡絕食。

她但求一死，但求早死。

她懲罰自己。她覺得她是有著深重的罪惡的。她應當受到懲罰。

她想不到她對自身的這種懲罰竟驚動了長孫。長孫立刻派人來探視，並決定答應她的一份請求。

長孫還是錯估了高陽公主。他原以爲這個絕望的女人是想再和她兩個兒子見上一面。但長孫想不到竟不是她的兒子，她說得斬釘截鐵，她說她只想見吳王。

只想見吳王？

長孫疑惑了，他不知道是不是應該給高陽公主一個許諾。

長孫無忌終於爲宗室叛亂的事件單獨求見高宗李治。他是經過了深思熟慮，前前後後都想得萬無一失之後，才決定在最後的判決前與李治攤牌的。

他太了解他的外甥了。爲此他提前就命人按照他的意思起草了判決書。他想他對皇室的清肅是絕對正確絕對及時的，他想也許只有歷史才能證明，他的這步棋是怎樣的高瞻遠矚。他想高宗李治日後是會感謝他的。而事實確實證明，高宗至死能安穩地坐在皇位上，的確是和長孫舅父發動的這場血淋淋的清肅分不開的。

長孫無忌一走到高宗李治的面前首先擺出了一副義憤塡膺的架勢。

他直奔主題，歷數此次謀反事件的來龍去脈及皇室成員在其中扮演的各類角色。在長孫無忌的描繪中，彷彿高宗李治的寶座已岌岌可危。高宗的那些看似親近的同胞們，其實都是些心懷叵測的陰謀家，他們日夜密謀，伺機推翻李治的統治。若不是長孫舅父明察秋毫，此時李治的首級眞不知道還是否長在他的身上呢。

長孫的描述使坐在皇帝寶座上那個儒弱不堪的年輕人臉色蒼白，目瞪口呆。

他簡直不敢相信。那些他一向善待的兄弟姊妹們。爲了良心的平和，他甚至委以他們高官。他唯願他們能夠錦衣美食，唯願他們能夠有權有勢，也唯願他們不要彼此殺戮。

然而，他們怎麼會？他們怎麼會向他開刀呢？

那一陣陣的恐懼鋪天蓋地地向他襲來，將他包籠。

他很絕望，也很驚恐。他睜大無助的眼睛看著他的舅父，那是他唯一的支撐唯一的救命稻草了。他彷彿就要爲那天塌地陷的災難暈過去了。

「舅父。」李治低聲呼喚著。「舅父，舅父我該怎麼辦？」

「皇上，臣早已將所有的罪犯捉拿歸案，並且早已擬定了懲處這一謀反事件的詔書文本，只等皇上欽定。」

長孫無忌費力地跪在高宗的腳下。他把那份詔書高高地舉過頭頂，舉到高宗李治的眼皮下。

高宗退著。他不敢接也不敢看，他已經聞到了那詔書文本裡的血腥。他被嚇壞了。他因爲被驚嚇而周身哆嗦著。不，他說不，他說舅父平身，他說不，不要這樣對待我。

長孫無忌費力地站了起來。

他緩緩地打開那詔書，緊接著他便用一種不容置疑的聲音宣讀起來。

那詔書的基本意思是，凡參與此次謀反未遂之人，無論是皇室成員還是朝廷命官，均以死刑處之。薛萬徹、柴令武，以及那個掙扎了半天也徒勞無用的房遺愛三位駙馬都尉押解西市場公開斬首；吳王李恪、荊王元景以及高陽公主、巴陵公主、丹陽公主等皇室成員分別在

自宅賜死；他們的子孫後代均流放嶺南瘴濕之地；凡與此事有牽連的其他黨徒也將分別被賜死、流放、發配。

長孫讀罷便將那詔書再度送到皇帝眼前，只等傀儡般的李治簽字鈐印。

一種高處不勝寒的恐懼。

李治突然覺得他的皇位把他懸在了寒冷的太極大殿的半空中。他覺得他在那半空中孤零零的。他很怕。也很心虛。他覺得他手裡提著的不是一支筆而是一把帶血的尖刀。

舅父教我什麼？李治在心裡問著自己。是教我勇敢？還是教我殘暴？不，我爲什麼要坐在這把可怕的椅子上？舅父救我。

李治無聲地呼喚著。

他依然驚恐但那驚恐絕不是怕有人來篡奪了他的王位。他本來就不願坐在太極殿內這把冰涼而冷酷的椅子上。他寧願將皇位拱手相送，送給三哥李李恪或是送給叔父元景。他寧願將那皇位送出去也不願眼看著朝廷去殺害他的兄弟姊妹，他的宗室親人。他覺得他被逼迫著。他的心正在破碎，正流著血一塊一塊地墜落下來。他怕極了，他的心也疼極了。他想到他的同爲長孫皇后所生的兩位兄長承乾和李泰早在他繼位之前就因相互傷殘而雙雙隕命。而如今，又有李恪，有高陽公主、巴陵公主這些他的兄弟妹妹們將要死去。不。這是爲什麼？爲什麼要讓他們死？他不想再讓他們死了。他們李家的人已經死了不少，這太極殿的皇椅下堆積的屍骨也已經夠多了。他不能眼看著他們死，他更不能去簽署那死亡的詔書。他下不了手，他脆弱的心不能夠承受。與其讓他殺了他們，還不如讓他殺了自己。

李治坐在那裡。

面對著眼前的那一紙皇帝的詔書。

那詔書抖動著，那是長孫蒼老的手在抖動。而李治的手也在抖動，他的周身都在顫抖。

他根本就拿不起來那支筆。他更不敢去作把親人送上黃泉路的御批。

高宗李治的臉由青轉白。在寒冷的太極殿上，他的額頭竟滲出了大顆大顆的汗珠。

李治無望地看著他的舅父。他在心裡乞求著，舅父救我，不要叫我去殺人！不要讓我去殺我的親人！

長孫彷彿看出了高宗的膽怯。他近前一步，朗聲請求：「爲了大唐社稷，還請皇上三思！」

長孫話音未落，太極殿的大門驟然被打開。朝廷的文武百官如潮水般湧進了太極殿。他們浩浩蕩蕩地站在長孫的身後。沒有人指揮，他們便如合唱般齊誦著：

「爲了大唐社稷，懇請聖上三思！」

那聲音繞樑三日。三日不去。

然後，長孫突然間跪在了高宗李治的腳下，並費力地把頭伏在地上。

緊接著他身後的文武百官也如排山倒海般跪在了李治的面前。

面對著這一切，李治突然高聲痛哭了起來。他知道他已被逼到死角，他已經沒有退路，不會再有人來救助他和他的兄弟姊妹們了。

高宗大聲哭喊著：「父皇，父皇你在哪裡？父皇讓你的在天之靈幫助我，不要讓我去殺你的兒女，不要讓我的雙手沾滿親人的血！」

高宗李治獨自徒然地哭喊著。沒有人理睬他。

長孫和眾臣依舊跪在那裡。長跪不起。

長孫一言不發。他沉默著。他只是跪著，帶領文武百官氣勢磅礴地跪著。

高宗終於難以抵擋這氣勢磅礴的逼迫。

他知道他被挾持了。他不能再保有自己的心性和善良了，他已經放棄了自己丟失了自己。面對著如此嚴峻的場面，他終於拿起了那支筆。

然而，在他就要下筆的時刻，他又扔筆再度哭了起來。哭得很委屈，就像個孩子。這一次他不顧一切地問長孫無忌。他說：「舅父你是看著我長大的。你向父皇推薦我為太子，你說就是因為我天性善良。你口口聲聲要我做個正直的人，而如今為什麼要慫恿我去殺人呢？荊王元景是我的叔父，吳王李恪是我的兄長，而兩位公主又是從小與我朝夕相處的姊妹，他們是我的親人。一定要讓他們死嗎？我不要他們死。我不能。他們也是我父親的骨肉。我殺了他們對不起父親的在天之靈。他不會原諒我的，他會讓我永受良心責難的。不，舅父，幫幫我，不要讓我去殺他們。舅父唯有你能幫助我。救救我吧，告訴我有沒有能使他們免於一死的辦法。有沒有？舅父你告訴我。」

長孫無忌及眾朝官依然跪在那裡。

長孫無忌沉默著，斬釘截鐵的沉默。那沉默有如一座高山，沉重地壓在高宗李治充滿了苦痛和絕望的心上。

爲什麼沉默？

後來高宗李治終於懂了，沉默就是長孫的意見，也是他鐵一般的不可更改的意志。

李治張大淚眼看著堅如磐石的長孫無忌，他等待著。他覺得他的大殿裡已經充滿了殺機。長孫不理睬他。長孫就是要他們兄弟姊妹之間自相殘殺。長孫已經使他絕望。於是，高宗又把他求助的目光轉向長孫身後的那些大臣們。

依然是沉默。

長孫早已主宰了太極殿中的一切。

李治被孤零零地晾在那裡。

他們僵持著。

最後，終於有了兵部尚書崔效禮站了出來，他勇敢地直面著高宗李治，他終於對無望的高宗說出了長孫無忌想要說的那些話。

崔效禮說：「臣等對皇上的寬仁慈厚異常感動，但這是大逆事件非比尋常。它所關乎的是大唐社稷之安危。皇上切不可意氣用事，心慈手軟。天子倘憐憫骨肉之情，特赦罪犯，或減免罪行，從輕發落，那定會給大唐天下留下無窮禍患。常言道『大義滅親』，方可安如泰山。還望皇上以大局爲重，迅速明斷。」

崔效禮說過之後又重新跪了下去。

坐在皇位上的高宗李治昏昏沉沉中只得又重新執筆。他恍惚覺得那筆鋒上滴下來的都是親人的血。

永徽四年二月二日，由皇帝欽定的聖旨終於下達。各處接到詔書後，便即刻執行殺戮。

又一個血雨腥風的早晨。風蕭蕭兮易水寒。那個早晨是勝券在握的長孫無忌一手製造的。在那個血淋淋的時辰到來的時候，他躊躇滿志，內心充滿了勝利者的喜悅。

高宗李治在那個早晨托故沒有上朝，他把逼迫他的舅父和文武百官們獨自留在那高大陰冷的太極殿上。沒有君王，那皇位上是空的。既然是長孫舅父決定的事情，李治連更改的可能都沒有，他又何必坐在那徒有虛名的傀儡的位子上呢？

這是李治對扼住他喉嚨的舅父的第一次小小的反抗。這距武曌聯合李治最終打倒長孫還有著一段漫長的路程。

皇家清洗無疑再次調動了長安市民的好奇心。特別是西市場刑台上將血流成河的奇觀引發了百姓的熱情。何況要斬殺的不是什麼一般的官吏，而是那些赫赫有名的駙馬都尉們，於是人們便又是清晨即起，潮水般相攜湧至西市場的刑台前。

轉眼間水洩不通。

巨大的老柳樹堅挺著僵硬的枝幹。

駙馬們被囚車押來。高宗李治的姑丈薛萬徹發出一路罵聲。他始終昂首痛罵，直到那刀斧架在他的脖子上。

和駙馬薛萬徹形成鮮明對照的，是那個早已被嚇得魂飛魄散、在刑台上癱成一堆爛泥的房遺愛。此時受盡牢獄之苦的房遺愛已形容枯槁，如行屍走肉。而他在僅存不多的意識中依然是害怕死亡。這個胡亂招供的膽小鬼，終於也不能免於一死；而這個天生怕死的懦夫也終於不能在將死之前挺起一副男人的腰板。

於是，房遺愛丟盡了男人骨氣的可憐相，更引起臨危不懼的薛萬徹的憤怒。他高聲大罵：「就爲了你這卑鄙愚蠢的東西和你那任性的老婆而死，我實在是死不瞑目！」

薛萬徹在被殺前還大聲地對圍觀的百姓們說：「長孫無忌橫行專權，我與他生生死死都將勢不兩立。我薛萬徹爲大唐的江山而死死得其所，死而無憾！」

然而在那個冰天雪地的寒冷的早晨，那曾經燦爛輝煌的薛駙馬、柴駙馬和房駙馬無論是怎樣地死而無憾或是死而有憾，他們都死到臨頭了。屠夫的刀斧高高地懸起在他們的身後。行刑很快。在眾人的觀望中，無論是怯懦者還是英勇者，都在轉瞬之間便命歸黃泉。

沒有血流成河。

在冰凍三尺的二月，他們的血一噴出來就立刻被凍住了。

與此同時，皇帝的詔書也分頭下達於各宗室成員被監禁的駐地。吳王李恪、荊王元景以及高陽公主、丹陽公主、巴陵公主在他們各自的府中被皇帝賜死。這是他們意料之中的，他們的意料是出自他們對長孫無忌的認識和判斷。他們無論是怎樣地蔑視當今的皇權，但天子的旨意依然是不可違抗的。也不論是那個可憐的天子李治曾怎樣流著淚懇求長孫留下他這些兄弟姊妹的性命，但畢竟他簽了字，是他親自下達了親人們死亡的詔書。

於是，宗室的成員們唯有一死，唯有遵旨從命。

於是，荊王元景、丹陽公主和巴陵公主在他們家裡從容地自刎。

於是，這些曾風光一時的皇室人物從此便形銷香殞，灰飛煙滅。他們燦爛一生卻只在史書中留下了一道淺淺的印痕，因爲他們到底是死於非命。屬於他們的那印痕無非是烘托了長孫無忌外戚專權的千古罵名。

此次清洗波及甚廣，連坐者眾多。

左驍衛大將軍駙馬都尉執失思力，原是突厥酋長，後歸順唐朝，高祖李淵將他的女兒九江公主下嫁於他。他因爲常與房遺愛一道山中狩獵，打打馬球，便被流放嶺南。

太宗的第六個兒子蜀王李愔，僅僅因爲他與李恪是一母同胞，均是楊妃所生，便被貶爲庶人，流放巴州。薛萬徹的弟弟薛萬備，也被流放至廣西之南的交州。

吳王李恪四子仁、瑋、琨、璄均被毫不留情地流放嶺南。其中唯有長子李仁，頑強地克服了嶺南瘴氣和惡劣的生存條件，保住了性命。長孫死後，仁得以重新任官，且爲官一任建樹甚多，青史留名。

高陽公主兩個年幼的兒子也被流放嶺南。他們被母親的激情帶到這人世之間，又被母親的任性推到了生命的絕境。史書上沒有記載過他們最終的下落。也許高陽根本就不愛這兩個兒子。不管他們是誰的孩子，也不管他們是不是也生著一對藍色的眼睛。極端自我的高陽從來視孩子爲累贅，時時想著倘能夠只有激情而沒有繁殖該有多好。她與孩子們從來就沒有親熱過，她總是冷冷地，拒他們於母愛之外。直到，她領受到死亡詔書的同時，得知她的兒子們也將遭流放的厄運。

高陽第一次爲她的孩子們感到心疼，眼圈泛出了濕潤。但她什麼也沒有說，她知道任何

的請求都沒有用。她只是覺得她的兒子還那麼小，她真不知道那麼小的孩子如何承受得了流放的困境。她想他們與其到嶺南去死，還不如就死在這長安城裡。

在生命的最後時刻，高陽終於獲得了那個恩准。她被允許見一個人。唯有一個人。朝廷要她在將被流放的兒子們和她一開始提出的吳王李恪間作出選擇。

要我選擇？

當時高陽的心中已經裝滿了她對兒子們將被流放的擔憂和疼痛，她已經有了一份母愛的關切和責任。但是，高陽還是毫不遲疑地選擇了李恪。

她連想都沒想。幾乎脫口而出。

她還是從她的自我出發。她太想李恪了。她只想見到他，只想被他緊緊地緊緊地摟在懷中。這便是高陽。

高陽的兒子們最終不了了之。從此以後無人提起。

被處置的人中，自然還有那個早已被從禮部尚書的高位上貶爲隰州刺史的房遺直。房遺直與高陽公主通姦，罪證確鑿。他犯的是當年辯機那樣的死罪。他本已在劫難逃。但他因揭發有功而被特赦免罪。這是長孫最大的寬容了。然而，因爲房遺直是罪犯房遺愛的親屬，所以，他仍然要被連坐，貶到江南的銅陵，做一個小小的尉官。無論那官是怎樣地小，但房遺直畢竟保住了他的性命。他的命是他用自己殊死的抗爭贏來的。而贏得了性命又怎樣呢？卑微地生存著。這便是房遺直永遠不能原諒高陽公主的地方了。儘管那時的高陽早已隨風飄逝，但家破人亡的慘劇卻永遠地釘在房遺直心中的恥辱柱上。

而受此牽連的竟還有那位早已被奉祀於宗廟中的已故的梁國公房玄齡，皇上昭令從此停止供奉梁國公。長孫無忌趕盡殺絕的惡毒由此可見一斑。他不僅殺了活著的兒子，連已死去的老子也不放過。相信房家的子子孫孫，都不會抹去這祖墳被刨的奇恥大辱。

一時間長孫無忌威風八面。平叛實際上是他的智慧和力量的一次展示和檢閱。他的臨危不亂，他的心狠手辣，無不令朝廷上下連同他無能懦弱的外甥瞠目結舌。特別是長孫在清肅吳王李恪的過程中表現出來的堅定和陰險，更是令朝中人人膽寒自危。沒有人再敢反抗長孫。長孫是唯一的。長孫的權力在這一次血淋淋的殺戮中，得到了空前的鞏固和擴展。

也許正是因爲長孫覺得他的地位鞏固了，他才十分大度地允許了高陽在臨死之前去見那個被監禁在楊妃舊府中的吳王。儘管那時長孫的年事已高，但他依然有一種莫名其妙的好奇。他不懂得高陽這個女人在最後的時辰爲什麼要選擇去看望她的哥哥。他不知兩個臨死以前的男女會有怎樣的相見，他更不知吳王李恪見了這個事實上置他於死地的女人會是怎樣的一種態度。長孫無忌想知道這些，於是，才安排的高陽與李恪的這一次「絕唱」式的會面，在他人看來，這是長孫無忌的慈悲，但唯有長孫自己明白，他准許這樣的會見，是期待從中獲得一種殘忍的快感。

於是，殺了吳王李恪以絕天下之望的長孫無忌，在永徽四年二月二日的那個早晨，批准全副武裝的禁軍將高陽公主押解到監禁著吳王的楊府。

那是一個冬日的早晨。一個生命將盡的時刻。

馬蹄嗒嗒地踏在長安的石板路上，缺油的車軸呀呀地響著……

最後的章節依然是屬於高陽自己的。

高陽在臨死之前依然能將那一切安排得很完美。

那個冬日的早晨，高陽很早就起了床。她支撐著瘦弱的身體，她在衣櫃裡選出一件白色的漂亮絲裙穿在身上。那絲裙很薄，天卻很寒冷。但高陽不管那絲裙是不是很薄天氣是不是很寒冷。只要美。高陽在這樣的時刻她只要美。

她仍然很美。

那薄薄的袒胸的裙子將她那儘管瘦弱但依然美麗的線條淡淡地勾畫了出來。

然後，高陽坐在銅鏡前。她已經很久沒照過鏡子了。她不敢，也沒有心情。她很怕鏡中那個蒼白的自己。

她開始精心地化妝。

在那個冬日的清晨她很精心地打扮著自己。一邊打扮著自己一邊突然地想到，此刻人們都已經各自準備著去赴死了。她想到這一點的時候便覺得很欣慰。因爲畢竟還有一些同道，她死得也就不再孤單。

高陽在她的臉上描繪著一幅最美的圖畫。

她想她這樣做並不是爲了去死，而是爲了去見她無比想念的吳王。

她想她也許會對吳王解釋些什麼，但也許不會，因爲她堅信她的三哥是會原諒她的。他愛她。那是種唯有他和她才會有的一種生命的摯愛。那摯愛沒有任何附加的條件，那摯愛是一種生命裡的默契和本能。

高陽公主要打扮好了去見李恪。

當一切終於妥當，她最後一次站在銅鏡前。連她自己都不敢相信鏡中的她依然是那麼美麗。

是的，連她自己都認爲那個鏡中的女人很出色。

一個赴死的美麗的女人。

一個要與至親的骨肉最後團聚的美麗的女人。

就要見到吳王的現實使高陽心旌搖動。她反覆在鏡子裡審視著。她不希望她身上出現一絲女人的破綻。一種小姑娘般的感覺。那感覺似曾相識。但是她卻怎麼也記不起是在什麼時候經歷過這樣的感覺了。總之那是很久很久以前的事情了。她的心怦怦地跳著。她蒼白的臉開始變得潮紅。她唯恐自己還不夠美麗。她太投注於那美麗了，以至在被禁軍押解著，離開她住過十多年的房子時，她竟顧不上留戀，哪怕是一絲一毫的，淺淺淡淡的留戀。

她甚至在走出房門時都不曾想到那兩個與她同住在一個院子裡的兒子。她從他們的房前走過時也沒有想到要透過窗櫺看看那兩個可憐的小孩。她從沒有把他們當做過至親骨肉。她覺得那些小孩無非是身外之物，像金錢一樣生不能帶來，死不能帶走。她管不了他們，她連

她自己都管不了了。她只能將這大千世界看到她生命終止的那一刻。

而在終止以前的那一刻，她還企盼著，接受比生命更爲重要的洗禮。

然後，高陽離開了她的房子。

高陽在離開她的房子之前，把她從後宮帶來的那銅鏡狠狠地摔在石板地面上。

「噹」的一聲。

銅鏡又緩緩地跳了起來。落下去。裂開。

那延宕著的決絕的聲響。

從此，她再也不要看到她自己。

然後，她緩緩地坐進了她的馬車。那馬車她已多日不坐，在馬車的角落裡已有蜘蛛織成的網絡。那麼細密的。她想這是她最後一次乘坐自己的馬車了。她想起這車輦曾經那麼華麗，那是曾經寵愛過她的父皇給她的陪嫁。從此她乘坐這輛馬車去見過很多的男人。很多的男人使臨死前的高陽公主感慨萬端。她慨嘆自己這悲悲喜喜恩恩怨怨的女人的一生。

長安城冬日的早晨蒙著一層淡淡的清冷的薄霧。那薄霧被高陽的馬車撞著，四散著，那霧的濕氣襲進來。馬車跑在清晨的長安街頭顯得很寂寞。那缺油的車軸在踏碎了早晨寧靜的馬蹄聲中發出令人心疼的吱吱嘎嘎的響聲。

高陽想，連這馬車也已經老了。老了，舊了，這是一駕早就該報廢的馬車了。連高陽都弄不清這馬車爲什麼會堅持了那麼久。

這時候，突然間地，一陣格外悅耳的鐘聲。

那鐘聲如歌般在長安城的晨霧中響著，飄散著。那麼清澈，又是那麼朦朧地。

高陽驟然之間深受感動。

她靠近車窗，她小心翼翼地掀開了窗簾。她竟意外地發現她的馬車此時此刻竟走在弘福寺紫紅色的高高的磚牆下。

突然間令人生出一種恍若隔世的感覺。此刻，想不到她竟然與院牆內那不息的靈魂如此接近。

這是她很多天來第一次想到了辯機。她想她與辯機畢竟是很多年來最親的人。而辯機已經遙遠。她不知道那個遙遠的辯機如今怎樣了。她覺得即或是像這樣認認眞眞地想著，她也無論如何記不起辯機的樣子了。

這時候她的馬車咯噔一下停了下來。

高陽不知道到了哪兒。再度掀起車窗的窗簾，她看到楊妃那富麗堂皇的庭院。

那寬闊的向外延伸的屋簷。

高陽公主心中驟然充滿了溫情。那是種感動。她頓時想起了長年住在這裡的那個母親一般的女人。她想楊妃竟也早早地隨父皇去了昭陵。那是他們的共同的母親。她與吳王李恪的。而那個喪盡天良的高宗李治竟然不許她來爲母親送行。

高陽滿懷著悲情和感動走下馬車。她緩緩地走進楊妃的宮殿。她想，就算是最後一次走進來向楊妃告別吧。

高陽公主緩緩地走著。那從容不迫的步履。

那些看守著吳王李恪的衛兵們不由得一振。他們癡迷地望著高陽公主，只覺得這個女人恍若是下凡的仙女。他們終於明白了，塵世間爲什麼有那麼多男人心甘情願地被這女人推進死亡的深坑。

高陽公主在禁軍們的押解下緩緩地走著。她留心地看著這深深庭院內的一磚一石。她的腳步很輕，生怕驚動了什麼。她記得她曾經無數次地來過這裡，從幼年起。這裡爲她留下了數不清的與李恪青梅竹馬的記憶。

那往事依稀。而如今，她親愛的三哥終於又回到了這裡，回到了他幼時的這個美麗而靜謐的宮殿中。

高陽在清冷的晨霧中緩緩地向監禁著吳王的那個房間走去。她急切地想見到吳王，此生最後的一個親人。

然而她依然緩緩地走，她無端地拉長著那急切的心。

她緩緩地走著。依然是那副她高陽公主所特有的驕矜。雍容而又有些悲壯的。押解她的士兵們竟被遠遠的甩在了她的身後。

那是個光環。光燄無比的。

那光燄在高陽公主的身邊神秘地燃燒著。那是無形的阻擋，誰也不能夠接近她。

如此地靜謐。

高陽突然間有種很奇妙的感覺。那是一種明知道去死但卻又很欣然的心境。

這時候，她在靜謐的晨霧中又聽到了一種清脆而又嗚咽的若遠若近若隱若現的聲音。她知道那是什麼。如歌般的，她和吳王小時候曾經非常喜歡非常迷戀的聲音。

高陽公主停了下來。

她抬起頭。

她抬起頭便透過迷霧看見房簷上懸掛著的那一串串美麗的玉石風鈴。

那一顆一顆造型不同但卻同樣透明圓潤的玉石。被優雅地串在一起，優雅地掛在向上翹起的房簷上。美麗的風鈴和悅耳的聲音，在這個冬日的早晨，爲高陽喚回幼時的記憶，唱起了生命的讚歌。多麼美好，高陽想，吳王和我就是在這令人感動的聲音中一天天長大的。

然後，在禁衛軍的簇擁下，高陽終於來到監禁著吳王的那房子前。

她停在了門口。

她屏心靜氣。

她輕輕地推開了吳王的門。

在那溫暖的昏暗中。

高陽終於穿過那昏暗，看到了遠遠地站在房子中央的吳王李恪。

李恪身上是沉重的鐐銬。李恪在被處死之前，依然是朝廷最最懼怕的敵人。

高陽公主看著黑暗中的李恪。除了李恪那英武的骨架、依舊炯炯的目光，高陽幾乎認不出那個昏暗中的男人了。

高陽站在那裡。她依然驕矜依然冷漠依然頤指氣使。她以女皇一樣的威嚴和天使一樣的美麗震懾了旁邊的士兵。她就那樣高傲地站在那裡。在高陽逼視的目光下，士兵們終於摘去了吳王身上的鎖鍊，並惶惶地退出李恪的房間。

高陽走過去門住了門。然後她靠在那木門上。她緩緩地扭轉身。她望著那繼續站在黑暗中的李恪。她淚流滿面滿心傷悲。

高陽站在那裡，默默地在心裡叫著三哥。她怕李恪最終不能原諒她。

高陽終於看見那黑暗中的李恪緩緩地向她伸出了手……

高陽不顧一切地跑過去，把她冰涼的柔弱的身體投到了李恪的懷抱中。

李恪的房子被皇家禁軍裡三層外三層地包圍著。但是兩個緊緊擁抱在一起的生命卻對此渾然不覺。

李恪滿臉的鬍子。

高陽公主用她冰涼的手指去撫摸李恪瘦削的臉頰，撫摸他被鐐銬磨破的那累累傷痕。高陽把她的頭靠進李恪的懷中。她的眼淚不停地流下來不停地流下來。她傷心極了，她一遍一遍地說著：「三哥是我對不起你，是我……」

李恪用他的大手按住了高陽的嘴。「不要說，什麼都不要說，也什麼都不必說。」他抹去高陽的眼淚，他說此刻他只想把美麗的小妹妹摟緊在懷中，只想把她冰涼的身體暖熱。

他們就那樣緊抱著。

好吧，什麼都無須說。

高陽抬起她美麗的頭。她把絕世的美麗印在李恪的眼睛中。接著她又把冰涼的嘴唇朝向李恪。她靠近著，期待著。那麼柔軟的。那溫熱的氣息襲擊著李恪。那無以逃避的熱烈包籠著。

李恪終於也把他的嘴唇貼了上去。

貼緊。那焦灼的尋找。滑動著的激情。

這時候門外傳來了士兵的拍門聲。

那是種催促，在急切的節奏中。

時辰到了。最終的時辰。士兵們要把高陽押回她自己的家裡去行那自縊的儀式。

是的，是的，死在催促著。

高陽在李恪的身邊說：「如此和你在一起，我便眞的不怕死了。唯有死讓我們不再分離。」

他們就這樣彼此送別。世界已不復存在。

然後，又傳來士兵的敲門聲。

聲響驚心動魄。那已經不再是催促而是一種逼迫了。

終於。

李恪將他此生最後的激情留給了他身下這個他終生愛著的女人。李恪癱倒在女人的身上。他在迷濛中被地女人輕輕地撫摸著，他覺得他被撫摸的時候就像有一股股清泉從身上流過。

不是末日。也沒有絕望。

他們躺在那裡。任木門被敲擊著。任喘息慢慢地平息。

時辰到了。

那時辰還是到了。最後的時辰。

高陽公主緩緩地坐起來，緩緩地整了整那件白色的長絲裙。

然後她站在了吳王面前。

她看見吳王對她微微點頭。

她於是很欣慰，她知道自己依然美麗。她是懷著一種美麗的心情去赴那天國的長旅。

她讓自己踩在一把高高的木椅上，讓她美麗的頭顱套在那根綑綁在木樑上的白色緞帶編織的繩索中。

她不要再回她的家。

她願意死也同她的親人死在一起。

她很鎮靜也很自信地做著這一切。

她不讓李恪來幫忙。她只要李恪默默地注視著她。

最後，她向李恪最後一次伸出的臂膀。

她像個小女孩兒一樣被李恪緊抱著。

他們親吻。沒有慾望的那種。他們彷彿又重返那純眞的年代。

那麼美麗的一種解脫。那麼緩慢地，緩慢地，然後，一切就全都沒有了。

四周靜極了。

李恪走過去。

他把那依然溫熱柔軟的身體抱下來。他讓她躺好。然後，他從牆上懸掛的劍盒中，抽出來一把寒光閃閃的長劍。

這時候，士兵們衝進門來。他們終於砸碎了那門。他們虎視眈眈劍拔弩張地面對著李恪。

李恪高舉著長劍，平靜地看著眼前的士兵們。

士兵們退著。他們竟不敢直視吳王的眼睛。他們誰都知道李恪是無辜的。偌大皇室之中，唯有李恪才是眞正的王！

士兵們還看到了躺在地上已經死去的高陽公主。他們已不必把她再押回她自己的家了。他們不敢相信那公主死後都依然如此光彩照人。她躺在那裡，彷彿還在呼吸。她的胸膛依然豐滿她的肌膚依然光潔。他們根本就無從知道公主她在死前曾獲得了怎樣終極的歡樂和幸福。

李恪就站在那裡，站在公主的屍體旁他高舉著他的長劍。

李恪如勇士一般，那是種曠世的英武。

士兵們爲他們眼前這幅圖畫一般的悲壯景象震憾了。他們紛紛退卻。他們中有的人甚至哭泣了起來。

李恪舉著長劍站在那裡。

士兵們等著他的怒罵。他們想他是有罵不完的話的。國恨家仇，此刻一定充溢在吳王的心中。

李恪沒有說出一個字來。這是他對長孫之流最高的輕蔑。

他再一次深情地俯視著高陽。然後，他抬起頭，在士兵們的目睹下，大義凜然地拔劍自刎。

血像鮮紅的花朵般噴濺，將李恪身下高陽那白色的絲裙上染出一片片慘烈悲壯又淒豔美麗的圖案。

寧靜的高陽沐浴著吳王的熱血。

然後。

吳王緩緩地——

倒下。

倒在了高陽的身邊。

於是，一切都結束了。

這一次眞的結束了。

兩具屍體被抬出去的時候，那陰冷的冬日的天空突然下起了大雪。鵝毛般的雪。

那是早春的第一場雪。

那雪立刻覆蓋了一切。

國家圖書館出版品預行編目資料

高陽公主／趙玫 著；　-- 第一版.
-- 臺北市：大地, 2002〔民91〕
面；　公分--　（歷史小說；8）

ISBN 957-8290-70-5（平裝）

857.7　　91017943

歷史小說 08

高陽公主

作　　者：趙　玫
創 辦 人：姚宜瑛
發 行 人：吳錫清
主　　編：陳玟玟
美術編輯：黃雲華
出 版 者：大地出版社
社　　址：台北市內湖區內湖路2段103巷104號1樓
劃撥帳號：0019252－9（戶名：大地出版社）
電　　話：(02)2627－7749
傳　　真：(02)2627－0895
E-mail：vastplai@ms45.hinet.net
印 刷 者：久裕印刷股份有限公司
一版一刷：2002年11月
定　　價：199元